www.tredition.de

Über den Autor:
Olav Jost, geboren 1966 in Pforzheim, lebt mit seiner Frau und drei Töchtern in Mörfelden-Walldorf bei Frankfurt/M. Studium der Japanologie und Germanistik (Mediävistik/Frühneuhochdeutsch und Sprachwissenschaft) in Heidelberg und Nagoya, weitere berufliche Auslandsaufenthalte in Japan, Amerika und der Schweiz.
Im Teufelskreis ist sein erster Roman; 2008 erschien sein zweiter Roman im Genre Mystery-Triller, **Düne 45**, ebenfalls bei *tredition*.

*Für meinen Sohnemann und selbstverständlich
für meine vier Damen*

Olav Jost

Im Teufelskreis

Historischer Roman

www.tredition.de

Das Werk, einschließlich aller seiner Teile, ist urheberrechtlich geschützt. Jede Verwertung ist ohne Zustimmung des Verlages und des Autors unzulässig. Dies gilt insbesondere für Vervielfältigungen, Übersetzungen, Mikroverfilmungen und die Einspeicherung und Verarbeitung in elektronischen Systemen.

© 2008   Autor: **Olav Jost**   Verlag: tredition GmbH
www.tredition.de
Printed in Germany

ISBN: **978-3-86850-011-0**

Bibliografische Information der Deutschen Nationalbibliothek
Die Deutsche Nationalbibliothek verzeichnet diese Publikation in der Deutschen Nationalbibliografie; detaillierte bibliografische Daten sind im Internet über http://dnb.d-nb.de abrufbar.

"Füchse haben sich erhoben, die danach trachten, den Weinberg zu vernichten, dessen Kelter du allein getreten hast; und als du zum Vater im Himmel auffahren wolltest, hast du die Sorge, die Leitung und die Verwaltung deines Weinberges dem Petrus gleichsam als Haupt und deinem Stellvertreter und seinen Nachfolgern als triumphierende Kirche anvertraut: Ein Wildschwein trachtet danach, ihn zu zerwühlen, und ein wildes Tier frißt ihn ab."

„**Exsurge Domine**"; Bannandrohungsbulle von LEO X. gegen Martin Luther

Der alte Bauer, denn als solcher erschien er, zumindest was sein Aussehen betraf, saß aufrecht auf der Bettstatt und versuchte, mit seinen Füßen die Bundschuhe zu angeln, die eher durcheinander als fein säuberlich aufgereiht, einige Handbreit neben dem Fußende standen.
„Was gäbe ich dafür, einmal mehr in diesem Weinberg kämpfen zu können? Sollen sie uns mit Tieren vergleichen und uns ebenso jagen, ich will es mir noch immer nicht gefallen lassen, dass die Herren sich als Herren geben. Wessen Brot essen sie denn? Wessen Wein trinken sie?" Leiser fügte er noch an:" …und wessen … Frauen nehmen sie sich?"
Ärgerlich werdend, weil es ihm nicht gelang, mit den Füßen in die Schuhe zu schlüpfen, begann er zu fluchen. Schließlich nahm er die Hände zu Hilfe, angelte sie sich nacheinander, zog sie an und tastete sich am Tisch entlang zur Feuerstelle. In der heruntergekommenen Hütte war es bitterkalt, der Winter kroch durch alle Ritzen, selbst für die ärmlichen Verhältnisse, die zu jener Zeit im Dorf herrschten, war diese Wohnstatt der beste Weg einen harten Winter nicht gesund zu überstehen. An die Wand gelehnt fanden seine groben Finger ein paar alte trockene Holzscheite, die er vorsichtig auf die ersterbende Glut der Feuerstelle legte. Mit gekonntem Pusten gelang es ihm, wieder ein kleines, Wärme spendendes Feuer zu erschaffen.
Als habe ihn diese Handlung bereits erschöpft, setzte er sich stöhnend auf die Truhe, die gleich daneben stand, nahm ein neben dem Krug liegendes Tuch und band es sich über beide Augen. Als er es am Hinterkopf zusammenknotete, fuhr er sich durch sein für sein Alter noch festes langes, graues Haar in der Hoffnung, dadurch etwas Ordnung in seinen Schopf bringen zu können.
Der Alte lachte verbittert und nahm einen kräftigen Schluck aus dem Krug. Seine Mimik verriet den Geschmack des Getränkes, dennoch schluckte er es ohne auszuspucken.
„Wären wir nur so schlau wie die Füchse gewesen, ich säße nicht hier ohne Augenlicht, verbittert als einer der Wenigen, die wenigstens ihre Haut gerettet haben. Oder was gäbe ich dafür, tatsächlich noch einmal als Wildschwein wüten zu können? Die Sauen küm-

mern sich wenigstens um ihre Kinder, und verteidigen ihr Revier. Wehe denen, der dem Nachwuchs zu nahe kommen! Und wenn es nun um den Nachwuchs gegangen wäre?"
Der Alte versank wieder in nachdenkliches Schweigen. Mit eingeübten Bewegungen versuchte er seine Bettstatt soweit zu ordnen, dass sie zumindest von einer derben Decke bedeckt war, was ihm leidlich gelang. Auf der Truhe lag noch ein kleines Kruzifix aus Holz, allein der Leidende war noch vorhanden, einer der ausgestreckten Arme war abgebrochen, was der Figur ein skurriles Aussehen verlieh, das Kreuz selbst fehlte. Der Alte nahm das Lederband, das behelfsmäßig am Kopf des Heilands befestigt war und hängte sich den Sohn Gottes um den Hals nachdem er ihn, wie das die Art der Männer Gottes war, geküsst hatte.
„Gott lebt, und ich stehe vor seinem Angesicht, wie lange ist das her... Wie sehr fehlen mir meine Brüder. Die Zeit scheint mir ewig, seit die Ritter ins Heilige Land zogen um für unseren Heiland zu kämpfen und – Gott sei's gedankt – gab es auch Einige die dort den wirklichen Gott gefunden haben, müde vom Schlachten der Heiden, abgeschieden auf dem heiligen Berg Karmel. Wie gerne hätte ich diesen Ort mit meinen eigenen Augen gesehen, die Erde gefühlt, die leise Stimme des Herrn gehört... es war mir nicht vergönnt. Wie Elija wollten wir aus der lebendigen Gegenwart Gottes leben und wie sehr begannen wir uns für unsere Brüder zu schämen, die die heiligen Räume der Kloster zu einem Hurenhaus machten. Hätte ich zusehen sollen wie die meisten meiner Brüder? Wäre dies der bessere Weg gewesen?"
Er nahm den Anhänger erneut in die Hand, lächelt in das Gesicht des Heilands und steckte die Figur vorsichtig, als wolle er ihr nicht noch mehr Leid zufügen, unter seinen Wams, den er anschließend zuknöpfte.
„Mir blieb keine Wahl, als ich von den Gräueltaten hörte, wie hätte ich still sein sollen? Die Stimmen der Gefolterten verfolgten mich im Gebet, übertönten die Stimme des Herrn, der Herr rief mich zu den Unterdrückten, für deren Seele ich zu sorgen habe, denn dies ist mein Gelübde.

Auch der Herr selbst hat zur Rute gegriffen und die Lästerer aus dem Tempel vertrieben, ich nahm das Schwert und begann zu wüten. Sollen sie mich auch ein wildes Tier nennen! Doch was bleibt nun? Was ist geblieben von unseren Gedanken? War es denn ein Fehler, dass ich dem Kloster und meinen Brüdern den Rücken kehrte und die Stimme unseres Herrn wörtlich nahm? Wir mussten unsere gemeinsame Kraft den Armen und Unterdrückten zur Verfügung stellen und für ihre Sache kämpfen. War es das alles wert?"

Nach einiger Zeit stillen Sinnierens schien er wie von einem inneren Entschluss gepackt, stand ruckartig auf und begann im Raum um den Tisch langsam seine Kreise zu ziehen. Mit relativer Sicherheit fand er sich in der Hütte zurecht. Er war von großer Gestalt und nun sah man auch an seiner Körperhaltung, dass es kein Bauer war, sondern eher einem der Schreiber im Dorf ähnelte, vor allem wenn er seine Hände hinter seinem Rücken verschränkt hielt, erinnerte er an einen dozierenden Bruder vor einer seinen Worten andächtig lauschenden Gemeinde. Seufzend schien er sich auch an diese Zeit zurück zu erinnern, die unwiederbringlich hinter ihm lag.
„Es ist ein Glück, dass man mich für einen Bauern hält, noch immer. Nur wenige kennen meine wirkliche Identität, sonst hätte man mich wahrscheinlich längst den Flammen übergeben, als einen der schlimmsten Ketzer überhaupt. Was ist ein Priester wert, ursprünglich allein dem Gebet und den Gläubigen verpflichtet und dann konvertiert zur Aufruhr? Aber kann ich denn bereuen? Sollte ich?
Ich habe für die Armen gekämpft, vielleicht tatsächlich die Demut verloren, aber wie hätte ich still hinter Mauern weiter beten können, wo doch Jesu selbst dies niemals tat? Die Zeit wird es weisen, ob wir Recht hatten, oder nicht. Heute sieht es so aus als hätten die Starken den Sieg davon getragen, nicht wir. Doch war nicht auch der Herr selbst schwach, als man ihn kreuzigte und hat nicht auch er seinen Glauben verloren? Ich bin reinen Herzens und bereit meinem Schöpfer entgegen zu treten! Wenn doch nur diese Zeit endlich kommen möge." Er lief ruhelos bis zur Tür des Raumes,

seine Kleidung entsprach der eines Hörigen, nichts erinnerte an sein Leben als Mönch im Dienste des Herrn. Die Hose war zerschlissen und schmutzig, bereits oft geflickt, wies dennoch an der einen oder anderen Stelle weitere Risse und Löcher auf, sie reichte ihm kaum über die Knie. An seinen gebundenen Schuhen sah man, dass sie ursprünglich nicht für ihn hergestellt waren denn seine großen Füße hatten sie an den unmöglichsten Stellen ausgebeult. Ein schmaler alter Ledergürtel hielt sein ebenfalls verdrecktes Wams zusammen über einem Leib, der früher einmal eine stattliche Gestalt gehabt haben musste und nun einem ausgemergelten Körper gewichen war.
Nur an seinen verschmutzten Händen war zu erkennen, dass er Zeit seines Lebens nicht sehr hart körperlich gearbeitet hatte, sondern eher ein Mann des Wortes war, denn selbst unter der dicken Schmutzschicht waren deren feine Glieder auszumachen.
„Wer hätte gedacht, dass ausgerechnet aus unseren Reihen ein Verräter entstand - was mochte Fritz dazu getrieben haben, uns so in den Rücken zu fallen? Wir haben bereits als Kinder zusammen gespielt, ehe ich von meinen Eltern ins Kloster gegeben wurde. Unsere beiden Eltern mussten unter der Unterdrückung leiden, hörig bis zur schrecklichen Leibeigenschaft. Bereits als Jungen haben wir uns geschworen, dagegen irgendwann etwas zu machen, was wäre das für ein Leben geworden auf eigenem Land, worauf wir für uns allein Früchte anbauen, wie sie Gott uns Menschen gegeben hat, sollten wir zuviel haben bestände gar die Möglichkeit, dass wir auf dem Markt entbehrliches Obst und Gemüse verkauft hätten. Und dann wiederum die tiefe Erfahrung des Herrn zusammen mit den Brüdern, wie unwichtig wurden die Kindheitsträume mit einem Mal, wie nebensächlich das Leben außerhalb unserer Mauern."
Wieder verstummte der Alte, schwelgte er in schmerzhaften Erinnerungen.
„Wäre nicht das Unfassbare geschehen, hätte man nicht davon berichtet, ich wäre sicherlich noch immer im Gebet verharrend der Welt entrückt. Aber ich werde diese Nacht niemals vergessen können in der ich vom Mord an der Familie meines Freundes hörte,

auch werde ich niemals das Toben vergessen, das mich ergriff, wie ein Besessener raste ich in den Räumen des Klosters, nichts war mir mehr heilig…", er legte von außen seine Hand auf den Wams, unter dem sich die Form des Kruzifixes undeutlich abzeichnete.
„Lange habe ich für meine Wüterei Buße getan, aber in Wirklichkeit stand mein Entschluss längst fest, jene Mörder zu suchen und dafür zu bestrafen was sie meinen Freunden angetan hatten. Und hatten wir nicht auch Erfolge? Haben wir nicht eben die Klöster und Festen geschleift, woraus das ärgste aller Übel kam? Welch ein Hochgefühl inmitten der Kämpfer wie im Rausch die dafür büßen zu lassen, die wir als die Schuldigen ausmachten?
Dann der Rückschlag – der Verlust so vieler, wir glaubten, das Ende sei gekommen. Wäre Thomas nicht erschienen, wir hätten keinen Mut mehr gefasst. Seine Reden, er war wahrhaftig ein Prediger des Volkes, Jeder verstand ihn. Jeder wusste was er meinte, seine Sprache war so deutlich und gab uns die verlorene Kraft zurück. Niemand hätte gedacht, dass auch dies nur ein letztes Aufbäumen vor dem Ende war.
Fritz, du hast uns das Genick gebrochen, du hast dich für die andere Seite entschieden mein Freund, dein Verrat hat Hunderte das Leben gekostet. Die letztendlich auf dem Schlachtfeld für die Freiheit gefallen sind haben noch Glück gehabt, denn viele der Gefangenen mussten grausame Folter über sich ergehen lassen. So grausam…", er fasste an die verschmutzte Augenbinde mit der beide Augen verbunden waren, als füge ihm diese Erinnerung erneut die Schmerzen zu, die er erlitten hatte.
„Welche Schmerzen, wenn die Augen zu kochen beginnen, wie sich die Stimmen und das Hohngelächter der Schergen in die Erinnerung gräbt. Wozu unser Kampf? Sind wir nun sehend geworden davon?", er lachte bitter und rückte seine Augenbinde zurecht…
„Wer ist nun noch am Leben – außer mir blinden, alten Mann von all den Kämpfern? Selbst Fritz hat bitter dafür bezahlt - obwohl mir der Anblick seines geschändeten Körpers, geflochten auf das alte Wagenrad, die Glieder gebrochen, eine gewisse Befriedigung verschaffte. Es war einer der letzten Blicke, die ich auf einen `Gefährten` werfen konnte, ehe man mir selbst Gewalt antat. Das hatte

er davon, dass er sich gegen die eigenen Brüder gestellt hatte in Erwartung, einen Vorteil für sich und seine Familie herauszuschlagen, doch auch letzteres stellte sich als furchtbarer Trugschluss heraus. Bevor man ihn selbst zu Tode folterte, musste sich Fritz ansehen, wie man seine gesamte Familie auf die bestialischste Weise zu Tode marterte. Er war ein gebrochener Mann, der zu diesem Zeitpunkt auch dem eigenen Tod keinerlei Bedeutung mehr beimaß. Er hatte sein Leben vergeudet – und mit diesem Gefühl ist er sicherlich auch gestorben.

Und ich? Weshalb lebe ich noch – falls man das überhaupt Leben nennen darf, was ich hier friste? Wären nicht noch ein paar Familien alter Freunde da, ich würde einfach verhungern – oder im Regenwasser ertrinken, das durch mein Dach läuft…"
Erneut lachte er laut auf, doch es war kein herzhafter Gefühlsausbruch, sondern ein schmerzhafter Laut, der tief aus seinem Innersten kam.
„Wie bitter kann das Leben nur sein? Was für Schmerzen sollen das wohl sein, wenn einem die Augäpfel verdampfen und wie soll ich den letzten Blick aus meinem Kopf löschen, der sich unwiederbringlich in mein Gedächtnis eingebrannt hat: Das Gesicht meiner Peiniger – zu ansehnlich für einen Vollstrecker, zu derb für ein Leben als einfacher Mann. Immer wieder muss ich mir dieselbe Frage stellen: Was wollten sie mit dieser Marter bezwecken – was hätte ich denn noch wissen können was von irgendeinem Interesse für die Herren hätte sein können? Sie wussten doch längst, dass beinahe Keiner von uns übrig war.
Jegliche Form des Widerstandes war doch längst gebrochen. Aber schlimmer noch: Weshalb hatten sie mich am Leben gelassen und sogar noch dafür gesorgt, dass ich in dieser ärmlichen Hütte mein kärgliches Auskommen habe? Erwarteten sie von mir vielleicht, dass ich erneut zum Schwert greife? Wozu denn? Und vor allem: Wie denn – als alter blinder Mann? Was ist der Prediger ohne Gemeinde? Selbst wenn es je so gedacht war, wahrscheinlich haben sie inzwischen eingesehen, nach nunmehr vielen harten Winter,

dass sie nichts mehr zu befürchten haben, wahrscheinlich bin ich ihnen nicht einmal mehr einen Dolchstoß wert.
Aber meinem Leben selbst ein Ende setzen? Niemals könnte ich das von Gott Gegebene derartig verwerfen, es scheint meine Bestimmung zu sein nun ein Dasein fristen zu müssen, das mich aufs neue Demut lehrt, oder hat der Allmächtige noch irgendwas mit mir vor?"

Fronschied machte keinen wohlhabenden Eindruck, wenngleich die Mehrzahl aller Häuser zumindest den Naturgewalten trotzen konnten. Es bestand aus mehreren Dutzend kleiner Häuser und Hütten, die sich um den Dorfplatz gruppierten und weiteren die entlang des Weges gebaut waren, der sich wie ein Fluss seinen Weg bahnte. Es lag auf der Höhe in der Nähe eines kleinen Baches, von den Höhen genoss man einen herrlichen Ausblick auf das nahe gelegene Bergland mit teilweise sorgfältig angelegten Weinbergen, deren Trauben und Wein bis über die Grenzen bekannt waren. Die Weinberge waren ausschließlich im Besitz des Klosters, das direkt neben dem Dorf auf der obersten Anhöhe thronte. Bewirtschaftet wurde es sowohl von den Brüdern des Klosters, die in erster Linie die Leitung der Arbeiten innehatten, als auch von hörigen Bauern, die für die Brüder arbeiteten. Eigentlich war eine der Grundregeln des Klosters streng nach den Vorgaben des Gründers zu leben, der mehrere Jahrhunderte zuvor den Orden gegründet hatte. Dies bedeutete ein Leben in strengem Gebet und mit eigener Hände Arbeit. Aber die Zeiten hatten sich geändert, die Klöster hatten Reichtümer angehäuft, ein Großteil des bewirtschafteten Landes und der Wälder war im Besitz dieser Gemeinschaften. Mit eigener Hände Arbeit war die anfallende Arbeit nicht mehr zu erledigen, man benötigte Unterstützung – und was bot sich mehr an, als die Arbeitskräfte zu nutzen, die zur Verfügung standen?
Ursprünglich war Fronschied eine Neuansiedlung, durch Rodung gegründet. Das erste, was seinerzeit entstand, war eine lose Anordnung weniger Häuser, je größer das Rodungsgebiet wurde, desto mehr Häuser siedelten sich an. Zu dieser Zeit war die gesamte Ansiedlung bereits ein Lehen der nahe gelegenen Burg, das

Jagdrecht wiederum lag beim Abt des Klosters, der dieses, je nach Beziehung die er pflegte, an die Adligen abgab.
Die meisten Hütten Fronschieds waren ausschließlich aus Lehm und Stroh gebaut, wie damals die ersten Häuser im Rodungsgebiet, der Fußboden bestand aus hart gestampfter Erde, im besten Fall waren die Sockel wegen der im Winter aufziehenden Kälte mit Steinen gemauert, die restlichen Wände bestanden aus einem einfachen Lehm-Strohgemisch, gehalten von einer Holzkonstruktion. Die Lehmgrube in der Nähe Fronschieds sorgte für ausreichend Baustoff, der den Dörflern zur Verfügung stand. Man benutzte jenes erdige Material sowohl für Böden und Decken, als auch für die Dächer. Die Bauart der Häuser zeigte bereits von außen wie wohlhabend die Besitzer jeweils waren.
Die ärmeren Hütten bestanden im Gegensatz zu diesen teilweise zweistöckigen Häusern nur aus einem einzigen Raum in dem sich das ganze Leben abspielte. War Vieh vorhanden, wie bei einigen Bauern, denen dieses Recht zugesprochen wurde, so stand dieses nebenan, je ärmer die Bewohnern waren, desto enger lebten sie mit dem Vieh zusammen, vor allem im Winter der Wärme wegen oft im selben Raum. Die Jahreszeiten bestimmen das Leben, die Sonne den täglichen Arbeitsrhythmus.
In unmittelbarer Nähe des Dorfplatzes hatten sich die Händler und Handwerker in den teilweise aus Stein gebauten Häusern niedergelassen, je einflussreicher die Familien waren, desto höher die Wahrscheinlichkeit in der Nähe des Dorfplatzes leben zu können. Je wohlhabender die Sippen über Generationen wurden, desto größer war ihr Einfluss auch innerhalb der Dorfgemeinschaft. Dennoch war das Dorf eine eher durch Zufall entstandene Gemeinschaft die durch den Abstand der ursprünglich vereinzelt stehenden Höfe entstanden war.
Seit der Niederschlagung der Bauernhaufen hatte es keine nennenswerten öffentlichen Hinrichtungen mehr gegeben. ertappten Dieben schlug man zwar die Hände ab, oder wenn es sich um andere Straftaten handelte, schnitt man ihnen die Ohren ab, doch Massenhinrichtungen wie zu den Zeiten der Bauernkriege gab es nicht mehr.

Allgemeine Angst herrschte unter den Bauern, etliche waren zumindest sympathisierend auf der Seite der Aufständischen, doch Niemand gab in diesen Zeiten zu, unzufrieden zu sein. Man arrangierte sich mit den Umständen und versuchte sich sein Glück im familiären Umfeld aufzubauen und auf bessere Zeiten zu hoffen. Den ein oder anderen trieb es dennoch weg vom bäuerlichen Leben, die Zahl der Landstreicher stieg, denn es blieb den Unzufriedenen nichts übrig, als die Gegenden zu meiden, in denen sie bekannt waren. Arbeit auf diesen Wanderschaften zu finden war schwierig, denn die hohe Zahl der Hörigen und Leibeigenen reichten dem Adel und den Klöstern im Grunde aus um die vorhandene Arbeit zu bewerkstelligen. So blieben oft nur zeitlich begrenzte Handlangerarbeiten bei den Handwerkern oder zur Zeit der Ernte, eine mehr oder wenig feste Anstellung in den Städten auf den Baustellen der Kirchen, die ein Ausmaß begannen anzunehmen, die Unmengen Arbeiter erforderte. Viele Landstreicher sahen letztendlich aber keine andere Möglichkeit für ihren Lebensunterhalt zu sorgen als sich den unlauteren Geschäften hinzugeben wie Diebstahl oder Raub.

Nicht weit weg davon angesiedelt stand das Ansehen der fahrenden Leute, die auch außerhalb des normalen Lebens standen. So waren sie zwar gern gesehen in den Dörfern und Städten, da sie Abwechslung in den Alltag brachten, aber mit den Spielleuten selbst wollte Niemand etwas zu tun haben. Auch herrschten üble Gerüchte über dies wunderliche Völkchen: Kinder seien vor ihnen nicht sicher, da immer Mal wieder Kinder verschwanden, Zauberei und Hellseherei seien auch eine gängige Praxis vor allem der Frauen unter dem fahrenden Volk. Manch überhasteter Aufbruch der ein oder anderen Spielmanns-Gruppe wurde veranlasst von derartigen Gerüchten, man zog die Flucht einer Verurteilung durch ein Gericht vor, da man mit keinem angemessenen Urteil zu rechnen brauchte.

Der Adel wiederum zog es vor unter Seinesgleichen zu bleiben und selten direkt in Kontakt mit den Dorfbewohnern zu kommen. Man lebte in der eigenen Welt, die nicht durch Geldnot geprägt war, sondern sich um Kampf, Minne und Herrschen über die Untergebenen drehte. Keiner der Adligen hatte Interesse an den Bauern, sie waren billige Arbeitskräfte, die für das Wohl der Herren zu sorgen hatten, verhielten sie sich nicht in diesem Sinne, mussten sie durch dementsprechende Maßnahmen wieder gezähmt werden. Wie sie lebten und welche Ängste und Sorgen sie hatten war nicht relevant für die Herren.

Ein Großteil der Ländereien und des Waldes die das Dorf umgaben war Eigentum des Klosters und wurde den Bauern zur Bewirtschaftung zur Verfügung gestellt – gegen die damals üblichen Gegenleistungen in Naturalien. Der ansässige Abt war ein strenger, wenngleich gerechter Führer der vom Kloster Abhängigen, er verlangte viel, aber nichts Unmögliches, so hielt sich die zusätzliche Belastung der Bauern Fronschieds in Grenzen.

Wälder und Sümpfe lagen brach ehe sie von den Bauern urbar gemacht wurden, das Kloster forderte von den Bauern für das zur Verfügung stellen des Bodens keine geringe Entlohnung. Letztendlich führte dies im Dorf dazu, dass die meisten Bewohner in Abhängigkeit entweder vom Kloster, oder aber vom Adel leben mussten, wenige hatten es geschafft sich eine Selbständigkeit zu erarbeiten, oder aber sie hatten gute Beziehungen zum noch weiter entfernt lebenden Adel, der sie dementsprechend unterstützen konnte. Die wenigen Händler, die das Dorf beherbergte, konnte man nicht mit den Kaufleuten der großen Städte vergleichen, die über einen Besitz verfügten, der manchem adligen Herrn die Schamesröte ins Gesicht treiben musste, aber sie hatten ein weitaus besseres Einkommen als der Großteil der Dorfbevölkerung und vor allem die Freiheit über ihr Leben selbst bestimmen zu können. Ihre Kunden waren die Herren der umliegenden Gutshöfe, die in der Umgebung des Dorfes angesiedelt waren, oder die Adligen. Je weiter man sich vom Fronschieder Dorfplatz entfernte, desto armseliger wurden die Hütten, man fand keine Händler mehr, die Strohdächer waren schon lange nicht mehr neu eingedeckt worden, wiesen zum Teil gar Löcher und faule Stellen auf, sodass der Regen sich ungehindert seinen Weg bahnen konnte.

Die großen Gutshöfe die außerhalb der Eingrenzung des Dorfes lagen, bildeten eine beinahe eigenständige und unabhängige Gemeinschaft mit ihren eigenen Gesetzen. Der Gutsherr war der absolute Herrscher und Richter über das gesamte Gut, sein Wort war Gesetz. Es gab Herren, die gegenüber ihrem eigenen Gesinde gerecht auftraten und es gab Herren, die ihre Macht aufs Härteste an ihren Untergebenen ausließen. Das Gesinde hatte keinerlei Möglichkeit sich gegen die Willkür ihrer Herrschaft zu wehren, kein Gericht hätte ihnen geglaubt – wenn ihr Wort gegen das einen angesehenen Herrn stand. Aber diesen Schritt getraute sich so gut wie niemand des Gesindes zu gehen, denn die Möglichkeit vor Gericht auf Freunde und Bekannte der Gutsherren zu stoßen, war sehr groß. Würde ein Urteil ergehen gegen einen Menschen mit dem die Richter und Ratsherren noch am Abend zuvor bei ein paar Bechern Wein zusammen gesessen hatten?
Das Gesinde in den Nebenhäusern musste ein Leben fristen das dem der meisten der armen Bauern im Dorf entsprach. Sie waren Leibeigene im wahrsten Sinne des Wortes, denn selbst über ihren eigenen Leib konnten sie nicht frei verfügen.
Das letzte Haus Fronschieds war eines der ärmlichsten, die es in diesem Dorf gab. Zwar befand es sich noch innerhalb der dörflichen Einfriedung, dennoch hatte man das Gefühl sich bereits außerhalb der Gemeinschaft zu befinden.
Es regnete. Vor der Hütte bildeten sich kleine Rinnsale, die an der Außenmauer entlang in den nahe liegenden Bach flossen. Obwohl ehemals aus Stein gebaut, brachen ganze Mauerteile ab, das schlechte Wetter, die kalte Witterung und der Lauf der Zeit zeigten sich gnadenlos an dem ganzen Gebäude. Die Luke, ehemals als Fenster gedacht, war dauerhaft verschlossen, einer der Riemen, die als Angel der Tür dienten war so sehr verschlissen, dass er den kommenden Winter wohl kaum überstehen würde. Innerhalb des Raumes stand ein massives Bett, grob gezimmert, auch die Bettlade ließ keinen Zweifel daran aufkommen, dass die Bettstatt mindestens so alt war wie der Bewohner der Hütte selbst. Eine einzelne Truhe diente gleichermaßen als Aufbewahrungsort der wenigen Kleidungsstücke und als Sitzgelegenheit vor dem kleinen Tisch auf

dem sich die Essensreste der letzten Mahlzeiten befanden, sowie ein Krug Wasser. Das Dach wies eine Öffnung auf, sodass der Rauch der Feuerstelle mehr oder weniger ungehindert abziehen konnte. Dennoch roch das gesamte Mobiliar und die herumliegende Kleidung nach Rauch.
Über dem Feuer hing ein kleiner Kessel mit heißem Wasser, der leise brodelnde Töne von sich gab.

Jochim fand sich inzwischen darin zurecht – trotz Blindheit. Es war ihm gelungen sein Leben so zu organisieren, dass er mit den Umständen fertig wurde. Sicherlich nicht ganz ohne fremde Hilfe, immer mal wieder brachte man ihm einen Korb Obst vorbei, Brot, oder gelegentlich Eier. Es war nicht viel, aber reichte zum Überleben. Die Kinder, die bei ihm vorbeischauten, vertrieben ihm die Zeit, denn auch wenn er sich ihre Neckereien und Streiche gefallen lassen musste, so schätzten sie doch seine Geschichten aus früheren Zeiten. Er verstand es vor allem, den für die Kinder abenteuerlichen Zeiten der Aufstände eine Farbe zu verleihen und er erhoffte sich im Gegenzug, im ein oder anderen jungen Kopf die Saat des Widerstandes legen zu können. Da sie ihm ab und an auch etwas zu Essen oder Trinken mitbrachten, ließ er sie gewähren, was immer sie auch in seiner Hütte trieben.

Maries Mann war bei einem Unfall verstorben. Die beiden gehörten zu den Hörigen des nachbarlichen Klosters und hatten den Auftrag bekommen im klostereigenen Wald Holz zu schlagen. Dabei war es zu dem tragischen Vorfall gekommen: Ihr Mann hatte sich zu nahe von hinten an eines der Arbeitspferde gewagt und dadurch offensichtlich das Tier so sehr erschreckt, dass es ausgeschlagen und dem jungen Waldarbeiter die Brust eingedrückt hatte. Man hatte sofort Marie benachrichtigt, was sich im Wald zugetragen hatte, aber als sie am Ort des Geschehens ankam war es bereits zu spät. Sie hätte ihm nicht mehr helfen können, aber so war ihnen sogar eine letzte Aussprache, ein letztes Liebesbekenntnis verwehrt gewesen.

Marie versank in Lebensmüdigkeit und war für das Kloster keine Hilfe mehr. Dennoch machte sich der ansässige Zisterzienser-Abt Gedanken über ihr zukünftiges Leben und da sie damals recht ansehnlich war, gelang ihm die Vermittlung auf jenen Gutshof im Nordosten des Dorfes Fronschied.
Als der Gutsherr die junge Magd das erste Mal zu Gesicht bekommen hatte, stand noch nicht fest, ob sie ein Teil seines Gesindes werden könnte, ob ihre Fähigkeiten dazu ausreichen würden. Hätte man Marie gefragt, so wäre ihr sicherlich alles gleichgültig gewesen, denn im Grunde erhoffte sie nichts mehr von ihrem Leben ohne ihren Mann. Auch wenn sie bereits von Geburt an von ihrer beider Eltern versprochen waren, so hatten sie doch gelernt sich nicht nur miteinander zu arrangieren, sondern auch sich wahrhaftig zu lieben. Er fehlte ihr unendlich – was hatten sie für Pläne gemeinsam geschmiedet, wie sehr hatten sie sich geliebt. Gustav war sogar der Meinung gewesen, dass es ihm allein durch harte Arbeit gelingen könne soviel Geld beiseite zu schaffen, dass sie sich aus der Fron des Klosters würden freikaufen können. Mit einem kleinen Stück Land wäre sicherlich kein wohlhabendes, dennoch ein eigenständiges Leben ohne Gängelei möglich gewesen.
Nun war nichts mehr übrig von den Träumen, Marie allein war als junge Witwe nicht stark genug in einer reinen Männerwelt allein bestehen zu können. Eine ihrer jüngeren Schwestern für die sie immer ein Vorbild gewesen war, bekniete sie zwar, sich doch einem Konvent anzuschließen, denn innerhalb relativ sicherer Klostermauern hätte sie zumindest die Möglichkeit gehabt, an ihrer persönlichen Bildung arbeiten zu können. Aber kurz nach dem Unfall ihres Mannes war sie zu keinem klaren Gedanken fähig, sie reagierte nur noch, traf keine eigenständigen Entscheidungen. So kam es, dass der Gutsherr dem Vorschlag des Abtes zustimmte Marie in sein Gesinde aufzunehmen, niemand ahnte in welche Abhängigkeit er sie gab, am allerwenigsten ahnte der Gutsherr, dass er damit sein eigenes Schicksal besiegelte.
Luitpold machte schon in der ersten Zeit keinen Hehl daraus wie sehr er sich zu der jungen Magd hingezogen fühlte, persönlich stellte er sie den anderen Mägden vor, zeigte ihr die unterschiedli-

chen Arbeiten die sie zu machen hatte und ließ zur gleichen Zeit jedoch auch keinen Zweifel daran, dass er ihr eine Chance geben wolle.
Zumindest am Anfang fasste Marie noch ein gewisses Vertrauen in die Ehrlichkeit Luitpolds, sie war auch noch zu sehr von der Tragik des Todes schockiert, aber mit der Zeit wuchs in ihr ihm gegenüber ein Misstrauen. Im ersten halben Jahr hatte sie keinen Grund Luitpold Arglist zu unterstellen, aber mit der Routine die sich langsam in ihrer neuen Arbeit einzustellen begann waren seine persönlichen Besuche bei ihr vermehrt durch Anzüglichkeiten geprägt. Er riss mal hier eine Zote, berührte sie dort unbeabsichtigt am Arm, die Aufdringlichkeit dieser Aufeinandertreffen nahm zu und Marie begann sich unwohl zu fühlen. Ihre Trauer hatte sich in jener Zeit bereits in einen dumpfen Schmerz verwandelt sodass sie empfänglicher war für die Dinge die sie umgaben. So blieben ihr die immer offensichtlicher werdenden Avancen des Gutsherrn auch nicht verborgen. Die Gerüchte, die ihre Runden auf dem Hof machten, führten letztendlich auch dazu, dass sie einer direkten Konfrontation mit dem Gutsherrn aus dem Wege ging.

„Nuhn dran, dran, dran, es ist zeyt ... Gott gehet euch vor, volget, volget!"

„Ich will dir was erzählen über deinen Vater mein Sohn."
Marie war zu dem Schluss gekommen, dass es nun an der Zeit sei, ihren inzwischen halbwüchsigen Sohn über seine wirkliche Herkunft aufzuklären.
Thomas Miene verhärtete sich, denn er kannte die Gerüchte die sich um seine Herkunft rankten, wie auch um einige andere Mädchen und Jungs des Gutshofes, deren Vater nicht auf dem Gut lebte. Bereits als Kind hatte er sich den Spott anhören müssen, der freilich nur hinter vorgehaltener Hand an sein Ohr drang, nämlich dass sie alle ein und denselben Vater hätten: Luitpold, den Gutsherrn. Dieser schwieg selbstredend zu all den angedichteten oder vielleicht auch wahren Geschichten, war ihm die Quelle der Berichte jedoch bekannt, so zögerte er nicht mit den drakonischsten Stra-

fen seinen Ruf zu retten für die, wie er das selbst nannte `üble Nachrede´.
Anfänglich hatte sich Thomas noch gefreut, als er hörte, dass die alte Magd, die ihn wegen seines vermeintlichen Vaters immer beschimpft hatte, bestraft werden sollte, aber später bereute er seine Rachegefühle, denn eine solche Behandlung hatte Niemand verdient.
Luitpold hatte damals wutentbrannt das gesamte Gesinde auf dem Hof zusammengerufen, sie alle mussten einen Kreis um die Alte schließen. Dann begann der Gutsherr mit der Anklage, dass er ein fürsorglicher Vater dreier Kinder sei, verheiratet und immer auf das Wohl seines Gesinde bedacht und so werde es ihm nun von einer alten Fettel gedankt. Er schlug die Alte selbst mir einem Schürhaken grün und blau, bis sie sich nur noch wimmernd am Boden wand – hätte nicht eine seiner Töchter zu weinen begonnen, die eine innige Beziehung zu der Alten hatte, so wäre diese wahrscheinlich bald nicht mehr am Leben gewesen. Wutentbrannt hatte der Gutsherr den Haken von sich geworfen und war zusammen mit dem weinenden Kind im Herrenhaus verschwunden.
Thomas bereute seine Rachelust aufs Tiefste, auch wenn es ihm lieber war, den Spott nicht mehr ertragen zu müssen. Erreicht hat Luitpold nichts mit seinen Strafaktionen, denn mit jedem Schlag den er austeilte, bestärkte er die Meinung innerhalb des Gesindes, dass doch was an den Vermutungen dran sein müsse.
Von daher vermutete Thomas nun sehr stark, dass seine Mutter ihm doch offenbaren werde, dass der Gutsherr sein Vater sei. In seinem Magen begann es zu rumoren, was sollte er denn machen, wenn dieser fürchterliche Mensch tatsächlich sein Vater war? Einen Vorteil hätte er nicht davon, da Luitpold ihn nie als rechtmäßigen Sohn anerkennen würde, bis ans Ende seiner Tage würde er wohl dessen Höriger bleiben. Doch floss tatsächlich das Natterblut des Gutsherrn in ihm?
Er setzte sich auf Maries Bettstatt und befürchtete das Schlimmste. Marie musste lächeln, als sie ihren schon so erwachsenen Sohn ansah, dennoch wurde ihr schwer ums Herz, da sie wusste, welche

Tragweite unter Umständen aus dem folgend Gesagten resultieren könnte.
„Nein, du bist nicht der Sohn des Gutsherrn, eines Bauern oder Landknechts, dein Vater ist ein Prediger.
Noch immer scheue ich mich davor zu sagen er war ein Prediger, denn er wird in mir immer lebendig bleiben, auch wenn ich inzwischen weiß, dass er tot ist. Er wird in unseren Herzen fortleben, seine Ideen werden fortleben. Sein Name ist derselbe wie deiner: Thomas. Thomas Müntzer."
Mit seinen vierzehn Jahren hatte Thomas bislang noch nichts von der Welt gesehen, sein Alltag drehte sich um das Leben und die Arbeit auf dem Gut, ihm war schon von Geburt seine Stellung als Leibeigener bewusst gemacht worden. Weniger von seiner Mutter, als vielmehr von den älteren Knechten und Mägden. Sie pflegten ihm immer zu sagen, dass das Beste was ihm Zeit seines Lebens würde passieren können sei, dass er zu einem kräftigen Knecht heranwachse, der tüchtig zu arbeiten verstehe, damit er niemals den Zorn des Gutsherrn auf sich ziehen würde. Er wollte sich diese Haltung auch immer zu eigen machen, aber irgendetwas in ihm sträubte sich dagegen. Er versuchte sich die Haltung der besten Knechte zum Vorbild zu nehmen, aber sein Gerechtigkeitssinn schlug immer Alarm, wenn er irgendwo von Ungerechtigkeit hörte, oder sie gar am eigenen Leib zu spüren bekam. Dass das gesamte Gesinde dies immer mit der Vormachtsstellung der Herrschaft im Gut erklärte und einfach weiter arbeiten konnte, wollte er einfach nicht hinnehmen. Aber bislang war er zu jung gewesen, als dass er den Zorn des Gutsherrn persönlich auf sich gezogen hätte, aber er wusste, diese Zeit würde irgendwann kommen.
Seine Mutter war ihm bei diesen Dingen nie eine große Hilfe gewesen. Zwar erklärte sie ihm immer wieder wie er sich verhalten solle, welche Rolle die Leibeigenen für die Herren spielten und welche Möglichkeiten blieben. Doch im Grunde entsprach alles, was seine Mutter ihm riet und erklärte, immer der ihn umgebenden Welt. Auch sie schien der Meinung zu sein, dass es für sein Leben keinen Ausweg gab. Er konnte es weniger schmerzhaft oder

schmerzhaft hinter sich bringen, dieses menschliche Jammertal, allein die Hoffnung auf das Ewige Leben war ihm sicher.
So geschah es einmal, dass er von einem älteren Knecht schlimm gebeutelt wurde, was ihn einen Zahn kostete und mehrer blaue Flecken an den unmöglichsten Stellen. Grund der Maßregelung war ein von Thomas vehement vorgebrachter Einspruch, als eine junge Magd erneut zum Fluss geschickt wurde, um zu Waschen, obwohl Thomas Meinung nach bereits alles gewaschen war. Es war im Winter gewesen, das Mädchen hatte bereits eine angeschlagene Gesundheit und fror erbärmlich in ihren dünnen Röcken. Thomas hatte versucht ein mildes Wort für die Magd einzulegen, was ihm als ungebührliche Frechheit ausgelegt wurde und er bekam die körperliche Züchtigung zu spüren. Der Knecht, der ihn verprügelt hatte, fühlte sich im Recht, wurde von niemandem aufgehalten, hatte im Gegenteil sogar noch tatkräftige Unterstützung bekommen von Mägden und Jungen in Thomas Alter. Beinahe schien es so, als legten sie in ihre Schläge all die Unzufriedenheit und Aggression, die sich in ihnen aufgestaut hatte. Thomas konnte von Glück sagen, dass ihm einmal mehr Isabella dabei half seinen Widersachern entfliehen zu können. An die Köchin des Guts traute sich nicht einmal der Knecht Hand an zu legen. Er flüchtete zu seiner Mutter um ihr die Ungerechtigkeit der Welt zu klagen und war von diesem Zeitpunkt an ein wenig vorsichtiger, wenn er sein loses Mundwerk auch nicht vollkommen unter Kontrolle halten konnte.
So erfuhr Thomas bereits als Junge, wie hart und ungerecht seine Umwelt war, aber wie die Welt außerhalb des Guts aussah, davon hatte er wahrlich keine Ahnung. Isabella erzählte ihm Geschichten aus der Märchenwelt, die ihn aus der Wirklichkeit entführten, und ab und an bekam er auch aus Gesprächen mit, was im Dorf wieder passiert war, aber erlebt hatte er dergleichen niemals. Es war ihm unter Strafe verboten den Hof zu verlassen und ihm stand nicht der Sinn danach, erneut die Erfahrung einer Züchtigung zu machen wie wegen der jungen Magd.
„Wir haben uns nach einer seiner Predigten kennen gelernt, die er vor hunderten Bauern hielt. Ich habe ihm zugehört, war beeindruckt, sprach ihn anschließend an, wir haben uns unterhalten ü-

ber die Lage der Bauern, welche Möglichkeiten es gibt daran etwas zu ändern – eine Möglichkeit, etwas zu ändern, sah er immer."

„Er war ein Priester?" fiel ihr Thomas ins Wort, „ein Mann Gottes, der sich auf die Seite der Bauern schlug – wie kann dieser Mann mein Vater sein? Zog er durch die Lande als Mönch? Wie sah er aus? Ich befürchtete schon Luitpold sei mein Vater." Trotz seiner Verwirrung fühlte er in seinem Innersten eine große Erleichterung, dass der grausame Gutsherr nicht sein Vater war und dass nichts an den Gerüchten dran zu sein schien.

„Dein Vater war in der Tat ein armer Mann, er hatte aber einen geschliffenen Geist. Er war schon immer davon überzeugt, dass Gott auch in der gegenwärtigen Zeit – und vor allem zu den Armen und Unterdrückten spricht. Ich habe noch niemals einen Pfaffen, von denen ich im Grund nichts halte, wie du weißt, auf diese Art und Weise rede hören. Seine Wirkung war auch unbeschreiblich, selbst die Knechte und die meisten Mägde unseres Hofes liefen damals in Scharen zu seinen Predigtstätten, um ihm zuzuhören. Das alles gestaltete sich überaus schwierig, denn wir mussten dennoch dafür Sorge zu tragen, dass die Arbeit auf dem Hofe nicht liegen blieb. Unser Glück war, dass die Herrschaften eben zu dieser Zeit auf einer längeren Reise außer Haus waren, denn sonst wäre es sicherlich nicht möglich gewesen den Reden deines Vaters zuzuhören.

Er predigte als Knecht Gottes gegen die Gottlosen, dazu zählte er auch die Pfaffen, Fürsten und Herren unseres Landes.

Ein Jahr nachdem er hier bei uns gesprochen hatte zog es ihn wieder nach Zwickau, wir haben uns danach niemals wieder gesehen – er wusste bis zu seinem schrecklichen Ende nichts davon, dass er einem Sohn das Leben geschenkt hatte.

Man hat mir erzählt, dass er von dort einige Zeit später nach Prag reiste, doch auch dort waren seine Reden nicht willkommen, an Zuhörern hatte es ihm nie gemangelt, doch die Herrschenden und die Pfaffen hegten bereits damals nichts Gutes für uns. Obwohl vom bekannten Luther anfänglich unterstützt, erhielt er Predigtverbot, wie man mir erzählte. Doch die Nachrichten widersprachen sich mehr und mehr, was ich von Boten höre, sind die schlimmsten

Meldungen die man sich nur ausmalen kann. Seine Reden scheinen noch immer fürchterlichste Kinder zu gebären – überall Aufstände, Erhebungen und alle scheinen sich auf seine Reden zu berufen ..."
„Aber hat er denn das nicht gewollt?" wollte sich Thomas versichern, insgeheim bemerkte er, dass er soeben begann eine Welt zu betreten, die gänzlich neu für ihn war. Doch seine Mutter hatte ein Interesse in ihm geweckt.
„Im Gegensatz zu Martin ging es deinem Vater wirklich um eine Veränderung, nicht nur um eine geistige Erneuerung, wie Martin dies immer nannte. Wir debattierten, er der Prediger und wir seine Zuhörerschaft, die sich heimlich aus den Höfen gestohlen hatten. Er war stets aufrichtig, damals bereits ein Mann in seinen besten Jahren und ich die einfache Magd. Umso verwunderter war er, wie gut wir uns unterhalten konnten und uns verstanden. Er der Priester – ich die Frau. Du weißt, dass ich keine gebildete Frau bin, was weiß ich schon über die Zusammenhänge der großen Politik, aber er verstand es grundsätzlich seine Ideen so kundzutun, dass sie von allen verstanden wurden. Daher die Wirkung seiner Worte."

In Gedanken versunken machte Marie eine Pause in ihrer Erzählung und sah ihren halbwüchsigen Sohn mit einer Liebe an, die er lange vermisst hatte. Ein derartig ernstes Gespräch hatten die beiden schon lange nicht mehr miteinander geführt. Marie schien ihm die Tore zu einer neuen Welt öffnen zu wollen und er war bereit hindurch zu gehen.
„Nach Abschluss seiner Predigt folgte er einigen Bauern und Knechten hierher ins Gesindehaus, streng geheim, denn von unserer Herrschaft durfte davon natürlich keiner etwas erfahren, welcher Aufruhr sich tatsächlich unter ihrem Dach zusammenrottete. Wir debattierten, tranken Wein, den ich bereits Tage zuvor bei einem der großen Bankette zur Seite geschafft hatte – ich hatte kein schlechtes Gewissen deswegen, diente der `Diebstahl` doch einem eigentlich höheren Ziel, welches noch gottgefällig war. Wieso auch? Ich musste wirklich im Schweiße meines Angesichtes dafür Sorge tragen, überhaupt überleben zu können mit dir. Wie du weißt, müssen wir alle davon leben, was allein ich für uns auf die

Seite schaffe. Es bleibt mir überhaupt nichts anderes übrig, als ab und an auf Mundraub zurückzugreifen. Was mich im Nachhinein selbst ein wenig verwundert hat: Woher wusste ich im Innersten, dass wir den Wein brauchen würden? Hatte ich gespürt, dass es kurz darauf zu dieser Zusammenkunft kommen würde?
Wir aßen zusammen, tranken nicht wenig des seltenen Weines in jener Nacht nach seiner Feldpredigt und irgendwann waren von den sieben Bauern, Müntzer und mir nur noch Thomas und ich verblieben. So unterhielten wir uns noch weiter bis tief in die Nacht. Unsere Gespräche drehten sich nicht nur um das ärmliche Leben der Bauern und des Gesindes und welche Möglichkeiten die Bauern hätten all dies zu verändern. Zunehmend wurde unsere Unterhaltung persönlicher, ich erzählte von meinem Leben, er offenbarte mir geheime Überlegungen, was er weiter vorhatte, nicht ganz ohne Einfluss des Weines. Wir schienen eine Seelenverwandtschaft auszumachen, auch wenn uns nur diese eine Nacht zur Verfügung stand, wie sich herausstellen sollte. Ich fragte ihn, weshalb er Priester geworden sei, wurde sehr direkt, was ihn zu Anfang etwas verunsicherte, aber nach und nach mehr gefiel."
Thomas hörte seiner Mutter gespannt zu, es war schließlich das erste Mal, dass er auf einmal soviel von seinem Vater zu hören bekam. Er fühlte sich ihm seltsam verbunden, und hatte beinahe das Gefühl, als sei er in diesem Moment in ihrer Nähe. Wie wäre wohl sein Leben bisher verlaufen, hätte er nicht immer nur eine Mutter, sondern auch einen Vater gehabt?
Thomas hing seinen Gedanken nach und auch Marie fiel es sichtlich schwerer, mit ihrer Erzählung fortzufahren, da kam ihr die kleine Verschnaufpause gerade recht. Aber noch hatte sie ihrem Sohn nicht das erzählt, was ihr wirklich wichtig war.
Nach einer weiteren kleinen Pause und ein paar Schlückchen Wasser, fuhr sie fort.
„Als alle Gefährten uns verlassen hatten, bemerkte ich an deinem Vater eine zunehmende Unsicherheit, die so gar nicht zu dem starken Recken, der sich in den Dienst des Volkes gestellt hatte, passen wollte. Die Hochnäsigkeit, die er teilweise gerade Frauen gegenüber an den Tag legte, war vollkommen von ihm gewichen – er

wirkte auf mich wie ein unerfahrener kleiner Knecht in unserem Gesinde, was natürlich mein Interesse an ihm als Mann noch weiter anstachelte. Meine Erfahrungen auf dem Gebiet der Liebesdinge waren jedoch auch sehr begrenzt, sodass ich mich sicherlich nicht sehr viel geschickter anstellte als er. Sagen wir es so: Ich hatte wenig Erfahrung – er dagegen hatte keine, was nicht wundert, da er sich ja als Mann Gottes im Grunde der Keuschheit verpflichtet hatte. Waren seine Auslegungen von Gottes Wort zwar freier als allgemein von der Kanzel gepredigt und dem einfachen Volke näher, so betraf dies jedoch nicht seinen persönlichen Umgang mit dem anderen Geschlecht.
Aber ich bemerkte, als wir allein waren, wie ihn meine Augen anzogen, wie sein Blick vermehrt über meinen Körper wanderte und an bestimmten Stellen verharrte - was sich für einen Priester nicht schickte. Dennoch genoss ich es.
Ich dagegen begann ein wenig mit meinen weiblichen Reizen zu spielen. Als ich zudem noch bemerkte, dass er dagegen offensichtlich nichts einzuwenden hatte und auf meine Neckereien einzugehen begann, setzte ich dieses bis dahin harmlose Spiel fort."
Thomas verstand was seine Mutter ihm versuchte zu sagen, all das hörte sich für ihn an wie eine Geschichte, die vor langer Zeit spielte und in die er mehr und mehr hineingezogen wurde.
„So lernten wir uns immer näher kennen und schließlich endete es in einer Liebesnacht… Aus dieser Nacht gingst du hervor mein Sohn, du bist ein Kind wahrer Liebe.
Bis zu seinem Tod hat er nie erfahren, dass er einen Sohn hat, ich wollte ihn weder von seinem priesterlichen, noch von seinem kämpferischen Weg abbringen, obwohl ich ganz sicher bin, dass er sich an unser Erlebnis bis zum Ende seines Lebens ebenso erinnerte wie ich: Es war eine Nacht vollkommen reiner Liebe."
Marie begann leise zu weinen, die Gefühle übermannten sie, wie lange hatte sie schon vorgehabt endlich ihrem Sohn die ganze Wahrheit über seine Herkunft zu erzählen, denn sie wusste wie wichtig das war. Der junge Thomas konnte ihr hier allerdings keinen Trost spenden. Er hatte von diesen Dingen keine Ahnung wie sie selbst damals und konnte den Schmerz seiner Mutter nicht

nachvollziehen. Zu aufgewühlt war er außerdem von all den Neuigkeiten, die ihm seine Mutter so plötzlich erzählte.

„Das einzige was mir von dieser Nacht blieb: Dir seinen Namen zu geben und dir nun, wo du vierzehn Jahre alt geworden bist, zu erklären wer dein wirklicher Vater ist und wessen Blut in deinen Adern fließt. Es sollte dich mit Stolz erfüllen was er für ein Mensch war. Leider war es ihm nicht vergönnt selbst noch miterleben zu dürfen, auf welch fruchtbaren Boden seine Worte fallen werden. Alles was du bisher von den Aufständen der Bauern gehört hast, ist sicherlich auch auf seine Reden zurück zu führen. Aber wie viele mussten dies bereits mit ihrem Leben bezahlen. Hat sich all das wirklich gelohnt? Die Zukunft wird uns hoffentlich Recht geben…
Ich war mir auch nicht sicher wann der Zeitpunkt gekommen ist, wann ich dir die Wahrheit über deine Herkunft sagen sollte, aber wahrscheinlich hast du in den letzten Tagen eine Veränderung an mir festgestellt: Unser großartiger Hofherr, hat.. nicht… von mir gelassen."

„Wie meinst du das? Was hat Herr Luitpold denn getan?"

„Das ist sehr schwer zu erklären: Ich wollte ihn abweisen, aber er forderte sein Recht auf mich ein – wenn es denn wirklich sein Gott gegebenes Recht ist, wie er immer behauptet."

„Was hat er denn gemacht?"

„ Eh ich mich versah zog er mich – übrigens bereits zum zweiten Mal – in die Ecke unter die Treppe und tat mir an, was in keinster Weise mit jener Nacht, die ich zusammen mit deinem Vater verbringen durfte, vergleichbar war."

Erneut trat eine unheimliche Stille zwischen sie. Thomas konnte seine Gefühle nicht mehr einordnen. Einerseits hatte er ein Hochgefühl was seinen Vater betraf, andererseits fühlte er sich zur gleichen Zeit im Stich gelassen von ihm und insgeheim begann sich in seinem Innersten eine Wut auszubreiten die er bisher noch niemals in dieser Intensität gefühlt hatte. In welch ungerechter Welt lebten sie eigentlich? Was war das für ein Gott, der zulassen konnte, dass sein Vater nicht hier war und dass der Herr des Gutes offenbar seiner über alles geliebten Mutter nachstellte?

„Thomas, hat man dir von Frankenhausen erzählt?"

„Der Schlacht und dem Gemetzel an den Bauern, das dort stattgefunden hat? Ich habe Isabella im Gespräch mit einem Knecht belauscht, der ihr von der Schlacht berichtet hat... Isabella war entsetzt und hat geweint, es muss Schreckliches dort passiert sein..."
„Ich weiß es auch nicht aus eigenem Erleben, aber ich bekam vor ein paar Tagen eine Nachricht..." Tränen traten ihr erneut in die Augen. „Und auch die endgültige Nachricht...."
Nach einigen Augenblicken hatte sie sich wieder soweit gefasst, dass sie weiterreden konnte, dabei liefen ihre Tränen weiter die Wange hinunter.
„Anfänglich waren die Aufständischen unter Thomas Führung noch erfolgreich, man erzählt von etlichen geplünderten Klöstern und niedergebrannten Burgen. Die hohen Herren hatten einen solchen Aufruhr sicherlich nicht erwartet und es dauerte eine gewisse Zeit, bis sich die Herren gegen ihre Untergebenen formiert hatten. Aber als dann die Zeit gekommen war, schlugen sie mit einer Gewalt und Stärke zu, die Thomas und seinen Mannen weit überlegen waren". Erneut wurde sie von Schluchzen unterbrochen, Thomas hörte mit offenem Mund staunend zu, wie ihm von einer Welt berichtet wurde, mit der er bislang keinen Kontakt gehabt hatte.
„Und auch Martin Luther schlug sich auf die Seite der Mächtigen. `man soll sie zerschmeißen, würgen, stechen, heimlich und öffendlich, wer da kann, wie man einen tollen Hund erschlagen muss` soll er gesagt haben. Und dies hat man dann auch getan: Tausende wurden erschlagen, viele festgesetzt und gefoltert ... auch dein Vater..."
„Man hat ihn gefangen genommen? Was ist dann mit ihm passiert?"
„Die Erzählungen darüber gehen auseinander, aber es scheint ihm in der Wasserburg von Heldrungen sehr schlecht ergangen zu sein. Man hat ihn aufs Übelste gefoltert und anschließend in der Nähe der Stadt Mühlhausen hingerichtet. Auch danach rückte Luther nicht von seiner Meinung gegen die Bauern ab. Ich verstehe ihn nicht, aber er ist ein gebildeter Mann und hat sehr viel bewirkt –

wahrscheinlich ging ihm dein Vater zu weit, der die geistige Erneuerung auch auf das irdische Dasein erweitert sehen wollte."
„Ich hasse diesen Luther!" begann Thomas nach den Berichten seiner Mutter zu wüten.
„Du kennst ihn nicht, du weißt nichts über sein Vermächtnis, du kannst sie nicht einmal lesen, da du des Lesens nicht mächtig bist. Ich verstehe die Welt der großen Geister unserer Zeit nicht, aber ich maße mir kein Urteil an, aber ich trauere zutiefst um deinen Vater, meinen Geliebten, der mir das gab, worauf ich bis heute stolz bin: Dich!
Mein Entschluss steht fest: Es wird sich in unser aller Leben Tiefgreifendes verändern in der nächsten Zeit. Ich liebe dich, geh zu einem lieben Freund, sein Haus steht in der Nähe des Baches, dessen Quelle am Dorfrand entspringt.
Erschrick nicht beim Anblick des alten Hauses, es ist kaputt, birgt aber einen der wenigen Schätze, der die Zeit der Unruhen bislang überdauert hat.
Du wirst darin einen alten Mann finden, dessen Aussehen dich wahrscheinlich entsetzen wird, wie auch seine Art zu leben. Er ist einer der letzten Verbliebenen, die mit deinem Vater stritten und auch bitter dafür bezahlen mussten. Ich hoffe, er kann dir erzählen, was sich damals noch ereignete, vielleicht kannst auch du ihm helfen. Verbringe viel Zeit mit ihm und seinen Geschichten, du kannst ihm vertrauen. Ihr werdet eine Verwandtschaft im Geiste feststellen, dessen bin ich mir sicher, er wird dich in deinem Erbe bestätigen. Nutze die Zeit, ihr habt nicht all zu lange. Nun geh hinaus, leb wohl mein Sohn."
Thomas war äußerst beunruhigt, denn so hatte er seine Mutter noch nie erlebt. Immer war sie sein Fels in der Brandung gewesen, die ihm den Rücken gestärkt hatte, weshalb diese tiefe Verzweiflung, die er zu spüren bekam? Er verließ den Raum in dem Marie vor sich hinstarrte nicht ohne schlechtes Gewissen. Konnte er seine Mutter in diesem Zustand alleine lassen? Weshalb hatte sich all das so absolut, so endgültig angehört?
Als er vor das Gesindehaus trat, zog er in langen Atemzügen die kalte Nachtluft in seine Lungen und dachte nach, wie er am ein-

fachsten zu jener beschriebenen Hütte des Alten gelangen konnte. Natürlich war allen Leibeigenen das Verlassen des Gutes unter Strafe verboten und er war bereits zu alt, als dass er sich hinter einer unschuldigen Kindheit hätte verstecken können. Als kleiner Junge hatte er sich öfters aus dem Staub gemacht, zurück kam er jedoch immer wieder, wohin hätte er auch gehen sollen. Aber man sah es ihm seinerzeit noch nach, machte eher Marie dafür verantwortlich, die ihn auch immer gehörig ausschimpfte. Aber mit vierzehn Jahren war diese unschuldige Zeit längst vorbei, er war für sein Handeln allein verantwortlich, dessen war er sich bewusst, deshalb musste er seinen Besuch bei dem Alten so gut wie irgend möglich planen.

Grundsätzlich durfte er dabei niemandem trauen – außer vielleicht Isabella und seiner Mutter, denn er hatte schon am eigenen Leib erfahren müssen, dass einige Knechte sich einen eigenen Vorteil davon versprachen wenn sie Fehlverhalten des Gesindes beim Gutsherrn anzeigten. Dieser machte sich dann oft selbst den Spaß, an den Übeltätern ein Exempel zu statuieren. In Thomas Fall waren dies äußerst schmerzhafte Rutenschläge vor Aller Augen, aber manchen des Gesindes traf die Bestrafung noch härter, so sehr, dass sie gerne tagelang der Arbeit fern geblieben wären.

Wurden die Übertretungen der hausinternen Regeln von den Mägden begangen, hing die Art der Bestrafung eindeutig von deren Aussehen ab, fanden sie in den Augen des Gutsherrn Gefallen, waren sie meist für einige Zeit verschwunden, niemand wusste wo sie sich befanden. Plötzlich kamen sie wieder zur Arbeit zurück, die meisten von ihnen weinten sehr viel, konnten aber nicht dazu bewegt werden, genaueres von ihren Erlebnissen zu berichten. Es sei ihnen unter Strafe verboten. Nur einmal erwähnte eine der Wäscherinnen, dass ihr der Gutsherr Gewalt angetan habe und dass sie jegliche Form von Rutenschlägen oder anderer körperlicher Züchtigung dieser Erfahrung vorgezogen hätte. Man fand das Mädchen ein paar Tage später ertrunken im Brunnen des Hofes – von da an sprach niemand mehr über die besonderen Züchtigungen Luitpolds am weiblichen Gesinde. Man scheute sich gar, dies

hinter vorgehaltener Hand zu tun, denn wem konnte man tatsächlich trauen?
Thomas musste es gelingen, das Haus des Alten zu erreichen und wieder zurück zu kehren, ohne dass irgendjemand etwas davon bemerken konnte. Und er benötigte Isabellas Hilfe dazu.

Unbändige Wut überall von Ungerechtigkeiten umgeben zu sein, breitete sich in Thomas aus. Was konnte er machen, um seiner Mutter zu helfen? Sie hatte ihm viel über seinen Vater erzählt, hatte seine Herkunft aufgeklärt und ihn innerhalb einer Stunde von einem Jungen zu einem Mann gemacht. Aber über sich selbst hatte sie wenige Worte verloren.
Seine Liebe zu ihr war zu groß, als dass er sich gegen ihren Wunsch gestellt hätte – also machte er sich nachts, als das Gesinde bereits schlief, auf den Weg in Richtung jenes besagten Hauses, in dem der sonderbare Alte nach Aussage seiner Mutter leben sollte. Isabella hatte ihm noch einmal den Weg erklärt und so erfuhr er auch von den verborgenen Ecken auf dem Gut, die man in der Dunkelheit nicht einsehen konnte. Die Stallungen lagen etwas abseits vom Herrenhaus und den angrenzenden Gesindebehausungen. Diese Bereiche waren wie geschaffen dafür, sich bei Dämmerung vor zu neugierigen Blicken verbergen zu können.
Isabella sorgte auch persönlich dafür, dass er an den Hunden unbemerkt vorbeihuschen konnte, ohne dass sie Laut gaben, was zweifelsohne das Ende seines nächtlichen Abenteuers bedeutet hätte. Vor Anspannung wurde ihm richtig übel, er setzte jeden Schritt mit Bedacht auf, um auf keinen Fall Geräusche zu verursachen, die jemanden aufwecken könnten. Als er sich endlich durch einen kleinen Spalt in der Außenmauer zwängte, den ihm Marie bei einem ihrer sonntäglichen Rundgänge einmal gezeigt hatte, wurden seine Schritte immer schneller, so froh war er erst einmal das Gut hinter sich gelassen zu haben.
Ihm war der Weg hauptsächlich aus den Berichten seiner Mutter und seinen wenigen Ausflügen in den nahen Wald bekannt, ansonsten betrat er in der Dunkelheit nun eine ihm völlig fremde Welt. Die Dunkelheit gab ihm einerseits Schutz, auf der anderen

Seite hatte er das ständige Gefühl, dass sich hinter jedem Baum, hinter jedem Strauch ein Übeltäter verstecken könnte, der ihm ans Leder wollte. Da war es in gewisser Weise ein Glück, dass er zuerst eine längere Strecke über Felder zurücklegen musste, bevor er die eigentliche Einfriedung Fronschieds erreichte. Zwischen den Feldern hatten die Bauern immer ein wenig Brachland stehen lassen, auf dem Dickicht zum Schutz der Feldfrüchte vor Sturm und Wind wuchs, dieses gab ihm nun die Möglichkeit zu verschnaufen und sich die jeweilige Gegend genau einzuprägen, denn schließlich hatte er vor, diesen Weg noch ein paar Mal zu gehen – wenn er auch nicht wusste was ihn bei dem Kauz am Ende des Dorfes wohl erwarten würde.

Da Thomas sich sehr viel Zeit ließ, benötigte er für die Strecke zum Dorf viel länger als er ursprünglich geplant hatte, am Horizont begann bereits der Morgen zu grauen und dies war das sichere Zeichen für ihn, dass er sich auf den Rückweg machen musste. Obwohl durch sein erstes Abenteuer die Neugier erst recht entfacht war, war er vernünftig genug sich für den Rückzug zu entscheiden und seinen Besuch beim Alten auf einen der nächsten Tage zu verschieben.

Drei Tage später regnete es ununterbrochen seit den Nachmittagsstunden, die Arbeit auf dem Hofe spielte sich ausschließlich innerhalb der Gebäude ab und Thomas kümmerte sich in den Ställen um die Kühe und Schafe des Gutsherrn. In einer der Nächte zuvor hatte eine der Kühe ein Kälbchen geboren und es war Thomas als Aufgabe zugedacht worden, sich um das kleine Tier zu kümmern und dafür Sorge zu tragen, dass ihm auch bei dieser feuchtkalten Witterung nichts passierte. Das seinerzeit geborene Kalb verstarb weil der Hütejunge nicht Acht gegeben und das Tier zu schnell hinaus in die kühle Witterung geführt hatte. Der Gutsherr machte den obersten Knecht dafür verantwortlich und dieser gab die Prügel in einer solch unmenschlichen Art und Weise an den Jungen weiter, dass dieser wochenlang das Bett hüten musste und seither sein linkes Bein nachzog. Thomas war seine Verantwortung also sehr bewusst und niemand auf dem Hofe fand es merkwürdig, dass er Tag und Nacht bei dem Jungtier im Stall verbrachte.

Es war ein großes Risiko, die Stallungen zu verlassen und sich erneut auf den Weg zu machen in Richtung des Dorfes, aber er war der Meinung, dass ein paar Stunden nichts würden ausmachen können. Durch einen Spalt in der Rückwand des Stalles verließ er die Tiere und machte sich im Schutze der anbrechenden Dunkelheit erneut auf den Weg zu dem Alten.
Dieses Mal verharrte er nicht zu lange in den Büschen, zumal an einem solchen verregneten Abend sicherlich keine Gefahr von umherstreunenden Räubern drohte. Er erreichte die dörfliche Einfriedung, eben als die Nacht hereingebrochen war.
Fronschied verfügte nicht wie die reicheren Städte über eine Nachtwache, vielmehr diente der verstärkte Zaun, denn nicht mehr war die Einfriedung im Grunde, nur der Abschreckung. Mutmaßlichen Eindringlingen sollte das Gefühl vermittelt werden, dass die Dörfler durchaus ein wehrhaftes Völkchen waren und eine kleine Gemeinschaft aufgebaut hatten, die sich zu verteidigen wusste.
Innerhalb kürzester Zeit hatte Thomas den Zaun überklettert und begab sich in den sicheren Schatten des ersten Hauses. Allerdings hatte er nicht mit dem Hofhund gerechnet, der ob des ungebetenen nächtlichen Besuches laut bellend an seinem Seil zog mit dem er, Gott sei's gedankt, an einem Pfosten angebunden war.
Ohne weiter darüber nachzudenken, nahm Thomas seine Beine in die Hand und lief los in Richtung des Dorfplatzes in der Hoffnung, dass der Lärm, den der Hund machte, nicht zu viele Dorfbewohner wecken würde. Tatsächlich verstummte das Gebell in seinem Rücken recht schnell, was ihn jedoch nicht zu einer langsameren Gangart veranlasste. Erst als er beim großen Dorfbrunnen angekommen war, nahm er sich die kurze Zeit einen Schluck von dem kühlen Wasser aus dem bereitstehenden Eimer zu nehmen und einen längeren Blick in die Runde zu wagen:
Um den Dorfplatz herum hatten sich wirklich die reicheren Handwerker und ein paar Händler angesiedelt, wie ihm das alle auf dem Hof berichtet hatten. Man sah an der Bauweise ihrer Häuser, wie viel Mühe es gemacht haben musste sie zu bauen und natürlich auch, wie viel Geld die Bauwerke verschlungen hatten. In südlicher Richtung stand die kleine Dorfkirche, die, wenn auch nicht zu

vergleichen mit den Bauwerken in den Städten, dennoch eine stattliche Größe hatte. Die Ausmaße der Kirchen ließen durchaus den Rückschluss auf den Wohlstand einiger im Dorf zu, so hatten es etliche freie Bauern zu einem größeren Besitz gebracht und auch die Händler und Handwerker hatten sich mit einer größeren Spende einen Sitz näher am Thron Gottes erkauft.

Thomas ging langsamen Schrittes auf das Gotteshaus zu, von dem ihm bereits Isabella berichtet hatte und betrat den doch sehr geräumigen Innenraum durch das kleine Portal. Die schwere Eichentür, an der ein geschmiedeter Türknauf in Form eines Heiligen angebracht war, ließ sich erstaunlich leicht in den metallenen Scharnieren öffnen und gab nur ein leichtes Knarren von sich. Üblicherweise waren die Türen, die der Junge kannte, mit Lederbändern am Türstock befestigt, die immer wieder ausgetauscht werden mussten, eine solch massive Bauweise nun mit eigenen Augen bewundern zu können, fesselte ihn. Die Dimensionen des Kirchenschiffes beeindruckten ihn ungleich mehr als die Bauweise des Portals, niemals zuvor hatte er dergleichen gesehen, bislang war er immer nur die Räumlichkeiten des Gesindes gewohnt gewesen und im Vergleich dazu den freien Himmel. Aber dass es in der Möglichkeit der Menschen lag, ein solches Bauwerk zu erschaffen, dessen Decke sich weit über seinem Kopf zu spannen schien, verschlug ihm die Sprache.

Trotz der Dunkelheit, die ihn umgab erahnte er die Macht, die ihn umgab. Innerlich fühlte er sich Gott auf einmal sehr viel näher und er verstand die Faszination seiner Mutter, die bei ihren Erzählungen immer wieder zum Vorschein kam. Magisch zog ihn der Platz des Altars an, um den einige brennende Kerzen aufgestellt waren und den leidenden Christus auf dem Altarbild gespenstisch beleuchteten. Auf dem Altarbild war der Heiland dargestellt als Schmerzensmann, die Lasten der Welt tragend und dabei segnend die Linke ausgestreckt auf der Thomas die Kreuzigungsmale erkannte. Seine Rechte lag, wie sich selbst heilen könnend, auf der Wunde die jener Speer am Kreuz hinterlassen hat, den der römische Soldat ihm in die Seite gestoßen hatte. Wie um das Leiden noch nachdrücklicher darzustellen hatte der Bildhauer noch eine

Geißel am Rande angebracht, mit der man den Heiland gemartert hatte. Die beiden Engel, die betend am Fuße des Gottessohnes knieten, hatten auch keine beruhigende Wirkung auf den Betrachter.
Thomas stand fasziniert vor dieser Darstellung, so etwas hatte er in seinem bisherigen Leben noch nicht gesehen. Was musste der Sohn Gottes für Schmerzen erlitten haben, damit er die Last der Welt auf sich nehmen konnte? Und dennoch hatte er gezweifelt, als ihm sein Schicksal bewusst geworden war, hatte er sich verlassen gefühlt von Gott und der Welt...
„Knie nieder, mein Sohn! Siehe die Pein die der Heiland für dich ertragen hat und frohlocke."
Thomas erschrak zu Tode, der Priester war aus der Dunkelheit hinter ihn getreten ohne dass er etwas bemerkt hatte, wohl wissend welche Wirkung ein solcher Auftritt haben würde.
„Vergib mir Vater, denn ich habe gesündigt!"
„Das glaub ich wohl, du Rumtreiber! Was verschlägt dich Buben in Gottes Haus?"
Thomas war etwas erstaunt ob der Grobheit des Priesters, sollten die Diener Gottes nicht Vermittler der Liebe Gottes sein, wie im das seine Mutter immer erzählte? Das Auftreten dieses Priesters sprach allerdings eindeutig eine andere Sprache, Thomas fühlte sich eher an den Gutsherrn erinnert.
„Der Zorn Gottes komme über dich, du nutzloser Bengel – wolltest wohl das Haus Gottes bestehlen?" Er versuchte den Kragen des Jungen zu erfassen, aber Thomas hatte sich ihm geschickt entwunden und war schneller wieder aus der Kirche verschwunden wie der Priester ihm nacheilen konnte. Aber dieser machte auch keinen Versuch, ihn zu verfolgen, sondern drehte sich wieder in Richtung der Sakristei, in der er vor sich hinbrummelnd verschwand.
Schwer atmend verharrte Thomas ein paar Häuser weiter in der sicheren Dunkelheit eines Daches und versuchte sich wieder zu beruhigen. Weshalb hatte der Priester ihm Böswilligkeit unterstellt, wo er doch nur seine Neugier befriedigen wollte? Als er seine zitternden Beine wieder unter Kontrolle hatte, machte er sich zügig auf den weiteren Weg zum Ende des Dorfes. Je weiter er sich vom

Dorfplatz und der Kirche entfernte, desto ärmlicher wurden die Häuser der Bewohner. Er sah keine vollständig aus Stein gebauten Bauwerke mehr und irgendwann waren auch die steinernen Sockel verschwunden, die den Bewohnern zumindest einen gewissen Schutz vor der Kälte geben konnten. Man sah bereits den Hütten die Armut ihrer Bewohner an.

Ganz am Ende des Dorfes fand er das von seiner Mutter beschriebene Haus, bei dem es sich jedoch eher um eine bitterarme Hütte handelte, denn um ein wirkliches Haus. Sicherlich war er es gewohnt, wenn er auch der Sohn einer Leibeigenen war, Entbehrungen, Hunger und Schläge zu erleiden, dennoch lebten sie in einigermaßen Ruhe und zumindest mit einem intakten Dach über dem Kopf. Dies war natürlich nur möglich, wenn der Gutsherr guter Laune war und nicht seinen Ärger an seinem Gesinde ausließ. Dennoch war er betroffen, als er sah, in welcher Behausung ein offensichtlich alter Mann seinen Lebensabend fristen musste, denn bereits von außen sah man, dass das Dach teilweise den Regen durchließ, der Wind offensichtlich durch die Spalten zu fegen schien und noch weiter am Mauerwerk rüttelte, sodass in Frage stände, ob diese Wohnstatt und mit ihr der oder die Bewohner den nächsten Winter überhaupt überstehen konnten.

Die Neugier, endlich mehr über seine Herkunft und möglicherweise seinen Vater zu erfahren, trieb ihn immer weiter an, vorsichtig öffnete er die schiefe Eingangstür und trat in das Innere einer einfach eingerichteten Bauernstube. Sein Eindruck, den er von außen bereits gewonnen hatte, bestätigte sich: Das Dach war sogar undichter als angenommen, an mehreren Stellen hatten sich bereits feuchte Stellen auf dem Lehmboden gebildet – untrügliches Zeichen dafür, dass es hereinregnete. Der gestampfte Boden war uneben, enthielt sogar den ein oder anderen Stein, den man unter den Sohlen spürte. Welch ein Vergleich zu einer mit Dielen ausgelegten Stube, wie er sie beim Gutsherrn ein paar Mal zu sehen bekommen hatte. Langsam trat er ein, nicht ohne seine Mütze vom Kopf zu nehmen und äußerst gespannt, was ihn noch erwartete. Anscheinend befand sich niemand in diesem Raum, in dem außer einem Bett, einem kleinen Tisch, einer Truhe, die wohl auch als Sitzgele-

genheit diente und einem Stuhl nichts stand. In einer der Ecken war ein Kruzifix an der Wand angebracht, wie das allgemeiner Brauch war.
Der Tisch war vielleicht vor ein paar Stunden verlassen worden, denn darauf stand noch ein halbvoller Becher, daneben lag ein angebissenes Brot, dem Aussehen nach zu urteilen kein frisches, denn es wies an mehreren Stellen bereits dunkle Flecken auf. Auf dem Bett über das anscheinend in aller Eile eine Decke zum Abdecken geworfen war, lag schlafend eine Katze, die ihn nur aus schlaftrunkenen Augen ansah um sich anschließend wieder ihrem Nickerchen zu widmen. Der Raum wurde von keinerlei Licht erhellt, die beiden Fensterläden ließen nur spärliches Dämmerlicht herein, sodass Thomas wirkliche Schwierigkeiten hatte, sich einigermaßen zu Recht zu finden.
In einer Ecke stand die verschlossene Truhe aus Holz worauf Heiligenfiguren geschnitzt waren und lateinische Sprüche standen, die er nicht lesen konnte. Seine Mutter hatte es sich zwar nicht nehmen lassen, ihn in den Grundkenntnissen des Lesens und Schreibens zu unterrichten, aber da es ihm an der täglichen Praxis fehlte, hatte er es bis dato nicht weit in diesen Geschicklichkeiten gebracht. Er nahm an, dass es wie üblich in irgendeinem Zusammenhang zu den Schnitzereien stand. Ansonsten befand sich so gut wie nichts in diesem Raum – einen weiteren schien es nicht zu geben.
Der Schlag auf seinen Hinterkopf kam völlig unerwartet, seine Beine knickten ein und sein Körper fiel der Länge nach auf den feuchten Lehmboden. Dann bekam er nichts mehr mit.
Als er mit fürchterlichen Kopfschmerzen wieder zu sich kam, konnte er weder Hände noch Füße bewegen und brauchte einige Zeit, bis er sich wieder erinnerte, wo er sich befand. Noch immer lag er auf dem Boden, Beine und Hände waren gebunden, kein Zweifel, er war unter Räuber gefallen. Viele Geschichten rankten sich um diese wilden Gesellen des Waldes, die sich vornehmlich an reichen Kaufleuten vergingen und sie ausraubten. Wenn man Glück hatte, dann konnte man einen solchen Angriff überleben – vorausgesetzt man hatte die Möglichkeit zur Flucht. Aber es schien so, als habe er dazu überhaupt keine Möglichkeit, außerdem erin-

nerte ihn das Pochen in seinem Kopf daran, dass es wohl besser sei, seinen Körper so wenig wie irgend möglich zu bewegen. Stöhnend drehte er langsam den Kopf, darauf wartend, dass ihn sofort der nächste Schlag treffen könnte. Vielleicht hatte er ja Glück und die Mordbuben hielten ihn für den Sohn eines reichen Mannes, was ihnen die Möglichkeit gäbe, für seine Rückgabe Geld einzufordern. Thomas wurde schnell klar, dass seine Gefangennahme möglicherweise sein Ende bedeuten könnte. Langsam sah er sich weiter um in Erwartung einer Bande Galgenvögel, doch in einiger Entfernung auf einem Stuhl saß nur ein offensichtlich sehr alter Mann dessen Augen er nicht sehen konnte, da sie mit einer Augenbinde verbunden waren. Zwei Talglampen verliehen der Einrichtung einen gespenstischen Eindruck.

Der Alte stank, als habe er seit Wochen seine Kleidung nicht gewaschen, er stand vor Dreck. Seine wirren Haare standen ihm zu Berge, trotz der Dunkelheit in dem Raum hatten sie eine beinahe leuchtend graue Farbe, ebenso wie sein langer bis zur Brust herabhängender ungepflegter Bart. Seine Gesichtshaut war vom Wetter gegerbt und die vielen Falten taten ihr Übriges um sein Alter zu bestätigen. Seine Augenbrauen mussten sehr buschig sein, denn nicht einmal die Augenbinde konnte sie vollständig verbergen. Eine kräftige Nase war das Markanteste in seinem Gesicht und verlieh dem Antlitz eine Kraft, sie für einen Mann seines Alters außergewöhnlich war.

Gerade saß er am Tisch, in der einen Hand den Becher, aus dem er von Zeit zu Zeit trank, mit der anderen stützte er sich auf einen hüfthohen Knüppel, mit dem er wahrscheinlich dem Eindringling den Schlag versetzt hatte.

Thomas versuchte so leise wie möglich zu sein, um nicht seine Aufmerksamkeit auf sich zu lenken, gleichzeitig dachte er sofort fieberhaft über zur Verfügung stehende Fluchtmöglichkeiten nach. Offensichtlich handelte es sich bei dem Alten um einen Blinden und es musste doch eine Möglichkeit für einen einigermaßen kräftigen jungen Mann geben, aus dessen Fängen entkommen zu können. Einerseits war Thomas froh, dass er doch nicht in die Hände von Räubern gefallen war, andererseits wusste er nun erst recht nicht was ihn erwartete, sollte es ihm nicht gelingen aus der Hütte zu entkommen. Wer versicherte ihm, dass der Alte allein war, vielleicht versteckte sich hinter ihm ein weiterer Peiniger? Er versuchte durch Drehen seiner Handgelenke den Strick zu lockern, mit dem ihm hinter seinem Rücken die Hände gebunden waren, aber je mehr er sie bewegte, desto schmerzhafter schnitten ihm seine Fesseln ins Fleisch. Nach einiger Zeit gab er seine Versuche auf und lies sich seufzend wieder nach vorne sinken.

Tränen sammelten sich in Thomas Augen, als ihm seine ausweglose Situation bewusst wurde, er wollte sich diese Blöße nicht geben, aber er konnte nichts dagegen tun, innerlich schämte er sich ob seiner eigenen Dummheit einfach in das Haus eines Fremden eingedrungen zu sein und nicht wenigstens nach dem Besitzer gerufen zu haben. Konnte es sich bei diesem offensichtlich blinden Mann um die Person handeln zu dem ihn seine Mutter geschickt hatte? Sie hatte ihm doch von einem liebevollen Menschen berichtet, der seinen Vater gekannt hatte und von dem er etwas lernen sollte.

„Na, mein Junge, was treibt dich zu solch nachtschlafender Zeit in meinen Palast? Hast wohl gedacht ein alter blinder Mann wird leichte Beute? Ich hätte größte Lust dich noch mehr zu verprügeln – wenn ich was hasse, dann ist es Diebstahl und Vergehen an den Ärmsten. Rede! Wer bist du?"

„Mein Name ist Thomas… meine Mutter hat mich zu euch geschickt…"

„Erzähle keine Geschichten!" fuhr ihn der Alte an.

„Niemand schickt irgendwen bei einem solchen Wetter zu einem alten Krüppel, wozu sollte das gut sein? Antworte ehrlich, oder du bekommst noch einmal meinen Knüppel zu spüren!"

Mit diesen Worten stand der Alte ruckartig auf und kam auf den am Boden Liegenden zu, bedrohlich den Knüppel schwingend. Thomas befürchtete bereits einen weiteren Schlag und duckte sich unter seine Arme, die Situation ausnutzend, dass der Alte ja nicht wissen konnte wohin er träfe.

„Nein, Herr, das stimmt, ihr Name ist Marie…sie arbeitet als Magd auf dem Gut Luitpold, ich bin ihr Sohn…"

Der Blinde blieb stehen, sein Körper stand aber noch immer unter einer solchen Spannung, dass dem Jungen klar war, dass ein falsches Wort zu einem für ihn enorm schmerzhaften Ausbruch führen konnte. Dennoch hatte er zuviel Angst, sich in Ruhe eine weitere Erklärung überlegen zu können.

„Marie… Marie… Ich kenne nur eine Marie und die hat keinen Sohn, aber du hast recht, sie muss als Leibeigene beim … Luitpold arbeiten. Wir standen uns früher nahe. Aber ich glaube dir nicht, hast du einen Beweis für deine Rede?" Er kam weiter auf Thomas zu, den Knüppel erneut über dem Kopf erhoben.

„Sie hat mir erzählt dass entgegen der Gerüchte nicht Luitpold mein Vater sei, sondern ein Wanderprediger, den ihr zusammen mit ihr vor etlichen Jahren getroffen habt. Ihr müsst zu dieser Zeit noch euer Augenlicht gehabt haben…"

Der Alte war stehen geblieben und ließ den Knüppel sinken.

„Thomas??"

„Ja Herr, das ist mein Name."

„Nicht du, Dummkopf, das ist der Name des Predigers. Marie hat noch immer ihr langes schwarzes Haar, das sie ganz eigen am Hinterkopf nach oben bindet?"

„Ja Herr, aber auch mein Name ist Thomas, Marie wollte meinen Vater in Erinnerung behalten und in mir fortleben lassen. Ich wurde von ihr heimlich zu euch geschickt, sie meinte ihr könntet mir viel über meinen Vater und die Zeit damals erzählen, was mir weiterhelfen werde. Der Morgen graut bereits, ich muss euch auch bald wieder verlassen, ihr könnt mich auch gleich gehen lassen, dann falle ich euch nicht zur Last.

Ich konnte mir keinen Reim auf die Erzählungen meiner Mutter machen, aber sie hat mir einiges über euch erzählt und dass ich euch vertrauen kann. Allerdings hat sie verschwiegen, dass ihr ein blinder Mann seid, vielleicht hat sie das nicht gewusst?"

`Oder ihr seid gar nicht der, für den ich euch halte, dann rede ich mich jetzt um Kopf und Kragen`, dachte Thomas verbissen, aber er sah keine andere Möglichkeit seinem Gefängnis entkommen zu können. Insgeheim hoffte er inständig die Reaktion des Alten richtig gedeutet zu haben, dass er ihn nun nicht mehr schlagen wollte.

Tatsächlich legte dieser seinen Knüppel hin und kam zu Thomas gehumpelt. Doch wie entsetzt war dieser, als man ihm stattdessen ein Messer an die Kehle hielt.
„Ich stech dich ab wie eine alte Sau, du Rotzlöffel, wenn ich nur den leisesten Zweifel an deiner Geschichte habe. Ich habe schon so viele Seelen auf dem Gewissen, da wird es auf dich auch nicht mehr ankommen!" Wie automatisch machte er das Kreuzzeichen.
„Das teure Wort Gottes ist in die Herzen der Auserwählten gepflanzt!" fiel Thomas als Zitat aus der Bibel ein, von dem ihm seine Mutter immer erzählt hatte, er wusste nicht weshalb es ihm eben einfiel, noch dazu in einer solch für ihn lebensbedrohlichen Situation.
Als habe er mit diesen Worten ein geheimes Tor geöffnet, veränderte sich das Verhalten des Blinden mit einem Mal: Er stockte, nahm langsam sein Messer wieder von Thomas Kehle, tastete sich stattdessen an seinen Gliedmaßen nach außen und zerschnitt mit einer flüssigen Bewegung das Seil, das Thomas gebunden hatte. Anschließend sank er zurück auf den Boden, wo er schwer atmend in die Richtung seines Besuchers starrte.
„Wieso hast du diesen Satz aus dem Wort Gottes gewählt? Kennst du die Umstände, die wir damit verbanden?"
„Nein Herr, es ist eines der Zitate, die ich immer wieder von meiner Mutter hörte..."
„Liebste Marie... was gäbe ich dafür dich wieder einmal in den Armen halten zu können... Offensichtlich hat auch sie Thomas Reden niemals wieder aus ihren Gedanken verbannen können. Dieser Spruch, Junge, war eine unserer Losungen die wir benutzten wenn wir uns im Geheimen trafen. Das war nötig, damit die Organisation der Zusammenkünfte funktionieren konnte. Und nenn mich nicht `Herr`, denn ich bin vieles, aber das nicht!
Hat sie dir auch erzählt was mit deinem Vater inzwischen passiert ist? Wie übel man ihm mitgespielt hat?
Wie das klingt: Thomas, der Sohn des Predigers! Hätte ich nicht die Gelegenheit bekommen deinen Vater wirklich kennen zu lernen, ich könnte dich nur einen Lügner schimpfen, aber ich war zugegen, als Marie ihn kennen lernte und als ihrer beider Freund weiß ich

was sie füreinander empfanden – jenseits aller göttlicher Gelübde."
Leise fügte er noch hinzu: "Was hab ich den Thüringer beneidet ob seiner Wirkung auf Marie."
„Dann ist es also tatsächlich wahr, was mir Mutter erzählte? Welche Rolle spieltet ihr in dieser Geschichte? Redet, guter Mann, erzählt mir mehr davon."
„Was gibt es da zu erzählen? Eigentlich war ich in deine Mutter verliebt, aber sie hatte nur Augen für den Prediger, nicht für den entlaufenen Mönch…"
"Ihr seid ein Mönch??"
"`War` trifft die Sache wohl besser – auch wenn ich keine Tonsur mehr habe, im Innersten bin ich noch immer dem Wort Gottes verpflichtet, aber mit den ehemaligen Gefährten innerhalb der Klostermauern hab ich nichts mehr zu schaffen, die haben mich maßlos enttäuscht, mein Herz konnte diese Last nicht mehr tragen. Unsere Vorgänger waren noch einige Jahrhunderte zuvor von den Sarazenen zur Flucht gezwungen worden und mussten das Heilige Land verlassen. Und damals stellte sich meinen Brüdern die alles entscheidende Frage: Wie kann man weit weg vom Ursprung unseres Glaubens, vor allem weit weg von unserem heiligen Berg, Karmel, Gott nahe sein?
Die Antwort die sie fanden öffnete für uns ein neues Tor in die Welt: "Ziehe an jedem Ort, an dem du wohnst, fort aus dem Endlichen, und gehe hinein in den unendlichen Raum, der Gott ist. Mache aus jedem Ort einen Karmel." So verschrieben wir uns denn der Einsamkeit und eine lange Zeit schien genau dies auch mein persönlicher Weg zu Gott zu sein. Im Gebet fand ich nicht nur Trost, sondern ich erkannte die Brüderlichkeit zu meinen Gefährten im Kloster. Irgendwann erweiterte sich meine Vorstellung zur Brüderlichkeit und ich schloss alle Menschen die mich umgaben mit ein als Gefährten auf dem Weg zu dem einen Gott. An diesem Punkt machten mich einige meiner Brüder auf die Gefahren aufmerksam die in diesen Gedanken stecken, aber ich wollte nicht auf sie hören, im Gegenteil – ich entfernte mich immer weiter von ihnen, sah im einfachen Volk, in den leidenden Bauern und Leibeigenen meine wahren Brüder. Immer häufiger verließ ich die Klostermauern, um

in das Dorf zu wandern, die Ärmsten der Armen waren mein Ziel. Wo ich konnte versuchte ich zu helfen, mit meiner Hände Arbeit, oder dem Wenigen, das ich besaß.
Und dann kam auf einmal aus heiterem Himmel der Prediger aus Thüringen mit seiner geschliffenen Sprache, wie wir sie noch niemals zuvor gehört hatten. Er schlug uns von Beginn an in seinen Bann, und alles, was er aussprach war genau das, was ich zuvor gefühlt hatte – jetzt verfestigte es sich erst in mir und ich erkannte, dass nicht allein das Gebet und die Brüderlichkeit hinter Klostermauern mein eigentliches Ziel sein konnten. Seine Reden verbreiteten sich wie ein Lauffeuer in unserer Gegend und die es möglich machen konnten, erschienen an den zuvor ausgemachten Orten. Wir mussten sehr vorsichtig vorgehen, denn niemand der Herren durfte davon Wind bekommen und es gelang uns so besehen erstaunlich lange...
Auch deine Mutter war von Anfang an dabei, es war ein Glück, dass euer Luitpold mit seiner gesamten Familie für längere Zeit nicht im Lande war, so konnte Marie eine Rolle übernehmen, für die sie wie geschaffen war und in der sie alle überraschte. Wir begannen für deinen Vater seine Predigten und Versammlungen zu organisieren. Während er an seinen Formulierungen schliff, sorgten wir für die richtigen Plätze, die Benachrichtigung der Bauernschaft. Zu jener Zeit herrschte eine seltsame Einigkeit innerhalb der Bauern und unter dem Gesinde der Höfe – man mag dies heutzutage nicht mehr glauben, wenn man die Missgunst unter den Menschen betrachtet. Aber zu jener Zeit waren wir wirklich zum Kampf bereit, zum Kampf für eine bessere Welt."
Der Alte hatte sich wieder auf sein Bett gesetzt, durch seine eigene Erzählung fühlte er sich offensichtlich wieder in die Zeit kurz vor Thomas Geburt zurück versetzt.
Thomas hatte auf der Truhe Platz genommen, sich ständig die Handgelenke reibend, an denen man noch immer die Abdrücke der Seile sah, mit denen er gefesselt worden war.
Der Alte stand auf, stellte sich vor Thomas und streckte ihm ebenso unverhofft die Rechte entgegen, wie er dem Jungen bei seinem Eintritt in die Hütte den Knüppel über den Schädel gezogen hatte. Der

Junge ergriff sie stumm und wartete was denn diese Geste nun wieder zu bedeuten hatte.

„Willkommen in der Hölle, mein Sohn! Mein Name ist Jochim, entschuldige bitte die rüde Begrüßung, ich hoffe nicht dir bleibende Schäden zugefügt zu haben, aber wenn du den harten Schädel deines Vaters hast, musst du nichts weiter befürchten. Es ist mir eine Ehre dich kennen lernen zu dürfen, auch wenn es kein Geheimnis ist, dass ich gerne dein Vater geworden wäre. Aber wie das Leben so spielt: Marie hat den Besseren gewählt..."

„Aber mein Vater ist doch tot, wie Mutter mir berichtet hat..."

„Tot – ja! Sein Körper ist tot, aber sein Geist lebt und du bist Teil seines Körpers. Und was bin ich? Lebe ich denn, so wie ich lebe?" Er holte einen kleinen Becher aus der Truhe, stellte ihn vor Thomas auf den Tisch und schenkte ihm einen Schluck Wein ein. „Würden mich nicht noch etliche Dörfler aus dieser Zeit kennen und dementsprechend viel von mir halten, ich hätte niemals eine Chance gehabt, überhaupt diese harten Winter überleben zu können. So aber habe ich ein paar treue Seelen, die mir selbst bei solch einem Wetter Brot und alte Wurst vorbeibringen. Sie haben so wenig und geben doch einem abtrünnigen Priester ab. Einer hat mir sogar einmal gesagt, dass er lieber mir Brot bringe als sich selbst einen Ablass zu erkaufen – sie setzen gar ihr Seelenheil aufs Spiel, die guten Menschen...."

Thomas nahm einen Schluck von dem sauren Wein, der dennoch wohltuend seine Kehle hinab rann und stärker war, als er dachte. Das ihm angebotene Brot lehnte er allerdings ab. Jochim griff langsam nach seinem Gesicht und vorsichtig fuhren seine Finger die Konturen seiner Lippen, Augen und der Nase nach. Der Junge ließ den Blinden gewähren, dessen Finger dabei beinahe zärtlich vorgingen. Schwer seufzend ließ sich der Alte zurücksinken und Thomas hatte den Eindruck als weine er, aber keine Träne benetzte seine Wangen. Als habe er die Gedanken des Jungen erraten, nahm der Blinde seine Augenbinde ab.

„Ich würde weinen, mein Sohn – aber ich kann nicht!"

Entsetzt starrte Thomas auf die leeren Augenhöhlen, die ihm entgegen starrten.

„Um Gottes Willen!"
„Lass Gott aus dem Spiel, Kind! Das ist Menschenwerk. Aber nichts im Vergleich zu den Schmerzen, die dein Vater erleiden musste, als sie ihn dann, halbtot bereits, enthaupteten."
„Was genau ist denn mit meinem Vater passiert?" Thomas getraute sich beinahe nicht diese Frage zu stellen, denn er befürchtete die Antwort bereits zu wissen.
„Weswegen schon – man klagte ihn der Rädelsführerschaft an, die Herren hatten erkannt, dass aus den frechen Bauern eine ernst zu nehmende Macht entstanden war. Sie behandelten ihn wie man mit einem Verbrecher umzugehen hat: Abschreckend für die Gefolgschaft in der Hoffnung dadurch die Aufruhr im Keim zu ersticken. Wie du siehst mit Erfolg, aber wahrscheinlich bist du noch zu jung, um die gesamten Zusammenhänge verstehen zu können. Was hast du schon von der Welt gesehen?"
„Ich werde viel von der Welt sehen, auf keinen Fall bleibe ich auf unserem Gutshof – wenn sich die Gelegenheit ergibt, dann ziehe ich mit Mutter in die Welt hinaus." Entschlossen blickte Thomas auf den Alten, der sich ein Lächeln nicht verkneifen konnte.
„Was denkst du in der Welt zu finden mein Sohn? Obgleich ich deinen Wunsch nur zu gut nachvollziehen kann, denn im Grunde ging es mir ebenso wie dir, als ich erkannte, dass ich mein Leben nicht innerhalb der Klostermauern beenden möchte. Aber dir sind die Gefahren nicht bewusst Kleiner, schau mich an, ich wünsche dir am Allerwenigsten, dass du dasselbe erleiden musst, wie ich. Und Marie? Wie steht sie dazu? Ich glaube kaum, dass sie deine Pläne teilt, oder?"
Thomas schwieg nachdenklich, von dieser Warte aus hatte er seine Zukunftsplanung noch nie gesehen, bisher resultierten seine Fluchpläne ausschließlich aus dem Verdruss des tagtäglichen Lebens.
„Musste er sehr leiden, mein Vater?"
„Ich fürchte ja, wer einmal in die Hände der Büttel gefallen ist, kann ihnen meist nicht mehr entfliehen... Aber sein Erbe bleibt und es gibt noch immer einen Teil von ihm in dir, ist dir das be-

wusst?" er hatte Thomas eine Hand auf seine Schulter gelegt und setzte sich nun mit gesenktem Kopf neben den Jungen.
„Ist der Tag bereits angebrochen? Du musst aufpassen, dass du, noch ehe es vollständig Tag ist, zurück auf euren Gutshof kommst, ohne dass jemand Verdacht schöpft, denn das würde dir schlecht bekommen, ich kenne Luitpold. Er war einer jener, die sich nach Thomas Abreise nach Thüringen gegen uns stellte und mehrere Hörige aus unseren Reihen für sich gewinnen konnte indem er ihnen Geld bot."
„Die Dämmerung geht langsam vorüber, ich kann noch einige Augenblicke bleiben – erzählt weiter!"
„Als dein Vater uns verlassen hatte, lag ein unheimlicher Aufruhr in der Luft, ein Teil war bereit, gegen die Kirchen zu stürmen, um für den wahren Glauben zu kämpfen. Viele der ach so hoch gelobten Holzschnitzereien, die doch nichts weiter waren als Götzenbilder, fielen unseren Harken und Knüppeln zum Opfer. Mancher verehrte Ort an dem der Tanz ums goldene Kalb geführt wurde, fiel unseren Flammen anheim. Die anderen kehrten zu ihrer Arbeit zurück, aufgewühlt zwar, aber innerlich noch nicht bereit aufzubegehren. Das war die Stunde der Verräter. In einem großen Gemetzel machten die Schergen der Herren alle Mitstreiter bis auf ein paar wenige nieder, nur eine Handvoll Gefährten ließen sie anfänglich am Leben, wahrscheinlich um sie abschreckend für die noch den aufrührerischen Gedanken nachhängenden hinzurichten. So hörte dann auch unser Sturm gegen die vermeintlichen Gotteshäuser innerhalb weniger Wochen auf. Wir verzehrten uns, wir zerstritten uns, die anfängliche Einigkeit ging verloren. Dies wussten unsere Gegner aufs Trefflichste auszunutzen.
Sie holten zu einem fürchterlichen Schlag gegen uns aus, kannten keine Gnade, kein Vergeben. Jeder von uns war schuldig und musste die Strafen erdulden. Selig jene, die im Kampf fielen, denn ihr Schicksal war besiegelt, uns Überlebenden blieb nur, uns in unsere Löcher zurück zu ziehen und auf bessere Zeiten zu hoffen in denen sich vielleicht unsere Träume erfüllen würden. Außer mir ist keiner bekannt, der diese Schlacht tatsächlich überlebt hat. Und was ist das nun für ein Leben? Einige aus dem Dorf befriedigen ihr

eigenes schlechtes Gewissen dadurch, dass sie mich mit dem Allernötigsten versorgen, aber wozu bin ich noch gut?
Meine ehemalige Gebetsstätte, das nahe gelegene Kloster wurde von uns selbst niedergebrannt, der Wiederaufbau erfolgt zur Zeit, aber sicherlich will man mich dort nicht wieder aufnehmen, aber ich will auch nicht zurück. Als blinder alter Mann kann ich nicht für mein Leben selbst sorgen, geschweige denn arbeiten, aber ich scheue den Weg der üblichen Bettler, die in den Städten leben.
Die Verräter bekamen ein gutes Auskommen und können soweit mir das zu Ohren gekommen ist, von ihrem Blutgeld recht gut leben, obwohl sie sich nicht mehr hier blicken lassen dürfen, denn das dürften sie nicht überleben."
„Aber meinen Vater haben sie nicht hier ermordet, oder?"
„Nein nein. Das war in der Nähe der Stadt Mühlhausen… Ich glaube du musst jetzt gehen, sonst schaffst du es nicht mehr zurück bevor der ganze Gutshof wach wird."
Jochim tastete sich zurück zu seiner Bettstatt und holte unter seiner zerschlissenen Decke eine kleine geschnitzte Figur hervor, die er Thomas gab. „Bring das zu Marie, sie wird verstehen was ich damit sagen möchte. Nun mach dass du verschwindest, ich hoffe, es gelingt dir noch ein weiteres Mal zu mir zu kommen, geh aber keine zu große Gefahr ein."
Thomas nahm dem Alten die Figur aus der Hand und steckte sie in einen Beutel, der an seinem Gürtel hing.
„Ich komme wieder – aber bitte dann mit einer anderen Begrüßung", sagte er lächelnd und berührte Jochim am Handrücken, der daraufhin seine Hand ergriff und sie mit beiden Händen herzlich drückte. „Ich freue mich darauf – Thomas!"
Auf dem Weg zurück durch das Dorf dachte Thomas über das Erlebte nach. In gewisser Weise war er froh, endlich wieder die frische kühle Luft gegen den muffigen Gestank tauschen zu können, der in der Hütte des Alten herrschte. Langsam begann er zu begreifen, all sein Zorn, der sich in ihm gegen Gott, die Welt und den Gutsherrn aufgestaut hatte wurde nun mit Sinn erfüllt. Er erkannte, dass es viel mehr Menschen gab, die ähnlich wie er dachten und es machte ihn unendlich stolz einen solch berühmten Vater zu ha-

ben. Wenn auch sein Stolz im Wettstreit lag mit der Trauer des Sohnes, der seinen Vater nie kennen lernen durfte. Wie anders wohl wäre sein Leben verlaufen, hätte sein Vater gewusst, dass er einen leiblichen Sohn hatte.
Obwohl er nicht recht auf den Weg achtete und darauf, nicht gesehen zu werden, gelang es ihm unbemerkt das Dorf zu durchqueren und am Nordende wieder über die Einfriedung zu steigen. Als er durch den engen Spalt in den Stall des Gutshofes schlüpfte, waren bereits Knechte auf dem Hof bei der Arbeit, aber niemand schenkte ihm weitere Beachtung. Das kleine Kalb sah ihn mit großen Augen an, wie aus Dankbarkeit legte er seine Arme um dessen Hals und drückte es an sich.

Seit Thomas Jochim kannte, besuchte er ihn häufig, immer so, wie es seine Zeit zuließ und er unerkannt aus dem Gutshof entschlüpfen konnte. Nach einiger Zeit hatte er auch Schleichwege ausgekundschaftet, die es ihm ermöglichten, noch schneller zu dem Alten zu kommen. Sowohl Marie, als auch Isabella deckten sein Tun, denn die Nachrichten, die sie von Thomas über Jochim hörten, stellten ihren Kontakt zur Welt außerhalb des Bauernhofes dar.
Thomas erfuhr von den zwölf Artikeln der Schwarzwälder, er erfuhr Persönliches von seinem Vater, Jochim erzählte ihm vom großen Bauernaufstand in Mühlhausen und auch von dessen Niederschlagung. Der Alte wiederum hatte das Gefühl im Gespräch mit Thomas mit den beiden bedeutendsten Menschen seines Lebens in einer Person reden zu können: Seiner nie erwiderten Liebe Marie und seinem Gefährten Thomas Müntzer.
Immer wieder kehrten die Themen auf einen Punkt zurück, der da war: Die Freiheit des Menschen. Sowohl in den Schwarzwälder Thesen, als auch in kursierenden Reden und Schriften dieser Art wurde die Meinung vertreten, dass der Mensch an sich frei sei. Anfänglich berauschte sich Thomas noch an dem Gefühl etwas erkannt zu haben, aber je älter er wurde und je fortgeschrittener die Gespräche mit Jochim, desto klarer sah er seine eigene Situation und die Situation seiner Mutter. Niemand durfte das Recht haben

sie als Hörige, gar als Leibeigene zu behandeln, denn wie der 3. Artikel der zwölf Thesen besagte:
Ist der Brauch bisher gewesen, dass man uns für Eigenleute gehalten hat, welches zu Erbarmen ist, angesehen dass uns Christus alle mit seinen kostbarlichen Blutvergießen erlöst und erkauft hat, den Hirten gleich wie den Höchsten, keinen ausgenommen. Darum erfindet sich mit der Schrift, dass wir frei sind und sein wollen.
Wieso unternahm denn niemand mehr etwas gegen diese himmelschreiende Ungerechtigkeit, von der sie alle umgeben waren? Aus Jochims Berichten hatte Thomas zwar gelernt, dass sich die einfachsten und ungebildetsten Menschen gegen die Herren erheben konnten, aber weshalb ließen sie sich durch die erlittenen Rückschläge so schnell verunsichern? Hatte denn nicht auch ein jeder Mensch die Verpflichtung für alle nachfolgenden Generationen zu kämpfen und ihnen ein besseres, freieres Leben zu ermöglichen? Auf keinen Fall durfte es so weitergehen wie bisher, denn das bedeutete natürlich auch, dass all das bislang vergossene Blut umsonst vergossen worden war. Man stelle sich das vor: einem Prediger gelingt es, tausende von Bauern hinter sich zu scharen. Wenn dies für einen Mann Gottes möglich war, dann musste es auch für dessen Sohn möglich sein.
Doch Thomas bemerkte auch, dass Jochim ans Ende seiner Kräfte kam und ihm irgendwann nichts Neues mehr erzählen konnte. Er dagegen hatte dem Alten nichts zu berichten hatte als die alltäglichen Geschehnisse auf dem Hof, die oft nicht der Rede wert waren. Von Luitpolds Grausamkeit einmal abgesehen, denn mit den Übergriffen auf die Mägde wollte es kein Ende nehmen. Zwar ließ er die Finger von Marie, aber es gab genügend jüngere Leibeigene, die seine Gewaltakte zu spüren bekamen. Jedes Mal wenn eine dieser Taten bekannt wurde, versank Thomas Mutter erneut in stundenlange Melancholie, die stets mit lautem Weinen endete. Hatte sie sich wieder gefangen, ordnete sie sich erneut in den regulären Tagesablauf ein und äußerlich war ihr nichts mehr anzumerken. Nur ihre engsten Vertrauten und natürlich Thomas machten sich um sie Sorgen, da sie nicht wussten, ob jemals eine Zeit kommen würde, in der Marie mit all dem Erlebten würde leben kön-

nen. Und selbst wenn, es blieb doch immer die Gewissheit, dass sie alle dem Gutsherrn auf Gedeih und Verderb ausgeliefert waren. So sehr sich Thomas auch den Kopf zermarterte, ihm fiel keine Lösung ein, bis auf die Idee, vom Hof zusammen mit Marie zu fliehen.

Eines Abends nahm er allen Mut zusammen und unterbreitete seiner Mutter diesen Vorschlag. Er hatte sich auch bereits Gedanken über die Strecke gemacht, wie sie wohin kämen, wo der Proviant besorgt werden könnte und er war sehr erstaunt, als er nicht wie erwartet vehemente Ablehnung aus dem Mund seiner Mutter zu hören bekam, sondern beinahe schon eine Zustimmung. Lange schwieg sie nach seinem sehr gefühlvollen Vorschlag, geschmeichelt gab sie jedoch einiges zu bedenken.

„Ich habe mir bereits gedacht, dass du nicht dein gesamtes Leben hier auf dem Gut verbringen kannst, das war auch einer der Gründe, weshalb ich dich zu Jochim geschickt habe. Wie ich sehe, fielen seine Gedanken bei dir auf fruchtbaren Boden, was mich einerseits freut, andererseits auch ängstigt."

„Wenn wir zusammen fliehen, wovor sollten wir Angst haben?"

„Mein Sohn, die Flucht allein ist es nicht, das ist nicht das Schwierigste daran, das Leben außerhalb der normalen Gesellschaft ist nicht so einfach wie du dir das vorstellst. Du hast keine Freunde zu denen du gehen kannst. Wenn wir Pech haben, hetzt uns unser Gutsherr noch die richterlichen Schergen auf den Hals, denen zu entkommen kein Leichtes ist."

„Zusammen müssen wir es schaffen, vergiss nicht, was dieser elende Luitpold dir angetan hat, er lässt im Moment nur von dir ab, weil er genügend junges Blut auf dem Gut zur Verfügung hat. Willst du warten, bis er sich wieder an dir vergreift?"

Marie starrte ihn schweigend an, dann nahm sie ein Tuch und begann den Tisch abzuwischen.

„Ich bin die Letzte, der du sagen musst, wie schrecklich Luitpolds Taten uns Frauen gegenüber sind, glaube mir…"

Thomas bemerkte, dass er zu weit gegangen war. „Entschuldige bitte, aber möchtest du denn nicht zusammen mit mir fliehen?

Kann es denn noch viel schlimmer werden für uns als es jetzt bereits ist?"
„O, es kann immer schlimmer werden, wenngleich ich verstehe, was du meinst…"
„Heißt das, wir gehen zusammen fort von hier? Das wäre die größte Freude, die du mir machen könntest, Mutter. Ich würde nie allein gehen in dem Wissen, dass ich dich hier zurücklassen muss. Lass uns zusammen weg von hier!"
Marie lächelte ihren Sohn an, nahm sein Gesicht in ihre Hände und küsste ihn vorsichtig auf die Wange. „Ja mein Sohn, beginne zu planen, vertraue aber nur Isabella, die uns sicherlich mit Dingen aus der Küche ausrüsten kann, ohne dass dies auffällt. Aber sprich ansonsten mit niemand darüber, ich bitte dich. Wir haben vielleicht noch zwei Wochen in denen wir alles organisieren können, dann beginnt die Zeit der Ernte, da wird es zuerst einmal in der allgemeinen Betriebsamkeit nicht auffallen, dass zwei Leibeigene verschwunden sind. Möglicherweise gelingt es uns sogar, durch Isabella das Gerücht zu streuen, dass wir das letzte Mal in der Nähe des Flusses gesehen wurden."
„Wenn sie denken, wir seien ertrunken, werden sie in Richtung des Flusslaufes suchen, dann gehen wir in die entgegengesetzte Richtung. Bis zum Einbruch des nächsten Winters haben wir dann etliche Wochen Zeit."
Freudestrahlend umarmte Thomas seine Mutter, in Gedanken bereits tief in der Planung des großen Abenteuers steckend, hätte er in die Augen von Marie gesehen, wäre ihm der melancholische Blick sicherlich nicht verborgen geblieben.

B is ins Kleinste hatte Marie jedes Detail geplant, sie wollte mit ihrem Tod wirklich die komplette Existenz ihres Peinigers auslöschen, soweit es ihr überhaupt möglich war und damit ihrem Sohn zur erhofften Freiheit verhelfen.
Sie traf sich einige Wochen nach dem Gespräch mit Thomas mit einem der Knechte des Gesindes, einer der wenigen, die ihr Vertrauen genossen und bat ihn einen Text für sie aufzusetzen, den sie anschließend in ihrer kindlichen nicht geübten Handschrift ab-

schrieb, um ihrem Tod auch die notwendige Authentizität zu verleihen, sie besorgte sich einen Strick und legte ihn bereits an jener Stelle zurecht, wo sie ihn brauchen würde. Wohl wissend, welche Rolle ein Selbstmord innerhalb der Kirchenlehre spielte wollte sie das Wagnis eingehen, dass ihr Handeln als Todsünde geahndet werden würde, dann wäre sie vollkommen verloren und keiner könnte sie vor den Qualen der Höllenfeuer erretten.
Es war ganz gut, dass sie selbst niemals erfahren sollte, dass alle Bemühungen vergebens waren. Insgeheim wollte sie bis an ihr Lebensende an eine Obrigkeit glauben, die im Sinne und zum Wohle der Menschen entschied.
Sie suchte sich die Stunde nach dem sonntäglichen Kirchgang aus, wartete bis die Damen und Herren des Hauses und ein ausgewählter Teil des Gesindes von ihrem Kirchgang zurückkehrten. In aller Regel begleiteten die Herrschaft nur eine knappe Handvoll der Bediensteten.
Versteckt hinter einer Stalltür beobachtete sie wie die Pferde abgespannt wurden und die Damen schnell ins Haupthaus eilten. Luitpold, der Gutsherr, blieb noch ein wenig beim Kutscher stehen, um sich mit ihm zu unterhalten.
Marie wartete den Augenblick ab, bis der Kutscher sich verabschiedete und in Richtung Küche des Gesindehauses marschierte, wahrscheinlich um sich von der kalten Fahrt am Ofen ein bisschen aufzuwärmen. Luitpold ging gemessenen Schrittes auf das Haupthaus zu und kam so an Maries Versteck vorbei. Sie nahm allen Mut zusammen, trat vor ihn, nicht ohne sich zuvor noch einmal versichert zu haben, dass sie niemand beobachtete.
„Einen guten Morgen Herr, ich hoffe ihr hattet eine angenehme Fahrt zurück – trotz des schlechten Wetters? Darf ich mir das Recht herausnehmen und sie mit einem kleinen Trunk willkommen heißen?"
Natürlich fühlte der Gutsherr sich in seiner Männlichkeit bestätigt, als ihn die schöne Magd mit den üppigen Reizen derart begrüßte, zumal er längst erneut einen Blick auf sie geworfen hatte. Aber sein angetrautes Weib sah seine Avancen bei anderen Frauen nicht ger-

ne, sodass er es nicht übertreiben wollte mit seinen offenen Anzüglichkeiten beim Gesinde.
Noch wenige Monate zuvor, im vergangenen Sommer, hatte er, wie er das sicherlich empfand, ein erschöpfendes Stelldichein mit Marie auf dem Felde gehabt. Zwar hatte sie sich gewehrt, aber da niemand ihre Schreie hörte, hatte er sich einfach genommen was sowieso sein war. Wer würde ihr schon glauben? Und die Erfahrung gab ihm ja Recht. Sollte sich jetzt eine erneute Möglichkeit ergeben, oder hatte er das Weib endlich von seiner Manneskraft überzeugt?
„Marie! Ich freue mich dass du mich so begrüßt", auch er schaute sich in Richtung des Haupthauses um, ob nicht etwa seine Ehefrau aus einem der Fenster ihr Treffen beobachtete, aber dem war nicht so. „Noch oft muss ich an unser Treffen im Sommer denken, du allem Anschein nach auch....".
Marie lächelte ihn an, `dass dir das Freude bereitet hat, wundert mich nicht, aber welche Chance hatte ich denn? Ich habe nur den Fehler gemacht allein mit dir an einem Ort zu sein, an dem ich mich nicht wehren konnte`. Sie erinnerte sich sehr wohl an jenen Nachmittag, an dem sie in die Hände des Gutsherrn fiel, der ihr körperlich weit überlegen war und für den es keine Schwierigkeit darstellte ein Recht einzufordern, das er seiner eigener Meinung nach hatte. Mit Gewalt hatte er sich genommen was ihm nicht zustand. Marie kämpfte gegen ihre Tränen die innerlich vor Zorn in ihr hochstiegen, am Liebsten hätte sie diesem Menschen ihre Fäuste ins Gesicht geschlagen und die Augen ausgekratzt. Aber was hätte das gebracht, außer dass sie damit ihren eigenen Plan zerstört hätte?
„Es war ein heißer Nachmittag", hörte sie sich wie im Traum selbst sagen. „Ich habe etwas für dich vorbereitet, oben im `Turmzimmer`".
Sie wollte so schnell wie möglich wieder die Erinnerung an jenen Nachmittag verdrängen, denn nicht nur ihre Hilflosigkeit hatte sie damals entsetzt, sondern auch seine Grobheit, der sie nichts entgegenzusetzen hatte. Ihr wurde beinahe übel bei dieser Erinnerung, Luitpold hatte wirklich keinerlei Schamgefühl gehabt, sie beinahe

nackt ausgezogen und sich ihr zu allem Elend auch noch von hinten genähert, wo doch jeder wusste, dass dies allein den Tieren vorbehalten war. Marie konnte sich nicht vorstellen, dass es sich seiner Angetrauten jemals auf diese Weise genähert hatte. Nicht so draußen auf dem Feld, der Herr und seine Dirne.
Zumindest das hatte ins Bild gepasst: Er hatte sich wie ein Tier aufgeführt und wie ein Tier ein Weibchen seines Rudels genommen. Er sollte dafür büßen wie ein Tier!
Hastig sah sich Luitpold erneut in Richtung Haupthaus um.
„Lass uns gehen Weib, ich bin gespannt, geh du vor!"
Unmittelbar hinter der Tür, hinter der sich Marie verborgen hatte, begann der Aufgang zu dem am höchsten gelegenen kleinen Raum, der von allen das Turmzimmer genannt wurde, obwohl es sich nicht um einen Turm handelte. Ursprünglich war er als Beobachtungsposten gebaut worden, war aber nie besetzt, Wachen in diesem Sinne gab es auf dem Hof nicht. Der einen oder anderen Magd hatte das schon für ein geheimes Treffen mit einem der Knechte gedient, das war ein offenes Geheimnis – zumindest innerhalb des Gesindes.
Luitpold hegte keinen Argwohn gegen Marie, er sah seine letzten Übergriffe nicht als Gewalt gegen sie an, sondern als neckische Liebelei, die genau betrachtet von beiden Seiten ausging. Als sie die Treppen hochstiegen achtete Marie bereits darauf, auch das gehörte zu ihrem durchdachten Plan, nicht zu schnell vor dem Gutsherrn die Treppe aufzusteigen, sodass er genügend Zeit hatte ihre wohlgeformte Kehrseite betrachten zu können. Auch das sollte ihn an die gemeinsame Zeit draußen im Felde erinnern.
Entgegen ihren Erwartungen hielt er seine Hände im Zaum, was ihr sehr lieb war, denn wie oft schon hatten diese Finger sie in ihren Träumen verfolgt, in denen sie jenen schrecklichen Nachmittag im Sommer erneut durchlebte.
Nur ein kleines Fenster erhellte den spartanisch eingerichteten Raum, das hinaus auf den Hof führte auf dem sich zu dieser Stunde niemand befand, denn das Gesinde kümmerte sich um die Zubereitung des Sonntagsmahls, oder war anderweitig im Haus zum Wohle der Herrschaften beschäftigt. Offensichtlich war Luitpold

schon lange nicht mehr in diesem Bereich seines Gutes gewesen, denn er war erstaunt wie gemütlich der Raum hergerichtet war. Auf dem kleinen Tisch über den Marie eine kleine Decke gebreitet hatte, brannte ein Öllämpchen, neben der Lichtquelle stand ein Krug Wein, zwei Becher, eine Schale frischen Obstes und ein wenig Gebäck. Luitpold runzelte die Stirn.
„Hast du mich erwartet, war alles im Vorfeld geplant – oder hat dich einer der Knechte versetzt und du versuchst mich nun mit deiner unbefriedigten Geilheit zu bezirzen?"
„Nein Herr, ich wollte alleinig euch eine Freude machen…im Angedenken unserer Erlebnisse im Sommer…" gab Marie zur Antwort. „Keiner hat mich seitdem angerührt."
„Was willst du denn von mir, Marie? Ich bin nicht in Stimmung mich um Angelegenheiten deines lächerlichen Lebens zu kümmern. Wehe dir, wenn ich die Steige ohne Grund heraufgekommen bin."
„Ich möchte euch etwas Gutes tun, Herr…"
„Was willst du mir schon Gutes tun, Weib. Was kann von dir schon Sinnvolles kommen? Du hast mir nichts zu bieten!" Und vor sich hinmurmelnd: „Selbst der Pfaffe im Dorf hat heute vor der Weiber Schlechtigkeiten gewarnt und wahrscheinlich hat er auch Recht damit. Wir können von einem Weibe nichts Gutes erwarten…"
Marie war in den Raum getreten, schenkte einen Becher voll Wein und reichte ihn demütig nach unten blickend dem Gutsherrn, der ihn mit fragenden Augen annahm.
„Ich war in letzter Zeit sehr abweisend zu dir, Herr, leider habe ich vergessen, was mein Sohn und ich euch alles zu verdanken haben." Sie nahm sich selbst einen Becher Wein und stieß ihn leicht an die Seite seines Bechers.
„Ah ja, der Bastard, der unter meinem Dach wohnt und noch nicht richtig arbeiten kann. Ich hoffe er entwickelt sich bald zu einem wirklich kräftigen Knecht, damit sich all das Geld gelohnt hat, um ihm das Maul zu stopfen. Wenn nicht, ertränke ich ihn eigenhändig wie eine junge Katze."
Erneut musste Marie sehr mit sich kämpfen, denn wenn sich jemand gegen ihren Sohn stellte, den sie über alles liebte wäre es

nicht das erste Mal, dass sie die Beherrschung verlor. Sie offerierte ihm mit einem Lächeln all die Leckereien wie das nur eine Frau zu tun versteht, ohne weiter auf seine Grobheiten einzugehen. Es war ihr sehr wohl bewusst, dass ihr bäuerliches Mieder äußerst locker geschnürt war und mehr offenbarte, als es unter normalen Umständen verbergen sollte. Luitpold nahm einen kräftigen Schluck Wein und beobachtete Marie, wie sie selbst in großen Schlucken trank und dabei einen Teil des Rebensaftes verschüttete. Ihr war soviel Wein aus dem Mund gelaufen dass ein großer Fleck auf ihrem Hemd entstand. Luitpolds Augen wanderten an ihrem Körper hinab, unverhohlene Gier nach dem noch jungen Weib stand ihm ins Gesicht geschrieben.

Bereits am Morgen, als sie sich ankleidete, hatte Marie auf diese Zusammenkunft hin alles genau geplant. Denn entgegen ihrer sonst üblichen Gewohnheit trug sie kein Unterkleid, sodass nun der vom Wein getränkte Stoff sofort an ihren Brüsten zu kleben begann.

Sie hatte einige Tage zuvor mit Isabellas Hilfe einen Krug Weines aus der Küche entwendet für diesen Tag, aber sie war es nicht gewohnt das berauschende Getränk zu sich zu nehmen, im Gegensatz zum Gutsherrn, der gerne und viel dem Weine zusprach, für den die Gegend bekannt war. Da eigene Weinberge im Besitz des Hofes waren, herrschte an Nachschub kein Mangel. So kam es Marie auf zweierlei Art ganz gelegen, dass sie einen Teil des Rebensaftes verschüttete: Sie musste nicht so viel trinken und konnte zur gleichen Zeit die Wirkung eines feuchten Hemdes auf Luitpold als weitere Verlockung ausspielen.

„Entschuldigt bitte, ich bin es nicht gewohnt zu trinken, mir fehlt dazu die Gelegenheit...", ihre Hände zogen den feuchten derben Stoff von ihrem Oberkörper weg, was wie unbeabsichtigt zu einem noch deutlicheren Hervorheben ihrer Brüste führte. Der Gutsherr starrte ihr nun unverhohlen auf ihre weiblichen Reize. Er konnte seine Hände nicht mehr bei sich halten und zog sie in seiner plumpen Art fest an sich. Marie roch seinen nach Wein stinkenden Atem und musste alle Kräfte zusammennehmen um nicht durch eine unbedachte Abwehrreaktion ihren gesamten Plan zu gefährden.

Luitpold hatte natürlich Gegenwehr erwartet, als sich nun Marie nur sehr zögerlich versuchte aus seiner Umklammerung zu befreien, sah er in ihrem Verhalten so etwas wie Zustimmung zu seinen Avancen und fühlte sich noch mehr angespornt. Marie spielte die Verführerin mit Geschick, sie ging nicht zu offensichtlich auf seine Annäherungsversuche ein, und es gelang ihr auch wieder, sich aus Luitpolds Umklammerung zu befreien, schließlich wollte sie ihn auch ein wenig zappeln lassen, um so den Reiz noch weiter zu erhöhen.

„Nicht doch, Herr, was tut ihr denn? Darfs noch ein kleiner Schluck Wein sein?" Sie hielt ihm seinen erneut mit Wein gefüllten Becher hin und lächelte ihn an.

„Gib her du Hexe, du willst spielen?" wieder griffen seine übereifrigen Hände, die in ihrer Feinheit gar nicht zum Wesen des grobschlächtigen Gutsherrn passen wollten, nach ihr. `Wahrscheinlich bekommt man solche Hände, wenn man seiner Lebtag noch nie richtig arbeiten musste und sich nur mit Papier beschäftigt` dachte Marie.

„Komm her, ich zeig dir, was ein richtiger Mann vermag!"

„Nicht doch, man könnte uns sehen..."

„Niemand wird es wagen nach oben zu kommen, wenn er weiß, dass ich mich hier aufhalte – schließlich bist du nicht die einzige Gespielin, mit der ich mich vergnüge", dennoch machte er einen Schritt zur Tür des Zimmers und schob den Riegel vor. Allzu sicher schien er sich also doch nicht zu sein.

„Ihr betrügt mich? Das hätte ich nicht von euch gedacht!" erwiderte Marie die innerlich gegen den Drang kämpfen musste, nicht laut schreiend davon zu rennen. Die Situation entwickelte sich genau so wie sie das geplant hatte, aber sie kannte den Jähzorn des Gutsherrn und wenn er sie einmal in der Gewalt hatte, dann nahm er sich was er wollte und sie wäre nicht mehr zu eigenem Handeln fähig. Sie musste vorsichtig vorgehen.

„Nicht alle sind so schön wie du, Hexe. Du weißt es wahrlich einen Mann zu reizen, komm her."

„Trinkt Herr, ich trinke auch, seht her" sprach sie und nahm einen weiteren Schluck Wein. Wie gerne hätte sie sich an dem Trunk vollkommen betäubt, aber sie musste einen einigermaßen klaren Kopf bewahren.

„Trinken? Das ist ein Mäuseschluck, ich zeige dir wie Männer trinken!" Er hatte Marie von hinten gepackt und zu sich auf den Schoß gezogen. Ihre neuerlichen Abwehrbewegungen waren nun nicht mehr gespielt, Panik wollte sich ihrer bemächtigen, denn sie war noch nicht soweit in den Vorbereitungen, dass ihr Plan auch wirklich gelingen konnte. Irgendwie musste es ihr gelingen das verschlossene Fenster unter irgendeinem Vorwand zu erreichen.

Luitpold führte den vollen Becher Wein an ihre Lippen und schüttete das Getränk in ihren Mund. Erneut wurde ein Großteil des Weins verschüttet und ergoss sich über ihr inzwischen sehr offenherziges Dekolletee. Der Anblick des feuchten Körpers der Magd stachelte Luitpolds Gier noch mehr an.

„Erinnerst du dich wirklich noch an unser letztes Stelldichein? War das ein unvergleichliches Erlebnis! Ich kann mich an keine Nacht mit meinem Weib erinnern, die mir Ähnliches geboten hätte! Wie du mir verdorben lüstern dein Hinterteil entgegenrecktest. Stell dir vor man hätte dich dabei beobachtet, der Mäuseturm wäre dir sicher gewesen. Ich als armer Mann war vollkommen deiner Lüsternheit ausgeliefert!" Laut lachend entließ er Marie aus seiner Nähe. Sie wusste nicht, ob er über den Vorfall im Sommer tatsächlich so dachte, oder ob er nur ein Spiel mit ihr spielen wollte. Allerdings konnte sie es nicht ausschließen, dass Luitpold in der Tat sich selbst als den eigentlich Verführten sah, der als Mann den teuflischen Reizen des Weibes erlegen war und dem man keinen Vorwurf machen konnte.

Sie musste alle Energie zusammennehmen, um ihr Spiel fortsetzen zu können, es war ein Tanz auf einem Seil, der schnell zum Absturz für sie werden konnte. Auch sie hatte jenes sommerliche `Stelldichein` nicht vergessen, hatte vor allem nicht vergessen, welche Demütigung es war auf den Knien im Dreck zu liegen und regelrecht benutzt zu werden, als sei sie ein Ort der öffentlichen Entledigung gewesen. Den ganzen Abend hatte sie weinend und sich überall waschend in der Küche verbracht und versucht, die Erinnerung daran auszulöschen, was ihr jedoch nicht gelingen sollte. Wie

konnte er allen Ernstes denken, dass es ihr auch nur annähernd Spaß gemacht haben könnte?
Immer wieder berührten nun seine Hände ihren Körper, das Hemd klebte an ihren Brüsten und offenbarte mehr und mehr die Reize ihres Körpers. Marie brauchte ihre Neckerei nicht weiter fort zu setzen, es dauerte schließlich nicht mehr lange, bis er jenes Bändchen zwischen den Fingern hatte, das ihr Hemd zusammenhielt. Als er daran zog, gab es keine Möglichkeit mehr für Marie, so unangenehm ihr das auch war, ihre Rundungen vor ihm zu verbergen. In ihrem Innersten wusste sie nur zu gut – auch ihre Erfahrung mit ihm hatte dies ja bereits gezeigt – dass die Situation langsam immer gefährlicher für sie wurde. Jede Bewegung konnte nun dazu führen, dass er sie in seinem Jähzorn festhielt und sie dadurch keine Möglichkeit mehr hätte, ihren Plan zu Ende zu führen. Dann wäre alles, alle Schmach, der gesamte Plan, vergeblich gewesen.
Dennoch machte sie keinen Versuch ihre Kleidung zu richten, sondern versuchte, seine Aufmerksamkeit immer wieder in Richtung des Weines und der Leckereien, die sie für ihn zubereitet hatte, zu lenken. Und tatsächlich sprach Luitpold vermehrt dem Wein zu, dessen Wirkung sichtlich bei ihm anzuschlagen begann. Allem Anschein nach hatte den Gutsherrn der Kirchgang in jeglicher Hinsicht ausgedürstet.
Marie trat die Flucht nach vorne an, denn sie wusste dass sie dem Gutsherrn auf keinen Fall weiter die Initiative überlassen durfte, denn das würde mit Sicherheit schlimm für sie enden.
Sie sah ihm aufreizend und fordernd in die Augen.
„Es kann doch niemand nach oben kommen... Und wegen eurer möglicherweise anderen Angst – ich habe mir Kräuter besorgt, ihr braucht keinen `Bastard` zu befürchten..."
Marie hatte zwar nicht den Eindruck als kümmere es den Gutsherrn besonders, wenn einige der Kinder auf dem Gut die seinen waren, aber durch ihre Vorkehrungen, die sie in Wirklichkeit natürlich nicht getroffen hatte, gab sie ihm unzweifelhaft ihre Bereitschaft zu verstehen auf sein Spiel eingehen zu wollen. Jetzt gab es wirklich kein Zurück mehr für sie.

„Wie...Hexe, du. Du stehst also doch mit den finsteren Mächten in Verbindung, wie ich mir das schon lange gedacht habe. Komm her, Hexe." Weshalb er sie immer noch zusätzlich beschimpfen musste, obwohl das Stelldichein aus seiner Sicht doch genau so lief wie er dies erwartete, vermochte Marie nicht zu sagen.

Marie war aufgesprungen und zum Fenster geeilt um sich zu versichern, dass sich auch wirklich niemand im Hof aufhielt, der gewahr werden konnte was sich in der oberen Kemenate abspielte. Es musste ihr gelingen ihn in die Nähe des Fensters zu locken, denn darunter lag das Seil, das sie bereits am Vorabend dort angebracht hatte. Das eine Ende war am Bein einer alten unbenutzbar gewordenen Kommode verknotet, das andere Ende geschickt und fast nicht sichtbar unter das Fenster geführt. Nun stand sie an jenem Ausgangspunkt ihres endgültigen Planes, aber der Gutsherr befand sich noch nicht in der Verfassung wie sie ihn gerne gehabt hätte.

Luitpold wusste, dass sich zu dieser Zeit niemand im Hof aufhielt, deshalb war es für ihn nur noch ein weiterer Reiz der drallen Magd ans offene Fenster zu folgen. Marie hatte die Läden des Fensters geöffnet und stand nun in der erfrischenden Luft des Vormittags. Der Anblick fesselte den Gutsherrn so sehr, dass er nicht gewahr wurde, wie sie gleichzeitig das lose Ende des Seiles in ihre Hand genommen und um ihr Handgelenk gebunden hatte, als sie sich weiter lasziv, die Röcke schürzend, nach vorne beugte, um die Läden von außen zu befestigen. Selbst wenn er es bemerkt hätte, würde seine Phantasie nicht ausreichen sich vorzustellen, welch tatsächlichen Plan Marie auszuführen sich entschlossen hatte. Um ganz sicher zu gehen, hatte Marie ihre Röcke weiter geschürzt als dies nötig gewesen wäre um an die Läden zu kommen, nur damit sie ganz sicher sein konnte, dass Luitpolds Blicke auf keinen Fall auf das Seil gerichtet würden.

`Da er sowieso der Meinung ist, dass ich als teuflisches Weib gerne von hinten besprungen werden will, damit sich die Böcke richtig austoben können, wird ihn dies besonders reizen.`

Er war von hinten an sie herangetreten, umfasste ihre beiden Brüste und drückte sie gleichzeitig schwer atmend nach vorne gegen die niedere Brüstung. Als er ihre Röcke weiter hob spürte Marie seine Männlichkeit fordernd an ihren Oberschenkeln und wusste, dass sie nun sehr schnell handeln musste. Er konnte nicht mehr an sich halten, schnell hatte er die Bänder seiner Hose gelöst und bis an den Knöchel hinunter gezogen. Schweißperlen zeigten sich auf seiner zerfurchten Stirn, während er immer weiter Marie entgegen drang, die sich beinahe nicht mehr bewegen konnte, sondern sich bereits weit aus dem Fenster lehnte.

Plötzlich ging alles unerwartet schnell: Marie hatte hundertfach jene Handgriffe geübt, sie wusste genau wohin sie greifen musste, mit einer blitzschnellen Bewegung entwand sie sich doch seinem Drängen, packte das lose Ende des Seils, zog es nach oben über die Brüstung des Fensters.

„Herr vergib mir, bestrafe die Bösen! Nimm mich hin wie ich bin, ich bin deine Dienerin!!"

Mit diesen gemurmelten Worten schlang sie in einer Drehung das Seil um ihren Hals und ließ sich über die Brüstung nach unten fallen in der innigen Hoffnung sich bei der vorherigen Berechnung der Seillänge keinen Fehler erlaubt zu haben. Ein fürchterlicher Schrei entfuhr ihrer Kehle als sie stürzte, der ruckartig abgeschnitten wurde, als das Gewicht ihres eigenen Körpers ihr Genick brach. Der leblose Körper der Magd hing an der Außenwand des Gutshofes in Richtung des Hofes. Aus allen Ecken des Hofes eilten die Menschen herbei und sahen eine unsittlich halbnackte Marie mit den unverkennbaren Spuren der Buhlschaft erhängt an der Hauswand hängen. Sie war, aber schwer erreichbar für die zusammenlaufenden Knechte und Mägde, die herbeigeeilt waren, alarmiert vom Schrei Maries. Für jedermann sichtbar zeigte sich das entsetzte Gesicht Luitpolds am Fenster, der mit offenem Mund auf Marie blickte. Ihr Körper schwang noch ein wenig hin und her, bis es endlich einigen Knechten gelang das Seil durchzuschneiden und den leblosen Körper auf das Pflaster des Hofes zu legen.

Zur gleichen Zeit hatten sich einige Knechte und Mägde auf den Weg gemacht zum Ort des Geschehens zu gelangen. Doch nicht nur das Gesinde war alarmiert, auch die Dame des Hauses kam aus ihren Gemächern gestürzt – entgegen ihrer sonstigen Art mit

wirrem Haar – und eilte ebenso nach oben um zu sehen was los sei. Sicherlich hätte niemand ihr eine derartige Wendigkeit und Schnelligkeit zugetraut, denn sie erreichte als eine der ersten den Ort der Tat.
Selbstverständlich wollte man der Ursache des Todes auf die Schliche kommen, doch man traf vor der Kammer auf etwas womit die Wenigsten gerechnet hatte: Vor dem hinaufstürmenden Gesinde, inmitten derer sich auch seine Frau befand stand der Herr des Hauses mit heruntergelassenen Hosen, kalkweiß im Gesicht, sichtlich angetrunken, das Haar wirr in alle Richtungen stehend, wie ein Abbild eines verrückten Teufels – seine Männlichkeit für alle gut sichtbar bar jeglicher Scham sich den Neugierigen entgegenreckend. Wäre der eigentliche Hintergrund der Aufregung an sich nicht so schrecklich gewesen, der Anblick hätte sicher zu Hohn und Spott gereizt.
Sichtlich entsetzt schrie Luitpold ihnen entgegen:
„Eine Hexe, sie ist eine Hexe… Sie wollte mich umbringen, hat mir schöne Augen gemacht, eine Hexe…verbrennen… Einen Bastard wollte sie zeugen, mich hintergehen…"
„Ruhig, Luitpold, sie hat bekommen was sie verdient hat. Ich habe es längst gewusst…", erwiderte seine Frau und an das Gesinde gewandt:
„Geht fort, es gibt hier nichts zu sehen! Der Satan hat seine gerechte Strafe bekommen. Schickt nach den Männern Gottes, der Gerechtigkeit muss weiter Genüge getan werden! Ruft die Hexenjäger!" Damit drängte sie ihren noch immer wild gestikulierenden Mann zurück in das kleine Zimmer und verschloss die Tür. Obwohl die Situation nur allzu deutlich für alle Anwesenden war, hielten Ihre Worte nachhaltig bei dem Gesinde an. Was mochte sie denn noch weiter vorhaben mit Marie?
Ein jeder wusste, dass der Hausherr Marie ein weiteres – diesmal endgültiges Mal – Gewalt angetan hatte. Auch seine Nachstellungen waren nicht verborgen geblieben und es war ein offenes Geheimnis auf dem Gut, dass Luitpold insbesondere an Marie Gefallen gefunden hatte.

Eilig liefen die älteren Knechte nach unten in der Hoffnung ein noch größeres Übel durch sofortige Erledigung der Anweisungen abwenden zu können. Denn es war bekannt auf dem Luitpold-Hof: Der Hausherr ist ungerecht und verteilt oft Backpfeifen, aber wenn seine Frau einmal in Rage kommt, dann sollte man tunlichst darauf bedacht sein, nicht in ihre Nähe zu kommen.
„Schickt nach den Hexenjägern!", riefen sie, eilig wurden Pferde angespannt und Hinrich, als vorstehender Knecht des Hofes machte sich sogleich auf den Weg ins Dorf, um die Nachricht zu überbringen. Dass nach der Heiligen Inquisition gerufen wurde, sorgte für Angst innerhalb des Gesindes, auf einmal hatten alle mehr Angst um sich selbst und die eigene Familie, Maries Tod rückte innerhalb kürzester Zeit wieder in den Hintergrund.
Als Luitpold, inzwischen wieder vollständig bekleidet, zusammen mit seiner Ehefrau auf dem Hof erschien, hatte man Maries Körper bereits abgeschnitten und in einer Nische des Stalles aufgebahrt. Ohne einen Blick in jene Richtung zu werfen, verschwanden hoch erhobenen Kopfes der Gutsherr und seine Frau im Haupthaus. Zumindest nach außen hatte seine Frau die Würde gewahrt, was Luitpold im Inneren des Hauses erwartete, konnte man nur erahnen.
„Wisst ihr noch was damals passierte, als sie auf dem Hof erschienen?"
„Henriette und Franziska mitsamt ihren Familien hatte es getroffen. Man hat sie alle weggebracht. Später haben sie mir erzählt, dass alle miteinander nach der peinlichen Befragung den Feuertod erleiden mussten. Doch was hatten sie wirklich getan?"
„Von uns weiß das niemand!"
„Soll sie doch selbst die Jäger rufen", murmelte der ein oder andere vor sich hin, während er wieder in in die Ecken des Hofes verschwand um der Arbeit nachzugehen. Aber zu jener Zeit war Hinrich bereits kurz vor den Toren der Stadt angekommen um die Inquisitoren anzufordern, die sich zu jener Zeit wegen anhängender Verfahren bereits in Mainz aufhielten. Man sicherte ihm zu, dass es keine drei Tage bedürfe, bis sich dementsprechend Verantwortliche auf dem Gut melden würden. Mit dieser Nachricht machte er

sich wenige Stunden nach Maries Tod wieder auf den Weg, um sie Luitpold und seiner Gattin zu überbringen.
Natürlich kannte das Gesinde den Hausherrn, natürlich wussten sie auch von seinen Übergriffen auf die Frauen und Mädchen des Gesindes – Marie war nicht die einzige Magd an der er sich vergangen hatte und niemand glaubte ihm auch nur im Entferntesten, dass nicht er es war, der Marie aus dem Fenster gestürzt hatte und es sich damit um einen handfesten Mord handelte.
`Wahrscheinlich hatte sie sich endlich gegen seine Avancen gestellt und hat deshalb diesen Blutzoll zahlen müssen`, dachten einige bei sich, ohne diesen Verdacht jedoch allzu laut auszusprechen. Aber was galt schon das Wort des Gesindes oder eines Bauern, wenn auf der anderen Seite die Dame des Hauses bestes Zeugnis für ihren Mann ablegte und alle Schuld auf Marie abwälzte? Noch ehe die Herren der Inquisition erschienen, war allen klar, dass Marie eine praktizierende Hexe war, die ihre schwarzen Künste auf dem Hof auszuüben pflegte. Sie habe außerdem den Männern – nicht nur dem Gutsherrn - schöne Augen gemacht, nicht mit ihren Reizen gegeizt und so wurden mehr und mehr Argumente zusammengetragen. Letztendlich wurde genau das vor den Inquisitoren bewiesen, was Luitpolds Frau beabsichtigt hatte: Marie war eine Hexe, die den Hausherrn bewusst in Versuchung geführt hatte, um ihn in den Sündenpfuhl zu ziehen. Er hatte gar großes Glück gehabt, denn ihr Tod hatte ihn vor seiner unwiederbringlichen Verdammnis bewahrt.
Natürlich stand auch Thomas verstärkt im Verdacht und vor allem Isabella nahm sich seiner an, insgeheim hielt sie bereits einen Plan bereit, der ihm die Flucht ermöglichen könnte, sollte er tatsächlich ebenso in Gefahr stehen von den Inquisitoren angeklagt zu werden.
Maries Körper brachte man in einen kleinen dunklen Raum, der ehemals als Speisekammer diente und nun ausgeräumt war. Ihren Körper hatte man mit einem zusätzlichen Tuch bedeckt, alle weiteren Handlungen, die man normalerweise an Verstorbenen vornahm, das Waschen der Toten, die notwendigen Gebete, die letzte Ölung, wurden unter Strafe verboten.

Die Inquisitoren kamen zu zweit, ohne Gefolgschaft, schließlich handelte es sich nur um eine Feststellung des Todes einer mutmaßlichen Hexe, nicht um die Anklage einer noch lebenden Frau oder eines Mannes, es ging aus diesem Grunde sehr viel weniger Gefahr für die Menschen aus. Die Tatsachen waren schnell geklärt, mehr und mehr wandte sich die Anklage gegen Marie, und vor allem die Aussage von Luitpolds Gattin, Marie habe den Männern nur schöne Augen gemacht und diese verhext, bestätigte dies. Als schließlich noch einige der Mägde ihrerseits Marie anklagten und alle Beweise die für den Hausherrn sprachen, zusammengetragen wurden und seine Unschuld dadurch zeigten, wurde der Fall innerhalb kürzester Zeit abgeschlossen. Isabella konnte trotz der Angst, die sie hatte, nicht verstehen, weshalb diese Mägde Luitpold nach dem Munde redeten. Konnten sie nicht still sein wie die meisten? Oder versprachen sie sich einen persönlichen Vorteil davon?

Man bewies, dass Marie eine zutiefst schuldige Magd war und wahrscheinlich selbst mit dem Teufel im Bunde stand. Man fand auf ihrem toten Körper schließlich noch die Male der Hexen, was auch den letzten Zweifler im Gesinde beinahe umgestimmt hätte. Nur wenige trauten sich, gegen dieses Urteil zumindest innerlich noch aufzubegehren.

Noch jung an Jahren hatten die Inquisitoren nebst Schergen, dies waren von Luitpold gnädigst zur Verfügung gestellte hörige Knechte, denen er in seinem Sinne voll vertraute, auf dem Körper Maries lange gesucht. Nachdem man lange keine Male finden konnte, war man selbst davor nicht zurück geschreckt, auch noch ihre geheimsten Stellen zu überprüfen. Man entschloss sich dazu, Marie sämtliche Haare zu nehmen, doch auch auf der Kopfhaut und unter den Armen konnte man kein satanisches Zeichen finden. So entschloss man sich nach langer Unterredung dazu auch nicht Halt machen zu dürfen vor dem letzten Heiligen der Weiblichkeit. Schnell waren die Gehilfen mit der Fackel und dem anschließend reinigenden Tuch zur Hand und offenbarten den Herren den Schoß Maries. Und wahrlich hatte sich die Jagd gelohnt: In unmittelbarer Nähe ihres Geschlechts, üblicherweise eben da von Haaren

bedeckt, prangte ein erbsengroßer schwarzer Fleck, der noch einmal der genauesten Untersuchung unterzogen werden musste. Doch auch die Nadelprobe ergab: Es floss kein Blut daraus, damit war letztendlich bewiesen, dass Marie eine Hexe war und über die untrüglichen Zeichen der Buhlschaft verfügte. Dass man sich sehr genau mit jenem Zeichen zu beschäftigen hatte, stand in den berühmten Anweisungen für die Hexenjäger, zumindest in diesem kleinen Kreis, fernab der Menschen des Dorfes in der kleinen Kammer, war man sich sicher, das Richtige getan zu haben.
Als auch die letzte Überprüfung vorbei war, bedeckte man nun den leblosen Körper und als wäre man nun doch erschreckt über all das Gesehene, entschloss man sich einstimmig den Hexenkörper dem Feuer zu übergeben.
Geplant war Maries komplette Auslöschung, ein Grab außerhalb der heiligen Böden war ihr sicher, durch die Verbrennung vernichtete man auch noch den verbliebenen Rest von ihr.
Es war alles vorbereitet – Thomas erfuhr von dem abschließenden Urteil, als er zurückkam von einem seiner Nachmittage beim Alten am Ende des Dorfes. Isabella war sein Ruhepunkt auf dem Gutshof geworden, ihr vertraute er sich an, sie wusste auch von seinen Ausflügen zu Jochim, auch wenn sie diesen nicht kannte. Er gewahrte mit Entsetzen, was sie seiner Mutter nach ihrem Tode noch alles angetan haben mussten, die Gefahr, in der er selbst schwebte dagegen war ihm nicht so bewusst – Isabella machte sich darüber weitaus mehr Gedanken. Sie wusste genau, was mit der Verbrennung bezweckt werden sollte und dass man Maries Leben mit weiteren unglaublichen Lügen beschmutzte. Insgeheim schmiedete sie bereits Pläne, Thomas so unbemerkt als möglich aus dem Gutshof zu bringen.
Thomas begann an Gott zu zweifeln, an dessen Allmacht, wie hatte er etwas so Schreckliches zulassen kann? Er zweifelte auch an der Rechtssprechung und deren Gerechtigkeit, als er gewahr wurde, was man seiner Mutter versuchte anzulasten. Hatte ihm nicht auch Jochim bereits von den alten Artikeln der Schwarzwälder während der Aufstände erzählt in denen einer der Punkte eben dies anprangerte, dass mit reiner Willkür geurteilt wurde? Erschwerend kam

hinzu, dass eine Anklage wegen Hexerei ein Vorwurf war, den sich niemand zu entkräften getraute, allein um nicht selbst wegen derselben Dinge angeklagt zu werden. Er begann die Kirche zu verabscheuen, die so schnell bei ihren Anklagen war, die sich immer auf die Seite der Mächtigen zu schlagen schien, wo war denn nun der neue `Gott der Liebe`?

Thomas fühlte sich allein wie nie zuvor. Er plante einen letzten Liebesdienst an seiner Mutter, der zumindest dem Peiniger ihres Lebens ein Erlebnis bescheren sollte.

Dass man seiner Mutter nicht nur den Selbstmord anlastete, sondern sie auch noch der Hexerei anklagte, war zuviel für den Jungen. Die Dame des Hauses hatte sie nach eigenen Aussagen auf einem Besen reiten sehen, auch wenn ein jeder des Gesindes die Argwohn der Hausherrin kannte, wie sie schon immer auf Gelegenheiten gewartet hatte der schönen Marie das Leben schwer zu machen. Hinzu kamen noch die Aussagen der Mägde, die auch nicht an teuflischen Ausschmückungen sparten und vermeintliche Beweise vorlegten.

All dies führte dazu, dass man Marie post mortem der Hexerei anklagte und zum Tode im Feuer verurteilte. Dies war nicht unbedingt üblich, aber auch nicht ausgeschlossen, wie auch die Wege Gottes und damit auch die seines Widersachers unergründlich waren. Man hatte selbst von Tierprozessen gehört, wo selbst diese armen Geschöpfe der Hexerei angeklagt waren und dem Feuer überantwortet wurden, um wie viel mehr war man der Meinung, dass auch ein toter Körper bestraft werden muss, um ihn direkt den Flammen der Hölle zu übergeben und die Seele vielleicht noch zu retten.

In der Nacht vor der Verbrennung brach Thomas in die Scheune ein, in der Marie aufgebahrt wurde. Als er den notdürftig abgedeckten Körper seiner Mutter entdeckte, wurde ihm erst bewusst, mit welchem Hass sie selbst ihren toten Leib noch malträtiert hatten und unendliche Wut und Trauer stiegen in ihm auf. Oder hatte sie gar noch gelebt, als sie das ertragen musste? Schnell verwarf er diesen Gedanken jedoch wieder, als er sich in Erinnerung rief, dass sie mit gebrochenem Genick am Seile gegangen hatte.

Er nahm den Körper seiner Mutter auf seine Schultern und trug sie durch die Dunkelheit davon. Auf dem Weg über den Hof, im Schatten der Dächer sah er Isabella, die ihm aus einem der Fenster zunickte und das Kreuzzeichen schlug. Ihm war, als winke sie ihm gar zu, dass die Luft rein sei und wirklich begegnete er niemandem auf dem Hofe mehr.

Den Plan hatte er sich bereits zurechtgelegt, sodass er schnell außerhalb des Gutshofes war, geschützt vor allen neugierigen Blicken. Er wusste genau wohin er gehen wollte.

Er musste einen anderen Weg als zum alten Jochim einschlagen, eiligst verließ er mit der Toten den Hof und lief in Richtung des nahe gelegenen Waldes.

Es war eine klare Herbstnacht, der Boden war noch nicht gefroren, das Laub raschelte unter seinen Füßen. Noch ehe der Morgen graute, hatte er jenen Platz erreicht, den er sich für seine letzte Liebestat ausgesucht hatte: Dort stand sie, die schönste Buche, die er je gesehen hatte. Ihm war sie schon lange bekannt, sie war ihm schon immer ein Freund gewesen - in Zeiten in denen er mit sich gehadert hatte. Damals, als er sich das erste Mal in die kleine Konstanze verliebt hatte, das erste Mal. Diese Liebe wurde nicht erwidert, die Buche hatte ihm jenen Trost gespendet, dem ihm ansonsten niemand geben konnte – auch seine Mutter nicht. Hätte sie von der Liebelei gewusst, vielleicht doch.

Auch waren da noch seine Streitereien mit seiner Mutter, kaum nachvollziehbar in der jetzigen Situation, die es sicherlich auch nicht immer leicht mit ihm gehabt hatte. Auch in jenen Augenblicken saß er allein unter dem Baum und hatte still vor sich hingeweint oder gezürnt, immer den kräftigen stärkenden Baum im Rücken und damit das Gefühl, einen Zuhörer zu haben, jemanden der ihn verstand. Das beruhigende Blätterrascheln über sich in den lauen Sommerabenden hatte ihm eine Geborgenheit vermittelt, die er oft vergebens bei den Menschen gesucht hatte. Es war ihm nicht allzu oft vergönnt gewesen, überhaupt den Hof verlassen zu können, umso mehr genoss er diese Stunden.

Am Fuße dieses Baumes begann er ein Loch zu graben, was sich als schwieriger erwies als er ursprünglich dachte. Der Boden war hart, der Fußmarsch mit dem Körper der Toten über den Schultern hatte ihn bereits sehr angestrengt. Das Graben begann ihn in Armen, Schultern und Rücken zu schmerzen, aber er arbeitete ununterbrochen weiter seinem Ziel entgegen.

Nach einiger Zeit hatte er die richtige Tiefe erreicht. Er legte den Körper seiner Mutter vorsichtig, als handele es sich um etwas Zerbrechliches, in die Grube. Ehe er sie wieder mit dem feinen Waldboden bedeckte verabschiedete er sich noch einmal unter Tränen mit einem liebevollen Kuss auf die kalten Lippen von ihr. Er bedeckte mit dem Leinentuch vollends ihren geschundenen Körper, verdeckte die Spuren des Hausherrn und auch die Zeichen der peinlichen „Befragung" der Hexenjäger.

Trotz allem sollte sie die schönste Frau seines Lebens bleiben.

Als er sein Werk getan hatte, wurde ihm seltsam leicht ums Herz, er suchte kleine Bäume, die er auf das Grab seiner Mutter pflanzte. Er hatte seine eigene Kirche an diesem Ort, die Nähe des Allmächtigen war hier zu spüren – nicht in den Katakomben der Geistlichkeit, die sich immerzu auf die falsche Seite zu schlagen schienen.

Als er aufblickte, sah er auf der Buche ein kleines Eichhörnchen sitzen, das sein Treiben scheinbar genau beobachtet hatte. Er blickte ihm direkt in seine schönen dunklen Augen und hatte in diesem Moment das Gefühl, als sehe ihn seine Mutter an, die ihm damit Grüße aus der Ewigkeit schickte und das Beste für sein Leben wünschte. Da musste er lachen und über sich selbst schmunzeln. In sein Lachen begannen die Tränen über seine Wangen zu fließen und den Kloß zu lösen, den er seit langem in sich spürte. Es war, als verstärke jede vergossene Träne in ihm den Entschluss, nun sein Leben selbst in die Hand zu nehmen. Wie sich die Trauer und der Zorn in ihm entlud, reifte mit einem Mal die Erkenntnis wie sein zukünftiger Weg aussehen sollte: Er musste zu den Wurzeln seines Vaters wandern, auch wenn ihm bewusst war, dass er ihn in persona nicht treffen konnte. Aber sein Geist, seine Ideen waren sicherlich an jenem Ort am eindrücklichsten spürbar, wo er die größte Zahl seiner Anhängerschaft versammelt hatte. Er, der junge Thomas, würde das Erbe seines Vaters antreten.

Aber zuvor hatte er noch etwas hier in Fronschied zu erledigen. Er nahm einen kleinen Stein vom Grab seiner Mutter, küsste ihn und steckte ihn entschlossen in eine seiner Taschen des Wamses. Ohne sich noch einmal umzublicken, ging er zurück zum Gutshof. Der Morgen hatte begonnen zu dämmern und zog blutrot die Felder herauf.

Als er zurück war, hatte er seinen Plan gefasst. Auf dem Hof herrschte bereits reges Treiben: Das gesamte Gesinde war auf den Beinen, alle waren von den Herrschaften angewiesen worden, an der anstehenden öffentlichen Verbrennung der toten Hexe teilzunehmen. Man war bestrebt, durch diese Maßnahme auch den letzten Zweiflern zu beweisen, dass es sich bei Marie um eine wahrhaftige Hexe gehandelt hatte – und niemand wagte es die Heilige Inquisition und deren Urteile anzuzweifeln. Holz für den Scheiterhaufen musste gesammelt werden, man plante eine spezielle Bahre zu bauen, auf die man den Körper legen wollte, da man eine Tote nicht im Stehen wie ansonsten üblich, verbrennen konnte. Man hatte Boten in das Dorf geschickt, um zu besagter Zeit auch einen Geistlichen vor Ort zu haben und bei dieser Gelegenheit war man auch darauf bedacht, einige der wichtigsten Bewohner Fronschieds zu informieren, was geschehen war und sie gleichfalls zu dem Ereignis einzuladen.
Was Thomas erhofft hatte, in den Augen des Gesindes vielleicht ein wenig Mitleid für ihn zu sehen, oder Verständnis für seine Trauer, wurde nicht erfüllt. Allerorts begegnete man ihm nur mit Unverständnis, wenn nicht gar unverhohlenem Hass. Die Rechnung des Gutsherrn und seiner Frau Helena ging auf. Vor allem ihr schien die Geschichte um die Hexe sehr zum Vorteil zu gereichen, denn sie musste nunmehr nicht mehr befürchten, dass Marie ihrem Gatten einen weiteren Bastard auf den Hof setzte. Außerdem war Luitpold zumindest für die nächste Zeit vor amourösen Unternehmungen innerhalb des Gesindes geheilt. Sie würde schon dafür sorgen, dass das auch noch eine Weile so blieb.
Nur Isabella die Köchin sah Thomas mit mitleidigen Augen an, als er sich über den Gesindeeingang in die Küche schlich und am Herd

ein Stück Brot nahm. Man konnte ihm die vergangenen Stunden ansehen, was er alles durchgemacht hatte, wenn sie auch nur wusste, dass sich Marie nicht mehr dort befand, wo alle sie vermuteten. Isabella schnürte ihm ein kleines Päckchen mit getrocknetem Fladenbrot, als er sich ihr offenbarte und von seinem Entschluss erzählte, während des zweifellos auf sie zukommenden Durcheinanders den Hof verlassen zu wollen und hinaus in die Welt zu ziehen. Sie wusste, dass es die beste und wohl auch einzige Entscheidung für ihn war, denn als Sohn einer Hexe würde es nicht lange dauern, bis man auch ihn der Hexerei anklagen würde. Und dies, wenn sich der Körper noch dort befände wo ihn die Inquisitoren hinterlassen hatten. Isabella konnte nicht wissen, wie viel Zeit noch bliebe bis vielleicht durch Zufall entdeckt würde, dass die Hexe nicht mehr im Schuppen war. Sie beeilte sich, ein möglichst großes Proviant-Säckchen für den Jungen zu schnüren und griff gar in ihre persönlichen Habseligkeiten, um ihm dadurch ihre persönliche Verbundenheit zuzusichern. Ohne dass er dies bemerkte, steckte sie ihm noch etwas Dörrobst und eine kleine Sonnenuhr aus Bronze in den Beutel, die sie von ihrem Vater dereinst vererbt bekommen hatte. Es war ihr größter Schatz, das Einzige, was sie noch als Erinnerung an ihren Vater hatte, aber der Junge war ihr dieses Opfer wert. Sie hoffte insgeheim Thomas werde diesen Bauernring als Anhänger in Verbundenheit und als Erinnerung an sie tragen wenn er ihm auf seiner Flucht irgendwann in die Hände fallen werde.

Thomas saß noch immer in sich zusammengesunken an dem Brot kauend in der Nähe des Feuers und starrte in die Flammen. Er hatte von Isabellas Umsorgung nichts mitbekommen, doch er genoss ihre Nähe und auch die Stille, die um sie herrschte, in die nur das Prasseln des Feuers zischte. Als die Tür aufgestoßen wurde und einer der jüngeren Knechte in die Küche stürmte um Isabella eine Nachricht von Luitpolds Frau zu überbringen, setzte er sich abrupt auf, sah die Köchin an und ein leichtes Lächeln huschte über sein Gesicht – sie verstanden sich, ohne viel Worte machen zu müssen.

„Ich habe noch etwas zu erledigen..."

„Es ist alles vorbereitet, deine ... `Mahlzeit` steht hier", damit deutete sie in eine der Ecken der Küche in der der gepackte Beutel lag. Mit einem kaum merklichen Kopfnicken bedankte er sich und ging hinaus.

Isabella blickte ihm nachdenklich hinterher bevor sie den zuvor Hereingestürmten barsch zurechtwies, dass sie nicht interessiere was mit einem toten Körper noch an diesem Nachmittag angestellt werden würde.

Nach Maries Beisetzung war in Thomas die Idee gereift, auf dem Hofe in ewiger Erinnerung bleiben zu wollen. Wenn dies nicht im Guten möglich war, so doch im Schlechten: Er nahm eines jener kleinen Ausbeinmesser aus der Küche an sich, ohne dass es jemand bemerkt hätte, eines jener Messer, mit dem der Schlachter den tödlichen Stich in die Halsgegend der Schweine machte. Er verbarg das Messer in seinem Ärmel und verließ nun doch mit klopfendem Herzen die Kochstube.

Zum Erstaunen aller Umstehenden bat er vor dem Haupthaus um eine Unterredung mit dem Hausherrn, der beinahe freudig darauf einging, er dachte, Thomas habe langsam auch begriffen, woher der Wind wehe. Der Gutsherr wurde noch immer in einem fort von seiner Gemahlin in den verschiedensten Dingen angewiesen, er war in den letzten Stunden seit Maries Tod so gut wie nie zu Wort gekommen. So nahm er nun Thomas Bitte um eine Unterredung zum gefälligen Anlass, seiner Frau entfliehen zu können, wenngleich er wusste, dass es nach seiner Rückkehr weiterging.

Im Grund mochte Luitpold den Jungen, denn er war kräftig gebaut und irgendwann konnte sicherlich aus ihm einmal ein guter Knecht werden. Zwar bedürfte dies noch etlichen Zuwachses an Muskelkraft, aber er schien sich recht gut zu machen. Außerdem war er ein ansehnlicher Bursche, insgeheim könnte er gar stolz sein, sollte es sich wirklich um seinen Sohn handeln – wofür die eben genannten Attribute seiner Meinung nach sprachen.

Er erwartete ihn mit einem breiten Grinsen auf einem Stuhl sitzend in der Nähe eines verglasten Fensters, welches einen wunderbaren Blick auf die angrenzenden Felder freigab.

„Da kommt der junge Thomas, will sich entschuldigen für die Sünden seiner Mutter. Fließt auch in deinen Adern Hexenblut – Bastard?"
Trotz seiner eigentlichen Sympathie für den Jungen wollte sich Luitpold dies nicht anmerken lassen, denn das Gesinde musste immerzu wissen, wer Herr und wer Knecht war. Ansonsten wäre zu befürchten, dass sich irgendwann die gottgewollte Ordnung umkehrte – was sicherlich nicht im Sinne der bestehenden sein konnte. Außerdem konnte er nicht aus seiner Haut fahren, über Jahre hinweg hatte er sich diese harte Schale zugelegt und irgendwann selbst daran geglaubt. Inzwischen war er zu einem schrecklichen Menschen geworden.
Thomas ließ sich auf das Spiel ein, er kannte Luitpold nur als wütenden Gutsherrn, was ihm half den Unterwürfigen zu spielen. So vermied er es, dem Gutsherrn direkt in die Augen zu blicken, seine Unruhe war sicherlich auch an seinen ruhelosen Händen und seinen fahrigen Bewegungen zu sehen, was Luitpold innerlich sehr befriedigte.
Wenngleich der Hausherr nie von der Hexenhaftigkeit Maries überzeugt war, auch nicht, als ihm die Inquisitoren von den gefundenen Beweisen berichteten, so führte nun Thomas` Fabulieren zu ernsthaften Zweifeln,.
„Herr, es fällt mir schwer euch darüber zu berichten, aber ich denke, es steht dem Vorstand des Gutes zu, denn ich befürchte Arges auch über den Tod meiner Mutter hinaus für den Hof und die darin Lebenden."
„Was meinst du, Kerl? Hast du Beweise, dass deine Mutter noch Komplizen im Teufel hat – in dir vielleicht?" Luitpold wurde zornig, was bildete sich dieser Knabe ein, ihm so unverfroren seine Zeit zu stehlen?
„Eben nicht! Ich bin mir keiner Schuld bewusst, aber ich sehe es als meine heilige Pflicht an euch zu warnen."
„Du drohst mir? Es steht in meiner Macht dich zu zerquetschen wie einen Wurm und keine Krähe würde dir eine Träne nachweinen."

„Ich habe sie fliegen sehen, sicherlich wollte sie nicht, dass ich das zu Gesicht bekomme, außerdem sind mir weitere Buhlen bekannt…" entgegnete Thomas rasch, denn die Reaktion des Gutsherrn war nicht einzuschätzen, niemand konnte genau sagen was im nächsten Moment passieren würde.
„Sie ist – geflogen? Willst du mich auf den Arm nehmen?" Das Gespräch entwickelte sich in eine Richtung, mit der er nicht gerechnet hatte. Was bezweckte der Junge nur? „Du willst mir weismachen, deine Mutter, die schöne Marie, habe sich auf einen Besen gesetzt und sei einfach aus dem Fenster geflogen? Du spielst mit dem Feuer, jeder weiß dass das Ammenmärchen sind, der Flug der Hexen wie die Kirche uns weismachen will, kann niemals stattgefunden haben."
Thomas wusste, dass nun der alles entscheidende Zeitpunkt gekommen war, entweder sein Plan ging nun auf, oder alles war verloren. Er senkte die Stimme und blickte den Gutsherrn in verschwiegener Weise das erste Mal seit ihrem Zusammentreffen direkt in die Augen. Mit leiser Stimme begann er zu erzählen:
„Natürlich fliegen die Hexen nicht auf dem Besen. Aber eines Nachts, ich war vielleicht sechs, oder sieben Jahre alt, bekamen wir in unserer Gesindekammer von einem alten Weib Besuch. Zu dieser Zeit war niemand außer meiner Mutter und mir da und die Beiden dachten wohl ich schlafe, dabei habe ich jedes Wort gehört und konnte sie genau beobachten, was sie trieben."
Thomas begann sich vor seiner eigenen Stimme zu ekeln, er hatte das Gefühl in einer Weise das Ansehen seiner Mutter zu beschmutzen, wie er das nie machen dürfe, aber im Moment sah er keinen anderen Ausweg, um seinen Plan durchzuführen. Es musste ihm gelingen so glaubhaft wie nur möglich die Geschichte zu präsentieren und da auch Luitpold wusste, dass er seine Mutter abgöttisch geliebt hatte, konnte er sich nicht vorstellen, dass das Gesagte nicht der Wahrheit entsprach.
„Das hässliche alte Weib und meine Mutter versicherten sich, dass sie auch wirklich allein waren, mich schienen sie bei ihrem Treiben vergessen zu haben. Vorsichtshalber wurde noch die Tür verschlossen und Mutter schaute noch einmal kurz nach mir, aber da

ich mich schlafend stellte, schlug sie die Decke über mich und wandte sich dann wieder der Alten zu.
Sie tuschelten miteinander und begannen dann damit seltsame Kräuter in einen Topf, den sie über das Wasser gehängt hatten, zu werfen. Ich konnte aus dem Zwielicht nicht genau sehen, was sie alles benutzten, aber es schienen auch Teile von Tieren dabei gewesen zu sein."
Luitpolds Augen weiteten sich, er setzte sich wieder auf seinen Stuhl und hörte gespannt der Fortsetzung der Erzählung zu.
„Obwohl ich noch sehr jung an Jahren war, bemerkte ich sowohl am Verhalten der beiden Frauen, als auch an ihrer ständigen Tuschelei, dass sie etwas sehr Geheimes, vielleicht sogar Verbotenes trieben. Das Gebräu in ihrem Kessel fing zu kochen an und verströmte einen atemberaubend säuerlich-widerlichen Geruch. Ich unterdrückte mein Husten, um nicht auf mich aufmerksam zu machen. Andauernd flüsterten sie miteinander und immer Mal wieder rührten sie das schreckliche Gebräu um, das sich nach einiger Zeit in eine zähflüssige Masse verwandelte. Diese gaben sie in einen kleineren Topf, anschließend zog die Alte kleine Tiegel aus ihren Röcken – sie trug mehrere übereinander – und gab jeweils einen Teil davon zu der Masse im Topf."
Als Thomas die Wirkung seiner Worte auf den Gutsherrn sah, der stocksteif auf seinem Stuhl saß, begann er an Selbstsicherheit zu gewinnen, schließlich musste er sich gar innerlich zur Ordnung rufen, um den Bogen nicht zu überspannen, zu phantastisch und dadurch wieder unglaubwürdig zu werden. Er wandelte sowieso am Rande zur Märchenwelt und sein Zuhörer war nicht dumm und ein falsches Wort konnte dazu führen, dass alles umsonst war. Verkrampft hatte dieser gar seinen Wein vergessen, der vor ihm auf dem mächtigen Tisch stand und dem er immerzu und ständig gerne zugesprochen hatte.
„Als sie schließlich mit ihrer Kocherei fertig waren begannen sie das ein ums andere Mal für mich grundlos zu kichern, was ich zuerst nicht verstand, doch irgendwann lüfteten sie auch dieses Geheimnis vor meinen nunmehr überhaupt nicht mehr schlaftrunkenen Augen. Nachdem sie einen Singsang angestimmt hatten,

entledigten sie sich vollständig ihrer Kleider und begannen im Raum nach einer nur leise hörbaren Melodie zu tanzen und sich dabei immer wieder mit der hergestellten Salbe einzureiben."
„Sie waren nackt?"
„Nahezu, zumindest das was ich von meinem Schlupfwinkel aus zu sehen bekam. Irgendwann begannen sie dann über einer der Öllampen, die sie auf den Boden gestellte hatten eine Weile vor sich hinzumurmeln, die Worte konnte ich nicht verstehen. Die Alte bewegte ihre Glieder zunächst zitternd, dann immer heftiger und schließlich sprossen weiche Federn überall aus ihrer Haut hervor, Flügel wuchsen ihr, die bereits krumme Nase verhärtete sich und wurde schließlich zu einem Schnabel. Sie verwandelte sich innerhalb kürzester Zeit vor meinen Augen in eine Eule. Meine Mutter dagegen hatte sich während der Verwandlung ihrer Freundin weiter vor sich hinmurmelnd mit der Salbe am ganzen Körper eingerieben und war mehr und mehr tanzend in Verzückung geraten. Und dann glaubte ich nicht mehr meinen Augen zu trauen…"
„Hat sie sich nun auch verwandelt? In eine Katze vielleicht??", fragte der entsetzte Luitpold, inzwischen war er soweit, Thomas beinahe alles zu glauben was dieser ihm erzählte.
„Nein, sie verwandelte sich nicht…", Thomas wollte den Bogen seiner Fabulierung nicht überspannen.
„Sie erhob sich plötzlich ganz leicht vom Boden. Erst eine Handbreit, später immer höher, all dies im Takt ihres seltsamen Tanzes. Einmal konnte sie sogar die Decke des Raumes berühren."
„Sie… sie… flog???" Der Gutsherr war fassungslos.
„Hätte ich gedacht, welche Brut ich hier beherberge, ich hätte sie schon früher der Heiligen Inquisition übergeben."
Noch ehe er auf die Idee kommen konnte, dass der Junge, der ihm all dies erzählte der Sohn der Hexe war und somit möglicherweise in demselben teuflischen Bann stecken konnte, riss ihn Thomas wieder zurück in die Wirklichkeit.
„Auch wenn es sich um meine Mutter handelte, sie war und ist noch immer eine Hexe. Auch jetzt, nach ihrem Tod geht eine unbeschreibliche Gefahr von ihr aus. Wenn ihr hier aus dem Fenster seht, könnt ihr genau auf den Ort ihres Todes blicken, ich schwöre

bei allem was mir heilig ist, dass sie dort von Zeit zu Zeit am Fenster erscheint und drohend zu euch herüberwinkt – Da! Eben hab ich sie schon wieder gesehen! Diese Teufelei wird erst mit der Vernichtung ihres Leibes im Feuer und damit der Reinigung ihrer Seele ein Ende haben."

Der Gutsherr war inzwischen kalkweiß im Gesicht geworden. War der Knabe irre vor Kummer, oder hatte er es hier wahrhaftig mit einer satanischen Brut zu tun? Den Verdacht hatte er zwar immer weit von sich geworfen und der Hysterie und Eifersucht seiner Frau zugesprochen, die sowieso hinter jedem Rock eine Konkurrentin sah. All seine Liebesaffären und Liebeleien waren nicht spurlos an ihr vorüber gegangen, tiefes Misstrauen gegen ihn hatte sich in ihr festgesetzt. Aber nun stand der junge kräftige Thomas vor ihm und berichtete von all den tatsächlich erlebten Ungeheuerlichkeiten und er konnte nicht umhin, in gewisser Weise doch an die Möglichkeit eines Teufelsbundes glauben zu müssen.

Luitpold war während Thomas letzten Worten aufgesprungen und begann sich hektisch umzublicken. Jeglicher Zweifel, der noch zuvor in ihm geschlummert hatte, ob Thomas ihm auch die Wahrheit erzählte, war verflogen – der Plan ging auf.

Um zu sehen, ob es im Gesindehaus seinem Zimmer gegenüber wirklich eine Geistererscheinung gebe, schritt er zum Fenster und öffnete vorsichtig die Läden um alles genau sehen zu können. Insgeheim hoffte er, dass sich alles als Hirngespinst eines verstörten Jungen herausstellen sollte, dessen Mutter vor kurzem gestorben war und nicht, dass er wirklich eine leibhaftige Hexe zu Gesicht bekäme. Auf diesen Augenblick hatte Thomas gewartet.

Sie stellten sich ans Fenster, Thomas schwieg und es schien als hingen sie nun beiden denselben Gedanken nach.

„Sie wollte ursprünglich aus dem Fenster fliegen, sie hat es mir selbst noch am Vorabend erzählt. Ihr Vorhaben war ganz schrecklicher Natur: Zusammen mit der Alten hatten sie vor, herüber zu eurem Haus zu fliegen und schrecklichen Schadenszauber über euch, eure Frau und den ganzen Hof zu bringen. Ihr könnt von Glück sagen, dass es ihnen in jener Nacht nicht ganz gelungen ist. Zwar gelang der Verwandlungszauber und auch die Flugsalbe ermöglichte meiner Mutter sich entgegen der göttlichen Natur in die Lüfte zu erheben, aber es war offensichtlich noch nicht genug, so entschlossen sich die Beiden ihr Vorhaben auf eine der kommenden Vollmondnächte zu verlegen. Dann sollte es euch und euren Lieben an den Kragen gehen. Gott sei's gedankt kam ihr Tod noch rechtzeitig. Aber es bleibt die Vernichtung ihres Körpers und dies so schnell wie möglich, denn vergesst nicht die Alte, die sich wahrscheinlich noch immer in der Gegend aufhält und auf die beste Gelegenheit wartet, ihre Buhlerin zu erwecken und euch an den Kragen zu gehen. Als mir meine Mutter von ihrem Vorhaben erzählte, wollte ich sie abhalten davon, weil wir euch doch soviel zu verdanken haben, aber sie wollte sich nicht von dieser Idee abbringen lassen. Aber Gott selbst scheint diesen Versuch vereitelt zu haben, ansonsten hätte sie sich nicht an diesem Seil erhängen können..."

Thomas kamen diese Worte wie ein schrecklicher Verrat an seiner Mutter vor, aber letztendlich heiligte der Zweck die Mittel und in seinem tiefsten Innern wollte er nur noch seinen zutiefst erhofften Traum erfüllt sehen.

Beide starrten aus dem geöffneten Fenster auf den Hof hinaus. Das Grauen überfiel Luitpold, sein Entsetzen war unbeschreiblich. Langsam wusste er nicht mehr was er glauben sollte. Hatte er sich wirklich mit dem Leibhaftigen angelegt? Wie hatte er nur so blind sein und nur Maries offensichtliche Reize im Auge haben können? Wie schnell hätte der wahre Satan Gewalt über ihn bekommen können, nicht auszudenken was er mit ihm alles angestellt hätte. Oder hatte der Jüngling ihn seinerseits verzaubert?

Noch einmal durchlebte er den bis dahin schlimmsten Moment seines bisherigen Lebens. Beinahe war es ihm, als hörte er noch einmal in seinen Ohren das Knacken, als das Genick der Magd wenige Handbreit unterhalb des gegenüberliegenden Fensters brach. Im Traum hatten ihn diese Geschehnisse bereits mehrmals verfolgt. Er starrte hinüber zum Gesindehaus, als Thomas an ihn herantrat und leise das kleine Messer aus dem Ärmel zog. Es war nur ein kleiner Stich in den Hals des Hausherrn, der in diesem Moment überhaupt nicht mit einem Angriff gerechnet hatte, zu sehr war er

damit beschäftigt darüber nachzudenken, welch Glück er seinerzeit gehabt hatte, dem Satan höchst persönlich entronnen zu sein. Thomas hielt ihm gleichzeitig den Mund zu und verdrehte seinen Arm auf den Rücken. Zu oft hatte er dabei sein müssen bei den Schlachtungen auf dem Hof, als die Herrschaften eines ihrer unzähligen Bankette feierten, er wusste wie man die kleinen Messer einzusetzen hatte, um die Tiere vom Leben zum Tode zu befördern. Niemals wäre es ihm jedoch in den Sinn gekommen, dass er einmal seine Hand auf solch entsetzliche Weise gegen einen seiner Mitmenschen erheben würde. Im Gegensatz zu seinen bisherigen Erfahrungen bei Schlachtungen genoss er jedoch jeden verbleibenden Atemzug Luitpolds.
Mit schreckensgeweiteten Augen starrte ihm der Hausherr ins Gesicht, Thomas erwiderte mit ernster Miene seine Blicke und genoss jeden Augenblick des dahinscheidenden Lebens. Das Blut spritzte aus der Wunde am Hals gegen den Fensterrahmen und bildete ein rotes Rinnsal das sich seinen Weg bahnte über die Fensterbank, die Hauswand hinunter. Es stand niemand im Hof, der Zeuge dieses Schauspiels werden konnte. Unendlich langsam hauchte der Hausvorstand sein Leben aus, sein Blick war bis zum Ende ungläubig auf den jungen Thomas gerichtet. Mit jedem Quäntchen Leben, das aus Luitpold wich, fühlte sich Thomas stärker und der Gutsherr erkannte seinen schrecklichen Irrtum. Mit einem Mal wusste er, dass der Junge ihn aufs Schrecklichste an der Nase herumgeführt hatte und alle Geschichten über seine Mutter nur dem einen Ziel dienten, ihn zu töten. Luitpolds Augen sprachen Bände, er dachte nun wirklich dem Leibhaftigen persönlich gegenüber zu stehen und die Ernte seines Lebens einfahren zu müssen. Thomas erkannte die Angst in den Augen des Hausherrn und beugte sich vor um an das Ohr des Sterbenden zu kommen.
Leise flüsterte er: „Ich bin dein größter Alptraum, ich habe mein Leben lang auf diesen Augenblick gewartet. Das ist für den Tod meiner Mutter, sie wird man nie vergessen, während du nichts auf dieser Erde hinterlassen wirst – nicht einmal einen anerkannten leiblichen Nachkommen... Ich dagegen bin der Sohn eines großen Mannes, von dem man bis vor die Zeit des Jüngsten Gerichts hören

wird. Man hat ihn gequält und enthauptet, doch er war ein wahrhafter Christenmensch. Ich habe sein Blut in meinen Adern, das Blut des Kämpfers und setzte mit dir einen Anfang in mein neues Leben."
Luitpold wusste sofort, wen Thomas meinte, so war es also doch wahr: Jener Prediger, der vor Jahren hier in der Nähe für Unruhen und Aufstände verantwortlich gemacht wurde, musste doch Kontakt zu Teilen seines Gesindes gehabt haben, als er selbst mit seiner Familie auf Reisen war. Hätte er bloß früher daran gedacht und sich für eine ordentliche Bestrafung der Beteiligten eingesetzt, vielleicht hätte er dann sein jetziges Ende noch abgewendet – nun war es zu spät. Plötzlich knickten seine Beine ein, die Kraft wich aus seinem Körper, Thomas nahm die Hand vom Mund des Erstochenen, denn der einzige Laut, der noch aus ihm entwich, war ein unartikuliertes Röcheln. Er nahm ein sauberes Schnupftuch, das ihm einmal seine Mutter gemacht hatte, tauchte es in das frische Blut Luitpolds und band es sich dann um das Handgelenk in ewigem Gedenken an die Schmach seiner Mutter und das elende Ende ihres Peinigers und Zeichen seiner Rache. Noch immer bei Bewusstsein beobachteten die entsetzten Augen Luitpolds sein Tun, unfähig, irgendetwas dagegen machen zu können. Er war inzwischen zu schwach geworden und hatte erkannt, dass sein letztes Stündlein geschlagen hatte.
„Stirb, `Herr`! Ich habe hiermit dein Vermächtnis zerstört und mache mich auf den Weg in mein neues Leben – auf den Weg in eine neue Zeit. Die deinige ist vorbei und zerstört!"
Mit diesen Worten ließ er von Luitpold ab, steckte sein kleines Messer wieder in den Ärmel und verließ das Zimmer. Er machte sich nicht die Mühe, die Tür hinter sich zu schließen, keiner der Entgegenkommenden wagte es ihn aufzuhalten, sicherlich lag dies auch an seiner über und über mit Blut bespritzten Kleidung und seinem entschlossenen Blick, der keinen Zweifel darüber zuließ, dass er zu allem bereit war. Vielleicht war es aber auch ein Glück, dass nur eine Magd zu Gesicht bekam. Dass sie ihrerseits keinen Alarm schlug, war Thomas Glück. Wortlos ging er geradesten Weges zu Isabella in die Küche, sie schien dort auf ihn gewartet zu

haben, denn ihr Gesicht verriet weder Entsetzen, noch Trauer, als er erschien. Sie überreichte ihm das zuvor geschnürte Bündel, nahm ihn noch einmal in die Arme und entließ ihn Richtung Fronschied, ohne dass die Beiden noch einmal ein Wort miteinander gewechselt hätten.

Als man ihm nur kurz darauf die Stadtwache auf die Fersen hetzte, war er längst an Orten angekommen wo ihn niemand vermutet hätte. Da man ihm unterstellte, dass es sich nicht um einen Racheakt, sondern um eine persönliche Bereicherung handelte, vermutete man ihn eher in einer der nächsten Städte, mutmaßlich betrunken in einem der Gasthäuser sein Diebesgut versaufend. Es sollte also ein Leichtes sein ihn aufzugreifen und seiner gerechten Strafe zuzuführen. Es war ein Glück für Thomas dass man so dachte, allein Isabella kannte die wahren Hintergründe. Hätte man sich die Mühe gemacht, Luitpolds Zimmer genauer in Augenschein zu nehmen, hätte man feststellen können, dass nichts entwendet worden war.

Den Weg durch das Dorf kannte er inzwischen recht gut und es war ihm ein Bedürfnis, noch einmal bei dem Alten vorbei zu schauen, in dem er immer mehr ein Mitglied seiner Familie sah. Insgeheim wusste er, dass es das letzte Mal war, dass er die Möglichkeit bekam mit dem Alten zu reden. Er hatte nicht viel Zeit, denn sicherlich würde man irgendwann Luitpolds ausgebluteten Körper finden und ihm Verfolger auf die Fersen hetzte. Wahrscheinlich vermutete man ihn nicht in der heruntergekommenen Hütte eines Blinden, aber er musste seinen Besuch und damit die Verabschiedung bei Jochim so kurz wie irgend möglich halten.
Schweren Herzens betrat er das Haus des Alten, nicht ohne zuvor darauf aufmerksam gemacht zu haben, dass er eintrat, denn nicht noch einmal wollte er Kontakt mit dessen Stock machen, er würde noch alle Kraft für die anstehende Flucht benötigen, das wusste er. Wie meistens saß Jochim auf seinem Bett, das Kinn auf seinen Stock gestützt.

„Was ist passiert Thomas? Nicht nur dass du früher kommst als sonst – deine Schritte klingen zögerlicher. Erzähl!"
Thomas trat zu dem Alten und setzte sich seufzend neben ihn, einmal mehr war er erstaunt ob der Kombinationsgabe des Alten. Hatte er sich noch stark und unverwundbar gefühlt auf dem Weg hierher, so schwanden seine Kräfte zunehmend in der Anwesenheit Jochims.
„Ich weiß nicht ob ich einen Fehler gemacht habe – aber ich konnte nicht anders, mein Herz hat mir geraten."
„Was immer dir dein Herz rät – es ist der beste Weg für dich. Weshalb haben wir soviel Ungemach in der Welt? Weil die Menschen nicht auf ihre Herzen hören, sondern sich zu Dingen verleiten lassen, die aus den Herzen anderer Menschen kommen und die sie sich zu eigen gemacht haben ohne zu sehen, dass es eben nicht ihr eigener freier Wille ist, der sie zu ihrem Tun bringt. Aber wie mir scheint geht es nicht um ein paar gestohlene Äpfel. Ich vertraue dir, du hast sicher nichts Falsches getan. Wie geht es Marie, meiner teuren Freundin, der wir unsere Freundschaft zu verdanken haben? Mir ist so mancherlei in den letzten Tagen zu Ohren gekommen."
Thomas fühlte den Klos im Hals, der sich nicht lösen wollte und zu einer Größe anzuschwellen schien, der ihm jegliches Reden zur Hölle machte. Nach einigen Augenblicken begann er zu stammeln:„Sie ist … tot…"
Mit einem plötzlichen Ruck setzte sich Jochim auf, riss sich seine Augenbinde vom Kopf und starrte Thomas mit seinen blinden Augen an, als hoffe er insgeheim wenigstens in einer solchen Situation wieder sehen zu können. Thomas entgegnete entsetzt seinem blinden Starren, denn es war das erste Mal dass er Jochims Wunden aus der Nähe sah. Was mussten das für unendliche Schmerzen gewesen sein, bei lebendigem Leibe geblendet zu werden? Er hatte das Gefühl einen Totenschädel anzublicken und war sich in diesem Moment sicher, dass er dieses Bild niemals wieder aus seinen Gedanken würde verbannen können. Tatsächlich schienen ihn die Höhlen anzublicken, was doch nicht möglich war – die Augäpfel fehlten, man hatte Jochim nicht nur geblendet, sondern ihm auch

noch die Augen herausgerissen. Was mochten das für Menschen sein, die anderen Menschen so etwas antaten. Ein Wunder dass er diese Wunden überhaupt überstehen konnte. Vielleicht war auch das einer der Gründe gewesen, weshalb seine Peiniger nach der Marter davon absahen, ihn umzubringen.
„Sie war nicht schuld, der Gutsherr hat sie in den Tod getrieben!", automatisch wich Thomas weg von Jochim, der ihn aber mit seinen Händen wie mit Klauen an den Oberarmen gepackt hatte und wieder zu sich zog. Jochim schnaufte laut, als versuchte er dadurch seinem Körper mehr Kraft zu bringen.
"Dieser Saukerl! Man erzählt sich über ihn so Einiges im Dorf, wenn nur ein Teil dessen der Wahrheit entspricht, was ich hier zu hören bekomme, müsste man ihm mit eigenen Händen den Hals umdrehen!"
„Alle denken, sie habe sich selbst gerichtet, aber in tiefsten Herzen muss doch ein jeder der sie gekannt hat zumindest ahnen, dass ein so guter Mensch seinem Leben nicht auf diese Weise ein Ende setzen kann", der Junge begann zu weinen, die ganze Last der vergangenen Tage, die er allein tragen musste, brach nun bei dem Alten seine Bahn. Jochim legte ihm beruhigend einen Arm um die Schultern und sagte mehr zu sich selbst als zu Thomas gewandt:
"Wen interessiert was die Menschen in tiefsten Herzen denken, wenn ihre Taten das Gegenteil beweisen? Vertraue niemals dem Herzen der Menschen! Offensichtlich musst du selbst diese leidliche Erfahrung machen, wenn sich ein Urteil über einen Menschen durchsetzt, dann kannst du dagegen nichts mehr ausrichten. Das Herz des Menschen ist eine Löwengrube, aus der es kein Entrinnen gibt..."
Thomas gab ein lautes Schluchzen von sich. Wie sehr hatte er diese menschliche Nähe vermisst, in den letzten Tagen. Isabella hätte sie ihm sicherlich gegeben, das wusste er, dennoch war sie nicht seine Mutter und würde sie auch nie ersetzen können. Bei Jochim war das etwas anderes, zu ihm hatte er ein Verhältnis wie zu einem Vater. Nun lag er in den Armen des blinden alten Mannes und weinte wie ein kleines Kind. Der Alte gab ihm die Geborgenheit, die er im Moment so dringend benötigte.

„Aber hat nicht auch Daniel in der Löwengrube…"
„Ja, Daniel, vielleicht war das etwas anderes…. Wie ich deine Mutter kenne, hat sie mit ihrer Tat doch etwas Bestimmtes beabsichtigt, oder was hat sie zu diesem nicht umzukehrenden Schritt gebracht?"
„Sie war mit dem Gutsherrn im Zimmer…", erwähnte Thomas.
„Dann ist es doch eindeutig, was sie wollte!", schrie Jochim indem er mit der Faust auf den Holztisch hieb, dass der Weinkrug zu tanzen begann.
„Sie wollte Allen deutlich machen, welche Schuld Luitpold auf sich geladen hatte und durch ihre Tat sein Ende besiegeln. Vielleicht hat sie aber auch die Hand gegen ihn erhoben und das Schwert hat sich letztendlich gegen sie gekehrt."
„Aber der Gutsherr hat durch seine Frau eine sehr starke Verbündete und da sie Zeugnis gegen Marie für ihren Mann – wider besseres Wissens – ablegte, gelang es ihr gar noch, Verbündete aus dem Gesinde zu bekommen. Das hätte ich nie gedacht, dass Mägde, die sich noch Tage zuvor mit Mutter gut verstanden haben, sich so gegen sie stellen würden."
„Das ist eine schmerzliche Erkenntnis mein Sohn, die auch ich machen musste. Man darf nie zu weit gehen mit seinem Vertrauen in die Menschen, dies sage ich dir als Mensch und als ehemaliger Mönch, der sich noch immer dem Wort Gottes verpflichtet fühlt."
Thomas erzählte Jochim in kurzen Sätzen, was sich alles noch zugetragen hatte bis hin zum Eintreffen der Heiligen Inquisition, die sich des geschändeten Körpers angenommen und den unumstößlichen Beweis erbracht hatten, dass Marie mit dem Teufel im Bunde stand.
„Marie eine Hexe! Das ist der größte Irrsinn, den man je behauptet hat. Einmal mehr bin ich froh, den Weg eingeschlagen zu haben, der mich von der Kirche weggeführt hat – in die Arme des liebenden Gottes. Aber was ist mit dir? Du bist ihr Sohn und gleichermaßen in Gefahr von den Jägern verfolgt und angeklagt zu werden!"
Der Junge hörte die Besorgnis in Jochims Stimme und beruhigte ihn, dass man ihn nicht angeklagt habe, um anschließend von sei-

nem Abenteuer im Wald und der erfolgten Beerdigung des geschundenen Körpers zu berichten.
Jochim atmete schwer, das waren innerhalb kürzester Zeit zu viele Neuigkeiten auf einmal.
„Marie tot, nun bleibst allein du mir, als Trost, oder wie soll ich deinen Besuch bei mir verstehen? Wir müssen einen Plan machen."
Thomas antwortete nicht sofort, denn er wusste nicht richtig, wie er all die anderen Geschehnisse Jochim erklären konnte, hätte der Alte gesehen, so hätte er bereits beim Auftreten des Jungen erkannt, der über und über mit Blut bespritzt war, dass er sich bereits auf der Flucht befand, einen derart gehetzten Eindruck machte dieser. Auch seine Kleidung war bedachter gewählt als sonst, er hatte außerdem noch ein zusätzliches Bündel mit einem zweiten Wams, einer Hose und Isabellas Proviant-Päckchen dabei.
„Luitpold ist auch tot."
Erstaunlicherweise war der Alte nun nicht überrascht, oder er ließ es sich nicht anmerken, möglicherweise schmiedete er insgeheim auch Pläne für Thomas.
„Das ist wenigstens einmal eine gute Nachricht. Als dein Freund – und als solchen sehe ich mich, ich hoffe dagegen hast du nichts – muss ich dir sagen: Du hast Recht damit getan! Denn sicherlich irre ich mich nicht, wenn ich rückschließe, dass es deine Tat war, die Luitpold von uns genommen hat?"
Als Thomas nicht antwortete, nahm Jochim dies als Bestätigung und fuhr fort:
„Er hat es verdient! Wenn nur ein Teil der Dinge der Wahrheit entsprechen, die man sich erzählt, hat er es verdient. Ich hoffe, er konnte sein Ableben noch `genießen`, man hätte ihm all das antun sollen, was er anderen Menschen angetan hat. Zweifelsohne wird man aber nach seinem Mörder suchen lassen, du kannst unmöglich bei mir bleiben, ich bin dir keine Hilfe. Außerdem würde dies innerhalb weniger Tage auffallen, dass ich einen Fremden beherberge, denn die Menschen hier wissen wie ich lebe. Doch wohin kann ich dich schicken?"
Er seufzte und als sein Arm über Jochims Rücken hinunter zur Truhe glitt, blieb sie auf dessen Reiseproviant liegen. Es brauchte

nicht lange um zu erkennen, dass der junge Thomas in seinen Überlegungen seinen Sorgen bereits voraus war.
„Du willst mich verlassen und wirst nie wiederkehren. Ich werde dich nicht zurückhalten, junger Freund, dennoch hoffe ich, dass du in unseren Gesprächen einiges lernen konntest und ich dich, ebenso wie deine Mutter, auf dieses Leben da draußen einigermaßen vorbereitet habe. Du kennst zumindest vom Hörensagen die Gefahren, die da lauern, die Versuchungen und ich möchte dich noch bitten stets auf das Wort Gottes zu vertrauen, auch wenn es dir manchmal, oder gerade jetzt, schwer fällt. ER ist unser Fels in der Brandung und wenn ein Mensch je gerecht auf Erden wandelte und die Menschen liebte, so war ER es, vergiss das nie. `Und ob ich schon wandelte im finsteren Tal…`.
Geh mit Gott, ich würde dir gerne mehr als gute Worte und meinen Segen mit auf den Weg geben.
Da fällt mir ein: Geh in Richtung Fulda, damit du wenigstens ein Ziel vor Augen hast und nicht als Landstreicher endest den man in irgendeiner Stadt an den Pranger stellt oder totschlägt. Solltest du das schaffen, ich kenne einen der Mönche des dortigen Klosters, sein Name ist Xaver, erzähle ihm was geschehen ist, erzähle es ihm aber nicht allzu ausführlich, wer weiß, ob er sich nicht auch verändert hat. Berichte nur, dass deine Mutter tot ist und du eine Bleibe für einige Zeit suchst, da man dich vom Hof gejagt hat. Auch er kannte deinen Vater, war zu jener Zeit einer seiner Mitstreiter. Du wirst dort zumindest eine Rast einlegen können, die es dir ermöglichen sollte zu verschnaufen."
„Ich habe Luitpold…"
„Sei ruhig, es bedarf keiner Einzelheiten, ich habe dich in den letzten Monaten sehr gut kennen gelernt und du wirst gehandelt haben wie ich das auch getan hätte – und vielleicht gar dein Vater. Luitpold war ein Unmensch, das kann dir ein jeder, der mit ihm zu tun hatte, bestätigen und von den paar an Tränen die ob seines Todes vergossen werden sind die meisten erkauft und kommen nicht von Herzen. Du wirst nicht mehr zurückkehren, weder zum Gut, noch zu mir. Leb wohl mein Sohn, Gott segne dich!"

Thomas nahm den Alten wie von einem inneren Impuls getrieben fest in die Arme und so verharrten die Beiden schweigend ein paar Augenblicke, dann öffnete Jochim seine Arme und ließ Thomas aufstehen. Dieser nahm sein Päckchen, befestigte es an dem Stock, den er sich gefertigt hatte und mit dem er immer unterwegs war und ging ohne noch ein weiteres Wort zu verlieren aus der Hütte. Es war das erste Mal, dass er froh war, dass Jochim ihn nicht sehen konnte, denn sein Gesicht war tränenbeschmiert.

Als er Jochims Hütte verließ, war es Nacht geworden, er drehte sich noch einmal um, als könne er diesen Anblick für immer in sich halten, dann schlug er den Weg in Richtung Wald ein. `Fulda` hatte ihm Jochim geraten, wohlan, jetzt hatte er zumindest ein Ziel. Befürchtungen, sich nachts allein im Wald aufzuhalten hatte er nicht. Sicherlich war er möglichen Räubern körperlich unterlegen, doch seine Wut schien ihm ungeahnte Kräfte zu verleihen.

D er Wald war finster, es lag etwas Neues vor dem jungen Thomas. Die Kindheit lag hinter ihm, nun musste er nach vorne blicken und seinen eigenen Weg in der Welt finden. Ein Gefühl nach Spannung und Abenteuerlust breitete sich in ihm aus und unterstützte, ihn wohlgemut voranzuschreiten. Er kannte die ungefähre Richtung, der Weg war nicht allzu ausgetreten, denn Fronschied lag zu abseits, als dass direkt eine Handelsstrasse in der Nähe vorbeiführte. Dadurch waren die Pfade etwas beschwerlicher, aber die Wahrscheinlichkeit, hier auf Räuberbanden zu stoßen dafür umso geringer. Von Jochim hatte er gelernt, dass er nach Möglichkeit in Richtung der ehemaligen via regia gehen solle, dort könne er sich zusammenschließen mit anderen Reisenden oder Kaufleuten, denn da es sich bei dieser Handelsstraße um eine der größten der Region handelte, war sie immer wieder im Visier der Räuberbanden. Diese erhofften sich von der Plünderung der reichen Kaufleute dementsprechend hohen Ertrag. Allein zu reisen auf einer solchen Straße war reiner Selbstmord, oder zumindest barer Leichtsinn. Je größer die Gruppe der Mitreisenden, desto geringer die Wahrscheinlichkeit ausgeraubt zu werden. Vorerst musste aber noch eine gewaltige Strecke durch mehr oder weniger unwegsames Gebiet zurückgelegt werden. Die Nacht war klar, die Sterne wiesen den Weg. Auch wenn Thomas immer wieder von den Geräuschen der Nacht erschreckt wurde, blieb es doch relativ ruhig und kam gut voran.

Der Folgetag war dennoch kein Vergleich dazu und er nutzte seine Energie und neu gewonnene Freiheit aus, um soweit wie irgend möglich zu kommen. Die ganze Strecke über begegnete ihm keine Menschenseele, was ihm nur Recht war. Gegen Nachmittag legte er sich unter einer großen Buche schlafen, die ihn an jenen Ort erinnerte, an dem er seine Mutter begraben hatte.

Er wurde von der Kälte wieder geweckt, die ihm in allen Körpergliedern steckte. Erst jetzt erkannte er, dass es ein leichtsinniges Unterfangen war, zu dieser Zeit bei dieser kalten Witterung sich nur unter eine dünne Decke gekuschelt zum Schlafen hinzulegen. Es hätte auch sehr schnell sein können, dass er überhaupt nicht mehr erwacht wäre, oder sich durch diesen kurzen Schlaf eine böse Erkältung zugezogen hätte. Er packte so schnell dies seine eiskalten Finger zuließen, sein Bündel wieder zusammen und wollte sich eben wieder auf den Weg machen, als ihn sein knurrender Magen daran erinnerte, dass er seit über einem ganzen Tag nichts mehr gegessen hatte. Nur kurz spielte er mit dem Gedanken, sich das für später aufzuheben, besann sich aber eines Besseren und öffnete das Paket. Isabella hatte sich erdenkliche Mühe gegeben, das sah er sofort. Nicht nur, dass sie ihm mehr eingepackt hatte, als er dachte, die Brote waren üppig mit Schmalz bestrichen, sie hatte ihm sogar zwei Äpfel in den Beutel dazu gelegt.

Was mochte sich wohl darin befinden? , dachte Thomas und wie erstaunt war er, als er sah, dass dieser mit den unterschiedlichsten getrockneten Früchten gefüllt war. Ginge es nach seinem Magen, sicherlich hätte er alles verdrückt, aber er genehmigte sich nur eines der Brote, dachte dabei intensiv an Isabella und schickte ihr in Gedanken Gottes Segen für ihre Unterstützung. Zum Abschluss seiner Mahlzeit genehmigte er sich ein Stückchen getrockneten Apfel, den er lange im Mund behalten wollte, um dessen guten Geschmack möglichst lange genießen zu können. Als er das Bündel

wieder verknotete, fiel ihm ein weiteres Beutelchen auf, das ihm zuvor nicht ins Auge gestochen war, was sollte das denn sein? Es war Isabellas Bauernring, an einer Lederschnur befestigt!
Er wusste, von welchem Schatz sich die Köchin hier getrennt hatte. Einmal, als er noch ein kleines Kind war hatte sie ihm dieses Erbstück gezeigt und auch seine Funktionsweise erklärt. Damals durfte er ganz vorsichtig den Ring anfassen und als Sonnenuhr ausprobieren. Isabella hatte ihn anschließend gleich wieder in ihrer Küche versteckt, sie selbst wollte die Kette nicht tragen, da sie ihr zu kostbar erschien. Und nun hatte sie sie ihm, dem jungen Thomas, der sich auf der Flucht befand, geschenkt. Er war gerührt, zwar wusste er, dass Isabella eine liebreizende und äußerst nette Person war, aber dass sie soweit gehen würde in ihrer Zuneigung für ihn, das hätte er nicht gedacht.
Sogleich machte er sich daran, den Anhänger um den Hals zu legen und fest zu verknoten. Dies sollte sein Beschützer sein und ihn an das Leben, das hinter ihm lag, erinnern. In ewigem Andenken an seine Zeit auf dem Gutshof und an Isabella wollte er ihn tragen und er schwor sich bei diesem Ring, dass er Isabella niemals vergessen werde, bis ans Ende seiner Tage nicht. Als er den kalten Ring unter sein Hemd gleiten ließ fühlte es sich zuerst fremd an, aber mit der Zeit wärmte sein Körper das Metall, sodass er es nicht mehr bewusst spürte und es gleichsam ein Teil von ihm wurde.
Irgendwann, nach zwei durchwanderten sternenklaren Nächten, tagsüber versuchte er immer irgendwo zumindest ein kleines Nickerchen zu machen, kam Thomas frierend und am Ende seiner Kräfte an einen einsamen Gasthof in der Nähe eines kleinen Dorfes. Dem äußeren Anschein nach zu urteilen handelte es sich eher um einen Unterschlupf für Räubergesellen und Landstreicher, ehrbare Reisende würde man hier sicherlich vergebens suchen. Aber der junge Müntzer befand sich selbst auf der Flucht, wie er sich insgeheim eingestehen musste.
Kurz entschlossen betrat der die Schankstube, die trotz ihres Dämmerlichtes, das die Öllampen warfen, im Vergleich zur Nacht, die hinter ihm lag, beinahe etwas Einladendes hatte. Da er sich nach seiner Rache an Luitpold jedoch stärker fühlte als er in Wirk-

lichkeit war, betrat er den niederen Schankraum in der Hoffnung auf eine Möglichkeit in einigermaßen Ruhe den Rest der Nacht – und vielleicht auch den kommenden Tag verbringen zu können. Der äußerliche Eindruck der Kaschemme hatte nicht getrogen: Die anwesenden Gäste sahen nicht vertrauenswürdig aus, waren entweder betrunken, oder eingeschlafen – oder beides. Von dem Rauch, der aus dem Feuer in einer der Ecken stieg war der Raum teilweise rußgeschwärzt, direkt über der Feuerstelle war die Wand pechschwarz. Ein Kessel mit Wein, der offensichtlich mit verschiedenen Kräutern versetzt war, reicherte die Luft zusätzlich mit dem betäubenden Geruch von Alkohol an. Die Schankstube war recht geräumig und maß ungefähr die doppelte Größe eines normalen Bauernzimmers. Gegenüber des Eingangs war die Feuerstelle mit allerlei Vorrichtungen an der Wand, die offensichtlich dazu benötigt wurden unterschiedlichste Speisen an Spießen zubereiten zu können, Thomas war ein wenig verwunderte, denn der Verzehr von Wild war doch ausschließlich den Adligen vorbehalten.

Reiche Bauern konnten vielleicht ein- oder zweimal im Jahr eines ihrer Schweine schlachten, ansonsten bestand die allgemein übliche Nahrung aus Brei, Brot und Wasser. Wenn es hier also zumindest ab und zu Fleisch gab, dann musste es sich bei den Gästen auch um nicht unbedingt arme Menschen handeln, die in der Lage waren für ein solches Essen auch bezahlen zu können. Der Wirt fragte wahrscheinlich nicht nach der tatsächlichen Herkunft des Geldes, ebenso wenig interessierten sich die Gäste dafür, ob das Fleisch das sie verzehrten nicht das Ergebnis von Wilderei war. Die Theke, die auf der linken Seite neben dem Eingang begann, bestand aus einem sehr langes Brett, das auf Holzfässern stand und hinter der der Schankwirt seine Gäste bediente. Auf den Regalen an der Wand standen die unterschiedlichsten Flaschen, Krüge, Teller in unordentlicher Reihenfolge, man sah ihnen an, dass sie nur selten benutzt wurden. Dass die Stube an sich nicht sehr sauber war fiel nicht weiter auf, es entstand vor Thomas ein Gesamtbild das ihm seinen eigenen Abstieg in die Niederungen der Menschheit vor Augen führte. Der junge Müntzer trat entschlossen zum

Wirt und versuchte ihn auf sich aufmerksam zu machen, denn dieser war offensichtlich in Streit mit einem seiner Besucher gekommen und schenkte dem Neuankömmling keinerlei Beachtung.

In einer der hinteren Ecke saß eine kleine Gruppe Spielleute, die sich offensichtlich, dem Lärm den sie veranstalteten nach zu urteilen, bestens amüsierten. Auch eine Frau war dabei, wie Thomas feststellte. Sie musste ebenso wie er eine längere Reise hinter sich haben, denn sowohl ihre Kleidung, als auch ihre Gesichter und Hände waren schmutzig. Dies fiel besonders bei Frauen ins Auge, dennoch bemerkte er vor allem das Mädchen, deren klarer Blick ihn bereits bei seinem Eintreten in den Schankraum von oben bis unten gemustert hatte. Im Gegensatz zu den restlichen Besuchern der Schenke, deren Äußeres eher Grau in Grau war, fielen die Spielleute auf, die alle Farben hatte. Beinkleider in zweierlei Farben, ungewöhnliche Hemden mit Spitzen verziert, kariert oder gestreift, spitze Schuhe, keine üblichen bäuerlichen Bundschuhe. Als Spielmann konnte man sich ein solches Auftreten erlauben, denn die Zuschauer erwarteten das, außerdem gaben sie so wahrscheinlich ihrer Freiheit Ausdruck, dass sie tun und lassen konnten, was sie wollten und keinem Herrn Rechenschaft abzulegen hatten. Trotz des Drecks und Staubs der die gesamte Truppe überzogen hatte, schienen die Farben Thomas anzuleuchten.
„Was ist denn heut bloß los? Sonst kommt hier überhaupt niemand vorbei in diesem Loch und heute jagen sie einen Spießgesellen nach dem anderen in die Stube...", der Wirt, ein kräftiger Kerl mit umgebundener Schürze, hatte von seinem anderen Opfer abgelassen und sich nun doch an Thomas gewandt. Neugierig sah er ihm ins Gesicht, seine Blicke musterten den Jungen von oben herab, so als wollte er abschätzen, ob sich das Bürschchen auch wirklich den Branntwein erlauben konnte, den er gleich bestellen würde. Noch einmal zu dem Alten gewandt, mit dem er zuvor das Streitgespräch hatte meinte er:
„Verjag mir meine Gäste nicht, Alter! Nur weil du immer was ausgefressen hast und nirgends Zuhause bist, muss das nicht für alle hier gelten. Was darf's denn sein, junger Freund?" fragte nun an

Thomas gewandt der dicke Kerl hinter dem breiten Brett, das als Theke diente, also handelte es sich bei ihm offenbar doch um den Wirt.
„Der kann doch nie bezahlen!" krakeelte der Alte, wurde aber ebenso unwirsch von dem Dicken zurechtgewiesen. Ob er ihn tatsächlich für zahlungsfähig hielt, konnte Thomas nicht einschätzen, die ganze Situation wurde ihm sowieso zunehmend unangenehm.
Erst jetzt wurde Thomas bewusst, dass er keinen Groschen in der Tasche hatte und seine Hoffnung auf ein ruhiges Lager und einen heißen Trunk allein deshalb zum Scheitern verurteilt war. Ungeachtet dessen bestand auch keine geringe Gefahr für ihn, denn die Anwesenden waren ihm in Körpergröße und Erfahrung weit überlegen.
„Ich weiß nicht…", stammelte er verlegen in Richtung des Wirtes, krampfhaft überlegend wie er sich aus dieser verfahrenen Situation retten könnte.
„Ja viel Auswahl haben wir nicht hier, aber einen kräftigen Trunk allemal – darf's dazu ein Stück Brot sein mit Schmalz?"
„Im Leben nicht kann der bezahlen!" mischte sich erneut der Alte ein, was dazu führte, dass es wieder zu einem handfesten Wortgefecht zwischen Wirt und Gast kam. Beide schienen sich nicht unbekannt zu sein, schrien sich mit den übelsten Beschimpfungen an und rückten einander so nahe, dass jedem Beobachter klar wurde, dass es nunmehr zu Handgreiflichkeiten kommen konnte.
Thomas kam dies nicht ganz ungelegen – somit hatte er zumindest ausreichend Zeit, wieder leise rückwärts in Richtung Eingangstür zu gehen. Er packte sein Bündel, nahm seinen Wanderstock und versuchte, so unbemerkt wie möglich aus dem Wirkungskreis des Wirtes zu kommen. Dann musste er halt noch eine Nacht irgendwie im Wald nächtigen, aber das war zu schaffen, schließlich kannte er inzwischen bereits einige Tricks und Kniffe, um sich das so erträglich wie möglich zu machen. Außerdem war er höchstens noch einen Tagesmarsch von der via regia entfernt, und sicherlich gelang es ihm spätestens dort sich einer Gruppe Reisender anzuschließen, damit er nicht allein Richtung Fulda musste. Doch bevor er die kühlende Nachtluft wieder erreicht hatte, versperrte ihm

nicht der Wirt, denn dieser war weiterhin mit seinem Streit beschäftigt, sondern die junge Frau der Spielleute den Weg. Er stieß gegen sie und zwar gegen Stellen ihres Körpers, die man mit Fug und Recht als unschicklich bezeichnen könnte.
Ihm trat urplötzlich die Schamesröte ins Gesicht, so peinlich war ihm dies, doch ehe er etwas zur Entschuldigung hervorstammeln konnte, hatte sie ihn bereits in die dunkle Ecke zu den Spielleuten gezogen. Wie er ihre erstaunlich zarten Finger genoss, die ihn so fest umschlossen aus der Gefahrenzone zogen, um ihn erst wieder bei den restlichen Spielleuten loszulassen.
War er jetzt vom Regen in die Traufe geraten? Allein die Anwesenheit des Mädchens gab ihm nicht die Sicherheit, dass er nicht im nächsten Moment von den Räuberbuben hinterrücks überwältigt werden konnte. Hatte er nicht schon oft von jenen Tricks und Kniffen gehört, dass vor allem die Frauen die eigentlich gefährlicheren Bandenmitglieder waren vor denen man sich in Acht nehmen musste? Sie lernten das Stehlen bereits als Kinder und hatten es im Erwachsenenalter in den meisten Fällen zu einer unglaublichen Geschicklichkeit gebracht.
„Na, mein Junge? Kein Geld im Säckel was? Und dran ist an dir auch nichts! Wir werden Stöcke aus dir machen, mit denen Arnulf jonglieren könnte."
„Der ist so dünn, den nimmt der Wind schon ohne Arnulf weg!" erwiderte einer, der so gut wie keine Zähne mehr im Mund hatte, nichts desto trotz genüsslich an einer Hühnerkeule kaute, während besagter Arnulf sich ein Grinsen nicht verkneifen konnte. Gelächter machte sich unter den Spielleuten breit, Thomas überlegte, wie er sich verhalten sollte. Allerlei Geschichten hatte er bereits von den Gauklern und Musikanten gehört, die durch die Lande zogen für ein „Vergelt's Gott!", oder einen Ranken Brot. Waren sie gut, erhielten sie auch das ein oder andere Mal eine Münze, oder andere Dinge, die zumindest für Tauschgeschäfte gut waren. Angemessen leben konnten die wenigsten von ihnen, denn letztendlich handelte es sich um nicht mehr als Almosen, Viele waren gezwungen, auf unlautere Art ein Zubrot zu `erwerben` und leisteten so den bösen Gerüchten um sie weiter Vorschub. Während die reiche Bevölke-

rung ausreichend Möglichkeiten hatte, sich zu zerstreuen, waren die Gelegenheiten der Bauern sehr eingeschränkt, auch ließ ihre Arbeit dies nicht oft zu.

Dennoch waren da noch die Kirchweihen, Jahrmärkte, Hochzeiten, die ab und an die Möglichkeit gaben, dem Alltagstrott entfliehen zu können. Die Spielleute konnten sich nicht immer an die offiziellen Zeiten dieser Feiern halten, sodass sie auftraten, wann immer sie in ein Dorf oder eine Stadt kamen. Irgendwelche Zuschauer konnten sie immer anlocken, und wenn es nur Kinder und ihre besorgten Mütter waren. Mit ihren Schalmeien, Posaunen, Dudelsäcken, Flöten und Trommeln veranstalteten sie einfach einen solchen Lärm, dass man auf sie aufmerksam werden musste. Waren dann ausreichend Zuschauer anwesend, begannen die Spielleute sofort mit möglichst spektakulären Tricks und Attraktionen die Leute zu halten.

Je besser sie es verstanden zu faszinieren, desto höher die Wahrscheinlichkeit, dass sie an diesem Abend etwas zu essen hatten. Je eher sich die Zuschauer in diesen Spielen selbst wieder erkannten und aus Schadenfreude über die anderen lachen konnten, desto höher der Erfolg der Spielleute. Aber im Grunde wollte mit ihnen so richtig niemand etwas zu tun haben, ebenso erging es auch Thomas. Die Äußerungen der Spielleute machten ihn wütend, auch wenn er in seinem Innersten wusste, dass sie damit Recht hatten. Natürlich hatte er kein Geld und ebenso wusste er, dass sie ihn eben wahrscheinlich vor einer Tracht Prügel gerettet hatten. Wie hatte er auch so dumm sein können, eine solche Kaschemme ohne Geld betreten zu wollen?

Der Wirt hatte inzwischen seine Streitereien beigelegt, ohne dem Alten Fersengeld zu geben und offensichtlich den jungen Gast bereits vergessen, er wandte sich anderen Gästen zu, die ihre Krüge noch einmal gefüllt haben wollten. Dennoch versuchte Thomas, sich so gut das eben ging, in der Gruppe der Spielleute zu verstecken, denn auf Schläge konnte er weiß Gott verzichten.

„Hier hast du was zu trinken und ein wenig von dem Braten ist auch übrig. Ich bin Anna", lud ihn seine Retterin ein. Sie war nicht sehr groß, ihr dunkelbraunes Haar fiel als Pferdeschwanz zusam-

mengebunden leicht über ihren Nacken. Der Dreck in ihrem Gesicht konnte nichts gegen das Funkeln ihrer Augen ausrichten, Thomas fand sie aus der Nähe betrachtet noch faszinierter, als zuvor. Ihre gerade Nase zog sich als feine Linie in Richtung ihres ausdrucksstarken Mundes und schien auf die Lippen verweisen zu wollen an denen unweigerlich der Blick eines jeden ihrer Gegenüber hängen bleiben musste, zumindest wenn er empfänglicher männlicher Natur und nicht resistent gegen diese Reize war.
Die Frauen, die Thomas bislang kennen gelernt hatte, waren mal ansehnlich, mal weniger ansehnlich, aber soweit er sich erinnern konnte, verfügte keine von ihnen über solch sinnliche Lippen, beinahe schmollend geschwungen und formvollendet schön. Das kleine Kinn mit einem kleinen Grübchen bildete den Abschluss dieser Erscheinung, die nahtlos fortgesetzt wurde von einem schlanken Hals. Die plötzliche Nähe zu ihr machte ihn unsicher, denn bislang hatte er keinerlei Erfahrungen mit jungen Frauen gemacht, auf dem Hof gab es nicht sehr viele Mädchen in seinem Alter, die meisten waren entweder sehr viel älter als er, oder so jung, dass er in ihnen in keiner Weise eine Frau erkennen konnte. Außerdem wusste er von all den Gerüchten um Luitpold und das Letzte war er gewollt hätte, wäre, eine Frau zu bekommen, die eine leibliche Tochter des Gutsherrn war – auch wenn die Mädchen keinen Vorteil davon hätten.
„Ich werde einen Teufel tun und dem Rumtreiber was anbieten!"
„Von dir erwartet das auf keinen Fall irgendjemand. Nicht dass du uns noch vom Fleisch fällst, guter Karl." Kam die spöttische Antwort von jenem, den sie zuvor Arnulf genannt hatten, denn der Argwöhnische hatte eine Körperfülle erreicht, die Thomas in seinen jungen Jahren bislang selten gesehen hatte.
„Aber pass auf Anna auf, der Junge hat das Antlitz eines Prinzen – wenn es gelingen sollte die Schmutzschicht über seiner jungen Haut zu entfernen." Abermaliges Gelächter drang aus allen Kehlen.

Anna hatte ihn nicht aus den Augen gelassen und sehr wohl registriert, wie fasziniert Thomas von ihr war. Sicherlich war er nicht der

erste Mann auf den sie diese Wirkung hatte, umso erstaunlicher war, dass er sie ebenso unsicher zu machen schien wie sie ihn. Unerwartet schnell wandte sie sich wieder ihren Gesellen zu und stimmte in den allgemeinen Chor des Zuprostens mit ein. Sie nahm ihren Becher und leerte diesen in einem Zug, was zu einem freudigen „Hallo!" bei ihren Kumpanen führte, die sogleich alle Becher wieder mit Wein füllten. Nun traute sich auch Thomas den angebotenen Krug mit gewürztem Wein zu ergreifen und den Gesellen vorsichtig zuzuprosten.
Aus dem Augenwinkel sah er das beruhigende Zwinkern Annas, die ihm aufmunternd zunickte und abermals zum Becher griff und diesen leerte, was Thomas erneut erstaunte, noch niemals zuvor hatte er eine solch selbstbewusste, freche Frau getroffen. Sie schien bei den Spielleuten als vollwertiges Mitglied anerkannt zu sein. Die Frauen, mit denen er bislang zu tun gehabt hatte, waren neben seiner Mutter nur die Mägde des Hofes gewesen und deren Bestimmung innerhalb des Lebens war eindeutig geregelt. Die Verheirateten standen unter den Anweisungen ihrer Männer. Dass es innerhalb der Familien oftmals anders war und die Frauen das Sagen hatten, wagte niemand nach außen zu tragen. Was mochte diese Anna bereits alles erlebt haben, dass sie sich den Spielleuten angeschlossen hatte? Doch ehe er sich diesen Gedanken hingeben konnte, richtete sich bereits ein weiterer der Gruppe an ihn:
„Was treibt dich hierher, junger Freund? Du siehst nicht gerade aus, als hättest du deine `Wanderschaft` lange geplant: Kein Proviant dabei, anscheinend kein Geld und in der ersten Schenke knapp einer Schlägerei entronnen – wenn unsere Anna nicht gewesen wäre."
„Ich bin auf der Reise zur ... Schwester meiner Mutter..."
„Aha. Wo wohnt denn diese `Schwester deiner Mutter`?" fragte ihn der Bulle, den sie Karl genannt hatten, offensichtlich sehr misstrauisch seiner Aussage gegenüber. Ihm ging es im Gegensatz zu dem Hageren, der seine Situation zuerst so trefflich beschrieben hatte, nicht um Interesse an Thomas, denn dieser spürte einen Argwohn ihm entgegenschlagen, der sein Herz sofort schneller schlagen ließ. Er legte ihm weniger freundlich, als vielmehr drohend seine linke

Pranke auf die Schulter und allein dieser nur sehr leicht ausgeführte Druck, den er durch seine Finger ausübte, zeigte dem Jungen, welche Kraft der Hüne hatte.
„Mein Name ist Karl, ich bin kräftig. Ich bin so kräftig, dass ich einen Taler zerquetschen kann. Ich passe auf Anna auf, damit ihr kein Leid geschieht. Nicht wahr Anna?"
„Ja, das stimmt, mein Großer, aber ich glaube kaum, dass von unserem jungen Freund hier eine Gefahr für mein Leben ausgeht, du kannst ganz beruhigt sein."
Anna hatte sich zwischen die beiden geschoben und drängte Karl vorsichtig von Thomas weg, der nicht nur erleichtert war, die Pranke des Bären nicht mehr spüren zu müssen, sondern wiederum in den Genuss von Annas Nähe zu kommen. Ihr Körper verströmte einen süßlichen Geruch, der ihm noch niemals zuvor in die Nase gestiegen war und der Annas Auftreten vervollkommnte.
„In ... Fulda ..." antwortete Thomas, der noch irgendetwas auf Karls Frage antworten musste, gewahr werdend, dass er sich in eine Geschichte zu verstricken begann, aus der er möglicherweise schwer wieder herauskommen könnte.
„Das trifft sich gut!" sprang ihm Anna erneut zu Hilfe, „wir sind auf dem Weg nach Nidda, wie wäre es, wenn du uns ein Stück begleiten würdest? Kannst du ein Instrument spielen? Die Trommel schlagen? Feuer speien, oder ...", mit einem kecken Seitenblick eher an Karl gewandt „... vielleicht sogar Münzen verbiegen?"
Thomas war sehr erstaunt, dass ihm Anna zur Seite zu springen schien, irgendetwas Interessantes schien sie an ihm zu finden, obwohl sie sich doch nicht kannten. Aber auch er musste zugeben, dass er sich zu ihr hingezogen fühlte, diese kleine verdreckte Gestalt strahlte eine Herzlichkeit aus, die er bislang nur an seiner Mutter – vor all den Geschehnissen – bemerkt hatte. Aber seine Instinkte waren nicht durch ihre Mütterlichkeit angesprochen, vielmehr erkannte er, dass er sie auf eine Weise begehrte, die der Art erschreckend nahe kam, die er bei den älteren Knechten immer Mal wieder belauscht hatte, wenn sie sich über Frauen unterhielten und während dieser Gespräche hin und wieder in kehliges Lachen ausbrachen. Damals konnte er mit ihren Zoten nichts anfangen, fand

sie teilweise zwar interessant, jetzt aber füllte sich das Gesagte mit Leben, was ihn nicht gerade beruhigte. Anna schien die Gedanken, die er sich über sie machte zu erraten, sie warf ihren Kopf in den Nacken, lachte laut auf und setzte sich neben einen, der bislang geschwiegen hatte und sich nun zu Wort meldete.

„Anna, was sollen wir denn mit einem Dahergelaufenen anfangen, hinter dem vielleicht sogar die Büttel der Fürsten her sind? Wir können einen zusätzlichen Fresser nicht gebrauchen, der nichts zu unser aller Verdienst beizutragen hat. Oder kannst du vielleicht tatsächlich etwas Besonderes, Kleiner?" Die Art, wie er das Wort ergriffen hatte, zeigte Thomas, dass es sich um den Anführer der Truppe handelte. Also war es für ihn jetzt äußerst wichtig, auf keinen Fall das Falsche zu sagen. Zwar wusste er nicht, ob es eine gute Entscheidung sein würde sich einer solchen Gruppe anzuschließen, auf der anderen Seite klangen ihm noch Jochims Worte in den Ohren, dass er auf keinen Fall allein auf der via regia reisen dürfe. Wenn es ihm gelänge zusammen mit den Spielleuten zu reisen, wäre er zumindest eine Zeitlang unter deren Schutz. Aber konnte er ihnen vertrauen, oder handelte es sich bei den bunten Gestalten gerade um die Spitzbuben, die er nicht allein auf der Handelsstraße treffen wollte?

„Ich wüsste nicht was solch ein Krümel beitragen könnte…" knurrte der Kräftige. „Jetzt lasst ihn doch auch einmal was sagen, Himmelherrgott!" fluchte der mutmaßliche Anführer.

„Hört ihn euch doch an, du bist jetzt auch ruhig Karl! Und es wäre äußerst zuvorkommend, wenn ihr lieben Puppenspieler euch auch kurz die Zeit nehmen könntet, schließlich geht es um uns Alle", bekräftigte Anna dessen Aussage nun noch einmal, was Thomas Herzschlag noch einmal beschleunigte. Wieder war er erstaunt, welch loses Mundwerk sie führte.

Die beiden eben direkt Angesprochenen schauten von ihrem stillen Getuschel kurz auf, sahen Anna an, sahen zu Thomas und dem Anführer, knurrten irgend etwas wie „In Ordnung!" und wandten sich dann wieder ihrem Gespräch zu, ohne noch ein weiteres Mal aufzublicken.

„Ich kann kochen, da ich mehr oder weniger in der Küche eines Gutes aufgewachsen bin, wenn euch diese Kenntnisse in irgendeiner Weise von Nutzen sein könnten, wäre ich euch sehr verbunden, auf diese Art meine Schulden an euch zurückzahlen zu dürfen."
„Ein Koch – noch dazu einer, der letztendlich nichts für das Füllen des Topfes beizutragen hat, " fuhr ihm der mutmaßliche Anführer in die Parade.
„Was sollen wir nur mit dir machen? Anna, ich halte das noch immer für keine gute Idee – auch wenn Dinner und Michel zustimmend gegrunzt haben. Mit dir sind drei Leute dafür, Karl und der Rest ist sich eher unschlüssig oder dagegen..."
„Dagegen natürlich!"
„Ja Karl, setz dich wieder hin! Wir kennen nun deinen Standpunkt, wenngleich wir natürlich wissen dass es dir weniger um unsere Truppe, als vielmehr um den Schutz Annas geht."
„Ihre Eltern haben das gesagt. Ich soll aufpassen! Wer kann das sonst machen? Du etwa? Oder der Rest hier?"
„Ihre Eltern waren tot, als wir sie auflasen. Meine Güte, Karl! Begreif doch endlich, dass aus unserem neunjährigen Mädchen eine reife junge Frau geworden ist!"
„Sie braucht mich! Ohne mich ist sie ganz allein!"
Anna mischte sich erneut ein, da sich das Gespräch komplett von der eigentlichen Frage entfernte – was sollte mit dem jungen Thomas geschehen.
„Was haben wir denn schon zu verlieren, wenn wir ihn mitnehmen? Keiner von euch kann einigermaßen genießbare Speisen zubereiten, deshalb muss ich das immer machen, obwohl ich meine Kochkünste von euch gelernt habe – nur weil ich die einzige Frau in der Truppe bin. Also ich könnte zumindest in dieser Beziehung Hilfe gebrauchen. Und ihr seht selbst, dass er ohne uns in Schwierigkeiten kommt. Ich übernehme seine Einweisung und werde auch Sorge dafür tragen, dass er neben dem Kochen uns auch noch bei den Vorführungen unterstützen kann. Thomas wunderte sich zwar und konnte sich beim besten Willen nichts vorstellen, womit

er weiter unterstützen konnte, aber er verhielt sich still, abwartend, was nun geschehen würde.
Mit einem lauten Schlag wurde die Tür des Gasthofes aufgestoßen und herein kamen, offensichtlich auf der Suche nach Irgendetwas oder Irgendjemandem, einige Büttel des nahe gelegenen Fürstentums in den Raum gestürmt, für jedermann an ihrer auffälligen Kleidung zu erkennen. Alle Köpfe drehten sich ihnen entgegen, viele eher neugierig, denn ängstlich, wohl befürchtend, dass man nach ihnen selbst auf der Suche war. Thomas hatte die Aufregung genutzt, um blitzschnell unter der Sitzbank im hintersten Winkel zu verschwinden, Anna reagierte geistesgegenwärtig und setzte sich mit ihren bunten Röcken direkt vor ihn, sodass er vollkommen verborgen war. Jakob, der Anführer der Spielleute registrierte dies denn doch mit einem Lächeln, während sich der junge Thomas einerseits zwar sicher in seinem Versteck fühlte, andererseits eine gewisse Unsicherheit empfand, Anna auf diese Weise so nahe zu sein. Beinahe vollkommene Dunkelheit umfing ihn, während ihn der betörend süße Duft Annas erneut beinahe um alle Sinne brachte.
Ein nahe dem Ausschank stehender Geselle mit rußgeschwärztem Gesicht und fauligen Zähnen war leichenblass geworden und versuchte nach dem ersten Schreck zu fliehen, was die Aufmerksamkeit der Büttel erst recht auf ihn richtete. Ihm schienen die Nerven durchgegangen zu sein, während alle anderen der Dinge harrten, auf wen die Schergen es denn nun abgesehen hatten. Es dauerte nicht lange, so hatten diese den Flüchtigen ergriffen und führten ihn hinaus. Ob man tatsächlich auf der Suche nach ihm gewesen war, oder aus Verdruss sich den Erstbesten geschnappt hatte, vermochte auch Thomas nicht zu sagen, dennoch war er froh, noch einmal davon gekommen zu sein.
Etwas schwerfällig erschien er wieder unter der alten knorrigen Holzbank, nachdem ihm seine Retterin Platz gemacht hatte indem sie einfach ein Stück zur Seite gerückt war. Sogleich einen kräftigenden Schluck aus seinem Becher nehmend setzte er sich wieder zu den Spielleuten an den Tisch und blickte ein wenig betreten in die fragenden Gesichter um ihn herum.

„Ich habe meine Meinung eben geändert, liebe Anna! Wir brauchen einen Koch – den Topf werden wir schon zu füllen wissen, einer mehr oder weniger macht den Kohl auch nicht fett. Ich rechne mit dir Arnulf, vielleicht kannst du ihm während unserer Reisen den ein oder anderen Trick beibringen, oder du selbst Anna. Ein Zauberer würde uns noch fehlen oder einer der was mit wilden Tieren macht."

„Ein `Wildes Tier` haben wir doch schon", neckte Dinner mit einem Seitenblick auf Karl, der ihm sofort einen Stoß in die Rippen versetzte, sodass dieser recht unsanft gegen Anna stieß, die diese Rempelei ihrerseits mit einem Nasenstüber an Michel quittierte. Der wiederum trat Thomas gegen das Bein, dem noch nie ein Schlag auf sein Schienbein so wohl tat und dies als Ritual der allgemeinen Zustimmung verstand.

„Und erzähle uns morgen mehr über deine Angst vor den Bütteln, die ein Mann reinen Gewissens doch nicht zu fürchten braucht", sagte Karl und ein wenig drohend fügte er hinzu:

„Doch lass die Finger von meiner Anna, jeder der ihr wehtut, bekommt es mit mir zu tun!"

„Und wer will schon in Gesellschaft eines diebischen Schmiedes sterben??" intonierten Anna und Arnulf wie aus einem Munde, das anschließende Gelächter ging nahtlos in derbe Schläge auf die unterschiedlichsten Schultern der Gesellen über, wobei kein Unterschied gemacht wurde, wen man nun traf – auch vor Anna machte man keinen Halt, ganz gleich ob sie nun eine Frau war oder nicht. Doch sie hätten mit Stöcken ausgeführt werden können – Thomas fühlte sich zufrieden und beinahe geborgen wie schon lange nicht mehr.

Die Spielleute nahmen ihn mit in ihr Lager, das sie bereits in der angrenzenden Scheune eingerichtet hatten, auch dort wurde noch kräftig gefeiert, sodass all die neuen berauschenden Getränke dem jungen Flüchtenden gehörig in den Kopf stiegen, denn er war weder an solche Abenteuer, noch Wein in diesen Mengen gewöhnt. Irgendwann war es dann allen zu spät, man schlief an Ort und Stelle ein, genoss die körperliche Nähe der anderen, die zumindest ein wenig Wärme spendete in der Kühle der Nacht.

Thomas musste bereits einige Zeit geschlafen haben, denn sein Kopf war zwar noch immer recht benebelt, aber im Gegensatz zu den Tagen zuvor, als er wie ein gehetztes Tier durch die Wälder geschlichen war, fühlte er sich seltsam erholt, wenn auch nicht wach. Noch immer graute der Morgen nicht, das letzte Talglicht war auch gelöscht, man sah die Hand vor Augen nicht. Als er sich gefragt hatte, was ihn denn aus Morpheus Armen gerissen hatte, gewahrte er einmal mehr den seltsam vertrauten Duft sehr nahe vor sich. Anna hatte sich unter seine Decke gesellt, offensichtlich war ihr kalt und sie suchte sich körperliche Wärme um dem Abhilfe zu schaffen. Thomas horchte in ihre Umgebung und hörte Karls nunmehr, da weit entferntes, leises Schnarchen, was ihn etwas entspannte, dennoch zog er es vor sich schlafend zu stellen, weil er Anna nicht wieder vertreiben wollte, denn dachte auch sie, dass er tief schlief.

Sie hatte ihre vielen Röcke ausgezogen und war nur mit einem langen leinenen Unterrock bekleidet, das hatte er gestern noch gesehen, denn offensichtlich hatten alle Gesellen untereinander keine großartigen Schamgefühle, sodass sich ein jeder auf seine Art für die Nacht vorbereitete. Während Jakob und Anna die größte Sorgfalt im Umgang mit ihrer Kleidung bewiesen, schliefen alle anderen sowieso in den Kleidern, die sie gerade anhatten. Aber selbst wenn der junge Thomas die Vorbereitungen zum Schlafen nicht noch beim Schein der kleinen Talglampen gesehen hätte, spätestens jetzt hätte er Annas Bekleidung erahnt. Beinahe wagte er nicht zu atmen, um Anna nicht wieder zu vertreiben, aber seine Sorge war ganz unbegründet, wie sich herausstellen sollte.

Annas Unterrock war von jener Art, die von oben bis unten geknöpft waren, wobei es ihn bereits am Abend zuvor erstaunt hatte, dass es durchaus nicht ihre Art zu sein schien dies auch bis zum Hals zu tun. Durch den recht derben Stoff fühlte er langsam ihre Körperwärme steigen und in diesem Moment dankte er Gott dafür, dass er beim Schlafengehen noch zu betrunken gewesen war, seine Hosen auszuziehen, denn das dicke Leder bewahrte ihn vor der allzu peinlichen Reaktion seines Körpers auf Annas Nähe. Doch auch dieses Mal verstand sie es, ihn gründlich in Erstaunen zu versetzen, denn als sei es die normalste Sache der Welt, suchte sie in der Dunkelheit nach seiner Hand und legte diese gleichzeitig um ihren Oberkörper, sodass er sie umfangen hielt, ohne auch nur ein bisschen selbst aktiv geworden zu sein. Dabei entfuhr ihr ein unbewusstes Seufzen, wie man es im tiefsten Schlafe manchmal zu tun pflegt, wenn man in irgendeinem Traum gefangen ist.

An Schlaf war bei Thomas nicht mehr zu denken, sosehr ihm die Situation auch peinlich wurde, sosehr genoss er sie auch, gleichzeitig mit seinem Becken von Anna wegrückend, um sich allzu große Peinlichkeiten zu ersparen. So lagen sie wie Bruder und Schwester, wären nicht Thomas Gefühle und seine körperlichen Regungen gewesen. Als er nach einiger Zeit wirklich dachte, dass Anna nun tatsächlich eingeschlafen sei, versuchte er vorsichtig seine Hand zurück zu ziehen, was sie mit einem leisen Knurren quittierte, sodass ihm nichts anderes übrig blieb, als sie weiter umfangen zu halten. Seine Hand lag unter ihren Brüsten auf ihrem Bauch wo er jeden Atemzug ihres Körpers fühlen konnte, wo er auch jedes Heben und Senken intensiv genoss.

Irgendwann lösten sich Annas Finger von seinem Handgelenk, und begannen weitere Knöpfe ihres Unterkleides zu öffnen, zumindest erschien dies Thomas so, denn sie nestelte mit ihren Fingern unruhig an sich herum. Er nahm die Gelegenheit wahr, seine Finger von ihr zu lösen, wenn auch ungern, aber er hatte den Eindruck, er könne stören.

Als sie erneut seine Hand zurück auf ihren Bauch zog, fanden seine Hände ihre nackte Haut, auf seinem Handrücken ruhte ihre Rechte und hielt ihn dort gefangen, was ihm durchaus gefiel, denn letztendlich entschied sie so über seine Bewegungen und er konnte nichts Falsches machen. Aber er war überaus verwundert, wie selbstsicher sie mit der Situation umging. Noch immer schnarchten die anderen Spielleute um sie und schliefen den Schlaf des Gerechten, obwohl die Dunkelheit nicht zuließ, dass er sich sicher sein konnte. Wäre einer wach gewesen, hätte er Anna und Thomas dennoch nicht beobachten können, so dunkel war es.

Eine Zeitlang schien Anna mit Thomas warmer Hand zufrieden zu sein, dann aber begann sie sich näher an ihn zu drücken. Wäre es

hell gewesen, hätte man am Gesicht des Jungen dessen Schamesröte sehen können, denn er lag, im wahrsten Sinne des Wortes, mit dem Rücken zur Wand. Es gab nun keine Möglichkeit mehr, sich irgendwohin zurückzuziehen, es sei denn, er wollte die Situation an sich beenden, was ihm selbstredend nicht in den Sinn kam.
Anna musste seine Erregtheit deutlich spüren, aber ihrer Reaktion war dies nicht anzumerken. Ihre Hand führte Thomas Finger behutsam über ihren Bauch nach oben, dem Jungen schlug das Herz bis zum Hals, als sie zwischen ihren Brüsten zu liegen kam, leicht die Wölbung erahnend. Noch niemals zuvor hatte er mit seinen Fingern so nahe an einem weiblichen Busen gelegen, seine Empfindungen waren unbeschreiblich, beinahe getraute er sich nicht zu atmen - im Gegensatz zu Anna, deren Atem immer tiefer ging, als stecke sie in den tiefsten Träumen. Es dauerte geraume Zeit bis sich der Junge wieder gefangen hatte, inzwischen war er auch bereit auf Annas Spiel einzugehen, sich überraschen zu lassen, komme, was da wolle, sie würde ihn schon lehren, wie weit er gehen durfte. Ihre Finger führten seine Hand ein weiteres Mal, diesmal umfing seine Hand ihre rechte Brust, in seinen Handflächen spürte er ihre Erhebungen, ein seltsames Glücksgefühl durchströmte seinen ganzen Körper. Niemals zuvor fühlte er sich einem Menschen so nahe, nun drückte er sich seinerseits an ihren jungen Körper, war ihren Haaren ganz nah, sog den würzigen, ihr eigenen Duft ein und es war nunmehr das erste Mal, dass er sich so entspannen konnte, selbst die Initiative zu ergreifen und Anna in die Arme nahm, sich von ihrer Führung löste, seine Hand frei auf Entdeckungstour über ihren Körper schickte, wobei er tunlichst darauf achtete nur die Stellen zu berühren, die sie ihm zuvor „erlaubt" hatte. Schließlich wollte er nichts verderben und war mit dem Erlebten mehr als zufrieden, in seinen Träumen hätte er sich Derartiges nicht schöner vorstellen können.
Langsam wanderten seine Finger zurück auf ihren Bauch, liebkosten zärtlich den Bauchnabel, glitten wieder nach oben zu ihrem Hals, ihren Lippen, verweilten spielend auf ihren Brüsten, gewahr werdend, wie Annas Körper auf seine Streicheleinheiten reagierte. Eng umschlungen schliefen die beiden ein, als hätten sie einen Pakt

miteinander geschlossen ohne ein Wort zu verlieren, ohne sich dabei aus stillem Einverständnis heraus auch nur ein Mal in die Augen gesehen.

Am nächsten Morgen erwachte Thomas an dem kräftigen Schnarchen Karls, der direkt neben seinem Ohr prustete. Er erschrak zu Tode und es dauerte einen Moment, bis er sich wieder bewusst gemacht hatte, wo er sich befand und was alles passiert war. Der Wein, dessen Nachwirkung noch in seinem Schädel hämmerte, erleichterte ihm nicht die Orientierung. Erst als er direkt in die klaren Augen Annas blickte, die ihn mit einem Schmunzeln zu einem heißen Getränk einlud, fühlte er sich wieder ein wenig sicherer, jetzt erinnerte er sich auch an das Geschehen der vergangener Nacht. Er hätte all das für einen Traum gehalten, wenn sie nicht leibhaftig vor ihm stände und mit einem verschmitzten Lächeln zu ihm sagte:
„Guten Morgen, ich hoffe der Abend und der Wein waren nicht zu schlimm für dich. Ich erinnere mich noch als sei es gestern gewesen, wie ich zu den Spielleuten gestoßen bin – als damaliges neunjähriges Mädchen."
Kein Wort verlor sie über ihre Nähe, sie hatte wieder ihre Röcke an und behandelte ihn wie ein Mitglied der Spielleute, was allem Anschein nach beschlossene Sache schien. Thomas verunsicherte Annas Verhalten und mit der Zeit begann er sich zu fragen, ob er nicht doch geträumt hatte, denn sie verhielt sich ihm gegenüber wie am Abend zuvor im Wirtshaus. Aber fühlte er nicht noch ihre Brüste in seinen Händen? Oder was für ein Teufelszeug hatten sie ihm gestern zu Trinken gegeben? Im Vergleich dazu war der warme Kräutertee, der ihn langsam von innen zu wärmen begann, eine wahre Wohltat.
Anna war eine Schönheit, allein ihr selbstbewusstes Auftreten verunsicherte Thomas und zwang seinen Blick zu Boden, was ihr nicht verborgen blieb. Sie hatte lange dunkle Haare, ein fein geschnittenes Gesicht, eine gerade Nase, die ihrem Antlitz etwas Adliges verlieh. Das Faszinierendste jedoch waren ihre dunkelbraunen, beinahe ins Schwarze gehenden Augen, die mit einer Intensität

blitzten, die er noch nie gesehen hatte. Eben dieser herausfordernde Blick war es auch, der die Männer um sie zu reizen schien und zu den unmöglichsten Handlungen bewog. Dies galt auch für die Spielleute, denn obwohl sie sich alle kannten, bemerkte Thomas doch den ein oder anderen sehnsüchtigen Seitenblick von Arnulf, Karl, oder Dinner. Nur Jakob schien gegen die Reize des Mädchens resistent zu sein. Alle versuchten dies zu verbergen und hätte man sie darauf angesprochen, so hätten sie es jederzeit verleugnet, dennoch irrte Thomas nicht. Gleichzeitig erwachte in ihm aber auch eine Empfindung, als müsse er Anna beschützen, doch sogleich erkannte er, dass nicht sie diejenige war, die des Schutzes bedurfte, sonder er derjenige war, der noch keine Ahnung hatte, wie es in der Welt da draußen zuging. Er war der Schüler, das hatte ihm Anna bereits deutlich gemacht, dies galt für die meisten Dinge – das Kochen vielleicht ausgenommen, aber auch da musste sich der Junge erst einmal beweisen.

Hätte Anna ihren Körper in edle Stoffe gehüllt und nicht in die bunte Gewandung der fahrenden Leute gesteckt, die so gut wir keinerlei Körperkonturen erkennen ließen, man hätte in ihr sicherlich eine edle Dame vom Hofe sehen können. Eher von kleiner Gestalt ließen ihre Bewegungen keinen Zweifel zu, dass jeder Schritt, jede Bewegung wohl berechnet war. Thomas ertappte sich bei der Vorstellung, wie Anna wohl in einem ihre Weiblichkeit unterstützenden Kleid aussehen würde, doch sogleich rief er sich wieder zur Ordnung.

„Woher kommst du eigentlich? Was ist denn mit deinen Eltern geschehen?" Anna wurde plötzlich sehr ruhig, so als habe der Junge einen wunden Punkt in ihrer Fröhlichkeit gefunden, der sie unheimlich schmerzte.

„Ich weiß nur das, was mir Jakob erzählt hat ... sie haben mich auf einem niedergebrannten Bauernhof, völlig verstört unter einem Bretterverschlag kauernd gefunden."

„Das war die Hütte des Hofhundes – kein Bretterverschlag", wandte Karl ein. „Du hast dich von dessen Futter ernährt. Weiß der Teufel was sie mit dem Köter angestellt haben. Deine Mutter..."

„Karl, reiß dich zusammen! Das muss nicht schon wieder sein, du weißt was du damit anrichtest!" fuhr Jakob dazwischen.
„Umso mehr muss ich doch auf sie aufpassen", versuchte sich dieser zu rechtfertigen. Anna ergriff daraufhin wieder das Wort und meinte zu Thomas gewandt:
„Was hätten sie tun sollen – ohne Geld? Ich erinnere mich noch recht gut an das Leben mit meinen Eltern, es war nicht einfach, aber wir hatten unser Auskommen – allerdings haben sie nicht mit der zusätzlichen Belastung gerechnet, die das Kloster ihnen auferlegt hatte. Irgendwann reichte es für unsere Familie nicht mehr. Dazu kam noch der harte Winter und die vielen Unwetter, die einen Teil unserer Ernte vernichtete. Dennoch forderten die `Männer Gottes` weiterhin ihren Tribut, was also sollte meinem Vater anderes übrig bleiben, als sich dort zu bedienen, wo er dachte, dass der ein oder andere Sack Mehl nicht auffiel?"
„Da hat er die Rechnung offensichtlich ohne den Fürst gemacht", gesellte sich nun Arnulf dazu. „Er kam und rächte sich auf ihre Art!"
Eine längere Pause trat ein, nicht einmal Karl wollte nun das Wort ergreifen, schließlich sagte Thomas:
„Ein Glück, dass sie dich gefunden haben. Sicherlich hätten die fürstlichen Schergen auch vor dir nicht Halt gemacht, welch eine Ungerechtigkeit!" meinte Thomas leise.
„Genug von mir – erzähle, weshalb bist du auf der Flucht?" wandte sich Anna an ihn, während sich die anderen Beteiligten wieder zurückzogen um ihre Sachen zu packen. Offensichtlich war man sich einig darüber, heute die Reise fortzusetzen. Thomas beobachtete aus dem Augenwinkel vor allem Karl und dessen Reaktion, als er antwortete:
„Wer sagt denn, dass ich auf der Flucht bin?"
„So schnell wie du gestern unter meinen Röcken verschwunden bist, liegt der Verdacht nahe, " erwiderte sie grinsend.
„Er wird ein Dieb sein", knurrte Karl, der sich anscheinend doch noch nicht vollständig aus dem Gespräch zurückgezogen hatte.

„Ich bin KEIN Dieb. Aber es freut mich, dass du mir zumindest nichts Schlimmeres zutraust." Und ausschließlich an Anna gewandt:
„Meine Mutter ist ... verstorben ... und als Sohn einer Leibeigenen ist mir dasselbe Schicksal gewiss, ich kenne den Gutsherrn und mein dortiges Leben war bisher kein Zuckerschlecken und würde es sicherlich auch in Zukunft nicht werden. So zog ich es vor... zu flüchten, " offensichtlich schwer kamen Thomas diese nicht die ganze Wahrheit offenbarenden Worte über die Lippen. Er war unendlich dankbar, als diese Aussage einfach als gegeben akzeptiert wurde und sich Karl nun wirklich wie all die anderen zurückzog. Anna sah ihn neugierig an:
„Dann hast du also auf einem Gut gelebt, bist dort groß geworden. Das war bei mir immer anders." Auch sie hatte währenddessen begonnen ihre Habseligkeiten in einen Beutel zu stopfen, drückte Thomas den seinen in die Arme und fuhr fort.
„Wir gehörten zu den so genannten freien Bauern, also wir besaßen zumindest soviel Land, dass es eigentlich möglich war, davon zu leben. Aber du hast ja eben gehört, dass das Leben sich oftmals anders darstellt und wenn ein solch gottverfluchter Abt ausgerechnet in dem Kloster die Herrschaft inne hat, von dem man als `Freier` dennoch abhängig ist, dann nützt die Freiheit wenig. Die hohen Abgaben führen früher oder später erneut in eine Abhängigkeit – oder zur totalen Vernichtung wie bei uns. Wenn ich diesen Menschen irgendwann in die Finger bekäme, ich glaube, ich würde ihn umbringen. Nach Möglichkeit schön langsam, er soll die Schmerzen am eigenen Leibe spüren, die er auch meinen Eltern und meinem kleinen Bruder angetan hat."
„Du weißt nicht was du da redest, so einfach kann man einen solch mächtigen Mann nicht umbringen. Ich würde dir sogar helfen, aber das muss man planen!"
„Du sprichst, als hättest du Erfahrung in solchen Dingen, Kleiner", auf einmal schien für Anna wieder wichtig zu sein, dass sie ein wenig älter als er war, sie schien seine Worte nicht ernst zu nehmen und es nicht für möglich zu halten, dass Thomas auf diesem Gebiet über mehr Lebenserfahrung verfügen könnte als sie. Ihre

Überlegenheit machte Thomas ärgerlich, am Liebsten hätte er ihr von den wahren Gründen seiner Flucht erzählt, aber er schwieg zähneknirschend. Es war ihm noch zu früh – auch wenn er sich Anna vor allem nach den Erlebnissen der letzten Nacht sehr nahe fühlte. Er nahm sein Bündel, band es wortlos an seinen Wanderstock und wartete, bis auch alle anderen abreisebereit waren.
Als alle fertig waren, setzten sie sich noch einmal in einer kleinen Runde in der Scheune zusammen und genossen den Rest des noch warmen, von Anna zubereiteten Getränkes.

Jakob, der Anführer ergriff nach dem kurzen gemeinsamen Trunk das Wort: "Wir hatten das bereits vor einigen Tagen besprochen – wir werden heute weiterziehen, denn ganz in der Nähe, vielleicht drei Tagesmärsche von hier befindet sich eine kleine Stadt. Wir machen es wie immer, einer geht voraus, erkundet die Gegebenheiten und die besten Spielplätze, die anderen folgen. Michel, du bist diesmal dran, Arnulf kann nicht weg, da er unserem Thomas die Jonglier-Kniffe auf dem Weg beibringen kann. Dinner bleibt auch, würde ich sagen, dann können wir schnell feststellen, wozu unser Junger am besten taugt: Jongleur oder Puppenspieler. Ein Koch allein macht uns nicht satt, aber bis wir wissen, wozu wir ihn noch gebrauchen können, wirst du für uns kochen Thomas – schlechter schmecken als das Zeug das Anna macht, kann es auch nicht."
„He, was soll das denn heißen? Bisher ward ihr immer zufrieden mit meinem Essen!"
„In der Not frisst der Teufel Fliegen! – wies so schön heißt."
Ärgerlich drehte Anna sich wieder von Jakob weg und stopfte die restlichen Dinge in ihren Beutel, den sie wie Thomas an einen Stock hängte.
„Drei Tage werden für die Ballkunst nicht ausreichen, aber einen Anfang könnt ihr machen – danach werden wir alle zusammen entscheiden ob wir den Kleinen gebrauchen können. Also: Zusammenpacken, den Maulesel angespannt und los geht's, ehe der Wirt noch bemerkt, dass ihm mehr Wein fehlt, als wir bezahlt haben."

Unter allgemeinem Grunzen wurde dem Plan zugestimmt und ein jeder machte sich daran seine Habseligkeiten zu schultern und den gemeinsamen Rest in den Karren vor der Scheune zu tragen. Thomas war erstaunt, mit welcher Geschwindigkeit dies vonstatten ging, selbst im Falle einer Flucht hätte es beinahe nicht schneller gehen können. Außerdem war er von Jakobs Führung sehr überrascht, er hatte mit normaler Stimme zu den anderen Spielleuten gesprochen, und er hatte den Eindruck, dass seine Entscheidung von allen akzeptiert war. In dieser Art kannte das Thomas nicht, er war von Kindheit an nur mit Gewalt und Unterdrückung konfrontiert gewesen, dass man sich auch einfach zusammensetzen konnte und sich für den besten Vorschlag entschied, war ihm neu.
Frühnebel hing noch immer über den Wiesen, die vor dem nahen Wald lagen und feucht glänzten. Der kleine Esel blickte ihnen aus treuen braunen Augen entgegen, als schien er zu wissen, dass die Reise nun weiterging. Er war über die Nacht bestens versorgt worden und man sah auch seinem Fell an, dass er eines der wichtigsten Güter der Spielleute an. Alle trugen ihre eigenen Halbseligkeiten, nur die schweren Dinge wurden in den Karren geladen, auch dieser Umgang mit Tieren war Thomas völlig fremd. Er war es gewohnt, dass man Tiere zum Arbeiten nutzte und ihnen alles aufbürdete, was möglich war – mit dem Resultat, dass er nicht wenige Tiere gesehen hatte, die unter ihrer aufgebürdeten Last furchtbar gelitten hatten. In der Tat, er konnte von diesen Spielleuten noch sehr viel lernen, eines hatten sie ihm bereits deutlich gemacht: An all den Gerüchten um sie schien wirklich nichts dran zu sein. Weshalb hatte man ihm bereits als Kind solche Angst gerade vor dem fahrenden Volk gemacht? Die Fahrensleute entführten Kinder, sie stehlen, morden gar. Trotzig sagte er zu sich selbst insgeheim, dass selbst wenn diese Märchen zumindest zum Teil der Wahrheit entsprechen sollten, er als Vogelfreier hier genau richtig war.

Einige Zeit nach Sonnenaufgang verließ der kleine Tross das Wirtshaus in Richtung angrenzendem Wald. Thomas war am Abend zuvor, der ihm schon sehr weit zurückliegend vorkam, aus der entgegen gesetzten Richtung gekommen, zusammen mit den

Spielleuten setzte er nun ein weiteres Mal seine Füße auf unbekannten Boden. Eine gewisse Spannung machte sich in ihm breit, als sie in den Wald zogen und die anfänglich noch weit auseinander stehenden Bäume immer dichter wurden. Es handelte sich fast nur um Buchen, das Unterholz wurde, je weiter sie in den Wald drangen, immer dichter. Wäre er allein gewesen, hätte er sicherlich panische Angst vor herumstreunendem Gesindel gehabt, aber innerhalb der kleinen fröhlichen Truppe fühlte er sich sicher. Er vertraute auf die Ortskenntnisse Jakobs, wie das auch die anderen zu tun schienen, denn er hatte ihnen gesagt, dass sie sich Richtung Nidda aufmachen würden und das bei strengem Marsch einige Tage in Anspruch nähme – vorausgesetzt es käme nichts dazwischen wie Krankheit, oder Verletzungen des ein oder anderen. Wenn alles gut lief, dann hätten sie vor der großen Stadt noch eine Möglichkeit, in einem kleineren Dorf aufzutreten und sich so zumindest ihren Bauchladen erneut füllen zu können. Denn sie wollten gestärkt in Fulda ankommen, die Bischofsstadt versprach ein sattes Einkommen, wenn sie zur richtigen Zeit dort erschienen. Insgeheim hoffte Thomas, dort vielleicht auch jenen Mönch zu treffen, von dem ihm Jochim erzählte.
Sie wanderten auf einem schmalen Weg in Richtung via regia, der gerade noch die Breite hatte, dass sie mit ihrem kleinen Karren hindurch kamen. Man sah, dass nicht so viele Reisende in diese Richtung unterwegs waren, denn öfter als ihnen lieb war mussten sie Gestrüpp beseitigen und kleinere Bäume aus dem Weg räumen, dass ihr Grauer genügend Platz fand.
Gegen Mittag kamen sie an der großen Handelsstraße an und entschlossen sich einvernehmlich, zuerst einmal eine Rast einzulegen, um ein wenig Kraft zu schöpfen, denn der Weg war beschwerlicher gewesen, als sie sich das gedacht hatten. Für Thomas war alles neu, er war erst seit einigen Wochen überhaupt außerhalb seines Gutshofes in der Welt unterwegs, allein am Stöhnen und an den Flüchen seiner Mitreisenden erkannte er, dass man mit den Wegverhältnissen alles andere als zufrieden war.
Sie machten es sich auf der Seite der Handelsstraße bequem, so gut dies ging und teilten die mitgebrachte Wurst und einen Laib Brot

untereinander. Zu Thomas Erstaunen wurden Brot und Messer einfach weitergereicht und ein jeder nahm sich soviel er brauchte. Was Karl mehr nahm, nahm Anna weniger, keiner protestierte über die Entscheidung der anderen. Thomas hätte den ganzen Laib aufessen können, so hungrig war er, aber auch er schnitt sich nur eine Scheibe ab und reichte dann Laib und Messer an Jakob weiter, dessen Aufgabe es auch war, die vorhandene Wurst zuzuteilen. Dabei achtete er peinlichst genau darauf dass in diesem Fall wirklich Alle denselben Anteil bekamen – auch Anna und Karl.
Auf der Straße vor ihnen zogen in unregelmäßigen Abständen immer mal wieder die unterschiedlichsten Gruppen Reisende vorbei. Darunter waren Boten zu Pferde, oft allein oder zu zweit unterwegs, Bauern mit ihren Karren, beladen mit allerlei, was Feld und Wald so hergab, Holzkarren mit geschlagenen Bäumen, unterwegs zu einem Ort wo sie als Baumaterial oder Sonstiges benötigt wurden. Aber es war auffällig, dass man außer den schnellen Boten keine Reisenden sah, die allein unterwegs waren, jeder war darauf bedacht, wenn nicht gerade abschreckend bewaffnet, so doch zumindest innerhalb einer Gruppe geschützt zu sein, um mögliche Angreifer wenigstens dadurch abschrecken zu können. Von diesen Spitzbuben fiel Thomas jedoch niemand ins Auge, alle Menschen, die er während ihrer stillen Mahlzeit beobachten konnte, sahen nicht zu gefährlich aus. Jedoch entging ihm nicht, dass sie selbst von einigen Reisenden argwöhnisch betrachtet wurden, was ihn eigentlich nicht verwunderte, wenn er sich vor Augen führte, wie sie auftraten.
Er hatte noch nicht ganz zu Ende gegessen, nahm gerade einen Schluck Wasser, als ihn Arnulf zur Seite zog.
„Komm Mal mit, Kleiner, ich zeige dir was."
Thomas beeilte sich aufzustehen und dem hageren Jongleur ein paar Schritte weg von der Straße auf ein kleines Stück Wiese zu folgen. Dort angekommen nahm Arnulf drei Bälle in die Hand, warf sie geschickt nacheinander in die Luft, fing sie wieder auf, grinste Thomas breit an und indem er ihm die eben geworfenen Bälle in die Hand drückte meinte er:
„Jetzt du!"

Damit ließ er den Jungen lachend stehen und ging wieder zur Truppe zurück, ohne auch nur einen Blick auf Thomas Geschicklichkeit zu werfen.
Das erste Mal in seinem Leben kam sich der Junge wieder vor, als habe seine Mutter ihn eben mit einem Besen in die Küche gestellt mit der Anweisung: "Feg!" mit dem Unterschied, dass er wusste, wie man einen Besen handhabe, drei Bälle waren neu für ihn. Hätte ihm Arnulf nicht ein wenig mehr zeigen können? Schließlich fasste er den Entschluss, es einfach zu probieren, zumindest soviel hatte er bei Arnulf sehen können, dass er die Bälle nacheinander schräg geworfen hatte, ehe sie wieder in seinen Händen gelandet waren. Seine Versuche scheiterten kläglich, jedes Mal fielen die Bälle, so wie er sie geworfen hatte nacheinander auf die Erde in das feuchte Gras. Seltsamerweise begann ihn dieses Spiel aber zu faszinieren, wenn er auch keine Fortschritte machte. Da er mit dem Rücken zu den Spielleuten stand sah er auch nicht das Schmunzeln auf ihren Gesichtern, allein Karls hämisches Lachen schallte bis zu ihm herüber, auf das er jedoch tunlichst vermied zu reagieren. Er wollte es der ganzen Truppe beweisen und in seinem Kopf begann sich festzusetzen, dass es doch zu schaffen sein musste es ebenso wie Arnulf bewerkstelligen zu können.
Als einige Zeit vergangen war und er noch immer drei Bälle in die Luft warf und anschließend drei Bälle vom Boden aufhob, trat Arnulf wieder hinter ihn.
„Entschuldige bitte, dass ich dir keine Anleitung gegeben habe, aber das gehört mit zum Trumpf eines Jongleurs, zuerst einmal die Zuschauer auf ihr eigenes Nicht-Können aufmerksam zu machen und anschließend die Kunst selbst vorzuführen. Denn nur diejenigen die bereits Bälle in Händen gehalten haben vermögen zu erkennen wie schwierig dies ist – mit drei, vier, oder fünf Bällen."
„Fünf?", entfuhr es Thomas.
„Ja. Aber die wahre Kunst liegt in einem Ball. Gib mir einmal einen, den blauen."
Er nahm den blauen Ball, während Thomas die beiden anderen wieder vom Boden aufsammelte und ihm mit offenem Mund zusah. Was Arnulf mit diesem einen Ball anstellte, war Zauberei: Er

warf ihn hoch in die Lüfte, dass er beinahe die oberen Zweige berührte, fing den Ball aber umso weicher mit zwei Fingern auf, als handle es sich um eine Feder, die ihm entgegen fiel. Er vollführte abenteuerliche Sprünge und Drehungen während sich der eine Ball in der Luft befand um gleich darauf immer zielgenau den Ball wieder zu fangen oder er ließ im ganz Kleinen den Ball um seine Hände kreisen, als würden diesen unsichtbare Schnüre ziehen und an den Händen festhalten. Nach einiger Zeit sah er Thomas direkt in die Augen: "Möchtest du lernen? Beeindruckt dich mein Ball?"
„Wenn ich ehrlich sein soll, hab ich so etwas noch niemals zuvor zu Gesicht bekommen, ich würde das liebend gerne lernen, wenn ich auch nicht sicher bin, ob ich dazu jemals in der Lage sein werde. Bitte lehre mich das Spiel mit den Bällen!"
Arnulf gab ihm grinsend den blauen Ball in die Hand und nahm ihm die beiden anderen weg.
„Übe dies, tausendmal!"
Er nahm einen Ball und warf ihn im Bogen von der linken in die rechte Hand. Darauf von der Rechten in die Linke.
„Und denke niemals, das sei zu leicht. Der Ball muss sein Ziel erreichen, das du ihm vorgibst, er darf kein Eigenleben entwickeln und tun was er will. Wenn du das kannst, lernen wir einen zweiten Ball zu gebrauchen. An deinen Versuchen eben habe ich gesehen, dass du es schaffen kannst, arbeite hart, auch wenn es sich nicht um einen Pflug handelt, den man in die Erde drückt. Behalte den Ball und übe!"
Mit diesen Worten drehte er sich wieder um und ließ Thomas mit seinem blauen Ball auf der kleinen Wiese stehen. Der junge war fasziniert, wahrlich, dies grenzte an Zauberei. Als er seine ersten Versuche mit dem blauen machte musste er jedoch feststellen, dass Arnulf Recht gehabt hatte: So einfach es schien, so schwer war es in Wirklichkeit: Immer wieder waren es seine Hände, die den Ball suchten, nicht der Ball selbst, der automatisch in seiner Handfläche landete.
Plötzlich erscholl ein Ruf aus der Richtung der Spielleute, sie hatten bereits ihre Habseligkeiten wieder zusammengepackt und rie-

fen nach ihm, sich ihnen wieder anzuschließen. Eiligen Schrittes kam er der Aufforderung nach.
Es war ein abenteuerlicher Weg den sie zurücklegten, immer wenn sie in die Nähe einer kleineren Stadt oder eines Dorfes kamen, nahm die Menge der Reisenden zu, Gespräche entstanden, man fragte nach den Zielen der Reisen. Ebenso hielten sie bei dem ein oder anderen inne, Neuigkeiten wurden ausgetauscht und so erfuhren sie, welche Gegenden besser zu meiden waren und wo man möglicherweise schon lange keine Spielleute mehr gesehen hatte und die Chance auf eine angemessene Entlohnung größer war. So oft es ihm möglich war, übte Thomas mit seinem blauen Ball und gewann nach und nach Sicherheit im Umgang damit, wenn er auch im tiefsten Inneren an einer Möglichkeit zweifelte, es jemals weit zu bringen. Sollte vielleicht doch eher Michels Puppenspiel die bessere Alternative für ihn darstellen?
Gegen Mittag verließ Michel wie geheißen den Tross, allein war er nicht mehr als Spielmann zu erkennen, sondern man hatte eher den Eindruck, als handle es sich um einen wandernden Handwerksburschen, was so beabsichtigt war. Er war schnell unterwegs und hatte nur das aller Notwendigste dabei. Entgegenkommende Spielleute hatten von einem kleinen Dorf in zwei Tagesmärschen Entfernung gehört, dort waren sie selbst nicht aufgetreten, aber es gäbe dort etliche Kaufleute und der Einfluss des Dorfpfarrers war nicht zu hoch, sodass Jakob sich von diesem Ort einerseits ein dementsprechend gutes Auskommen erhoffte und andererseits wenig Widerstand von Seiten der Kirche.
Auch kannte er von einer vorherigen Reise einen der anderen Spielleute, deshalb vertraute er ihrer Aussage und schickte Michel los. Alle wussten, dass dieses Unterfangen vor allem für Michel nicht gefahrlos war, da er allein unterwegs war, aber es war nicht das erste Mal und aus gutem Grund schickte man ihn, denn er hatte bereits bei vorherigen Kundschaften seine Geschicklichkeit bewiesen. Dennoch blieb nach seiner Verabschied eine Zeitlang die allgemeine Stimmung der Spielleute etwas gedrückt.
Während ihrer Reise durch den Wald gesellte sich Thomas öfter zu Anna, denn ihre morgendliche Erzählung hatte sein Interesse ge-

weckt und Fragen aufgeworfen, schließlich hatte er sich entschlossen eine lange Wanderschaft anzutreten und die Wirkungsstätte seines Vaters kennen zu lernen und dazu konnte er sicherlich auch ihre Erfahrungen nutzen. Unter den eifersüchtigen Augen Karls, dem dieses Verhalten überhaupt nicht gefiel, trat er zu Anna und versuchte mit ihr Schritt zu halten, ohne dass dies allzu anstrengend aussah. Als er sie von der Seite betrachtete und sie lächelnd in sein Schritttempo einfiel, fiel ihm wieder auf, wie unglaublich schön sie war. Gleichzeitig musste er erneut an vergangene Nacht denken, verbunden mit ihren kecken Augen verschlug ihm dies die Sprache, sodass erneut sie es war, die das Wort ergreifen musste.
„Machst du Fortschritte mit deinen Bällen?"
„Mit einem Ball um genau zu sein.."
„Das tut mir leid…" gab sie verschmitzt zur Antwort und es dauerte eine zeitlang ehe er die Zweideutigkeit ihrer Worte begriffen hatte, was ihm eine Erwiderung nicht erleichterte. Am Einfachsten würde es sicherlich sein auf diese Wortspiele nicht einzugehen, vielleicht vermutete er auch hinter allen Worten nur das, was er sich insgeheim von ihr erhoffte. Sie war eine überaus erstaunliche Person.
„Gib Acht, dass du mit Bällen spielen kannst, irgendwann kommt er mit Stöcken, da beginnt der Spaß dann erst."
Thomas konnte mit der selbstbewussten Art Annas sehr schwer umgehen. Warum führte sie diese Reden? Oder redete er sich nur etwas ein? Als Glück empfand er es dennoch, dass ihnen niemand zuhörte, wahrscheinlich hätte Anna die Lacher wieder auf ihrer Seite gehabt. Er versuchte das Gespräch sachlicher zu führen, denn ihm fehlte die Erfahrung wie man mit einer solchen Frau umgehen sollte.
„Hat Arnulf dir die Kunst des Ballspiels auch beigebracht, oder was ist deine Rolle bei den Spielleuten, wenn ein Spectaculum aufgeführt wird?"
„Da sei Gott vor! Obwohl ich mich mit Bällen natürlich auskenne – aber über die Kunst zwei davon geschickt zu handhaben kam ich nie hinaus…".

Nach diesen erneut vor Zweideutigkeit strotzenden Worten nahm sie Thomas den Ball aus der Hand, und begann ihn, immer abwechselnd mit dem Apfel, den sie eben im Begriff gewesen war zu essen, nach oben in die Luft zu werfen. All dies ohne Zuhilfenahme ihrer Linken, was den Jungen mehr als erstaunte. Lachend warf sie ihm seinen Ball wieder zu nach einiger Zeit und fuhr fort herzhaft in ihren Apfel zu beißen.

„Wenn du nicht jonglierst, welche Rolle spielst du bei den Spielleuten? Das Kochen kann es ja nach Aussage der anderen wohl kaum sein."

„Ich tanze, mein Lieber. Ich tanze und verdrehe den Männern den Kopf - mit meinen Drehungen."

Dinner war zu ihnen getreten und versuchte erklärend einzuspringen:

„Damit hat sie Recht. Du solltest einmal ihre Wirkung auf unsere männlichen Zuschauer sehen, aber in Kürze kannst du dies ja mit eigenen Augen beobachten. Und ein kleiner Hinweis am Rande: Noch interessanter zu betrachten als die Männer, sind deren Ehefrauen, denn zweifelsohne vergleichen sie sich selbst mit Anna und du kannst dir denken, dass ein Bauerntölpel immer den Liebreiz unserer Kleinen vorziehen würde. Es kam sogar einmal soweit, dass sie sich schlugen und wir alle zusammen eiligst unsere Sachen packen mussten um nicht alle eine Abreibung zu bekommen. Aber, Gott sei's gedankt, hält sich Anna nun zurück."

Eher in seinen Bart genuschelt, der bereits eine stattliche Länge erreicht hatte fügte er noch hinzu:

„Vermaledeite Kreuzzüge – ohne die würden alle noch tanzen, wie wir das auch gelernt hatten und nicht dem wilden unzüchtigen Gehopse das Feld überlassen."

Zwar schien es so als meine er das Gesagte ernst, seine Augen widersprachen dieser Einschätzung jedoch. All dies steigerte Thomas Neugier ins Unermessliche, dennoch hielt er sich mit weiteren Fragen in diese Richtung zurück, insgeheim konnte er sich aber einen aufreizenden Tanz bei Anna sehr gut vorstellen, allein seine Erfahrungen in der letzten Nacht und die Macht, die sie über ihn ausgeübt hatte, waren der vollendete Beweis dafür.

„Du bist also Tänzerin?"
„Tänzerin – ja, richtig, aber schau dir erst einmal meine Tänze an, vielleicht verstehst du dann….", antwortete sie ihm schmunzelnd.
„Man hat mir nicht nur unsere Tänze beigebracht, sondern auch… orientalische Tänze."
„Orientalisch? So wie die Heiden tanzen gegen die unsere Ritter auf den Kreuzzügen kämpften? Ich habe noch niemals so etwas gesehen und bin sehr gespannt."
"Es handelt sich um eine nicht gerne gesehene Kunst, vor allem die Herren der Kirche beobachten immerzu argwöhnisch meine Vorstellungen. Deshalb ist es ganz gut, dass bei unserem nächsten Spectaculum die Dorfkirche eher keine Rolle spielt. Sind wir erst einmal in Fulda angekommen, werde ich wahrscheinlich keinerlei Möglichkeiten haben zu tanzen, denn die dortigen Kirchenherren sind über alle Grenzen hinaus dafür bekannt, gegen derartige Spielereien rigoros vorzugehen."
„Ich hatte bisher noch niemals die Möglichkeit, einen derartigen Tanz zu sehen, allerdings hat man mir von der Ruchlosigkeit der Orientalen erzählt… Tanz gab es bei uns auf dem Gutshof nur bei den seltenen Möglichkeiten, wenn eine Hochzeit stattfand, das waren aber ausschließlich die bäuerlichen Tänze. Ich weiß ehrlich gesagt nicht einmal, wie man bei uns am Hofe tanzt, wie die edlen Damen und Herren sich zur Musik bewegen, geschweige denn, was die Orientalen machen. Stehst du denn nicht in Gefahr, dass man dir Buhlschaft mit den Heiden unterstellt?"
„Einen gewissen Reiz macht ja eben dies aus, aber du darfst Karl nicht vergessen, er beschützt mich und sei gewiss dass ich meinen Tanz so aufgebaut habe, dass wir dadurch keinerlei Schwierigkeiten mit der Obrigkeit bekommen können – auch wenn das oft ein `Eiertanz` wird. Sicherlich verstehst du es besser, wenn du mich tanzen gesehen hast. Aber als kleine Einstimmung… einen Moment…" sagte sie und begann in einer ihrer Taschen zu suchen.
Nach ein paar Augenblicken zog sie zwei eingerollte Pergamentstreifen hervor die sie ihm augenzwinkernd überreichte. Thomas traute seinen Augen nicht – ohne etwas dagegen unternehmen zu können stieg ihm schlagartig die Schamesröte ins Gesicht. So etwas

hatte er noch nie gesehen. Ganz davon abgesehen, dass seine Erfahrungen auf diesem Gebiet sich auf die wenigen spannenden Erlebnisse bezogen, als er sich hinter den Büschen versteckend einigen Mägden beim Bad im Fluss zugesehen hatte. Sie fühlten sich unbeobachtet und gaben sich der Körperreinigung hin, aber selbst wenn sie ihn gesehen hätten, hätten sie ihn sicherlich gewähren lassen, denn was sollten sie schon befürchten von einem unreifen Jungen? Ihn jedoch hatten eben diese Beobachtungen der halbnackten Leiber nächtelang nicht schlafen lassen. Ein kurzer Blick auf die beiden Pergamentrollen erinnerte ihn nun nachhaltig an jene Erlebnisse, auch wenn er sich nicht die Zeit nahm all die Details genau zu betrachten. Aber die wenigen Blicke reichten aus, um Dinge zu sehen die zwischen Mann und Frau stattfanden, die ihn beinahe entsetzten. Zumindest schien es so, aber Anna hatte ihn durchschaut.
„Schreckliche Dinge, nicht wahr? So gänzlich unchristlich – heidnisch – unvorstellbar. Ich benötige die beiden Rollen im Moment nicht, ich überlasse sie dir, vielleicht kannst du mir helfen, die Schrift am Rande zu entziffern?"
„Selbstverständlich werde ich mein Möglichstes versuchen. Ich gebe dir die Blätter morgen wieder zurück…"
Beide wussten, dass er des Lesens und Schreibens nur wenig mächtig war, aber diese kleine Unwahrheit half ihm über die Verlegenheit hinweg und sie hatte auch ihr Ziel erreicht – offensichtlich lag ihr daran, dass er sich diese Darstellungen genau anschaute. Thomas verlor keinen Blick mehr auf die Darstellungen und steckte sie sich in seinen Wams, sich bereits auf die Augenblicke des Alleinseins freuend, in denen er die Muße finden würde, sie genau zu betrachten, denn wie abstoßend sie auch auf ihn zuerst gewirkt hatten, neugierig war er schon.
„Jedenfalls bin ich äußerst gespannt auf deinen ersten Tanz. Wann kommen wir in besagtem Dorf an?"
„Es wird wohl noch ungefähr zwei strenge Tagesmärsche bis dahin dauern, " antwortete Arnulf, der sich inzwischen zu ihnen gesellt hatte, was Thomas nicht unrecht war. So kamen sie recht zügig voran und setzten ihren Marsch durch den Wald fort.

Gegen Abend suchten sie sich einen Platz aus, wo sie die Nacht verbringen wollten. Er war durch einen kleinen Felsvorsprung geschützt und die Überreste verschiedener kleiner Feuer zeugten davon, dass sie nicht die Ersten waren, die auf diese Idee kamen. Der Felsen bot ihnen Schutz von einer Seite, sein Überhang hätte sie sogar vor Regen bewahren können, auf der linken Seite verstellte ihr Wagen den Zugang, sodass sie sich nur noch um eine recht überschaubare offene Seite Gedanken machen mussten, die möglichen zwielichtigen Gestalten den Eintritt in ihr Lager gewähren würde.
Thomas war überrascht, wie erfahren Jakob den einzelnen Gesellen innerhalb ihres Lagers mit ihren Habseligkeiten eine Schlafstelle zuwies, die alle ohne Murren sofort akzeptierten. Als alle sich verteilt hatten, erkannte er das Gesamtbild: So wie sie nun schliefen, war es für Räuber wenn nicht unmöglich, so doch ungleich erschwert, ihnen Übles anzutun oder sich an ihren Dingen zu bereichern. Mit Wohlgefallen registrierte Thomas, dass Annas Nachtlager sich nur wenige Handbreit neben dem Seinen befand – Karls lag am anderen Ende der Freifläche – dazwischen schliefen noch Arnulf und Dinner. Dennoch akzeptierte selbst Karl Jakobs Entscheidung, ohne einen weiteren Kommentar dazu abzugeben, wenn man auch seinem Gesicht genau entnehmen konnte, was er dachte.
Eilends war eine Kochstelle geschaffen, die auch noch die letzte Lücke schloss. Während Jakob das Feuer entfachte, machte sich Karl auf den Weg ins Unterholz, um ausreichend Holz zu sammeln.
„Du kommst mit!", sagte er zu Thomas, der sich nicht getraute zu widersprechen und sich wenn auch ungemütlich fühlend, dem Großen anschloss und Holz sammelte. Karl verlor die ganze Zeit kein Wort, aber Thomas ließ ihn nicht aus den Augen, denn im Grunde hielt er es auch nicht für ausgeschlossen, dass er plötzlich Bekanntschaft mit einem Knüppel machte. Aber nichts dergleichen geschah. Als beide ihre Arme voll altem trockenem Holz hatten, gingen sie nebeneinander zurück zu den anderen, doch ehe sie das Lager wieder erreichten, meinte Karl zu dem Jungen:

„Wenn du Anna weh tust, breche ich dir das Genick!"
Mit diesen Worten trug er seine Äste ins Lager und ließ Thomas zurück, als sei nie etwas geschehen. Der Junge begriff, dass sein Techtelmechtel mit Anna ein Spiel mit dem Feuer werden konnte, wobei er seine eigenen Gefühle für sie ehrlich einschätzte, aber ihm wurde so deutlich wie niemals zuvor: Ein Wort von Anna an den Großen und er würde mit zerschmetterten Gliedern im Gestrüpp neben der via regia liegen.
Nun bekam Thomas das erste Mal die Gelegenheit, seine Kochkünste unter Beweis zu stellen, denn es bedurfte schon einer gewissen Kunst und Geschicklichkeit, aus den wenigen zur Verfügung stehenden Zutaten eine einigermaßen schmackhafte Mahlzeit zu bereiten. Aber er bestand diese Feuerprobe, vielleicht auch deshalb, weil er die Kräuter und Gewürze, die man ihm reichte, in einer Art anzuwenden verstand, wie dies die Spielleute bislang noch nicht gekannt hatten. Schweren Herzens dankte er im Stillen seiner toten Mutter und Isabella für deren Belehrungen in der Küche des Gutshofes – hatte sie also doch recht gehabt damit, dass er diese Fertigkeit irgendwann einmal gebrauchen könne, was er damals stets verneinte. Ein Mann und kochen – wo gab's denn so was!
Thomas bemühte sich seine gesamten Erfahrungen in den zuzubereitenden Gerstenbrei zu legen. Den Brei selbst konnte er so gut wie nicht verbessern, er war die übliche Mahlzeit, aber Isabella hatte ihm aus der Küche des Gutshofes noch ein paar Gewürze mitgegeben. Thomas hatte sich entschlossen diese Gelegenheit nun dazu zu nutzen, den wertvollen Pfeffer und einen Teil der Muskatnüsse zu verwenden, was dem Gericht eine leicht scharfe und würzige Note verlieh.
Die Spielleute waren voll des Lobes für seine Speise, ausgenommen Karl, der noch immer mürrisch am Lagerfeuer saß, wohl auch deshalb, weil die Mahlzeit bar jeglichen Fleisches war. Allen anderen schien das nichts auszumachen. Auch wenn es seinen neuen Kameraden nicht so genau nahmen mit dem absoluten Verbot der Jagd, wie sich später noch herausstellen sollte. Als es schließlich nicht einmal Arnulf gelang Karl nach dem Essen aufzumuntern,

ergriff Anna die Initiative und sprang den Riesen von hinten an, um ihn so aus der Reserve zu locken. Zumindest ein lauteres Grunzen war der Erfolg ihrer Bemühungen – jedem anderen, der auf ähnliche Weise versucht hätte Karl auf andere Ideen zu bringen, hätte dieser Versuch wahrscheinlich mehrere gebrochene Rippen gekostet. Doch es war schon ein erstaunliches Verhältnis zwischen Karl und Anna – er der Beschützer und sie die Spötterin, beinahe konnte es einem Fremden gar scheinen, als wolle der Riese mehr von dem Mädchen und sie spiele nur mit ihm.

Nach der Mahlzeit versuchte Thomas so konzentriert wie ihm das möglich war, dem Lauf der Bälle mit den Augen zu folgen, als Arnulf ihm einige Kunststücke vorführte, aber so sehr er sich auch bemühte, es wollte ihm nicht einmal recht gelingen die Flugbahn dreier dieser mit Linsen gefüllten Leinenbeutelchen in der Luft nach zu verfolgen. Arnulf überraschte ihn mit einem kleinen Geschenk nach seiner Vorführung und überreichte ihm drei seiner älteren „Bälle" zum Üben, Thomas gab ihm grinsend den neueren, blauen Ball zurück.

„Nicht zu vergessen, dass dies auch deine letzte Ration zu Essen sein könnte, denn wenn es dir gar zu schlecht gehen sollte und deine Kunststückchen auf überhaupt keine Gegenliebe stoßen, so kannst du dir zumindest aus den Linsen eine kräftige Suppe kochen!" kicherte Arnulf und ließ den Jungen mit seiner Aufgabe zurück.

Sogleich machte sich Thomas daran seine Übung vom Vormittag wieder aufzunehmen: Er warf einen Ball immer in hohem Bogen von der Linken in die Rechte. Lange ging dies jedoch nicht, denn der Abend hatte zu grauen begonnen und der Schein ihres Feuers allein reichte nicht aus, um weiter zu üben. Sorgfältig verstaute er die Bälle in seinem Beutel und gesellte sich wieder zu den anderen, die im Kreise um das Feuer saßen und den kommenden Tag, ihre Reise, und den Ablauf ihres Spectaculums besprachen. Wissbegierig hörte er zu, ohne sich daran zu beteiligen, erneut erstaunt darüber, wie gleichgestellt alle Mitglieder waren und wie selbstverständlich mal der eine, mal der andere als Experte der verschiedenen Disziplinen gehört wurde. Während Jakobs Autorität im Organisatorischen und in der Wegplanung lag, gab Arnulf in jeglicher Form der Jonglage den Ton an, das Puppenspiel wurde von Dinner vertreten.

Als es vollkommen dunkel geworden war, zogen sich die Spielleute auf ihre Nachtlager zurück, Karl legte noch ein wenig Holz aufs Feuer und warf, bevor er sich ebenfalls zurückzog noch einen ärgerlichen Blick auf Thomas, der diesen geflissentlich übersah.

Er war nicht an den harten Boden gewöhnt und im Gegensatz zu den anderen hatte er keine geeignete Unterlage dabei, sodass er das Gefühl hatte, jeden noch so kleinen Stein unter seinem Rücken zu spüren, dennoch war er auf Grund der vielen Erlebnisse dieses Tages so erschöpft, dass es nicht lange dauerte, bis er eingeschlafen war.

Ein recht nahe an ihrem Schlafplatz vorbeifahrender Wagen riss ihn am nächsten Morgen aus dem Schlaf und er benötigte eine Zeitlang, bis er sich wieder klar gemacht hatte, wo er sich befand. Die Spielleute schliefen alle noch – nur Karl grüßte ihn mit einem Kopfnicken, bereits am Feuer sitzend und in einem Topf rührend. Beinahe war es ihm, als habe der Große ihm zugelächelt und da fiel ihm auch wieder Anna ein und seine Hoffnung am Abend zuvor, das Abenteuer mit ihr könnte sich hier wiederholen. Leider war nichts passiert, wahrscheinlich war er doch nur ein kleines Intermezzo am Rande gewesen.

Nach und nach erwachte einer nach dem anderen und gesellte sich zu den beiden ans Feuer, im Gegensatz zum Abend zuvor wurde sehr wenig gesprochen, jeder nahm sich seinen Becher und füllte ihn mit der streng nach Pfefferminze schmeckenden Flüssigkeit. Auch Anna verzog den Mund, als sie den ersten Schluck trank, sagte aber kein Wort, sie nahm ihren Becher und setzte sich neben Thomas, der seine „Mahlzeit" bereits genossen hatte.

„Hast du mich vermisst?" stieg sie leise in ein Gespräch ein und verblüffte mit ihrer forschen Art so den Jungen, dass es ihm regelrecht die Sprache verschlug. Sollte dies ein weiteres Spiel sein? Sie wusste doch sicherlich, dass zumindest Dinner und Arnulf jedes Wort verstanden?

„Es war hart ohne eine Unterlage auf dem Boden zu liegen und gefroren habe ich wie ein Schneider", antwortete Thomas unverbindlich mit einem Seitenblick auf die mutmaßlichen Zuhörer, deren Reaktion jedoch nichts verriet. Etwas leiser fügte er zu Anna gelehnt hinzu: "Gefreut hätte ich mich schon, gehofft allemal, wenn du zu mir gekommen wärst!"
„Ich lag wenige Handbreit neben dir, wieso bist du nicht gekommen?"
„Wie hätte ich denn wissen sollen, ob du das möchtest?"
„Sei versichert, sobald du einen Schritt unternimmst mit dem ich nicht einverstanden bin, werde ich dir klar machen, dass du zu weit gehst. Wenn du jedoch etwas nicht versucht hast, kannst du auch nicht wissen ob es richtig oder falsch war."
Mit diesen Worten stand sie auf und ging hinüber zu ihrem kleinen Esel, den sie Brüggemann genannt hatten – in Erinnerung an seinen ehemaligen Besitzer - und gab ihm zu Fressen. Vom Wagen holte sie noch ein zusammengerolltes Bündel und legte es neben Thomas mit den Worten:
„Für die nächste Nacht, eigentlich brauchen wir das für unser Spectaculum, aber bis du eine eigene Unterlage hast, kannst du diese nehmen."
Thomas nahm dankend an und verstaute die Decke zusammen mit dem Rest seiner Habseligkeiten in seinem Beutel. Einen der Bälle nahm er heraus und begann damit seine Übungen vom Tage zuvor wieder aufzunehmen.
Es war schnell zusammen gepackt, der Karren beladen und das Feuer gelöscht und so machten sich die Spielleute weiter auf ihrem Weg in Richtung des nächsten Spectaculums. Wenn alles wie geplant lief und keine unerwarteten Vorkommnisse dazwischen kämen, würden sie spätestens am Folgetag wieder mit Michel zusammentreffen, um einen Plan zu entwerfen, was sie zu zeigen beabsichtigten.
Mit der Zeit fand Thomas mehr und mehr Gefallen an der Jonglage und nahm sich selbst vor, so oft zu üben wie nur möglich, um damit zu beweisen, dass er ein vollwertiges Mitglied der Spielleute werden konnte. Die Anerkennung als Koch allein war ihm nicht

genug, die Gesellen zeigten ihm jedoch bei jeder Mahlzeit, dass sie vollkommen mit ihm zufrieden waren, was ihn ein wenig verwunderte. Was mussten die zuvor für Speisen zu sich genommen haben, wenn sein Essen außergewöhnlich erschien? Im Grunde war es doch nur ein Spiel mit Gewürzen, denn die Grundnahrungsmittel waren beinahe immer dieselben.

Am übernächsten Tag gegen Abend waren sie eineinhalb Tagesmärsche vor jenem kleinen Dorf entfernt, das Jakob für ihre nächste Vorführung ausgesucht hatte. Sie trafen auf Michel, der sie bereits breit grinsend erwartete, um zu berichten was sich in der Zwischenzeit zugetragen und was sie zu erwarten hatten.

„Es ist ein schönes Dorf, heißt Rothburg oder so ähnlich, hauptsächlich Bauern leben dort, aber viele Freie und auch ein paar zahlungskräftige Kaufleute. Wenn wir es geschickt anstellen, können wir sogar auf den kleinen Dorfplatz auftreten. Es findet eine kleine Hochzeit statt und wenn wir im Zuge dessen erscheinen, werden wir wahrscheinlich sehr freundlich aufgenommen. Und wie wir alle wissen, sind die Gäste der Hochzeiten die spendabelsten.

Um den Dorfpfarrer müssen wir uns überhaupt keine Gedanken machen, denn er liegt krank danieder, wobei ich aus verschiedenen Mündern vernommen habe, dass er wohl wieder zu sehr dem Weine zugesprochen hat. Im Allgemeinen hat er innerhalb der Dorfgemeinschaft keinerlei Rückhalt, man lacht über ihn, wäre er kein Mann der Kirche, er wäre längst unter die Räuber gefallen. So aber kann er anscheinend im Schutze der Kirchen das Leben führen, das ihm gefällt, man lässt ihm diese Freiheiten und wird im Gegenzug von ihm nicht behelligt.

Die übermorgen stattfindende Hochzeit wird vom Sohn eines reicheren Händlers ausgerichtet, sicherlich können wir kein großartiges Fest erwarten mit vielen zahlungskräftigen Gästen, aber möglicherweise gelingt es uns die gute Stimmung für uns auszunutzen. Ich habe eine Magd des dortigen Gesindes in ein Wirtshaus ausgeführt..."

„Ach, so ist das!", wurde er lachend von Dinner unterbrochen.
„Schon wieder ein Dorf, um das wir dann nach zwei Jahren einen

großen Bogen machen müssen, weil du ansonsten für ein weiteres Kind zu sorgen hast."
„Wir sollten das nächste Mal zum Auskundschaften Karl schicken", wandte Arnulf lachend ein, „der hat diese Probleme nicht – vor dem nehmen alle gleich Reißaus."
Die weiteren Äußerungen gingen in allgemeinem Gelächter unter, an dem sich sogar der Geschmähte beteiligte, anscheinend war er derartige Neckereien bereits gewohnt. Bis Jakob die Spielleute wieder zur Ordnung rief, doch zumindest den Bericht Michels zu Ende anzuhören.
„Wie gesagt, ich führte Gertrud gestern Abend noch aus und sie erzählte mir so einiges von der Hochzeit. Irgendwann musste ich mich ihr natürlich zu erkennen geben und das Verwunderliche daran war, dass sie das in keinster Weise abzuschrecken erschien."
„Also doch!" kam erneut der Einwurf von Dinner.
„Halts Maul jetzt! Interessiert es euch was ich noch gehört hab, oder nicht? Wir brauchen die Informationen Gertruds, denn nur so können wir das Beste rausholen für uns. Um Fragen vorweg zu nehmen: Ja, ich habe alle Tricks angewandt, aber, und das bedauere ich zutiefst, kam ich über die ein oder andere Neckerei leider nicht hinaus. So, genug davon, denn was sie mir erzählte war hochinteressant.
Der Bräutigam ist der Sohn eines mehr oder weniger einflussreichen Händlers im Dorf, aber die Braut kommt aus einer sehr hoch angesehenen und überaus wohlhabenden Familie, die sie wahrscheinlich mit einer dementsprechenden Mitgift ausrüsten werden. Und der angekündigte Tross an Gästen die von Seiten der Braut kommen, soll beachtlich sein."
„Du meinst um die Braut im besten Lichte erscheinen zu lassen werden die Hochzeitsgäste von ihrer Seite äußerst spendabel gegenüber jedermann sein?" Anna schien noch ein wenig an einer solchen Schlussfolgerung zu zweifeln.
„Genau das meine ich! Und das war, nebenbei bemerkt, auch Gertruds Meinung."

„Gut, diese Neuigkeit ist wirklich ein Versuch wert, lasst uns heute noch ein so großes Stück Weges zurücklegen wie möglich, dann können wir sicher sein, Übermorgen rechtzeitig zu erscheinen."
„Die Hochzeit soll gegen Mittag beginnen, vielleicht wäre es ganz gut, wenn wir genau um diese Stunde ins Dorf einziehen könnten?"
„Das wäre sicherlich das Beste, packen wir`s an! Bündel geschnürt und gelaufen, was das Zeug hält! Zwar ist es bald wieder dunkel, aber bis dahin können wir noch ein gutes Stück schaffen."
Obwohl alle bereits müde waren, schließlich hatten sie am heutigen Tag bereits eine große Strecke zurückgelegt, spornte sie der Gedanke an die bevorstehende Hochzeit und die sich daraus ergebenden Möglichkeiten an, alles zusammen zu packen und weiter zu marschieren, wie Jakob dies entschieden hatte. Thomas war selbst erstaunt, woher er plötzlich die neue Kraft bekommen hatte, aber da er neben Anna gehen konnte, die sich keinerlei Strapazen anmerken ließ, schritt er ebenso tapfer voran, wie die anderen.
Dennoch waren alle zufrieden, als endlich die Nacht hereingebrochen war und eine Weiterreise unmöglich machte. In dieser Nacht stand ihnen kein Felsvorsprung zur Verfügung, der eine Seite abdecken konnte, so hofften sie das Beste und legten sich alle im Kreis um das Feuer, ihre wichtigsten Habseligkeiten immer am Körper versteckend, dick eingewickelt in ihre Decken. Auch in dieser Nacht kam Anna nicht zu Thomas und den Mut brachte er nicht auf, selbst zu Anna zu gehen.
Der nächste Morgen verlief ganz anders, als die vorherigen, so zumindest empfand es Thomas: Als er erwachte waren bis auf Michel bereits alle auf den Beinen, der Karren war beladen und er hatte, bevor es losging, gerade noch die Möglichkeit ein paar Schluck Wasser zu sich zu nehmen. Jakob meinte es wirklich ernst mit seiner Ankündigung am heutigen Tag den Großteil der Wegstrecke zurücklegen zu wollen.
Sie kamen ohne weitere Zwischenfälle sehr schnell voran und überholten im Laufe des Tages etliche andere Reisende, die aller Wahrscheinlichkeit nach auf dem Wege zur Hochzeit waren, was

den Spielleuten die Sicherheit gab, dass Michel mit seinen Angaben recht hatte.
Der folgende Rastplatz war noch unspektakulärer, die Spielleute verzichteten gar auf ein Feuer, sondern fielen einfach um, wo sie ihre Sachen hingeworfen hatten. Erst am Morgen darauf bereitete Thomas eine stärkende Suppe zu, die er mit Kräutern zu würzen verstand, welche er im Laufe ihrer Reise im Walde gefunden hatte. Wieder lobte man ihn, wieder hatte er Anna vermisst und begann langsam ihre Liebeleien als eigenes Hirngespinst zu interpretieren. So schien es eine nette Erfahrung gewesen zu sein – mehr aber nicht. Trotzig sagte er zu sich selbst: "Wenigstens weiß ich jetzt, wie sich eine Brust anfühlt!"

Ehe sie an den Rand des Dorfes kamen, zogen sich die Spielleute um und warfen sich in noch buntere Kostüme, veränderten mit Farbe ihr Gesicht, banden sich die Haare auf andere Art zusammen, die von allen lang getragen wurden – im Gegensatz zur den unfreien Knechten auf den Höfen. Allein Thomas trug sein Haar kurz. Insgeheim schwor er sich, ab sofort niemals wieder die Haare zu scheren, denn gehörte er nun nicht auch zu den `Freien`? Anna wechselte ihre eher schmutzigen Röcke mit mehreren bunten Röcken, die sie übereinander trug, einem Oberteil, das geschnürt war und einem kleinen dünnen Jäckchen, zusammengehalten von Kordeln und Holzstöckchen, die verbargen, was darunter zu sehen war. Hätte sie auf diese Oberbekleidung verzichtet, wahrscheinlich hätte man mit ein wenig Glück gar ein Stück Haut zu sehen bekommen, was Thomas für vollkommen unanständig hielt und in seinem tiefsten Inneren hoffte er, dass Anna diese Reize bei ihren Aufführungen nicht zu sehr einsetzen würde.
Sie hatte ihr Gesicht geschminkt und so ihren Augen einen noch unglaublicheren verzaubernden Ausdruck verliehen. Mit wenigen Strichen und beinahe unmerklichem Einsatz von Farben, war sie beinahe nicht wieder zu erkennen. Thomas starrte sie fasziniert an, sie genoss seine Blicke.
„Und, `Koch`, was dürfen wir von dir erwarten?", fragte sie keck, auf seine noch mangelhaften Jonglierkenntnisse anspielend. Dar-

über hatte sich Thomas bei all dem Trubel noch keine Gedanken gemacht, er beschloss es später weiter mit der Jonglierkunst zu versuchen, vielleicht würde ihm irgendwann auch noch etwas anderes einfallen mit dem er die Spielleute bei ihrem Spectaculum unterstützen könnte. Noch war er zumindest geduldet, denn seine Kochkünste schienen allgemeines Gefallen zu finden, jedoch wäre es durchaus möglich, dass er beweisen musste, zu mehr in der Lage zu sein. Dies galt vor allem in härteren Zeiten, solange man gut versorgt war, gab es keine Probleme, wurden die Ressourcen knapp, sah die Welt anders aus. Irgendwann hatten sie besagtes Dorf erreicht.

Thomas war erstaunt, wie gut organisiert die Spielleute wiederum bei den Vorbereitungen waren, wie sie bereits beim Einzug in das Dörfchen auf Zimbeln spielten und die Laute schlugen, um die Aufmerksamkeit möglichst vieler Bewohner auf sich zu lenken, denn je mehr Zuschauer sich neugierig um die kleine Truppe drängten, desto höher die Wahrscheinlichkeit eines Erfolges. Thomas hatte noch auf der Fahrt mit Annas Hilfe seine einzige Hose mit bunten Flicken und Streifen „verschönert" und trug seit dem Einzug ins Dorf Schellen an seinen Beinen, die ihm Jakob geschenkt hatte. Fahrendes Volk war nicht immer willkommen, so schien es zumindest immer zu Anfang, denn die Dorfbewohner waren erst nach einiger Zeit in der Lage zu unterscheiden, ob es sich um Gesindel handelte, das mit Diebstahl seine Zeit verbrachte, ob es gar Mörder und Räuber waren, die sich unter dem Mantel der Gaukler in die Dörfer wagte, um ihrer bösen Arbeit nachzugehen oder tatsächlich um echtes Spielmannsvolk, das zur Belustigung auftrat und von dem keine Gefahr ausging. Dennoch stellte jeglicher Besuch dieser Art eine willkommene und oftmals die einzige Ablenkung im Leben der Bauern dar, die tagaus tagein für das wenige Brot im Schweiße ihres Angesichts auf dem Felde ackern mussten. Allein die bunte Kleidung, die sie trugen war überaus faszinierend für die Zuschauer und deshalb dauerte es nie lange, bis sich auf dem zentralen Dorfplatz eine größere Ansammlung Schaulustiger zusammengefunden hatte. Ein bisschen begann Thomas sich bereits als Teil der Spielleute zu fühlen, auch wenn er

bislang noch nicht einmal die Grundbegriffe der Jonglierkunst erlernt hatte.
Von einem der Knechte auf dem Gutshof hatte er damals einige faszinierende Tricks abgeschaut, wie man einfach kleine Gegenstände verschwinden lassen konnte. Daran erinnerte er sich nun und fasste den Entschluss, dieses noch in den Anfängen steckende Wissen möglicherweise weiter auszubauen zu wollen. Selbst wenn es mit der Jonglage irgendwann einmal bei ihm funktionieren sollte, einen richtigen Zauberer und Taschenspieler hatten sie noch nicht in der Truppe. Er nahm sich vor, nach der Vorstellung mit Anna darüber zu reden und sie nach ihrer Meinung zu fragen. Auf keinen Fall dürfte er für diese Tricks Spielkarten benutzen, denn er wusste, dass dies im Allgemeinen als Teufelswerkzeug angesehen wurde. Allerdings musste er seine Vorführung so aufbauen, dass weder er, noch die gesamten Gefährten in Gefahr geraten konnten tatsächliches Hexenwerk zu betreiben, denn die Auswirkungen einer solchen Verfolgung hatte er ja bereits persönlich zu spüren bekommen.
Was war das für ein Spektakel, als die Spielleute in das Dorf zogen. Sie hatten sich in der Tat den richtigen Zeitpunkt dafür ausgewählt, denn die Hochzeit war bereits in vollem Gange und einem Außenstehenden erschiene das Auftreten der Gaukler sicher wie eine verabredete Schau zu Ehren der Vermählten. Schnell war eine Puppenbühne aufgebaut, während Karl seine Kräfte zum Besten gab und Eisenketten sprengte. Zumindest erschien dies so, denn natürlich handelte es sich bei jedem Spectaculum um dieselben Ketten, deren Glieder wieder zusammen gebogen waren. Dennoch hätte dies von den Zuschauenden niemand vollbracht. Am Rande stand Arnulf und warf wild irgendwelche Gegenstände in die Luft und fing sie wieder auf. Man hatte als Zuschauer das Gefühl, als wäre plötzlich ein Gewitter ausgebrochen, so laut wurde es mit einem Mal, wo es doch auf der Hochzeit bereits nicht eben ruhig zuging. Karl brüllte, Arnulf erzählte, die Puppenspieler Dinner und Michel versuchten die Aufmerksamkeit auf sich zu ziehen und Jakob gab Zaubertricks zum Besten, die die Hochzeitsgäste faszi-

nierten und all dies wurde immer wieder vom Johlen und Applaudieren des Publikums unterbrochen. Thomas beobachtete seine neuen Gefährten ganz genau um möglichst viel von ihnen zu lernen und zur gleichen Zeit studierte er auch genau die Zuschauer, deren anfängliche Zurückhaltung, den Spott, dann die Faszination, wenn beispielsweise Arnulf seine Kunststücke vorführte. Auch blieben ihm die unverhohlen lüsternen Blicke der Bauern nicht verborgen, die in ihrer Phantasie sicherlich die wunderlichsten Dinge mit Anna anstellten, als sie sich unter die Menge mischte. Und er erkannte Karls Rolle, der wie ein schützendes Bollwerk jederzeit zwischen Anna und den Geiferern stand, jederzeit bereit, einen jeden in Stücke zu reißen, der es wagen sollte, ihr zu nahe zu kommen.

Thomas stand wie ein Zuschauer am Rande und traute seinen Augen nicht – waren diese verrückten Gesellen tatsächlich dieselben, die noch am Abend zuvor kein Wort verloren hatten, die oftmals wortkarg nebeneinander her spazierten? Es war faszinierend, diese Verwandlung zu sehen.

Anna lief keck durch die Zuschauer und hielt den Johlenden immer mal wieder einen Beutel vor die Nase und klimperte damit, die Aufforderung war unmissverständlich. Jedem anderen hätte man dies als arge Frechheit ausgelegt, nicht aber einer so hübschen jungen Frau, die zu Thomas Entsetzen doch mehr Haut zeigte, als er sich erhofft hatte, denn das kleine Jäckchen war bereits zu Beginn der Vorführung gefallen und das helle Mieder von jedermann bestens zu sehen. Ihr Schritt war leicht und federnd und als das Spektakel eine gewisse Zeit vorangeschritten war, hob sie ein Tamburin in die Höhe, schlug in einem eigenartigen Rhythmus darauf und trat inmitten der anderen Gesellen, die nach und nach mit ihren eigenen Darbietungen aufhörten.

Nun stand die schönste Frau, die Thomas je gesehen hatte, inmitten ihrer Freunde und alle Zuschauer blickten sie gespannt an. Ins besondere die Blicke der Männer ließen keinen Zweifel darüber zu, welche Gedanken sich hinter ihren Stirnen zusammenbrauten. Annas Bewegungen wurden anfänglich nur unterstützt durch den regelmäßigen Schlag ihres Tamburins, aber alle Spielleute hatten

sich inzwischen die unterschiedlichsten Instrumente gegriffen und begannen eine einvernehmliche Melodie zu spielen. Der Klang der Schalmeien, Trommeln und Zimbeln lockte noch mehr Zuschauer an und Annas Tanz wurde zunehmend schneller, fremdartiger, sie verstand es mit ihren außergewöhnlichen Bewegungen die Stimmung aufzuheizen und in manchen ihrer tänzerischen Verrenkungen meinte man das Abbild zweier sich liebender Körper zu erkennen. Thomas musste, ohne dass er dies wollte, an die orientalischen Darstellungen denken, die ihm Anna geliehen hatte. Obwohl Karl in relativer Nähe des Mädchens stand, wollte Thomas die Stimmung unter den Zuschauern nicht gefallen, denn mancher Mann hätte es durchaus mit Karl aufnehmen können, wenn es um Körperkraft ging, er bekam Angst um Anna. Doch die schien in ihrer Verzückung davon nichts zu bemerken, wurde immer wilder, immer eindeutiger in ihrem Rhythmus. Plötzlich schwiegen alle Instrumente wie auf ein geheimes Zeichen und Anna sank in sich zusammen. Thomas erschrak und wollte dem Mädchen bereits zu Hilfe eilen, als ihn Arnulf zurück hielt und zwinkernd zunickte. Eine gespenstische Stille hatte sich ausgebreitet, eine Spannung herrschte auf dem Dorfplatz, in der man jedes Geräusch lauter wahrnahm, als sonst. Urplötzlich stand Anna wieder auf den Beinen und drehte sich dem Publikum in unmenschlicher Verrenkung ihrer Glieder entgegen. Sie machte einen Satz auf die Gruppe der größten Männer zu, die unwillkürlich mehrere Schritte zurück wichen. Jetzt sah Thomas auch was der Grund dafür war:
Annas schönes, wohlgeformtes Gesicht war einer dämonischen Maske gewichen die sie aufgesetzt hatte. Zusammen mit ihren Bewegungen musste jeder unwillkürlich vor ihr zurückweichen, so entsetzlich war ihr Auftreten. Dann erschallte eine Stimme so laut wie Donnerhall. Jakob war auf den Wagen gesprungen, hatte selbst die Maske der Pestdoktoren, deren Anblick mit dem langen Vogelschnabel bereits ein Murmeln bei den Zuschauern hervorrief, vor dem Gesicht und rief den Zuschauern entgegen:
„Gedenket dem Martyrium Bibianas, welche von Kaiser Julius tagelang schwerste Qual erleiden musste, nur weil ihr Vater den Kindern unseres Herrn Zuflucht gewährte."

Seine Stimme donnerte über den Platz, auf dem es plötzlich ganz still geworden war. Der lange Schnabel der Vogelmaske schien wie ein Zeigefinger Gottes auf die menschlichen Sünder zu deuten.
„Sehet hier ihre Tochter, deren Verwandlung euch Zeugnis darüber ablegen soll, wie vergänglich doch unser aller Leben ist. Wie nahe liegen Leben und Tod, Himmel und Hölle, Hass und Schönheit beisammen! Unsere Tochter hier ist auserwählt euch diese Botschaft Bibianas zu überbringen.
Papa Simplicius selbst errichtete eine Kirche für sie in der heiligen Stadt Rom, die noch heute dort steht. Dortselbst wurde unsere Tochter getauft und man gab ihr die Aufgabe, diese Botschaft bis ans Ende der Welt zu tragen. Wir alle sind nur Werkzeuge Gottes, auf dem Weg für eine besondere Mission!" Dabei blickte er sich um, sah den Menschen direkt in die Augen, die eben noch johlend auf Annas halbnackten Bauch geschaut hatten, vielleicht vergleichend mit den ihnen bekannten Körpern ihrer Frauen. Sicherlich waren in diesem Moment viele von schlechtem Gewissen gepackt, nirgendwo regte sich Widerspruch gegen Jakobs Worte.
„Sehet Bibianas Tochter, sehet ihre Mittler, nicht aus eurer Welt, doch gekommen um euch von ihrem Leben zu berichten und euch zu ermahnen. Gedenket der Toten, gedenket unseres Herrn im Himmel und sehet uns als seine unterwürfigen Diener."
Mit diesen Worten sank Anna in sich zusammen, wurde dabei sogleich von Karl aufgefangen, der hinter sie getreten war. Als ihr Gesicht wieder zu sehen war, war die Maske verschwunden und sie lag anscheinend schlafend in seinen starken Armen, erneut verhüllt von weichen Schleiern, die ihre nackte Haut wieder bedeckte. Ruhig trug er sie durch die staunende Menge, die es sich nicht nehmen ließ auf ihren Körper die ein oder andere Gabe zu legen, als handle es sich um eine heidnische Opferung, was so von den Spielleuten durchaus beabsichtigt war. Ein jeder konnte dadurch noch den einen oder anderen Blick auf den Ansatz ihres schönen Bauches werfen, denn wie unbeabsichtigt war dieser für jedermann unter den Schleiern zu erahnen, wenngleich er nun nichts mehr Anstößiges zu haben schien.

Das ganze Spektakel war so perfekt inszeniert, dass selbst Thomas sich fragte, was an Jakobs Worten Wahres dran war. Die Menge zerstreute sich nachdenklich und auch die Spielleute trafen sich mit gesenktem Haupte hinter dem Wagen bei Annas `schlafendem` Körper.
Es war wirklich erstaunlich welche Wirkung diese Aufführung auf die Menschen hatte, die meisten von ihnen gingen gedankenverloren davon, ein paar Kinder hatten zu weinen begonnen, als sie die Maske des Todes sahen, einige schienen überhaupt nicht berührt worden zu sein und wandten sich umgehend den anderen Hochzeitsattraktivitäten zu, jedoch niemand suchte weiteren Kontakt zu den Spielleuten, denen das nicht unrecht war.
Anna war auf einmal wieder quicklebendig, wie Thomas sie kannte, sammelte das Geld zusammen und in der Tat war Einiges zusammengekommen, eine solche Menge Geldes wie sie Thomas noch nie auf einem Haufen gesehen hatte, jedoch schien dies eine Ausnahme zu sein, denn es handelte sich tatsächlich nur um Münzen – keine Nahrungsmittel, keine anderen Geschenke der Zuschauer. Michel erklärte dem Jungen, dass sie auf diese Art immer vorgingen, sich im Vorfeld über den Ablauf des Spectaculums unterhielten und sehr genau planten, was angemessen sei. Bei Hochzeiten mussten sie anders auftreten als bei einer Kirchweihe, in Städten wie Fulda mussten sie auf Grund des kirchlichen Einflusses mit derben Späßen vorsichtiger sein als in kleinen Dörfern, die oftmals keinen eigenen geistlichen Hirten hatten.
Ebenso schnell wie sie gekommen waren, überließ der Spielmannszug die Hochzeitsgäste wieder ihrem Feiern und verschwand zurück auf die via regia. Schlechte Erfahrungen in der Vergangenheit hatten sie gelehrt, auch nach erfolgreichen Auftritten die Orte ihrer Spiele möglichst umgehend wieder zu verlassen, keine Zeit zu verlieren und ein gutes Stück Weges zurück zu legen. Es wäre nicht das erste Mal, dass sie doch noch im Nachhinein verfolgt würden und man das eben Gewonnene zurück verlangte.

Sie legten trotz der Anstrengungen des Spectaculums erneut eine große Wegstrecke Richtung Fulda zurück, sodass sie am späten Nachmittag einen Lagerplatz zu suchen begannen. Dinner erinnerte sich, dass er auf einer vorherigen Reise in diese Richtung einmal einen kleinen Teich mitten im Walde gefunden hatte, der nicht einsichtig war von der Straße aus, und alle hielten nach einem Ort Ausschau, der seinen Beschreibungen entsprach. Sie sollten irgendwann in ein Waldgebiet kommen, in dem die Bäume so dicht standen, dass man nicht mehr sah, was sich dahinter verbarg. Die meisten Reisenden vermieden es gerade deshalb längere Zeit dort zu verweilen, weil sie Räuberbanden und Strauchdiebe darin vermuteten. Aber Dinners Erfahrung war eine andere:
Genau dahinter, ein Stück mitten durch das Unterholz, solle es den besagten Teich geben. Sie hatten dann noch immer das Problem, dass sie auch ihren kleinen Esel und den Karren hindurch schieben mussten, aber auch hier war Dinner der Meinung, dass dies schon gehe, da man das Dickicht auch umgehen könne.
Wirklich, nur einige Zeit nachdem er dies seinen Gesellen erzählt hatte, kamen sie an jene Stelle, die tatsächlich einen nicht gerade sicheren Eindruck auf sie machte. Aber an ein Durchkommen ihres Karrens war nicht zu denken. Anna erklärte sich bereit ein Stück des Weges zurück zu gehen und den Esel über einen Ausweichweg zum Teich zu führen. Umgehend bot sich Karl an sie beschützend zu begleitend, was sie jedoch dankend ablehnte und Thomas mit sich fortzog, die grinsenden Gesellen zurück lassend.
Sie mussten nicht weit zurückgehen und hatten bald jenen von Dinner beschriebenen Pfad gefunden.
„Weißt du, weshalb ich dich als Helfer ausgewählt habe?"
Thomas wusste es nicht, wenngleich er sich insgeheim Dinge erhoffte, die er jedoch nicht auszusprechen wagte.
Anna verlor auch kein weiteres Wort, sah ihn jedoch mit ihren unglaublich durchdringenden Augen direkt an und küsste ihn auf den Mund.
„Ich freue mich auf diese Nacht!"
Mit diesen Worten ließ sie ihn erneut stehen, denn tatsächlich hatten sie auf diesem Wege jenen besagten Teich gefunden in dem

schon die Gesellen laut jauchzend badeten. Sie gesellten sich zu ihnen und banden den Esel zum fressen an einen Baum, der umgeben war von saftigem Gras. Anna ließ ihre Röcke auf den Boden gleiten und hüpfte wie ein verspieltes kleines Mädchen nur mit einem Unterkleid bekleidet ins Wasser zu ihren Freunden.
Thomas ließ aus Scham seine Hose an und sprang ebenfalls ins kühle Nass, es unendlich genießend all den Schmutz und Staub der Straße endlich abwaschen zu können. Arnulf verließ als Erster den Teich, zu Thomas Erstaunen war er vollkommen nackt, er zog sich schnell sein Wams wieder über und begann ein Feuer zu entfachen, unterstützt durch Dinner und Michel, die jedoch der Zucht halber wenigstens noch ihre Hosen anbehalten hatten, jetzt jedoch mit dem Problem kämpfen mussten, dass ihre Kleidung triefend nass war. Also hüllten sie sich in ihre Decken und hängten die nassen Hosen über tief hängende Äste in die Nähe des Feuers um sie zu trocknen. Dasselbe machte auch Thomas, als er aus dem Wasser kam, während Jakob weit hinausgeschwommen war und offensichtlich allein sein wollte. Anna saß noch immer im Wasser mit dem Rücken zu den Spielleuten und schien Flecken aus ihrem Unterrock zu entfernen – Karl hatte nicht gebadet, sondern lag bereits schnarchend im Gras.
Irgendwann saßen alle um das Feuer und wärmten sich, die nassen Kleider noch immer klamm über den Ästen trocknend – auch Annas Unterrock war darunter, allein eine Decke schien ihren frierenden Körper zu verhüllen. Offensichtlich an diesen Anblick gewöhnt, erntete sie von keinem einen besonders interessierten Blick, nur Thomas schien sich zum einen Gedanken zu machen über ihre vorherigen Worte und zum anderen ob sie denn wirklich vollkommen nackt unter dieser Decke war. Allein die Vorstellung an ihre Nacktheit raubte ihm schier die Sinne.
Rufe an ihn gewandt sich nun doch endlich um eine Mahlzeit zu kümmern rissen ihn wieder in die Wirklichkeit zurück, schnell hatte er seine noch immer nassen Hosen angezogen und überlegte sich, was er denn zubereiten solle. Da warf ihm Jakob grinsend einen riesigen Fisch vor die Füße, was alle erstaunte, denn nie-

mand konnte sich erklären wie er diesen denn hatte fangen können, doch das blieb sein Geheimnis.
Gekonnt nahm ihn Thomas aus, entfernte die Schuppen, speiste die brauchbaren Innereien auf einen kleinen Stock und gab diesen Anna in die Hand zum Braten über den Flammen des Feuers. Den Fisch selbst salzte er, steckte ihn voll mit Wildkräutern und briet ihn ebenfalls über dem Feuer.
Die Innereien waren sehr schnell gar und dienten allen mit einer Prise Salz, welches Michel noch im Gepäck hatte, gewissermaßen als Appetitanreger, obwohl es dessen nicht bedurft hätte, denn ein jeder war hungrig wie ein Wolf. Seit ihrem Spectaculum hatten sie ausschließlich Wasser zu sich genommen. Zusammen mit einem Ranken Brot, der auf die übliche Art geteilt wurde, verspeisten sie den Fisch und wieder waren alle voll des Lobes für Thomas Kochkünste, nach der Mahlzeit war man sich einig, dass allein diese Kunst ihm erlauben würde, bei ihnen zu bleiben. Dennoch ließ es sich Arnulf nicht nehmen, ihn zu ermahnen, es weiter mit den Bällen zu versuchen.
Als alle gestärkt waren und noch einmal lachend das Spectaculum erzählend erlebten, reichte Jakob noch einen Krug mit irgendeiner scharfen Flüssigkeit herum, aus dem jeder einen kleinen Schluck nahm. So etwas hatte Thomas noch nie zuvor getrunken, es war mit Abstand das Widerlichste, was seine Kehle hinab geronnen war. Jeder Tropfen schien sich seinen Weg nach Unten zu bahnen. Kurzfristig hatte er das Gefühl, als könnten ihm davon die Sinne schwinden. Doch es hinterließ neben dem üblen Nachgeschmack ein wärmendes und kräftigendes Gefühl in ihm zurück, was er wiederum sehr genoss. Hätte ihm Jakob mehr davon angeboten, möglicherweise hätte er tatsächlich noch einen Schluck davon genommen, dieser jedoch steckte die kleine Amphora wieder grinsend zurück in seinen Beutel.
So lagen sie irgendwann alle im Gras und schauten der Sonne zu, die langsam hinter dem Teich verschwand und das Schilf in sanftes Rot tauchte.
Anna war nach dem Essen mit Karl um den Teich gelaufen, ihren Gesichtern nach zu urteilen hatten sie ernste Dinge zu bereden,

wenn es auch so schien, als spreche nur das Mädchen. Nach ihrer Rückkehr zog sich Karl brummelnd unter seine Decke zurück, drehte dem Rest der Mannschaft seinen Rücken zu und wenige Augenblicke darauf war aus seiner Richtung nur noch ein durchdringendes Schnarchen zu hören.

Anna hatte dieses Mal ihr Lager Decke an Decke bei Thomas eingerichtet, für alle ersichtlich und von allen so zur Kenntnis genommen. Sie war niemandem verpflichtet, sie musste wissen was sie tat, damit hatte anscheinend auch jenes Gespräch zu tun, das Anna mit ihrem Beschützer geführt hatte.

Von dieser Zeit an mischte sich Karl kein einziges Mal mehr in Annas Angelegenheiten ein. Zwar war es nicht so, als hätten sie auch weiterhin keine engere Beziehung zueinander, das Band jedoch zwischen Aufpasser und unmündigem Mädchen war für immer zerrissen. Doch soweit dachte in jenem Augenblick, als Anna es sich in unmittelbarer Nähe seiner Decke bequem machte, nicht einmal Thomas – zu glücklich war er allein über diesen Umstand, wenn er sich auch nicht vorzustellen wagte, was ihn noch alles in jener Nacht erwarten würde.

Wie oft hatte er sich genau das gewünscht, wie oft hatte er es auf der anderen Seite in Erwägung gezogen, dass Anna ihn einfach an der Nase herumführen wollte. Im Moment jedoch wurde dies alles unwichtig für ihn: Sie lag nunmehr das zweite Mal neben ihm und hielt seine Hand umfangen, noch war ihm ihr erstes Erlebnis überdeutlich in Erinnerung und er verdrängte alle Gedanken daran, dass das Mädchen es vielleicht nicht ernst meinen könnte.

Einige Zeit lagen sie so, wie ein Ehepaar, das bereits Jahre zusammen lebte. Die Spielleute hatten anfänglich noch den ein oder anderen neugierigen Blick auf die beiden geworfen, sich aber dann in ihre Decken gehüllt und waren allesamt eingeschlafen. Nur Dinner und Michel saßen noch leise tuschelnd um die anderen nicht zu stören etwas weiter entfernt und besprachen wahrscheinlich neue Szenen für ihre Puppenbühne. Vielleicht aus Rücksicht auf Anna und Thomas hatten sie ihnen den Rücken zugedreht.

Wie einige Nächte zuvor führte Anna Thomas Hand von ihrem Bauch hinauf zwischen ihre Brüste, zog sich diesmal aber schneller

zurück und überließ ihren Körper seinen Berührungen. Er durchwanderte alle Erhebungen sie sich ihm boten, was nicht ohne Folge einer eigenen körperlichen Reaktion war. Thomas verschwendete daran jedoch erst einen Gedanken, als er Annas zarte Hand direkt an jener Stelle spürte, die ihm einige Nächte zuvor noch peinlich gewesen war. Unmissverständlich gab sie ihm zu verstehen, dass er sich seiner Beinkleider entledigen solle, indem sie an seinem Hosenbein zupfte. Er kam dieser Aufforderung umgehend nach, dennoch dem Herrn im Himmel dankend, dass inzwischen die Dunkelheit so weit vorgedrungen war, dass sie sich einigermaßen sicher fühlen konnten. Selbst von Dinner und Michel war beinahe nichts mehr zu sehen. Er war erstaunt wie sie es fertig gebracht hatte innerhalb derselben Zeit, in der er sich auszog sich plötzlich selbst nackt an ihn schmiegen zu können. Ihr Körper glühte und sandte eine Wärme aus, die von innen zu kommen schien, obwohl die äußeren Temperaturen nichts dergleichen ahnen ließen. Seine Finger berührten alle Stellen ihres Körpers, mit Ausnahme jenes Bereiches, der ihm vollkommen neu und unbekannt war und wo er noch immer insgeheim die Angst hatte, mit einer falschen Bewegung alles zu verderben.
Arnulf drehte sich schnarchend zu ihnen um, hätte er die Augen geöffnet, freie Sicht auf Annas Brüste wäre ihm vergönnt gewesen, die von Thomas Händen liebkost wurden – er schlief jedoch den Schlaf des Gerechten, wahrscheinlich musste er all seine Erlebnisse erst einmal verdauen, die er in dem Dorf gehabt hatte.
Wieder schickte Anna Thomas Finger auf Entdeckungsreise, zuerst erschrak er ein wenig, als seine Fingerspitzen plötzlich auf die zarten Haare ihrer weiblichsten Zone stießen, aber er war ein williger Schüler seiner Lehrmeisterin, die, seine Hände gewissermaßen als Werkzeug benutzend, in einen regelmäßigen Rhythmus verfiel. Anna besaß die spärliche Körperbehaarung ihrer Mutter, die aus dem Norden gekommen war, sodass Thomas Finger schnell Annas Lust fanden, mit der er immer in dem von Anna vorgegebenen Rhythmus zu spielen begann. Es war ein die Sinne raubender Tanz ihrer Körper, der sie alles um sie herum vergessen ließ. Thomas genoss Annas Geruch, ihren Körper, ihre Bewegungen und war im

wahrsten Sinne des Wortes nicht mehr Herr seiner Sinne, sondern befand sich mit Anna in einem Zustand vollkommener Glückseligkeit. Sie schmiegte Mal ihren Körper ganz innig an ihn, entzog sich daraufhin wieder ein wenig, nur um ihn gleich darauf erneut mit ihrer Kehrseite zu necken. All dies erfuhr eine erneute Veränderung, als Thomas bemerkte, wie sich unvermittelt seine Empfindung noch einmal gesteigert hatte und Annas Bewegungen zielgerichteter wurden. Er befürchtete irgendwann, dass ihm die Sinne schwinden könnten, aber man hätte ihn mit Gewalt zwingen müssen von Anna zu lassen, hätte er von ihr ablassen sollen. Das war ein Recken und Strecken, ein Beugen und Biegen der beiden Körper, alles um sie herum schien nicht mehr existent zu sein.

Dann war schlagartig alles vorbei und während Anna noch leichte Bewegungen gegen seinen nass geschwitzten Oberkörper machte, ihren Rücken leicht an ihm rieb, war alle Kraft aus ihm gewichen – glücklich, als könne die ganze Welt ihm nichts mehr anhaben, hielt er sie umfangen und schlief ein.

Diese Nacht hatte Beider Leben verändert, am nächsten Morgen bildeten sie für alle ersichtlich eine Einheit und selbst wenn sie unterschiedliche Dinge machten, waren sie immer zusammen. Karl hatte sich zurückgezogen, er hatte begriffen, dass nun die Zeit des Jüngeren angebrochen war, die anderen verstanden den Wandel und machten sich an die Pläne für Fulda. Es war noch einiges zu organisieren, das komplette Programm musste erneuert werden, schließlich handelte es sich um eine der wichtigsten Städte des Reiches. Der Einfluss der Kirche war dort zu spüren wie sonst an sehr wenigen Orten und damit mussten sie erst einmal zu Recht kommen. Auf keinen Fall durften sie die Geschichte der Heiligen Bibiana darstellen wie zuletzt im Dorf. Zwar hatte es Bibiana tatsächlich gegeben, diese Heilige jedoch für Spielmannszwecke zu benutzen, war sicher nicht im Sinne des Fuldaer Klerus. Aber es war noch ein weiter Weg zu gehen und sie hatten genügend Proviant gekauft und Taler gesammelt, um sich nicht zu sehr beeilen zu müssen. Jakob rechnete mit nahezu zwei Wochen, eine Zeit, auf die sich ins besondere Thomas sehr freute, denn er erhoffte sich eine noch engere Beziehung zu Anna und damit sollte er Recht behalten. Mit

der Zeit verstand er, weshalb sie sich nach außen hin so gab, weshalb sie im Spectaculum so auftrat, wenngleich es ihm ein Rätsel blieb, weshalb sie sich ihn als Gefährten ausgesucht hatte, beinahe schien es so, als sei alles eine göttliche Fügung gewesen.
Als sie in Fulda ankamen, hatten sie zuerst kleinere Auftritte am Rande der Stadt, dort probierten sie mehrere unterschiedliche Versionen ihrer Spiele, Anna tanzte züchtig, Thomas jonglierte, meist eher als Unterstützer Arnulfs. Dieser war die Hauptattraktion, Jakob verlegte sich auf unspektakuläre Heiligenerzählungen, Dinner und Michel hatten ihre Puppenspiele ebenfalls entschärft und Karl sprengte Ketten und schien dadurch seine Wut gegen alles und jeden zu verlieren. Anna und Thomas probierten gemeinsame Stücke aus und stellten diese das erste Mal einem Zuschauerkreis eines kleinen Marktplatzes vor. Da man ihnen ansah, dass die Verliebten, welche sie spielen wollten, wirklich verliebt waren, hatten sie einen dementsprechenden Erfolg und wurden so zu einem festen Bestandteil des Spectaculums. Es dauerte jedoch eine recht lange Zeit, bis sich vor allem Thomas an die Dimensionen dieser großen Stadt gewöhnt hatte. Täglich fand er neue beeindruckende Dinge, sei es bei den Menschen die in Fulda lebten, oder bei den Bauwerken. War er seinerzeit noch wie erschlagen gewesen, als er das erste Mal eine größere Kirche betreten hatte, so überwältigten ihn nun die Eindrücke der riesigen Bauwerke. So war zumindest am Anfang nicht an eine aktive Beteiligung von ihm an den Aufführungen zu denken, da er aus dem Staunen nicht mehr herauskam.

Die Fuldaer Zeit im Jahre 1539 wurde eine der unbeschwertesten der Spielleute, es hätte noch lange so weitergehen können, wäre es nicht zu einem fürchterlichen Zwischenfall gekommen.
Dinner und Michel hatten sich nach einem sehr groß angelegten Spectaculum in einem Wirtshaus maßlos betrunken und waren in Streit geraten mit einigen Spießgesellen, die ausgerechnet zur Stadtwache gehörten. Da diese ihnen zahlenmäßig überlegen und außerdem ausgebildet im Kampf waren, dauerte es nicht lange, bis man die beiden wegen ihrer üblen Rede und den Beschimpfungen

einsperrte. Ein Wort hatte das andere gegeben und so hatten sie sich in ein heilloses Durcheinander verstrickt und wussten nicht mehr wie sie sich befreien sollten. Der Einfluss des Weines löste ihre Zungen und sie begannen Dinge Preis zu geben, derer sie sich in nüchternem Zustand schämen sollten.
Als die Stadtwache feststellte, dass die Beiden zu den bei der Obrigkeit sowieso nicht gerne in Fulda gesehenen Gauklern gehörten, wurden die Fragen drängender und schmerzhafter gestellt. Kurz zuvor hatte der Probst des Domes noch einen Erlass dahingehend erlassen, diese Art der öffentlichen Verlustbarkeiten wenn nicht ganz zu unterlassen, so doch einzuschränken. Dinner und Michel verstrickten sich in ein heilloses Durcheinander, in einen selbst gebauten Irrgarten aus Erzählungen, dem sie nicht mehr entfliehen konnten. Auch von Thomas und Anna erzählten sie. Mit gutem Zureden und noch mehr Wein lockerten die Spießgesellen Michel die Zunge und dieser ließ sich irgendwann auch dazu erwärmen Dinge zu berichten die er des Nachts beim Schein des Feuers gesehen zu haben glaubte. Er war sich nicht bewusst darüber, trotz der Rippenstöße, die er in einem fort von Dinner erhielt, dass er ein allerorts geahndetes unzüchtiges Verhalten anprangerte. Wenn auch das vermeintliche Entsetzen in den Gesichtern der Spießgesellen gepaart war mit offensichtlicher Lust, Dinge über das Spielmannspaar hören zu wollen. Zu immer mehr pikanten Einzelheiten ließen sich Dinner und Michael anstiften.
„Nach Art der Hunde!!" rief einer von denen aus.
„Habt ihr das gehört, das ist unglaublich!"
„Nicht nur, dass diese Rumtreiber nicht geduldet sind, sie pflegen … Beischlaf … auf diese tierische Art. Ohne Segen eines Hirten."
Es war offensichtlich, dass sie sich erst aufregten, als Michel alle Details, die er zu wissen glaubte, preisgegeben hatte, schließlich wollte keiner von ihnen etwas verpassen.
„Wir müssen dies melden" meinte einer.
„Ach hör auf! Wir sollten sie auch festsetzen und noch einmal befragen, vielleicht haben sie auch gegen fürstliches und nicht nur gegen kirchliches Recht verstoßen!"

Langsam dämmerte Michel, was er angerichtet hatte. Dinner saß neben ihm und hatte sein Gesicht in den Händen verborgen, doch schließlich kam ihm die Idee. Nicht ohne Grund konnten sie als Puppenspieler immer wieder in andere Rollen schlüpfen, das musste doch auch jetzt möglich sein. Wenn sie Glück hätten, würden die Schergen drauf anspringen – vorausgesetzt Michel gelang es diesmal seine Zunge im Zaum zu halten.
„Ihr Herren, ich verstehe eure Sorge, lasst euch Folgendes erzählen", dabei beugte er sich flüsternd zu den Wachen vor. Insgeheim hoffte er dass es nicht allzu weit her war mit dem selbständigen Denken bei den Fuldaer Büttelin. Außerdem hatten auch ihre Häscher nicht wenig dem Weine zugesprochen und waren in ihrer Auffassungsgabe schwer beeinträchtigt.
„Lasst euch einen Vorschlag unterbreiten."
„Was willst du uns denn unterbreiten? Wieso sollten wir dir glauben?"
„Ich kann euch die gesamte Truppe ausliefern und ich habe Geschichten für euch, die ihr nicht für möglich halten würdet" und mit einem Augenzwinkern „vor allem über die Kleine, wenn ihr wisst was ich meine…" Michel hatte die Gefahr erkannt, in die er seine Spielmannsgesellen durch die unbedachten Worte gebracht hatte. Soweit es möglich war versuchte er Dinner zu unterstützen, der den Wachen irgendwie zu erklären versuchte, dass sie ihn frei lassen sollten, denn nur so habe er die Möglichkeit, den restlichen Spielleuten eine Falle zu stellen. Michel hatte inzwischen ein solch schlechtes Gewissen, dass er sich selbst als Pfand anbot, ehe ihm Dinner diese Idee auszureden vermochte.
Der Erfolg gab Michel recht, Dinner war frei, jedoch für einen hohen Preis, denn er wollte die Gesellen warnen und sich selbst auch aus dem Staub machen, wohl wissend, dass das wenn auch nicht unbedingt das Ende, aber eine äußerst schmerzhafte Erfahrung in den Kerkern der Stadt werden würde – für Michel.
Die Spießgesellen nahmen Dinner die Ketten ab, versetzten ihm noch ein paar Knüffe, die nicht wenig schmerzhaft waren und schickten ihn dann davon, um die Spielleute in eine Falle zu locken. Bevor er ging, warf er Michel noch einen kurzen Blick zu,

doch dieser saß mit gesenktem Kopf zu Füßen eines seiner Wärter und flehte wahrscheinlich seinen Gott an, ihn aus dieser Löwengrube zu befreien.
Dinner nahm den kürzesten Weg zum Lager der Spielleute, denn wenn die Wirkung des Weines erst einmal nachlassen würde bei den Schergen, musste mit allem gerechnet werden. Letztendlich konnten sie mit Michel anstellen was sie wollten, denn nach ihm krähte kein Hahn. Angeklagte ohne eine sie unterstützende Familie waren der Willkür der Oberen noch mehr ausgesetzt.
Als er bei den Spielleuten ankam, war er ganz außer Atem und alle liefen sofort zusammen um zu hören was denn los sei. Selbst Karl, den man grundsätzlich nie von seiner Tätigkeit weglocken konnte, erschien im Kreise der anderen. Schnell waren die ganzen Geschichten und ihre Folgen erzählt und nach einigen Momenten betretenen Schweigens ergriff einmal mehr Jakob das Wort:
„Ihr habt Dinner gehört – wir müssen auf jeden Fall aus Fulda verschwinden. Da man uns Verfolger auf die Fersen hetzen wird, bleibt uns keine andere Möglichkeit, als uns zu trennen. Wenn alles gut geht, dann sehen wir uns wieder, wann auch immer. Ihr alle verfügt über seltene Begabungen. Ihr kennt die Freiheit, die wir uns erkämpft haben. Nutzt sie! Lasst uns losziehen, wenn alles gut geht, können wir uns vielleicht nächstes Jahr zur Kirchweih in Mainz treffen. Wir sollten diese längere Zeit dazwischen gehen lassen, um so auf jeden Fall einem zufälligen Kontakt mit den Bütteln zu entgehen. Merkt euch das und passt bis dahin auf euch auf! Weg jetzt!!"
An Dinner gewandt erkundigte er sich noch, wie es denn nun mit Michel weitergehen werde, worauf ihn dieser in seine geänderten Pläne einweihte, dass er zurück zur Wache gehen wolle. Michel hatte wirklich einen großen Fehler gemacht, aber mit seiner letzten Entscheidung Größe gezeigt, er wolle ihn in dieser Situation auf keinen Fall allein lassen. Jakob nickte, dann verabschiedeten sich alle von Dinner und sahen ihm nach, wie er gesenkten Hauptes zurück zur Festung schritt. Die Spielleute hatten keine Zeit zu verlieren. Um den Trennungsschmerz nicht zu sehr in die Länge zu ziehen, verabschiedeten sich alle recht kurz, um daraufhin Fulda in

verschiedenen Richtungen zu verlassen. Thomas und Anna nahmen auf Anraten Arnulfs den sichersten Weg, blieben auf einer größeren Straße und planten als nächstes Ziel Allstedt.

Wie hatte es nur passieren können, dass ein paar unbedachte Worte dazu führen konnten, dass die Spielleute zerschlagen wurden? Im Grunde ihres Herzens dachte außer Karl wohl niemand allen Ernstes an die Möglichkeit, in einem Jahr in Mainz erneut eine Truppe bilden zu können. Anna hatte sich im Laufe der Zeit, in der sie zusammen waren zu seinem Lebensmittelpunkt entwickelt, deshalb stand er ihrer Freundschaft mit Thomas mehr als argwöhnisch gegenüber. Nun hatte sich auch noch zu seinem Leidwesen herausgestellt, dass sich eine wirkliche Beziehung entwickelt hatte. Vielleicht würde die Zeit für ihn sprechen, inständig erhoffte er sich dies. Tatsache im Moment schien leider zu sein, dass Anna und Thomas gemeinsam losziehen wollten, während er allein Richtung Norden ging. Doch seine Hoffnung blieb: Dass sie sich doch in einem Jahr treffen würden - im besten Falle ohne Thomas.

Die Flucht aus Fulda erinnerte Thomas an seine Flucht vom Gutshof, ähnliche Gefühle stiegen in ihm auf. Doch dieses Mal war er nicht mehr allein, sein Allerliebstes war bei ihm. Er war kein Junge mehr, in der Beziehung zu Anna war er zu einem Mann gereift. Doch ebenso erinnerte er sich auch langsam wieder an den eigentlichen Grund seiner Reise in Erinnerung. Auslöser war die Rache an Luitpold gewesen, doch hatte er nicht vorgehabt die eigentliche Wirkungsstätte seines Vaters kennen zu lernen, weil er verstehen wollte, weshalb all die Predigten nichts verändern konnten? War er nicht sogar doch noch auf der Suche nach versprengten kleinen Gruppen zum Widerstand bereiter Bauern, mit denen er die Ideen seines Vaters wieder auferstehen lassen konnte? Thomas hatte nun Zeit über sein Innerstes nachzudenken. Erstmals seit seiner abenteuerlichen Flucht hatte er wirklich Zeit dafür und war nicht umgeben von Spielleuten, die immer etwas zu treiben und zu üben hatten. Schließlich kam er zu der Überzeugung, dass es sich bei seinen aufrührerischen Gedanken um jugendlichen Übermut und seine Wut gehandelt haben musste, aber nun waren andere Dinge wichtiger: Er hatte sich entschlossen mit Anna ein neues Leben zu führen, welche Rolle in Zukunft die Spielleute darin spielen sollten, war im Moment nicht wichtig. Er war stolz auf seine Liebe zu Anna, auf deren Erwiderung und stand ihrem neuen Leben erwartungsvoll gegenüber.

Zu Beginn ihrer Reise lief Anna sehr niedergeschlagen neben ihm her und verlor kein Wort. Sie schwieg den ganzen Tag, auf ihrem Nachtlager, drehte sie ihm den Rücken zu, alle Röcke hatte sie anbehalten. Hätte Thomas es nicht besser gewusst, wäre er auf den Gedanken gekommen, dass sie ihn ursächlich dafür verantwortlich macht, dass alles so gekommen war. Doch er verstand Annas Kummer nur zu gut, sie hatte mit den Spielleuten gleichsam ihre Familie verloren. So lange hatten sie ihr eine Heimat gegeben, die sie seit dem Tod ihrer Eltern so vermisst hatte. Während Karl ihr Beschützer war, sah sie in Dinner, Michel und Arnulf eher Geschwister. Ratgeber und Gönner war zweifelsohne immer Jakob gewesen. Sie alle hatte sie nun durch eine Dummheit Michels verloren und die Möglichkeit, dass sie jemals wieder daran anknüpfen könnten, würde schwierig werden, das wusste sie. Thomas konnte ihr den Schmerz nicht nehmen, aber vielleicht würde es sie in gewisser Weise trösten, wenn er von sich und seinem Leben erzählt.

Hinaufblickend zu den Sternen begann Thomas zu erzählen. Er offenbarte sein ganzes bisheriges Leben, die Strenge auf dem Gut, die Liebe seiner Mutter und deren Erzählung über seinen Vater. Da es sehr dunkel war, konnte er nicht sehen, ob Anna noch wach neben ihm lag, oder ob er einen furchtbar langen Monolog zum Besten gab. Aber war dies letztendlich nicht doch egal? Er musste sich ein einziges Mal all diese Dinge von der Seele reden, die ihn belasteten, seit seine Mutter tot war. Ihm wurde während seines Berichtes bewusst, dass er sich selbst noch nie mit all den Zusammenhängen richtig beschäftigt hatte. Als er bei seiner Freundschaft mit Jochim ankam, gewahrte er wie außergewöhnlich das eigentlich war. Anna blickte ihn inzwischen an und hörte ihm zu. Ihre Angespanntheit war langsam aus ihr gewichen und zärtlich schmiegte sie sich an Thomas Körper. Der Sternenhimmel spannte sich über ihre Köpfe und kündigte einen warmen Sommer an. Die beiden waren froh, dass der harte Winter endlich vorbei war und sie die Natur nunmehr in vollen Zügen genießen konnten. Ihnen reichte eine gemeinsame Decke, vielleicht waren es aber auch die beiden jungen Körper, die sich gegenseitig Wärme spendeten, so dass sie nicht froren.

Anna ließ Thomas erzählen, sie unterbrach ihn nicht, seine Erzählung hatte etwas von einer Lebensbeichte, vor allem, als er ihr offenbarte, was tatsächlich mit seiner Mutter geschehen war und was sie mit ihren Körper gemacht hatten. Annas intensive Nähe ermunterte Thomas alles zu erzählen: Wie er Luitpolds tötete, die Verabschiedung von dem Alten und seine Flucht. In Thomas Innersten tobten zwei Dinge gegeneinander, einerseits sah er nur mit Anna seine Zukunft, sein Leben, andererseits wurde ihm jetzt auch bewusst, dass er auf dem Weg zur Wirkungsstätte seines Vaters war, um zu sehen, ob es eine Möglichkeit gab, dessen Geist und Arbeit fortzusetzen. Konnte er denn seine Liebe verleugnen für dieses höhere, dieses andere Ziel?

Diese Frage beschäftigte ihn auch noch am nächsten Morgen und all die Zeit auf ihrem Weg nach Allstedt. Er erinnerte sich an einen Bericht Jochims über die Allstedter Zeit seines Vaters, denn dieser hatte dort ein Manifest verfasst, das ein direkter Aufruf zur Revolte war. An einen Abschnitt erinnerte sich Thomas noch ganz genau: *Wann euer nur drei ist, die, in Gott gelassen, allein seinen Namen und Ehre suchen, werdet ihr hunderttausend nit fürchten. Nun dran, dran, dran! Es ist Zeit! Die Böswichter sind frei verzagt wie die Hund.*

Jochim hatte ihm aus dem Gedächtnis das gesamte Manifest vorgetragen, doch diese Sätze waren ihm in Erinnerung geblieben. Zeugten sie nicht von unglaublichem Mut für die gerechte Sache auch dann kämpfen zu können, wenn man gegen eine Übermacht stand? Gott war ja auf ihrer Seite, also was sollte schon geschehen? Wenige Monate später war sein Vater gefangen genommen worden. Zumindest in diesem Punkt schien er sich geirrt zu haben: Eine gerechte Sache mag zwar gerecht sein, aber ob sich Gott auch auf deren Seite schlüge schien nicht sicher zu sein, sonst hätten nicht so viele Bauern den Tod gefunden. Dennoch musste die Gerechtigkeit und die Freiheit des Menschen überleben, dafür bedürfte es immer wieder tapferer Männern – und nun war er unterwegs mit einem verstörten Mädchen, das seine Heimat in einem Haufen Spielleute suchte.

Doch er liebte Anna und das verkomplizierte die Sache ungemein. So einfach war eine Entscheidung nicht zu treffen. Täglich grübelte er darüber, wie sie wohl weitermachen könnten, aber er schien sich im Kreise zu drehen. Anna hatte sich nach ein paar Tagen wieder gefangen und redete sich ein, dass es mit dem Treffen in Mainz sicherlich doch klappen würde und dass sie bis dahin nur eine Bleibe finden und einen Winter zu überstehen hatten, dann könnte alles wieder so sein wie zuvor. Ihrer beider Angst vor möglichen Verfolgern hatte sich nach einigen Tagen gelegt, als nichts passierte und keine Fremden sie suchten. Mit der Zeit wurden sie wieder sicherer, auch wenn sie immer die Augen offen hielten und allen Leuten die sie unterwegs trafen erzählten, dass sie ein junges Paar waren, auf der Suche nach einer Arbeitsstelle in einer der kommenden großen Städte.

Doch all ihre Überlegungen was ihre Zukunft betraf wurden von einer Sache umgeworfen: Anna stellte fest, dass sie ein Kind erwartete, als Vater kam nur Thomas in Frage. Sie hatte sich bereits gewundert, weshalb ihr Bauch merklich wuchs, letztendliche Gewissheit erhielt sie von einer Alten, die sie in einem kleinen Dorf getroffen hatten, wo sich Thomas kurzfristig als Helfer eines Bauern verdingte, dessen Knecht krank danieder lag. Da ihm die meisten Arbeiten auf einem Hof bekannt waren, gingen ihm die Aufgaben recht gut von der Hand, was ihn sehr zufrieden stellte. Auch der Bauer war sehr zufrieden mit ihm und bot ihm gar an, nachdem sein alter Knecht wieder gesund war, doch bei ihm zu bleiben – selbst für Anna hätte er Arbeit gefunden. Die beiden freuten sich ob der Möglichkeit, die sich ihnen bot, lehnten aber dankend ab, da sie sich vorgenommen hatten, in Allstedt ihr Glück zu versuchen. Dennoch waren sie beruhigter, als sie den Hof wieder verließen – hatte sie doch gezeigt, dass ihrer Hände Arbeit auch jenseits der

Spielmanns-Zunft dafür gut war, ihr eigenes Leben gestalten zu können.
Die Alte, die nun mit ihnen reisen wollte bis zum nächsten Dorf, war Zeit ihres Lebens in der Küche des Hofes angestellt gewesen und hatte sich nun endlich ein Herz gefasst in das Nachbardorf zu reisen, denn dort lebte ihre Schwester. Ihr war zu Ohren gekommen, dass diese krank danieder lag und dringendst Hilfe benötigte. Der Bauer hatte ihr die Reise gewährt und sie im Vertrauen den beiden jungen Leuten mitgegeben mit der Bitte, gut auf sie aufzupassen und gesund im Nachbardorf abzuliefern. Ihre Reise ging mit der Alten ein wenig langsamer vonstatten, was sie jedoch nicht störte, dafür hatte sie etliche Geschichten von alten Zeiten zu erzählen, die sie erlebt hatte und von denen die Beiden noch niemals etwas gehört hatten. Thomas war vor allem an den Zeiten der Aufstände interessiert, erhoffte er doch so möglicherweise mehr über die Reden seines Vaters zu erfahren und deren Auswirkungen auf die Bauern. Leider konnte die Alte ihm nur in groben Zügen davon berichten, da sie selbst aber nie zu den Aufständischen gehört hatte, waren ihre Berichte dahingehend eher begrenzt. Da sie zu Dritt die Nächte im Walde verbringen mussten, mal die Möglichkeit für ein Feuer hatten und mal in absoluter Dunkelheit nächtigten, traten Anna und Thomas zwar als Liebespaar auf, vermieden es aber in Anwesenheit der Alten sich körperlich zu nahe zu kommen – auch wenn deren Schnarchen in der Nacht davon zeugte, dass sie tief und fest schlief.
Vier Tage und vier Nächte reisten sie zusammen, bis sie schließlich an eine Abzweigung kamen, von der es nicht mehr weit bis zu jenem Dorf war. Sie boten sich noch an, die Alte direkt zu ihrer Schwester zu bringen, doch sie lehnte dankend ab.
„Ich habe euch bereits zu lange aufgehalten, geht weiter auf eurem Weg, vergelts Gott, was ihr für mich getan habt. Man trifft es selten in der heutigen Zeit, dass sich die Jungen herablassen auch für uns Alte etwas zu machen. Ich hoffe nicht, dass ich euch mit meinen Geschichten zu sehr gelangweilt habe."

„Nicht doch, Mütterchen! Es war sehr interessant, geh mit Gott deiner Wege zu deiner Schwester", antwortete Anna. „Wir hoffen mit dir, dass es ihr bald wieder gut geht!"
„Denke auch an dich, mein Kind, was du unter deinem Herzen trägst braucht euer beider Liebe."
Thomas starrte die Alte an. Sein Blick fiel auf Anna, deren Miene sich zu einem schiefen Lächeln verzog, als sie sich wieder an die Alte wandte: "Meinst du das im Ernst, Mütterchen? Kannst du dir sicher sein?"
„So sicher wie eine Frau, die dieses Wunder acht Mal am eigenen Leib erlebt hat!" Als Thomas die Alte anstarrte, war er sich nicht sicher, ob sie dieser Tatsache positiv gegenüberstand oder die jungen Leute eher bedauerte.
Die griff in ihren Beutel und drückte Anna ein kleines Päckchen in die Hand.
„Wenn die Zeit gekommen ist, trinke daraus einen Tee, er wird deine Schmerzen lindern helfen. Und du …", an Thomas gewandt, mit durchdringendem Blick, „… verlasse deine Frau niemals! Sie braucht dich vor allem jetzt. Es ist dein Kind und du musst für Beide da sein, vertreibe die bösen alten Gedanken aus deinem Kopf und kümmere dich um sie."
Damit drehte sie den verdutzten jungen Leuten den Rücken zu und wackelte auf dem Pfad in Richtung des Dorfes um sich um ihre Schwester zu kümmern.
Thomas starrte Anna an und ein Grinsen zog sich über sein ganzes Gesicht. Er nahm sie in den Arm und zog sie mit sich hinunter auf den Waldboden. Angelehnt an eine große Buche scheuten sie hinauf in das Blätterdach und er schwor ihr bei allem was ihm heilig war, dass er sie nie verlassen werde und sich mit allen ihm zur Verfügung stehenden Mitteln um ihren Nachwuchs kümmern wolle. Niemals zuvor hatte er sich so lebendig, so stark gefühlt – noch niemals zuvor hatte er um jemanden solche Angst gehabt.
„Es wird ein Unglück sein, wenn du sie verlässt mein Junge, ein schreckliches Unglück", murmelte die Alte vor sich hin, doch Anna und Thomas waren bereits verschwunden, als sie diese Worte sprach.

Die Wehen setzten mit einer unerbittlichen Brutalität ein, Thomas stand neben Anna und versuchte verzweifelt ihr irgendwie helfen zu können, sprang aber in Wirklichkeit nur von hier nach dort. Zumindest den Tee hatte er bereiten können aus den Kräutern, die die Alte ihnen zum Abschied geschenkt hatte, den er ihr in kleinen Schlucken einflößte. In gewisser Weise war er nicht undankbar darüber, als endlich die Hebamme ins Zimmer kam und ihn mit Beschimpfungen hinausjagte, da er ihr immerzu im Wege herumstand.

Paul und Martin warteten draußen in der Stube auf ihn und begrüßten ihn mit einem vollen Krug Bier.

„Und? Alles in Ordnung? `Papa`?" sagte Martin.

„O Gott, du siehst aber mitgenommen aus, hast du das Kind bekommen? Trink das Bier, dann geht es dir besser, ich kann mich genau erinnern wie das bei mir war." Mit diesen Worten reichte Paul ihm den Krug, den Thomas dankend nahm und in einem Zug austrank.

„Ich weiß nicht, ob es Anna gut geht, sie schreit und weint und hat mich sogar beschimpft!"

„Die Weiber sind nicht normal, wenn die Kinder kommen! Denk dir nichts dabei. Sie hat Morgen alles wieder vergessen, erinnere du sie nur nicht dran. Wir Beide haben das ja schon mehrere Male mitgemacht. `Unter Schmerzen sollst du Kinder gebären! ` steht in der heiligen Schrift und genau so ist das jedes Mal. Was können wir Männer schon machen?"

„Sei beruhigt Thomas, Anna ist kräftig und sie hatte während der Schwangerschaft keinerlei Probleme, alles wird gut werden!"

Thomas wollte eben etwas erwidern, als sie von einem bisher in ihrer Hütte noch nie gehörtem Geräusch unterbrochen wurden. Es klang wir das Krächzen eines jungen Hahnes und diese Töne berührten Thomas Herz wie er dies noch niemals zuvor erlebt hatte.

„Siehst du: Anna hat es geschafft – dein Kind ist da!"

Der junge Vater konnte sich beinahe nicht mehr auf den Beinen halten vor Aufgeregtheit, er stürzte zur Tür hinter der Anna in ihrem Bette lag. Doch ehe er sie öffnen konnte kam ihm die Hebamme entgegen mit den Worten: "Das macht einen halben Taler, der

Mutter geht es gut, dem Kinde auch. Macht hin, ich muss weiter, schließlich hab ich heute auch noch andere Dinge zu treiben!"
Zuerst wusste er gar nicht was sie von ihm wollte, bis Paul ihn ins Zimmer schob und der Helferin ihren Lohn in die Hand drückte und unter spaßigen Bemerkungen aus dem Haus komplimentierte. Erschöpft, schweißgebadet, aber überglücklich lag Anna mit einem Bündel im Arm in ihrem Bett und sah Thomas an. Sie kam ihm so erwachsen, so reif und verändert vor, als sie ihn an ihr Bett bat, innerhalb weniger Stunden war aus dem Mädchen, das er kennen gelernt hatte ein Frau geworden, die eine Weisheit ausstrahlte, die Thomas über alle Maßen erstaunte. Vorsichtig näherte er sich ihrem Lager und warf verzagt einen Blick auf das Bündel in ihren Armen.
„Das ist dein Sohn, Thomas. Nimm ihn und gib ihm alle Liebe die er braucht. Er soll dein größtes Gut sein."
Ihre Augen schlossen sich schmerzverzerrt, erst jetzt gewahrte Thomas den großen Blutfleck unter der Decke. Er erschrak zu Tode und stand in Gefahr die Besinnung zu verlieren, doch Martin war hinter ihm ins Zimmer getreten und legte ihm eine Hand auf die Schulter.
„Nimm den Kleinen und bereite noch etwas Tee und heißes Wasser in einer extra Schüssel. Der Tee wird sie stärken und mit dem Wasser kann sie sich reinigen!"
Zitternd nahm Thomas das erste Mal in seinem Leben seinen Sohn auf die Arme. Wie zerbrechlich er war und doch wie klar blickte er ihn an, immer wieder glitt seine kleine Zunge zwischen seine Lippen, als wolle er sie befeuchten. Der Kleine schlief ein, sein Atmen war kaum zu bemerken, als habe Thomas ein kleines Kätzchen auf dem Arm. Was für ein Wunder! Er wäre noch länger in seinen Betrachtungen vertieft stehen geblieben, hätte ihn Michel nicht wieder in die Wirklichkeit zurückgeholt und erneut zum Tee- und Wasserholen geschickt. Er wickelte den Kleinen gut in die Tücher ein und eilte sich das Aufgetragene zu erledigen, um möglichst schnell wieder bei Anna sein zu können. Der Kleine begann kurze Zeit darauf zu Brüllen, was Thomas veranlasste, die Zubereitung des Tees etwas abzukürzen, da er nicht wusste was er mit dem

Bündel anstellen sollte. Eiligst war er wieder im Zimmer wo Anna und Martin sich leise unterhielten.
Der Freund hatte seiner Frau einen kühlenden Umschlag auf die Stirn gelegt und hielt ihre Hand, als sei er ihr großer Bruder, der beruhigend auf sie einredete. Anna weinte, jedoch wusste Thomas nicht ob aus Schmerz, welcher sicherlich noch anhielt, oder aus Freude. In einem solchen Zustand hatte er Anna noch nie gesehen und aus diesem Grunde war er auch froh über jegliche Hilfe, die ihm seine Freunde anboten. Michel zog sich zurück, als der junge Vater das brüllende Bündel in die Arme der Mutter legte, deren Stimme sich schlagartig in ein süßliches Wispern verwandelte, das wahrscheinlich nur das Kindchen verstehen konnte. Die Wirkung der zärtlichen Worte grenzte an Zauberei, denn der Kleine wurde plötzlich ganz ruhig und als er dann von seiner Mutter noch das Lebenselexir ihrer Brüste angeboten bekam, hatte Thomas beinahe das Gefühl außerhalb dieser Eintracht zu stehen. Doch Anna gab ihm mit einem Wink zu verstehen, dass er sich neben sie auf das Bett setzten solle.
„Lieber Thomas, die Alte hatte doch recht, erinnerst du dich noch an sie und ihre Erzählungen? Was haben wir gelacht über das verschrobene Mütterlein! Und doch haben mir ihre Kräuter während der Wehen viele Schmerzen genommen. Du kannst dir nicht vorstellen was es für ein Gefühl ist innerlich zu zerreißen."
„Bist du sehr verletzt?", fragte Thomas mit einem Seitenblick auf das blutverschmierte Laken.
„Die Alte eben meinte das sei normal, die muss es ja wissen, denn sie hat schon viele Geburten gesehen. Auch wenn es nicht den Eindruck machte, wäre sie nicht gewesen, ich hätte das niemals überlebt. Ich hoffe doch, du hast sie ordentlich entlohnt?"
„Ja ja, sicher hab ich …", insgeheim hoffte er tatsächlich darauf, aber wie er Paul kannte, hatte dieser sicherlich die angemessene Entlohnung gewählt – er war überaus korrekt in solchen Dingen, auch wenn sein loses Mundwerk manchen das Gegenteil glauben ließ.
„War es sehr schlimm? Weshalb nur müsst ihr Frauen diese Schmerzen ertragen?"

"Weil ihr im `Schweiße eures Angesichts` den Rest erledigen müsst, deshalb. Aber schau dir nur den Kleinen an, jetzt sind wir eine richtige Familie. Du hast eine gute Arbeit bei Pauls Vater, wir haben mit Paul, Johanna, Martin und wie sie alle heißen, viele Freunde hier in Allstedt gefunden, ist es nicht genau das, wonach wir die ganze Zeit gesucht haben?"
"Ja schon, ich will nicht klagen", antwortete Thomas, der seiner Frau in den angeführten Punkten zweifellos recht gab. Nie hätte er noch vor ein paar Monaten an diese Möglichkeit geglaubt, insgeheim hatte er sich schon darüber Gedanken gemacht zusammen mit Anna und dem Kind sich den Spielleuten wieder anschließen zu müssen um tingelnd über Feld und Land zu ziehen. Auch wenn sie ihre Freunde von damals vermissten, ihr jetziges Leben war einfach nicht zu vergleichen mit den feuchten Heuschobern, üblen Gesellen , mit denen sie sich immer auseinandersetzen mussten. Denn nun besaßen sie sogar ein eigenes kleines Haus, er hatte eine gute Arbeit erhalten als Zimmerer, die mehr Geld abwarf, als sie sich jemals erträumt hatten. Was wollten sie eigentlich mehr?
„Ich will, dass er heißt wie mein Vater: Jürgen", sagte Anna, doch wie einen Blitz durchfuhr es Thomas. „Nein, lass ihn uns Jochim nenne, denn diesem Alten habe ich so viel zu verdanken, so halten wir sein Andenken hoch."
„Der blinde Alte, der dir die spinnigen Gedanken in den Kopf gesetzt hat? Und wenn dies ein böses Omen ist und unser Schatz einmal so enden muss, wie dein verrückter Mönch?"
„Er war nicht verrückt, Gott sei seiner Seele gnädig. Ohne ihn hätte ich niemals die Flucht vom Hof gewagt, vergiss das nicht."
„Thomas, das stimmt nicht! Dass du geflohen bist, entsprang allein deinem Antrieb. Vielleicht hat er dich unterstützt, das mag ja sein, aber du wärst auch ohne ihn aus der Gefangenschaft entflohen. Der Freiheitsdrang liegt in manchen Menschen und die werden ihn immer auskosten, auch wenn sie mit dem Leben dafür bezahlen müssen. In den Anderen ist dieser Drang nicht so stark ausgeprägt und die leben meistens länger – wenn auch wahrscheinlich nicht so glücklich!"

Thomas musste an Jochim und seinen ursprünglichen Plan denken, in die Fußstapfen seines Vaters zu treten, während er stolz seinen trinkenden Sohn betrachtete. Nie zuvor hatte er sich so glücklich gefühlt und noch niemals zuvor sah er so deutlich, wie sich seine rebellischen Ideen in Luft auflösten.

Anna war bald wieder bei Kräften, Thomas konnte beruhigt wieder seiner Arbeit nachgehen, insgeheim war er unglaublich stolz ein Nest für seine kleine Familie bauen zu können. Sie alle sollten es besser haben, als er es jemals gehabt hatte, er war stolz auf seinen Sohn, wie das nur ein Vater sein konnte.

Die Zeit verging wie im Fluge während der Kleine wuchs und Anna und Thomas sich an dies Leben im Kreise ihrer Freunde gewöhnten und es nicht mehr missen wollten. Immanuels erstes Lachen knüpfte die Bande der kleinen Familie noch enger zusammen und als er schließlich durch ihre Hütte krabbelte und immer selbständiger begann, seine Umgebung zu erforschen, konnte der Sprössling sich des Stolzes seiner Eltern gewiss sein. `Jetzt endlich habe ich das erreicht was ich im Grunde meines Herzens mir immer gewünscht habe`, dachte Thomas bei sich.

Eines Abends saß er wieder einmal mit Paul in einem Wirtshaus, als zwei wenig Vertrauen erweckende Gestalten die Schankstube betraten und den Wirt irgendetwas fragten. Dieser zog die linke Augenbraue nach oben, schüttelte aber bedächtig seinen Kopf, während er die beiden nach draußen schickte, offensichtlich hatte er ihnen einen Weg erklärt. Thomas dachte sich nichts dabei, bis der Wirt zu ihnen an den Tisch trat und ihnen berichtete, was die beiden wollten.

„Komische Gestalten, diese beiden. Sie suchen nach einem den ich kenne, aber der hat sicherlich nichts angestellt, zumindest nicht das, was sie ihm zur Last legen. Ihr kennt den komischen Kauz sicherlich auch."

„Wen suchen sie denn?", fragte Thomas.

„Thomas Müntzers Sohn suchen sie, ihr wisst schon, der Prediger der hier irgendwann Mal seine Reden geschwungen hat..."

Thomas fuhr der Schreck in alle Glieder. Sie waren auf der Suche nach ihm? Wie hatten sie ihn finden können? Besser noch: Wer kannte überhaupt seine wahre Herkunft, doch nicht einmal seinen Freunden hatte er sich offenbart, allein Anna wusste es. Dass sie ihm die Häscher auf den Hals geschickt hätte – vollkommen ausgeschlossen.

„Das ist ein kleiner dicker Bauer der im Lohne des hiesigen Abtes für die Pflege der Gärten oben auf St. Trudpert zuständig ist. Er lebt schon immer dort und ich muss es wissen, denn als Kinder haben wir zusammen gespielt."

„Er ist Gärtner?? Woher weißt du, dass er Müntzers Sohn ist?"

„Thomas Müntzer hat ein paar Jahre vor seinem Tod durch das Schwert geheiratet und aus dieser Ehe entsprang der Sohn, der so gar nichts von seinem Vater hat. Keine aufrührerischen Reden, Ideen, nichts. Ein Hohlkopf, wie er im Buche steht. Und jetzt suchen die zwei ihn wegen Aufruhr und Fortsetzung der Rädelsführerei, die seinem Vater den Kopf gekostet hat. Das ist unglaublich, ich kann Hans nicht leiden, konnte ich noch nie, aber das hat er mit Sicherheit nicht gemacht. Wenn die zwei Spießgesellen ihn in die Finger bekommen, ergeht es ihm schlecht. Ich hoffe nur nicht, dass irgendein Übereifriger hier die beiden zu ihm schickt, denn ich habe ihnen nichts gesagt."

Thomas hatte sich wieder gesetzt und versuchte mit den Neuigkeiten fertig zu werden, die seine heile Welt begannen auf den Kopf zu stellen. Er hatte einen Bruder? Möglicherweise hatte er ihren Vater sogar richtig gekannt? Er war nicht der einzige Nachfahre des großen Thomas Müntzer? Wenn in ihnen dasselbe Blut floss, mussten sie sich doch irgendwie ähnlich sein und wer weiß, vielleicht hatte sein Bruder im Laufe seines Lebens das bewerkstelligt, was er die ganze Zeit wollte: Das Werk seines Vaters fortzusetzen! Dann konnte es durchaus auch sein, dass es sich bei dem langweiligen Leben, das er als Gärtner zu führen schien, um eine Tarnung handelte, dass er in Wirklichkeit längst an einer neuen Truppe arbeitete, die den Mächtigen den Kampf anzusagen bereit war?

Wie auch immer, er musste seinen Bruder warnen und das so schnell wie möglich. Nervosität machte sich in ihm breit.

„Wo wohnt denn Hans?" fragte er wie beiläufig.
„Du willst dich in die Geschichte doch hoffentlich nicht einmischen", sagte Paul, der ihm seine Hand auf den Unterarm legte, als wolle er ihn am Tisch zurückhalten.
„Natürlich nicht, was denkst du denn?"
„Hans hat eine kleine Wohnung oben beim Kloster, er lebt dort allein und man bekommt ihn nur selten zu Gesicht", sagte der Wirt, der sich wieder anderen Gästen zuwandte.
„Kannst du bitte Anna Bescheid sagen, dass ich noch was in der Werkstatt erledigen muss und mich für heute verspäte?"
„Geht klar, obwohl wir ja nicht mehr `verspätet` sagen können, es ist seit längerem bereits stockdunkel, wahrscheinlich rechnet sie eh nicht mehr mit dir, sondern denkt du schläfst bei einer anderen…", erwiderte Paul.
Thomas stand der Sinn momentan nicht nach Neckerei, er hatte immer ein Bild vor Augen: Die beiden Häscher brechen in Hans Hütte ein, stellen ihm Fragen, die er nicht versteht, verschleppen ihn und lassen ihn für Dinge büßen, die er vielleicht überhaupt nicht getan hat, alles nur, um erneut ein Exempel zu statuieren und einen möglicherweise noch schwelenden Widerspruchsgeist innerhalb der Dörfer zu vernichten. So etwas dürfte auf keinen Fall passieren, er musste etwas tun und seinen Bruder warnen. Sollte der Vorwurf jedoch gerechtfertigt sein, um wie viel mehr könnte ihm dann vielleicht sein Bruder etwas über ihren Vater erzählen.
Ohne ein weiteres Wort des Grußes verließ er die Schänke, einen nachdenklich hinter ihm herblickenden Paul hinter sich lassend.
Auf dem Weg zum Kloster schaute er sich die ganze Zeit um, ob ihm in der Dunkelheit jemand folgte, er fühlte sich sehr an seine Flucht aus dem Gutshof erinnert. Der Weg war steil und beschwerlich, er spürte den Wein, der seine Glieder träge machte, dennoch versuchte er sich dadurch abzulenken, dass er erneut über das eben geführte Gespräch nachdachte. Sicherlich hatte er in einigen Punkten Recht gehabt, aber war das alles denn notwendig gewesen? War es notwendig gewesen einen seiner besten Freunde auf diese Art und Weise beinahe vor den Kopf zu stoßen? Er nahm sich vor als Form der Wiedergutmachung in den nächsten Tagen noch ein-

mal vorbei zu schauen, es sollte kein böses Blut zwischen ihnen entstehen.

Seinen Wams hatte er bereits aufgeknöpft, denn trotz der Kühle der Nacht kam er sehr ins Schwitzen, zwar hatte er zwischenzeitlich auch daran gedacht, lieber nach Hause zu Anna zu gehen, doch nun hatte er bereits einen Großteil der Wegstrecke zurückgelegt und was man angefangen hat, das sollte man auch zu Ende bringen – das war schon immer eines seiner Leitsprüche gewesen und deshalb wollte er sich auch hier daran halten.

Aber er schien allein zu sein, je näher er dem Kloster kam, desto unruhiger wurde er, was würde ihn erwarten dort oben? Inständig hoffte er, noch nicht zu spät zu sein. Seltsamerweise hatte er noch nie einen Gedanken daran verschwendet, Geschwister zu haben. Doch selbst Luther hatte geheiratet, um wie viel mehr hätte er seinem Vater dies zugestehen müssen, der doch ein freierer Geist war als sein bekannter Gegenspieler? Thomas war sicher, dass seine Mutter von einer anderen Frau nichts gewusst hatte, sicherlich hätte sie ihm das gesagt, denn einen Grund einen Bruder zu verschweigen gab es nicht. In seinem Kopf überschlugen sich die Gedanken, während er den Berg hinaufstieg in der Hoffnung seinen Bruder noch unversehrt anzutreffen.

Wie würde er aussehen? Sahen sie sich in irgendeiner Weise ähnlich, hatten sie dieselben Gedanken und Ideen? Er konnte sich auch vorstellen vielleicht zusammen mit seinem Bruder, Anna und Immanuel einen kleinen Hof zu kaufen, ein gemeinsames Leben zu führen. Wie schön wäre das – und wie stolz würde es auch seine Mutter machen, wenn sie davon wissen könnte.

Als er in die Nähe der kleinen Abtei kam, duckte er sich hinter die niederen Felsen, die es ihm erlaubten, einen Überblick über das Gelände zu erhalten. Der Mond stand hoch am Himmel und sein diffuses Licht ermöglichte ihm, zumindest schemenhaft die Gebäude und die kleine Wallfahrtskirche zu sehen. In einem Gebäude konnte er den Schein einiger Kerzen sehen, offensichtlich waren noch einige der Mönche am Arbeiten. Wie ein Anhängsel stand eine kleine Hütte in der Nähe des Gartens etwas außerhalb, wenn die Erzählungen des Wirtes der Wahrheit entsprachen, dann muss-

te es sich dabei um Hans Wohnstätte handeln – auch dort gewahrte er das Licht von Kerzen, oder Talglichtern. Da er zu weit entfernt war, konnte er keine Geräusche hören. Sich mehrere Male umblickend, machte er sich auf den Weg zu der kleinen Klause, dabei hielt er sich immer im Schatten der Bäume und Gebäude. Zwar war ihm bewusst, dass ein möglicher Beobachter in ihm zweifellos einen Strauchdieb gesehen hätte, doch wollte er das Wagnis nicht eingehen, erhobenen Hauptes den offiziellen Weg zu gehen und beim Abt vorzusprechen. Denn noch immer musste er mit allem rechnen.
Und seine Vorsicht sollte ihm Recht geben.
Als er in die Nähe der Hütte seines Bruders kam, hörte er ein heftiges Stimmengewirr herausdringen, was genau gesprochen wurde vermochte er nicht zu sagen, aber dass es sich um eine heftige Auseinandersetzung handelte, war auch in seiner jetzigen Entfernung zu hören. Laut Wirt war sein Bruder aber eher ein Eigenbrötler mit ausgeprägtem Hang zur Einsiedelei, weshalb er sich ja die Nähe eines Klosters ausgesucht hatte, wer also sollte sich bei ihm mitten in der Nacht aufhalten? Natürlich beschlich den Beobachter nun die Angst, dass die beiden Fremden, die ganz offensichtlich auf der Suche nach Hans waren, ihn vor ihm getroffen hatten. Zwar wusste er nicht was sie mit ihm anstellen wollten, dennoch bestand doch die Gefahr, dass sie ein Exempel an ihm statuieren wollten.
Langsam schlich er geduckt unter eines der Fenster um dem Disput zuzuhören, vielleicht irrte er sich ja und es handelte sich nur um einen üblichen Streit weil einer der Beteiligten dem Weine zu sehr zugesprochen hatte. Dann hätte er noch immer die Möglichkeit sich zu erkennen zu geben, waren es jedoch die Schergen musste er in der Tat sehr vorsichtig vorgehen.
„Soll ich dich noch mal fragen, du Lump?"
„Ich weiß es nicht, wer..."
Ein schallendes Geräusch gefolgt von einem leichten Wimmern schnitten die Worte ab.
„Wir können so weitermachen. Mitnehmen werden wir dich sowieso, egal was du uns jetzt sagst, aber du machst es uns und dir viel einfacher."

Wieder das Wimmern und eine leise Stimme, die Thomas unmöglich verstehen konnte. Also waren wirklich die Häscher vor ihm bei Hans, was sollte er denn nun tun? Zwar hatte er inzwischen eine stattliche Größe erreicht und konnte sich auch was die Körperkraft anging, durchaus mit Gleichaltrigen messen, aber er hatte es hier mit zwei wahrscheinlich gut ausgebildeten Soldaten zu tun, gegen die er nichts ausrichten konnte. Es wäre reiner Selbstmord sich gegen sie zu stellen – und Hans würde ein solcher Heroismus auch nicht helfen.
„Lass ihn, der weiß nichts. Spätestens wenn er öffentlich an den Pranger gestellt wird, erzählt er uns von den Aufrührern."
"Was denn für Aufrührer?? Es gibt hier keine…"
Erneut schlug man ihn offensichtlich, denn seine Stimme brach schlagartig ab.
„Sei still, kein Mensch glaubt dir! Wir haben Kumpane von dir festgesetzt, die schwören, dass der Sohn von Thomas Müntzer die Nachfolge seines Vaters antreten möchte und du bist sein Sohn! Weißt du welche Schmerzen wir seinerzeit deinem Vater zugefügt haben, damit er endlich widerruft? So lange ist das nicht her, ich werde dieses Erlebnis nie vergessen, er wollte stark sein und hat unter der Folter dennoch gewinselt wie ein kleines Kind. Der Streich mit dem Schwert muss für ihn die wahre Erlösung gewesen sein. Willst du dir das wirklich antun? Wir können euch alle ausrotten!"
„Komm, lass ab von ihm, er bekommt ja keine Luft mehr, verschnüren wir ihn und machen uns auf den Rückweg, ehe wir noch ein paar Mönche wecken, die uns unangenehme Fragen stellen könnten."
„Da mach dir Mal keine Sorgen, der Abt ist informiert, schließlich hat er ja mit der Extraportion Wein dafür gesorgt, dass unser Hans hier uns bei bester Laune empfangen hat. Womöglich hätten wir ihn ansonsten gar nicht angetroffen.
Verschnür du ihn, ich muss mal raus."
Erst jetzt gewahrte Thomas, dass sich das Fenster unter das er sich gekauert hatte, direkt neben der Tür lag, durch die wahrscheinlich gleich einer der beiden nach außen kommen würde. Er spielte mit

dem Gedanken seinen Platz in Richtung der Felsen wieder zu verlassen, aber er hatte einen Moment zu lange nachgedacht, schon trat der größere der beiden Schergen aus der Hütte, um sich gleich darauf laut aufatmend zu entledigen. Thomas hatte keine Zeit sich zu entscheiden, was zu tun wohl das Beste wäre, denn in Kürze würde sich der Riese umdrehen und zurück in die Hütte gehen und spätestens dann würde er den Lauscher unter dem Fenster erblicken. Erneut erinnerte sich Thomas an seinen Anschlag gegen Luitpold, sein Körper versteifte sich und er fühlte dieselbe Wut in sich aufsteigen wie damals. Wieder wurde er mit Gewalt konfrontiert, die sich gegen sein eigen Fleisch und Blut richtete. Zwar hatte er bis vor einigen Stunden noch nicht einmal die Existenz seines Bruders in Erwägung gezogen, doch war man jetzt gerade dabei ihn schon wieder von ihm zu nehmen. Dabei war es ihm in dieser Situation vollkommen gleich, welche Rolle sein Bruder in dieser Geschichte spielte, allein die Tatsache, dass er in höchster Gefahr schwebte, verpflichtete ihn einzugreifen.

Er schlich sich von hinten an den Riesen heran, der noch immer mit seinem Geschäft beschäftigte und seiner Umgebung gegenüber unaufmerksam war, weshalb er auch nicht mitbekam, dass sich hinter ihm plötzlich eine Gestalt aus dem Schatten erhob. Thomas hatte einen Stein ergriffen und hoffte inständig, dass die Wucht seines Schlages zusammen mit dem Gewicht des Steines ausreichte, den Gegner zu fällen. Seine Rechnung ging auf. Kaum hatte er seinen Schlag ausgeführt, wich alle Kraft aus dem großen Kerl, seine Beine knickten ein und er sank in sich zusammen, die Hosen noch immer in den Kniekehlen hängend. Um sicher zu gehen, dass er ihn wirklich ganz außer Gefecht gesetzt hatte, rüttelte Thomas noch einmal an seinen Schultern, aber alles Leben schein aus ihm gewichen zu sein. Der Schlag hatte eine böse Platzwunde auf dem Hinterkopf hinterlassen, aus der langsam Blut rann. Wie sollte er aber weiter vorgehen? Noch immer war einer übrig, dieser allein war Thomas körperlich weit überlegen, also konnte er keinen offenen Kampf wagen, indem er beispielsweise in die Hütte stürmte. Möglicherweise war das Überraschungsmoment auf seiner Seite, aber einem vielleicht ausgebildeten Soldaten hatte er so gut wie

nichts entgegen zu setzen. Wenn er Glück hatte, konnte ihm sein Bruder helfen, aber da er nicht einmal wusste, ob die beiden ihn schon gebunden hatten, konnte er darauf nicht spekulieren.
„Christof, sag mal, wo bleibst du denn? Du hast doch im Leben nicht so viel gesoffen, dass du nicht mehr aufhören kannst, es jetzt zu lassen, oder? Wir haben noch einiges mit dem Schurken hier vor, außerdem hab ich langsam Hunger, lass ihn uns wie besprochen von hier wegbringen. Anscheinend bringen wir nichts mehr aus ihm raus... Christof?? Himmerlherrgottnochmal...".
Weiter vor sich hinfluchend trat er durch die Tür, sich umblickend und den anderen Gesellen suchend, dessen zusammengesunkene Gestalt unter einem nahe stehenden Baum lag. Thomas verfluchte sich insgeheim, nicht soviel Geistesgegenwart besessen zu haben und dem Niedergeschlagenen sein Messer zu entwenden, das könnte er nun sehr gut brauchen.
„Verdammt! Was ist denn hier los. Christof? Geht es dir nicht gut? Was ist los?"
Er hatte seinen Kumpanen gesehen und ging nun eiligen Schrittes in dessen Richtung – wenige Handbreit an Thomas vorbei, der zitternd noch immer den Stein in der Hand geduckt im Schatten unter dem Fenster verharrte. Er hatte keine Zeit zu überlegen, denn jeder Moment, der nun verging, erhöhte wahrscheinlich die Erkenntnis, dass die Beiden in einen Hinterhalt geraten und nicht etwa allein mit Hans waren. Sein zweiter Schlag mit dem Stein auf den Kopf des Gegners war nicht mit derselben Entschlossenheit ausgeführt und zeigte auch nicht dieselbe Wirkung, der Angegriffene konnte zumindest ein wenig auf die Seite ausweichen, sodass der Schlag seinen Kopf nur schrammte und eine tiefe Furche hinterließ. Er war unglaublich behände und zauberte wie aus dem Nichts ein Messer hervor, das er nun gegen Thomas richtete.
„Wer bist du?", keuchte er. „Was hast du mit dem Aufwiegler zu schaffen? Du gehörst wahrscheinlich auch zu dieser Bande. Hatte unser Herr also doch Recht. Und nun auch noch Christof! Gnade dir Gott, dass er noch am Leben ist, denn deine Strafe wird auch so schon unmenschlich hart werden!"

„Ich bin kein Aufrührer, ich kam durch Zufall hierher, wollte etwas bei den Mönchen abholen..." Thomas überlegte sich, was er am Besten dem Messer entgegensetzen könnte, aber es fiel ihm nichts ein. Kein Stock war in Greifweite, sein Messer lag aufgebahrt wie ein Relikt zuhause im Schrank. Es konnte nur eine Frage der Zeit sein, bis ihn der Soldat am Wickel hätte. Dennoch versuchte ihn Thomas hinzuhalten und sich tänzelnd im Kreis drehend dessen Einflussbereich zu entziehen, was sein Gegner nur mit einem hämischen Grinsen quittierte.

„Tanze, Bär, dann hab ich wenigstens Spaß, wenn ich dich vorführe! Christof?! Christof!!!

Den hast du wirklich ordentlich getroffen, der will ja überhaupt nicht mehr aufstehen. Aber nun zu dir, Freundchen..."

Plötzlich hatte sich sein Blick geändert, sein Mienenspiel zeugte von blankem Entsetzen, ohne noch einen weiteren Ton zu sagen, ließ er das Messer fallen und sank in sich zusammen. Hinter ihm stand Thomas Bruder Hans, ein kleiner untersetzter Mann in seinen besten Jahren. Er hatte ebenfalls ein Messer in der Hand, das er krampfhaft in der Faust hielt, es hatte eine stattliche Größe und der Wunde nach zu schließen, die es im Rücken des Soldaten hinterlassen hatte, stand die Chance, dass er das überleben würde eher schlecht.

„Wer bist du? Was machst du hier oben, wo sich selten jemand herverirrt? Ich glaube kaum, dass du, wie du das eben sagtest, die Mönche besuchen wolltest, kein Mensch mit aufrichtigen Gedanken kommt mitten in der Nacht!"

Thomas ließ seinen Stein fallen und setzte sich auf den Boden vor der Hütte. Wie viel konnte er seinem vermeintlichen Bruder offenbaren, ohne sich selbst in Gefahr zu bringen und damit auch Anna und den Säugling? Also beschloss er nur das Notwendigste zu sagen und sich den Rest vielleicht für einen späteren Zeitpunkt aufzuheben.

„Ich habe mit einem Freund zusammen im Wirtshaus mitbekommen, dass die zwei Halunken auf der Suche nach dir waren."

„Wir kennen uns nicht, ich habe dich noch niemals gesehen und ich vergesse kein Gesicht. Wenn du in Allstedt wohnst, dann noch nicht lange. Vielleicht nach der Zeit als ich hier hochgezogen bin. Wieso bist du ihnen nachgelaufen? Du setzt dich doch nicht ohne Grund für einen Wildfremden ein, wenn du dir nicht irgendwas davon versprichst! Hast du gehofft, dass sie mich fertig machen und dann verschwinden und du dir dann meine Habseligkeiten aneignen kannst?"

„Ich brauch nichts von dir, ich habe mein Einkommen mit dem ich meine Familie und meinen Sohn mehr als durchbringen kann!" langsam stieg Zorn in Thomas auf. Wenn er etwas hasste, dann, dass man ihm Dinge unterstellte, oder sich eine Meinung bildete, was für ein Mensch er sei, ohne ihn zu kennen. Was bildete sich dieser freche Gärtner eigentlich ein? Hatte er ihm nicht eben wahrscheinlich das Leben gerettet? Und nun war es an ihm sich zu verteidigen! Sicherlich hätte er auch seine Schwierigkeiten mit dem zweiten Schergen gehabt, aber das interessierte ihn im Moment nicht.

Am Allerliebsten hätte er diesem Kloß eine übergezogen. Er stand auf und baute sich vor dem Dicken auf, ihn mit über zwei Köpfen überragend, das Messer das dieser in der Hand hielt, vermochte ihn nicht zu verunsichern. Dieser ungepflegte freche Mensch sollte denselben Vater haben wie er? In seinem tiefsten Innern konnte er daran nicht glauben, denn er sah keine Gemeinsamkeiten. Dennoch musste er seinem vermeintlichen Retter eine Geschichte erzählen, damit er nicht noch misstrauischer wurde und vielleicht doch noch das Messer gegen ihn wandte.

„Um ganz ehrlich zu sein, ich habe in dem Wirtshaus unten im Dorf das Gespräch der Beiden belauscht."

„Das sagtest du bereits, sie haben mich gesucht, aber warum interessierst du dich für mich, wenn wir uns doch überhaupt nicht kennen?"

„Das ist richtig, wir kennen uns nicht, vielleicht sollte ich sagen `noch nicht`, denn du interessierst mich ungemein, um genau zu sein und deutlicher zu werden; Dein Vater interessiert mich! Man hat mir erzählt, dass du der Sohn von Thomas Müntzer seist, ist das wahr?"

„Und wenn`s so ist, wen kümmert`s?" Er ließ nun das Messer sinken, was Thomas doch etwas beruhigte, da sich die Situation dadurch merklich entschärfte.
„Ich habe an meinen Vater fast keine Erinnerung, er verließ uns als ich noch ein sehr kleines Kind war, ich lebte bei meiner Mutter weiter... Aber weshalb sollte ich dir denn von ihm erzählen? Woher kommt denn dein überschäumendes Interesse an meinem Vater? Alle die sich seither für ihn interessierten wurden entweder wegen Rädelsführerschaft hingerichtet, oder aber sie waren auf der Suche nach den Aufrührern und mit denen wiederum will auch niemand etwas zu tun haben."
„Ich lebe seit ein paar Jahren mit meiner Frau und meinem kleinen Sohn unten im Dorf, vor allem die Älteren haben mir von der Allstedter Zeit der Aufstände, die in Zusammenhang mit deinem Vater standen, erzählt. Ich selbst habe nichts Dergleichen erlebt, ich bin zu spät geboren, wie du wohl auch, wir dürften fast gleich alt sein, ich wahrscheinlich ein bisschen älter. Dennoch strahlt diese alte Zeit einen unglaublichen Zauber auf mich aus."
„Wie kann einen denn das verzaubern? Idioten, die einem noch größeren Idioten hinterherlaufen? Es konnte doch nur so enden, wie es ausgegangen ist, daran hatte es doch niemals einen Zweifel gegeben."
Thomas war schockiert, diese Worte von einem Menschen zu hören, der denselben Vater hatte, denselben Menschen, den er als Vorbild in sich spürte, der letztendlich der Auslöser für seine Flucht war, der ihm all die Jahre über innerlich die Kraft gab, schlicht und einfach als Idioten zu bezeichnen. Abermals wurde er wütend.
„Als ich hier in Allstedt aufwuchs, kannten alle meinen Vater, die einen hassten mich dafür und die anderen erwarteten Dinge, die ich nicht leisten konnte und auch nicht leisten wollte. Ich bin kein Rädelsführer. Keiner, der die Bauern zu Aufständen aufruft. Ich will einfach nur leben, meine Ruhe haben."
„Die hast du hier ja gefunden", sagte Thomas, mit einem Mal war eine Illusion in ihm geplatzt. Vor Stunden war er euphorisch aufgebrochen um aufziehende Gefahr von seinem Bruder abzuwen-

den, von dessen Existenz er nicht einmal geträumt hatte und nun sah er, welchen Menschen die Umstände aus ihm gemacht hatten. Dieser dicke Mann würde ihm weder Dinge über seinen Vater sagen können die er nicht bereits wusste, noch wollte er seine nähere Bekanntschaft machen, das hatte er während der letzten Augenblicke erkannt. Er drehte sich um und verließ das Schlachtfeld. Sein Bruder stand noch lange in der Tür vor seiner Hütte, seine Rufe, wer sich denn nun um die Verletzten kümmern solle, verstummten nach einiger Zeit unbeantwortet in der Dunkelheit. Thomas war es egal was er mit den beiden anstellte, sicherlich würde er ihnen jedoch keine Möglichkeit lassen zu ihrem Quartier zurück zu kehren und mit verstärkter Mannschaft, sich auf die erneute Suche nach ihm machen. Er war mehr als enttäuscht von seinem Bruder, auch wenn er die widrigen Umstände ihres ersten Kennenlernens einmal beiseite ließ, Hans hatte im Grunde nichts, was ihn an das gemeinsame Blut erinnerte, deshalb hatte er sich noch zurück gehalten seine Herkunft Preis zu geben.

Spät in der Nacht kam er in sein Haus zurück und kuschelte sich zu Anna ins Bett, er genoss wie immer ihre Wärme, aber an Einschlafen war nicht zu denken, denn es hatte sich etwas in seinem Leben verändert. War er wirklich am Ziel seiner Wünsche angekommen? War das Leben das er nun führte denn genau das, was er sich einmal für sich vorgestellt hatte?

Sicherlich hatte er in Anna das Glück auf Erden gefunden, sie waren wesensverwandt, hatten sich aneinander festgeklammert und ein eigenes Schiff in der Brandung des Lebens gebaut – und überlebt. Nun waren sie eine kleine Familie und unterschieden sich in nichts mehr von den anderen, die ähnliche Leben führten. Paul zum Beispiel, der dieselbe Arbeit fortführte, die vor ihm schon sein Vater und davor dessen Vater und dessen Vater davor, ausgeführt hatte. Oder all die anderen Freunde und Bekannten, die sie inzwischen in Allstedt hatten, bei allen sah es ähnlich aus, nach und nach stellte sich Nachwuchs ein und so arbeitete man, liebte, stritt, wurde alt und starb. War es das gewesen? Besonders er: Stand er nicht in Gefahr, irgendwann so überaus bedeutungslos zu enden wie sein Bruder?

Als er damals nach Luitpolds Tod vom Gut floh und sich noch Ratschläge bei Jochim holte, damals war ihm klar, wozu er bestimmt war, innerlich spürte er , wie sehr er seinem Vater verpflichtet war. Vielleicht war es die Wut der Jugend, die ihn zu solchen Gedanken verleitet hatte, die in ihm den Wunsch reifen ließ, die Spuren seines Vaters zu suchen und dessen Arbeit zu vollenden. Nun hatte er sich entschieden. Er hatte ein blutiges Schlachtfeld für einen höheren Zweck eingetauscht gegen die wohlige Wärme einer Frau – die er nicht mehr missen wollte. Er stand noch einmal leise auf und ging zum Bettchen seines Sohnes, der leise vor sich hinseufzend wahrscheinlich irgendwelchen Kinderträumen nachhing.
„Was weißt du schon von der Welt, kleiner Mann? Wirst du dich auch irgendwann auf die Suche nach deinem Vater machen, der längst tot ist? Ich werde alles dafür geben, dass dies nicht so kommen wird! Ich wünsche dir nicht nur einen Vater auf den du stolz sein kannst, sondern auch einen Vater, den du kennst und der dich in das Leben begleitet. Und ich wünsche dir ein Leben, worauf du am Ende als alter Mann stolz zurückblicken kannst."
Vorsichtig nahm er ihn aus dem Bettchen und trug ihn hinüber zu Anna, er legte den Kleinen direkt neben sie, sodass er beide mit seinen Armen umfangen konnte. Der Kleine hatte geschwitzt, der Babyduft hing an ihm und veranlasste Thomas, tief einzuatmen, als wolle er die gesamte heimische Ruhe in sich aufnehmen. Er hatte sich entschieden und nichts würde seine Entscheidung umkrempeln können.
`Es tut mir leid Vater, ich hätte dich gerne kennen gelernt, du wusstest nicht einmal von meiner Existenz. Ich wollte dein Werk vollenden, was dir nie gelang, wollte ich zu Ende bringen, doch daran bin gescheitert. Ich habe diesen Traum aufgegeben und bin mit ganzem Herzen bei meiner Frau und meinem Sohn und so Gott will, kommen noch weitere Kinder dazu.
Ich bin zu spät, die Zeiten haben sich geändert, wir müssen so leben, wie uns das irgendwie möglich ist, wir werden an den Umständen nichts Tiefgreifendes ändern können. Lass mich frei, verfolge mich nicht weiter mit deinem Geist! Mögen deine Ideen

weiterleben und vielleicht irgendwann in der Zukunft Früchte tragen. Wir leben in finsteren Zeiten und die Menschen trachten danach, das Stück Brot in ihrer Hand, welches sie sich mühevoll erkämpft haben, nicht zu verlieren. Ein Jeder sieht zu in seiner eigenen kleinen Welt das Beste herauszuholen. ` Mit diesen beinahe gesprochenen melancholischen Worten an seinen Vater schlief er ein, hoffend die Gespenster der Vergangenheit endlich besiegt zu haben. Der Atem des Knaben blies ihm leicht ins Gesicht. `Welch Wunder Gottes, ein so kleines Lebewesen ist! `, dachte er bei sich. `Ich werde alles Menschenmögliche tun Immanuel, dass du nicht einmal mit vierzehn Jahren weglaufen musst, um dir dein eigenes Leben zu suchen. Es soll dir einmal besser ergehen, vor allem sollst du Vater und Mutter haben, die für dich sorgen und dich lehren in dieser harten Welt bestehen zu können! ` Mit diesen Gedanken fiel er in einen tiefen traumlosen Schlaf.

Immanuel war noch kein Jahr alt, als sich mit unheilvoller Geschwindigkeit die Pest in Allstedt ausbreitete. Anna hatte alle Vorsichtsmaßnahmen getroffen, die ihr irgendwie möglich waren, um den Jungen vor der heimtückischen Seuche zu beschützen. Sie mied jeglichen Kontakt zu Infizierten, obwohl niemand genaues über die Verbreitung der Krankheit sagen konnte. Die Ärzte waren ratlos, die Kirchen überfüllt, den Menschen blieb allein entweder die Flucht in andere Landstriche, oder das Vertrauen in Gott und ein späteres freies Leben nach dem Tode. Flucht kam weder für Anna, noch für Thomas in Frage, zu frisch waren noch ihre Erinnerungen an Fulda und die Folgen. Sie hatten sich innerhalb der kurzen Zeit, die sie sich nun in Allstedt aufhielten, einen kleinen Freundeskreis aufgebaut, Thomas hatte mit seiner Arbeit ein gutes Einkommen, das ihnen ein anständiges Leben ermöglichte. All dies wollten sie nicht aufs Spiel setzen für eine ungewisse Zukunft in einer neuen Stadt. Immer mehr Freunde wurden infiziert, es herrschte ein allgemeines Klima der Angst und des Misstrauens.
Die Krankheit wurde von Vielen als göttliches Strafgericht verstanden, somit hatte man nur bedingt Mitleid mit all den Kranken, ein jeder war froh, wenn es ihn selbst nicht traf. Etliche Prozessio-

nen fanden in und um Allstedt statt, um den Zorn Gottes abzuwenden. Thomas konnte sich ebenso wenig erklären, woher diese Krankheit plötzlich gekommen war, aber ihm war die Begründung eines Strafgerichtes zu einfach, er weigerte sich daran zu glauben. Was ihn sehr bedrückte, war die Tatsache, dass sich diese Art Krankheit immer zuerst in den armen Vierteln der Städte ausbreitete. Zwar waren mehr und mehr auch die hohen Herren und Damen davon betroffen, aber die Ärmsten der Armen traf es immer zuerst.

Zu nachtschlafender Zeit hämmerte es heftig gegen die Vordertür des kleinen Hauses. Anna und Thomas waren eben ins Bett gegangen. Anna schlief bereits, als Thomas auf Grund des Klopfens hochschreckte. Er griff sich einen Knüppel, welchen er immer neben seinem Bette stehen hatte und ging zu Vordertür. Noch auf dem Weg bemerkte er seinen eigentlichen Irrglauben: Wenn es sich um Räuber handeln würde, kämen diese denn auf die Idee, ihr Kommen mit Klopfen anzukündigen? Wohl kaum! Dies veranlasste ihn, den Knüppel in die Ecke zu stellen, dennoch immer griffbereit, falls er ihn doch benötigen würde. Eilig ging er zur Tür und öffnete sie einen Spalt, um zu sehen, wer denn zu dieser Zeit Einlass wollte.

Wie erstaunt war er, als Jakob vor ihm stand, dessen Auftreten dem eines Diebes glich, da er sich so hereingeschlichen hatte.

„Was machst du denn hier? Mein Gott, was ist passiert, du siehst ja schrecklich müde aus!"

„Thomas, Gott sei Lob und Dank, dass man euch in Allstedt kennt und man mir auch zu solcher nachtschlafenden Zeit den Weg zu deinem Haus zeigen konnte. Ist es möglich einzutreten?" "Natürlich, Freund! Immer und jederzeit. Sag, was ist mit dir, du machst auf mich einen fürchterlichen Eindruck und deinem Klopfen nach zu schließen, ist die gesamte Leibgarde des Papstes auf deinen Fersen!"

Jakob trat ein und schüttelte seinen Mantel in die Ecke, draußen regnete es in Strömen.

Thomas bot ihm einen Platz am Feuer an und legte weitere Holzscheite auf die bereits ersterbenden Flammen. Dankbar hielt sein

Gast die Hände über das wieder erstarkende Feuer und rieb sie aneinander. Auch den angebotenen heißen Wein nahm er dankbar an. So saßen sie einige Zeit nebeneinander, Thomas wollte seinen Gast zuerst einmal zur Ruhe kommen lassen, auch wenn ihm eine Unmenge Fragen auf den Lippen brannten.
Jakob saß mit hängenden Schultern am Feuer, klammerte sich dankbar an dem heißen Getränk fest, welches Thomas ihm gereicht hatte und begann nach einiger Zeit mit leiser Stimme zu erzählen:
„Ich habe mir ja bereits gedacht, dass wir uns nicht alle in Mainz wieder treffen werden. Insgeheim habe ich gehofft, Arnulf und euch beide wieder zu sehen, Dinner und Michel hatten sowieso bereits seit längerem vor, die Puppenspielerei an den Nagel zu hängen. Sie wollten irgendwo zusammen ein kleines Gasthaus eröffnen.
Letztendlich erschein nur Karl, über dessen Verlässlichkeit ich mich zwar freute, doch insgeheim war klar, dass er nur in der Hoffnung gekommen war, Anna wieder zu sehen."
Mit einem Seitenblick drehte er seinen Kopf zu Thomas.
„Anna ist hinten in der Schlafstube und schläft, ich hole sie später. Der Kleine fordert seinen Tribut. Erzähle weiter, was ist passiert?"
„Zu Zweit war natürlich an ein Spectaculum nicht zu denken, zumal Karl daran eigentlich überhaupt kein Interesse hatte. So bot ich mich dem Mainzer Bäcker Johann an, als Arbeiter in seiner Stube. Damit hatte ich ein angemessenes Einkommen, das es mir ermöglichte, in Mainz zu bleiben und darauf zu hoffen, vielleicht irgendwann einmal wieder die Spielleute zusammenführen zu können."
„Wir haben uns hier in Allstedt ein neues Leben aufgebaut, Anna und ich. Mehrmals schon haben wir mit dem Gedanken gespielt, auf die Suche zu gehen nach unseren alten Gesellen, um zumindest die Nachricht zu hinterlassen, dass es uns gut, fast zu gut geht. Aber irgendwie..."
Mit einem Blick auf die leere Wiege am anderen Ende der Stube meinte Jakob: "Ihr habt Kinder?"
„Einen Sohn, unser Ein und Alles. Aber er ist nicht allein der Grund, weshalb wir nicht nach Mainz gekommen sind. Aber die

Zeiten sind hart und gefährlich!" "Wem sagst du das", erwiderte Jakob. „Ich habe gehört, dass ihr hier in Allstedt bereits Pest-Fälle habt?"
„Ja, unsere ganze Sorge gilt unserem Kleinen, dessen Gesundheit von Anfang an ein wenig angeschlagen war. Ich wüsste nicht, wie wir weiterleben könnten würde ihm etwas passieren. Er ist unsere Hoffnung auf eine bessere Zeit. Er soll das durch uns erfahren, was wir nie erfahren durften."
„Ihr tut gut daran, euch in euer Nest zu vergraben. Ich hoffe nicht für euch, dass ihr dasselbe durchmachen müsst wie wir. Mainz leidet wie ein Hund, momentan sind es noch einzelne Fälle, aber jeder der die Erzählungen über die Pest kennt weiß, dass sie vor keiner Tür Halt macht und unbarmherzig ihre Opfer sucht." "Bist du deshalb aus Mainz weg?"
„Ich wusste nicht mehr wohin ich gehen sollte, aber keine Angst, ich hatte keinen direkten Kontakt mit Kranken. Es scheint Gottes Wille zu sein, dass dieses Mal der Kelch der Sieche an mir vorübergeht."
Thomas Gedanken überschlugen sich. Einerseits freute er sich über das Wiedersehen mit Jakob ungemein, andererseits hatte er seine Zweifel daran, dass es tatsächlich möglich sei, einem Pestherd mit heiler Haut zu entkommen. Innerlich drängte es ihn Anna hinzu zu ziehen, deshalb stand er auf, unterdrückte sein Verlangen Jakob auf die herab hängenden Schultern zu klopfen und ging nach hinten um Anna zu wecken.
Flüsternd erklärte er ihr die Situation, doch hielt er sie zurück, die wahrscheinlich freudestrahlend dem späten Gast um den Hals gefallen wäre.
„Anna, denke an Immanuel, gib dich als keusche Ehefrau des Thomas, nicht als tanzender Derwisch der Spielleute. Tu`s für unseren Kleinen."
Dementsprechend kühler war auch die Begrüßung, als Anna und Jakob zusammentrafen, wenn auch die Augen des Mädchens leuchteten, wie dies Thomas schon längere Zeit nicht mehr gesehen hatte. Doch sie hielt sich an Thomas Bitte und vermied den direkten Körperkontakt, was auch Jakob nicht verborgen bleiben konnte.

„Liebste Anna, was freue ich mich dich zu sehen!"
Offensichtlich hatte er mit den Tränen zu kämpfen, denn seine Stimme erstarb in einem Hustenanfall, mit dem er seine Gefühle zu kaschieren versuchte, was ihm jedoch nur schwerlich gelang.
„Was waren das für Zeiten, als wir gemeinsam durch die Wälder zogen. Ich sehe, euch ist es gut ergangen und es ist das eingetreten, was ich seinerzeit bereits Karl gesagt habe."

„Was hast du Karl gesagt – hast du ihn gesehen? Wie geht es ihm?"
„Ja ich habe ihn gesehen, eben habe ich Thomas bereits davon berichtet. Er trauert seiner Zeit mit dir nach. Das Spielmannstum scheint für ihn gestorben zu sein, ebenso wie für dich. Er verschwand aus Mainz, ehe die Pest über uns hereinbrach…
Ich habe ihm bereits bei Thomas ersten Erscheinen in unserer Truppe, damals im Wirtshaus geweissagt, dass ihr beide füreinander geschaffen seid und nicht etwa, was er insgeheim immer gehofft hatte – er und die kleine Anna. Und genauso ist es doch gekommen." Er drehte den Kopf wieder weg von Anna in Richtung der inzwischen hell auflodernden Flammen in der Feuerstelle.
„Ihr habt die Pest in Mainz? Ist es sehr schlimm?"
"So schlimm, dass ich beinahe ohne Halt zu machen durchgelaufen bin und in einem erbärmlichen Zustand bei zwei mir inzwischen beinahe fremd gewordenen Menschen sitze, ja Anna, so schlimm ist es!"
„Du kannst immer bei uns bleiben" und mit einem Blick auf Thomas, der zustimmend nickte, sagte Anna: "Im hinteren Teil den Hauses haben wir noch eine kleine Kammer, die dir ausreichen müsste, bis du wieder auf eigenen Beinen stehen kannst. Wäre das nicht schön, wenn wir alle zusammen in Allstedt leben könnten?"
Auch für Thomas hatte dieser Gedanke etwas Beruhigendes, insgeheim schämte er sich für sein Misstrauen Jakob gegenüber, vielleicht die Pest zu ihnen ins Haus geschleppt haben zu können. Woher war nur seine Angst gekommen?
Innerhalb einer Woche erkrankte Jakob schwer und man brachte ihn bereits delirierend in eines der nahen Siechenhäuser gebracht, wo er innerhalb weniger Tage starb. Im Hause Thomas ging die

Angst um, dass die Pest nun auch die kleine Familie treffen könnte – trotz aller Vorsichtsmaßnahmen. In unmittelbarer Umgebung ihres Hauses starben immer mehr Menschen an der heimtückischen Seuche, immer mehr Häuser wurden von außen für alle ersichtlich gekennzeichnet, dass es darin Pestopfer gegeben hatte, oder noch immer gab. Thomas Haus war nicht gekennzeichnet, doch das hatten sie nur dem glücklichen Umstand zu verdanken, dass Jakob an einer seltenen Form der Krankheit gelitten hatte und man ihm, als man ihn in das Siechenhaus transportiert hatte, noch nicht ansah, dass es sich auch um die Pest handelte. Als er dann verstarb war schon an etlichen Stellen der Stadt ein heilloses Durcheinander ausgebrochen, sodass man es schlichtweg vergaß, die üblichen Zeichen am Haus anzubringen. Dieser Umstand verschaffte Thomas und seiner kleinen Familie noch ein wenig mehr Bewegungsfreiheit, obwohl sie sich auch so kaum mehr aus den eigenen vier Wänden heraus trauten. Eiligst wurden die Erledigungen für das tägliche Leben gemacht, was hauptsächlich Thomas erledigte, da Anna es vorzog, mit Immanuel im vermeintlich sicheren Zuhause zu bleiben. Dieses Leben hielten sie auch einige Wochen aus, aber die Auswirkungen des um sie herrschenden Chaos in Allstedt erreichte auch sie irgendwann.
Eines Morgens nach einer durchwachten Nacht, die sie gemeinsam an der Seite ihres Sohnes verbracht hatten, der sich mehrmals übergeben hatte und unter schrecklichem Fieber litt, erkannten sie am folgenden Morgen, dass auch er sich angesteckt haben musste, auch wenn sie es sich nicht erklären konnten wo, aber das war ihre geringste Sorge. Denn es war kein Mittel gegen die Pest bekannt – es konnten sich nur die den Kranken umgebenden Menschen selbst schützen, indem sie sich fernhielten. Doch diese Lösung war sowohl für Anna, als auch für Thomas unakzeptabel, für sie stand fest, dass sie ihren kleinen Sohn pflegen wollten, vielleicht hatte Gott ja ein Einsehen mit ihm und würde ein Wunder vollbringen und ihn erretten. Insgeheim wusste Thomas jedoch, dass dem Kleinen nicht zu helfen war. Aufopfernd pflegten sie ihn, versuchten so gut das eben ging, seine Schmerzen zu lindern, aber alle Liebesmühe war vergebens, sein Husten nahm immer mehr zu, bis er

sogar Blut zu spucken begann. Insgeheim mieden seine Eltern alle Körperausscheidungen von ihm, mieden den direkten Kontakt mit seinem Blut, wie ihnen dies eine Heilkundige einmal geraten hatte. Sie verwanden Angelikawurzel in großen Mengen und in unterschiedlichen Formen, um sich weitestgehend selbst vor der Pest zu schützen.

Seit jener Nacht in der sie an seinem Bett ausgeharrt hatten, verschlimmerte sich sein Zustand immer weiter. Der kleine Mensch war längst nicht mehr bei Bewusstsein, dennoch sang ihm Anna wie um ihn zu beruhigen, verschiedenste Weisen vor und selbst Thomas, der es ansonsten immer verstand seine Gefühle zu verbergen, nahm oft in Tränen aufgelöst seinen kleinen Sohn in den Arm und wiegte ihn zärtlich. In jener Zeit sprachen Anna und Thomas sehr wenig miteinander, denn jedes Wort war zuviel, in einer solchen Situation. Sie konnten sich auch gegenseitig keinen Mut zusprechen und ihr Glaube an Gott wurde auf eine gefährliche Probe gestellt. Nachdem keine Besserung in Sicht war und auch der eilends herbeigerufene Arzt sie mit der schrecklichen Diagnose bestürzt hatte, dass es sich tatsächlich um die Pest handle, begannen sie sich von ihrem Kinde zu verabschieden. So hatten sie keine Freunde um sich, sondern saßen still schweigend am Bett des leidenden Kindes und hielten jeder eine Hand, die sie sanft streichelten. Immanuel hatte zu husten aufgehört, sein Atmen war nur noch ein leise vernehmbares Röcheln und auch das wich mit einer wenn auch erwarteten, so doch plötzlich erscheinenden Stille, die den ganzen Raum auszufüllen schien.

Anna begann zu schreien und mit Gott zu hadern, nahm den kleinen leblosen Körper in die Arme, drückte ihre mütterlichen Küsse auf die eingefallenen Wangen des Jungen, während Thomas vor sein Haus trat und tief die kühlende Nachtluft in sich aufsog. Er wusste nicht, weswegen er mehr litt: Wegen des Verlustes seines einzigen Kindes, oder ob der Tatsache, dass es Anna nicht zu verkraften schien. Er nahm sich einen Krug Wein, den er in einem Zug leerte und beobachtete das immer noch hektische Treiben in den Straßen Allstedts. Es waren bereits erschreckend viele Häuser mit dem Zeichen der Pest gekennzeichnet, wahrscheinlich gab es keine

einzige Familie mehr, die nicht mindestens einen Toten zu beklagen hatte. `Was für eine schreckliche Welt! ` dachte Thomas, `wer hatte ein solches Leben und Sterben verdient? Wer war besser dran – die Toten, oder Jene, die sie hinterließen und die ein Leben lang mit diesem Schmerz leben mussten? `
Bis zum Einbruch der Dunkelheit saß er still sinnierend vor seinem Haus und dachte an nichts Bestimmtes. All seine Gedanken schienen wie durcheinander gewürfelt, er war unfähig sie in eine sinnvolle Reihenfolge zu bringen und dies lag nicht nur an dem Wein. Das Schluchzen, das aus dem Inneren des Hauses herausdrang, hatte im Laufe der Zeit nachgelassen, eine gespenstische Stille war an dessen Stelle getreten.
Thomas stand auf und ging zurück in die Stube. Vor ihm lag ein Bild unendlicher Trauer: Sein Sohn lag aufgebahrt wie ein Engel in seinem Bettchen, fest ihre Arme um ihn geschlungen, hatte sich Anna eng an ihn gekuschelt, als wolle sie sein Leben das längst aus ihm gewichen war, noch festhalten. Es schien als schliefe sie, doch ihr Atem ging zu stoßweise, als dass ihr Mann dies wirklich denken könnte – auch wenn sie die Augen geschlossen hielt. Die Tränen waren ihr auf den Wangen getrocknet und hinterließen eine leichte Salzspur auf ihrer Haut. Vorsichtig löste er ihre Finger von dem kleinen Körper, nahm sie auf die Arme und legte sie so wie sie war in ihre noch von der Nacht zuvor zerwühlte Bettstatt. Die ganze Zeit über hielt sie die Augen geschlossen und reagierte auf keine von Thomas Berührungen. Sie ließ sich tragen wie eine Puppe, jegliche Kraft schien aus ihrem Körper gewichen zu sein. Lange blickte ihr Mann auf seine zusammengekauerte Frau, schließlich gab er ihr einen eher gehauchten Kuss auf die Wange und wandte sich dann dem bisher schwierigsten Geschäft seines Lebens zu.
Er schlug den Körper seines Sohnes in das Laken ein auf dem er lag. Ehe er sein Gesicht bedeckte, streichelte er noch einmal die bereits eingefallenen Wangen. `Wie schnell das Leben aus einem Körper weicht`, dachte er bei sich. `Eben noch mit Kraft gefüllt und jetzt ist allein eine Hülle übrig, die in kürzester Zeit wieder zu Staub geworden sein wird`. Seine Handlungen waren sehr bedächtig, beinahe schien es so, als stehe er neben sich und beobachte sein

Tun von außerhalb. Er nahm den eingeschlagenen Körper und trug ihn aus dem Haus heraus, den Wagen und Karren folgend, die ebenfalls den letzten Weg beschritten hatten und ihre Toten aus den Häusern beförderten. Der Wind fuhr ihm durch seine Haare, er fröstelte, was nicht an den Temperaturen lag, eine innere Kälte begann sich in ihm auszubreiten. Um ihn herum war lautes Klagen zu hören, aber Etliche hatten selbst dazu keine Kraft mehr und führten ihre Toten still und stumm zum Sammelplatz außerhalb Allstedts.

Thomas Marsch durch die Gassen der Stadt dauerte fast eine ganze Stunde, in der er noch einmal die schönsten und bewegendsten Momente ihres gemeinsamen Lebens mit dem Kleinen durchlebte. Was hatte er bei dessen Geburt für Ängste ausgestanden um Mutter und Kind, wie froh und über alle Maßen glücklich war er, als beide sich recht schnell erholten. Welch Wunder, wie schnell Immanuel am alltäglichen Leben teilnahm, wie er von Stolz erfüllt, allen Freunden berichtete, als der Kleine ihn das erste mal bewusst angelächelt hatte. Immer selbständiger wurde der kleine Mensch, bald reichte Annas Milch nicht mehr allein für seine Nahrung aus und er begann mehr und mehr dieselben Dinge zu essen wie seine Eltern.

Die Töne, die er von sich gab, vermittelten Mutter und Vater, je älter er wurde, deutlich mehr als Unzufriedenheit, Wonne oder Schmerz. Und dann die Zeit, als sie begannen Angst um ihn zu bekommen, als die ersten Pestfälle in Allstedt bekannt wurden – und schließlich Jakobs langsames Sterben in ihrem Haus. Hatte doch der Freund die tödliche Seuche eingeschleppt? Thomas mochte sich darüber keine weiteren Gedanken machen, denn es war müßig, sie hatten sich unendlich gefreut, den alten Freund wieder zu sehen und es stand außer Frage, ob sie ihn aufnehmen sollten oder nicht. Außerdem hatte Jakob keinerlei direkten Kontakt mit Immanuel gehabt und es gab unzählige Beispiele, wo sich Bewohner Allstedts sogar in ihren Häusern eingeschlossen hatten mit ihren Familien und dennoch der Seuche nicht entkommen waren. Dennoch ließ die Anzahl der Toten leicht nach, auch wenn niemand wusste, ob mit einem erneuten Erstarken der Seuche zu rechnen war. Aber was nutzte diese Erkenntnis, selbst wenn der einzige Sohn einer der Letzten gewesen wäre, die vom Schnitter geholt würden? Er war unwiederbringlich aus ihrer Mitte gerissen. Als Thomas in die Nähe der großen Feuer kam, die vor den Toren der Stadt brannten, hatte er sich innerlich vom Körper seines Sohnes getrennt. Dieses Bündel hatte nichts mehr mit dem Lebenden zu tun. So fiel es ihm nicht so schwer wie er anfänglich dachte, als er mit einer leisen Verabschiedung auf den Lippen den kleinen Körper jenen Mönchen übergab, die es sich zur Aufgabe gemacht hatten, die Pesttoten so schnell wie möglich zu verbrennen. Es blieb keine Zeit mehr für aufwendige Bestattungen, doch der in der Luft liegende ununterbrochene Singsang und die Gebete, mit denen sich die Brüder zu stärken versuchten, hatte etwas Heiliges an sich. Der fürchterliche Gestank, der in der Luft hing war bereits alltäglich geworden, man nahm ihn beinahe nicht mehr bewusst wahr. Er blickte dem Mönch, dem er seinen Sohn übergab, direkt in die Augen und fand darin ein solch tiefes Verständnis und Mitfühlen, dass er beinahe beruhigt die Rückreise zu Anna antrat. Sollte er wirklich zu ihr zurück? Konnte er das denn? Aber sie brauchte ihn, denn nur gemeinsam konnten sie vielleicht diesen Schicksalsschlag überleben und etwas Neues beginnen. Dies war in der jetzigen Situation zwar undenkbar, aber irgendwie musste es ihnen gelingen, sich wieder am Leben zu beteiligen. All den Menschen, die ebenso wie er mit gesenktem Haupte zu ihren Häusern zurückkehrten ging es genauso, auch für sie hatte sich das Leben grundlegend verändert. Wie nur sollte er Anna zurückholen, wo er selbst nicht diese Stärke besaß?

Als er wieder in ihrem Haus angekommen war, trat er still in die Stube, Anna lag schlafend auf der Bettstatt, wahrscheinlich holte sich nun ihr Körper das zurück, was sie ihm in den letzten Tagen verweigert hatte. Thomas räumte alle Dinge, die ihn unmittelbar an Immanuel erinnerten wie in einem wütenden Rausch in eine kleine Truhe, seine wenigen Kleidungsstücke an denen noch der Geruch des kranken schwitzenden Körpers haftete, warf er auf die Feuerstelle und sah den Flammen zu, die sich gierig über diese neue Nahrung hermachten. Eines der liebsten Spielzeuge von Immanu-

el, das er oft in Händen gehalten hatte und an dem er seine bereits wachsenden Zähnchen ausprobiert hatte, war ein kleiner Kasper, den ihm Thomas geschnitzt hatte. Vorbild dafür war eigentlich Karl gewesen, deshalb auch eine runde Gestalt und ein lächelndes Gesicht. Anna hatte aus tiefstem Herzen gelacht, als sie diese Schnitzerei das erste Mal zu Gesicht bekam, denn eine Ähnlichkeit mit dem sie oft beschützenden Original war in der Tat nicht von der Hand zu weisen. Immanuel hatte die kleine Figur immer bei sich, auf deren Unterseite waren noch die Kerben seiner beiden kleinen Zähne zu sehen, sechs Stück hatte er bereits gehabt.
`Welch Irrsinn`, dachte Thomas. `Während sein Körper zur selben Zeit in Flammen steht, halte ich jenes Lieblingsfigürchen in den Händen, welches noch immer seine Spuren trägt.` Er schwor bei sich, dass dieser kleine Karl ihn immer bis ans Ende seiner Tage an das kurze Leben seines Sohnes erinnern sollte. Der kleine Mann sollte ein unauslöschlicher Teil seines Lebens werden und selbst wenn ihnen Gott noch weitere Kinder schenken würde, so sollten sie alle von ihrem großen Bruder erfahren, der trotz seines kurzen Lebens einen solch tief greifenden Eindruck in ihnen hinterlassen hatte.
Neben dem kleinen Holzkreuz, das Anna, wie sie das noch von ihrer Mutter kennen gelernt hatte, in eine Ecke der Stube gehängt hatte, befand sich eine kleine Nische in der mit Lehm ausgefüllten Wand. In diese stellte er behutsam den kleinen Karl, legte noch eine kleine Blume davor, die er auf dem Weg zurück gedankenverloren gepflückt hatte und musste beinahe lächeln, auch wenn ihm unendlich schwer ums Herz war. Er zog sich aus und legte sich zu seiner Frau in das nun viel zu groß erscheinende Bett. Sie reagierte nicht wie ansonsten immer üblich mit wohligen Knurren, sondern selbst im Schlaf zogen sich die tiefen Furchen ihrer Stirn noch weiter zusammen, sie schien zu träumen und sich in einer Welt zu befinden, welche weit jenseits eines versprochenen Paradieses war. Er fiel in einen tiefen, schwarzen Schlaf, der einer Ohnmacht nicht unähnlich war.
Als er am nächsten Morgen erwachte, kam ihm das Erlebte vollkommen unwirklich vor, er brauchte einige Zeit um sich die

schrecklichen Tatsachen wieder zu vergegenwärtigen und sich ins Bewusstsein zu rufen, dass es sich nicht um einen schlimmen, um den schlimmsten aller Träume gehandelt hatte. Thomas lag allein im Bett, bis unter die Nasenspitze mit der Wolldecke zugedeckt, die ihn mit ihrer Wärme umfing. Nichts in ihm drängte ihn dieses Nest zu verlassen. Sein Blick fiel auf Anna, die sich bereits angekleidet hatte und auf einem Schemel vor der kleinen Nische saß. Sie hatte ein Öllicht angezündet und auch in die Nische gestellt, den kleinen Karl hielt sie in ihren Fingern und weinte still vor sich hin. Thomas stand irgendwann doch auf, kleidete sich an und trat von hinten an Anna heran, behutsam nahm er sie in die Arme und wusste nicht was er sagen sollte.

„Wir schaffen das schon... Wir haben noch eine Menge zu tun."

Anna antwortete nicht, sie sah ihn auch nicht an, immer nur hielt sie die Puppe in ihren Händen und sah hinauf zu der kleinen flackernden Flamme. Thomas war froh, dass sie ihm keine Fragen stellte was mit Immanuel passiert war, wohin er ihn gebracht hatte, denn sicherlich wäre er zu einer Erklärung im Moment nicht im Stande gewesen.

„Ich muss los, die Arbeit wartet. Ich werde wieder hier sein, wie jeden Tag."

Mit diesen Worten drückte er ihr noch einen leichten Kuss auf die Wangen und verließ daraufhin das Haus. In der klaren Luft von Allstedt kamen ihm die enge Stube und deren stickige Luft, wie eine andere Welt vor.

So vergrub er sich in den nächsten Tagen und Wochen in seiner Arbeit, mit der Zeit ließ die Zahl der Neuerkrankungen an der Seuche in der Stadt tatsächlich merklich nach und nach drei weiteren Monaten feierten die Überlebenden Allstedts sogar den ersten Monat in dem es keinen weiteren Pestfall mehr zu beklagen gab. Trotz aller Trauer und all dem Leid das die Familien getroffen hatte, waren sich die Überlebenden noch mehr verbunden, die Zusammenarbeit und gegenseitige Hilfe hatte beinahe harmonische Züge angenommen, die Menschen waren näher zusammen gerückt.

Anna legte noch immer jeden Morgen eine frische Blume in die Nische, zündete das Talglicht an und weinte mit dem kleinen Karl

zwischen den Fingern um ihren Sohn. Irgendwann stellte sie das Püppchen wieder zurück und dann ging auch sie ihrer Arbeit nach.
Die Nächte waren furchtbar, oft lagen beide Eltern still weinend nebeneinander und fragten sich, wie sie wohl den nächsten Tag überleben könnten. Die Kontakte zu den Freunden, zu jenen, die die Seuche überlebt hatten, nahmen langsam wieder zu, aber die Freundschaften hatten sich verändert, all die Themen, welche vor der Pest wichtig waren, hatten an Bedeutung verloren und oft saß man nur still beisammen und teilte die Trauer.
Eines Abends erzählte Thomas seiner Frau, was sich alles noch in jener Nacht zugetragen hatte, ins besondere die beeindruckenden und wissenden Augen des Mönches, der ihm wie ein Engel in der leibhaftigen Hölle erschienen war. Still hörte Anna seinen Worten zu und als er geendet hatte, nahm sie ihn zärtlich in die Arme und gemeinsam vergossen sie einmal mehr heiße Tränen um ihren Sohn. In gewisser Weise waren diese gemeinsam vergossenen Tränen auch die Besiegelung eines Neuanfangs, sie waren gewillt, weiter zusammen in die Zukunft zu schauen und ihre kleine Familie noch mehr, als diese bereits zuvor der Fall gewesen war, in den Mittelpunkt ihres Lebens zu stellen.
Dennoch war etwas zerbrochen in ihnen, das Leben ging weiter, doch war nichts wie vorher. Trotz all der Abenteuer, die Thomas erlebt hatte, zusammen mit den Spielleuten und in der Zeit zuvor, seit Immanuels Tod hatte sich seine Sicht der Dinge verändert. Die Irrungen und Wirren seines bisherigen Lebens waren mal gute, mal schlechte Erfahrungen, ebenso wie seine abenteuerliche Flucht vom Gutshof, das Zusammenleben mit Anna, dennoch war die Zäsur des Todes stärker als alles andere. Ihr Leben hatte sich in seinen Wurzeln verändert und auch wenn sie nach gut einem Jahr wieder einigermaßen zusammen fanden: Nichts war wie zuvor. Jene ihrer Freunde, welche selbst keine eigenen Kinder verloren hatten, trauerten auch um die der Pest anheim gefallenen Opfer, doch nur die, die selbst ihrer Kinder beraubt wurden, konnten den seltsam tief empfundenen Schmerz nachvollziehen.
Anna und Thomas fühlten sich ihrer Zukunft beraubt, lebten aber nach der intensiven Trauerzeit in steter Hoffnung, dass Immanuel

ein weiteres Geschwisterchen bekommen könnte. Sie fanden wieder zueinander, blieben sich aber dennoch fremd. Thomas Blick auf die Welt verhärtete sich, stand mit Immanuels Geburt die Familie und das Leben und Sorgen mit ihr und für sie im Mittelpunkt seiner Gedanken, so schweifte er nach nunmehr etwas mehr als einem Jahr, immer öfter ab in die Gedankenwelt, in der er bei seiner Flucht vom Gutshof gelebt hatte. Ebenso wie damals breiteten sich in ihm eine ihm selbst manches mal beinahe unheimliche Unruhe und ein immer stärker werdender Zorn aus. Ebenso wie seine Wut auf Gott und die Welt kamen die Erinnerungen an seinen Vater langsam wieder an die Oberfläche.

Eines Abends traf sich Thomas einmal mehr mit Martin, zu dem er ein innigeres Verhältnis aufgebaut hatte, als zu Paul, vielleicht auch deshalb, weil Martin auch einen Sohn verloren hatte während der Pestzeit. Im Gegensatz zu Anna und Thomas hatten Martin und seine Frau Isabella jedoch noch zwei weitere Kinder, die ihnen über die härteste Zeit der Trauer hinweg halfen. Die Eltern hielten sich an der Stärke ihrer verbliebenen Kinder fest und gestanden es sich selbst nicht zu, sich gehen zu lassen und vollkommen am Leben zu verzweifeln. Ihre andere Sicht der Dinge half Thomas und Anna über viele Tiefen hinweg und im Laufe der Zeit wurde Thomas die Freundschaft zu Martin neben seiner Liebe zu Anna die wichtigste Sache. Paul hatte inzwischen Allstedt verlassen, er hatte selbst keine Familie, hatte sich in der Hochzeit der Pest sogar als Helfer verpflichtet und in dieser Arbeit seine Beziehung zu Gott erkannt. Nachdem lange Zeit keine Pesttoten mehr zu beklagen waren, hatte er sich auf die Wanderschaft gemacht. Er wollte, wie er beim Abschied betonte, ein Kloster suchen, in dem er Gott näher sein könne. Das war im Spätsommer gewesen, seitdem hatten sie nichts mehr von ihm gehört.
Wie immer waren auch die Gespräche auf die verstorbenen Kinder gekommen, beiden Männern half dieser Austausch, das Gespräch über die Liebsten, die so früh von ihnen genommen wurden. Irgendwie kamen sie auf ihre Väter zu sprechen, Martin erzählte von seinem Vater, der starb, als er fast erwachsen war. Sein Vater hatte

sogar noch Martins Frau kennen gelernt und als würdige Nachfolgerin auf seinem Hof anerkannt. Somit war er tatsächlich in Frieden gestorben in der Hoffnung, sein Sohn würde seinen aufgebauten kleinen Hof nicht in den Ruin führen. In Wirklichkeit gelang es Isabella und Martin sogar den bestehenden Hof weiter auszubauen, sich ganz aus der Abhängigkeit freizukaufen und ein eigenständiges Leben zu führen. Wäre nicht die Pest dazwischen gekommen, es hätte ein vollkommenes Leben sein können.
Thomas konnte über seinen Vater, der eine allgemeine Berühmtheit allerorts war, nicht aus eigenen Erfahrungen berichten, noch immer schwieg er sich über die genauen Vorkommnisse auf dem Gutshof aus, also beschränkte sich sein Wissen über seine eigenen Wurzeln ausschließlich auf das Hörensagen Dritter. Aber er kannte Martin inzwischen so gut, dass er es wagte zumindest die Vermutung auszusprechen, dass Thomas Müntzer sein Vater sei. Im tiefsten Inneren spürte er wieder den Drang mehr wissen zu wollen, möglichst Menschen kennen zu lernen, die seinen Vater noch gekannt hatten. Das Bier schmeckte gut, die Gespräche wurden hitziger, denn Martin gehörte nicht unbedingt zu den Anhängern seines Vaters, eher sah er in der gelebten Gesellschaft eine von Gott gewollte Struktur, gegen die man nichts ausrichten wollte. Einen Beweis dieser These sah er im Scheitern der Bauernhaufen insbesondere auch im schrecklichen Tod von Thomas Vater. Martin bedauerte dies menschlich aufs tiefste, erkannte aber im Aufruhr keine Möglichkeit, die gottgewollte Struktur zu verändern.
„Das sagst du doch nur, weil es euch inzwischen richtig gut geht" wandte Thomas ein. „Würdet ihr zu den Hörigen oder gar Leibeigenen gehören, wäre euch wahrscheinlich der Tod im Kampf gegen die Unterdrücker willkommener, als das stete Dahinsiechen und sich Aufopfernmüssen für die hohen Herren!"
„Du redest, als würdest du selbst noch immer zu jenen Armen der Dörfer gehören. Habt ihr, du und Anna, es denn nicht auch geschafft euch aus euren Fesseln zu befreien? Wenn es euch gelang, wieso sollte dies nicht auch den anderen gelingen?"
Zweifellos brachte dieser Einwand Thomas ein wenig aus dem Konzept. Dennoch war er der Meinung, dass es auch was mit

glücklicher Fügung zu tun habe, und dass man für eine solche Leistung den richtigen Partner brauche. Er erzählte von den etlichen unglücklich verlaufenen Fluchtversuchen aus dem Gutshof seiner Mutter und was Luitpold mit den Hörigen angestellt hatte. Niemals zuvor hatte er so intensiv und deutlich von dieser Zeit und seinem Leben dort berichtet. Das Bier löste seine Zunge und er gab Dinge preis, die er eigentlich geheim halten wollte. In den schillerndsten Farben und mit der ein oder anderen Ausschmückung, schilderte er auch Luitpolds Treiben mit den jungen Mägden, während Martin ihm ungläubig zuhörte und langsam das Gefühl bekam, Thomas wolle ihm über die Zeit seiner Jugend einen Bären aufbinden.

„So wir du das schilderst, hätte sich das doch kein Dorfältester gefallen lassen! Schließlich gibt es ja auch Recht und Gesetz!"

„Hör bloß auf mit Recht und Gesetz! Als Leibeigener hast du auch dort keinerlei Rechte, wie stellst du dir das eigentlich vor? Was meinst du gilt vor einem solch ausgesuchten Gremium das Wort eines Hörigen gegen das eines Steuer zahlenden Gutshofbesitzers? Glaubst du denn im Ernst es nimmt sich jemand die Zeit und tritt für die Armen ein??"

„Wozu haben wir denn sonst unsere Gerichte?"

„Man merkt, dass du niemals aus Allstedt heraus gekommen bist", Thomas wurde immer ärgerlicher. „Die Zeit als Höriger konnte, gut für dich, dein Vater bereits beinahe beenden, sodass dir nicht mehr viel zu tun blieb. Aber du hast niemals die Qual der Knechtschaft spüren müssen."

„Ach hör doch auf, Thomas! Wenn man deinen Worten Glauben schenken wollte, müsste man irgendwann auch die Vorgehensweise der Heiligen Inquisition anprangern, was nicht einmal du dir getrauen wirst – wenn auch nur mit Worten! Ebenso wie dieses Gottesgericht sprechen diese weltlichen Herren in aller Regel das von Gott verordnete Recht."

Stille trat zwischen sie, er hatte einen Punkt angeschnitten, der Thomas in seinem tiefsten Innern traf und Gespenster herauf beschwor, von denen Thomas geglaubt hatte, diese längst begraben zu haben.

Leise gab er zur Antwort: "Was weißt du von der Heiligen Inquisition?"

„Mein Vater wurde mehrmals als streng gläubiger Christ zum Beisitzer befohlen, als er die Hörigkeit bereits ein paar Jahre abgelegt hatte. Offensichtlich sah man in ihm einen unanfechtbaren Zeugen der Prozesse, `ein Mann aus dem Volk`, gewissermaßen."

„Was hat er von den Prozessen erzählt?"

„Nicht viel, sie schienen alle ähnlich abzulaufen, er ging nie in die Details, auch wenn wir alle wussten, was er meinte, wenn er von der `peinlichen Befragung` erzählte. Er war ein Mann Gottes – und so sehe ich das auch. Mit Hilfe seines Glaubens und mit Hilfe der ebenso fest im Glauben verhafteten Richter und Schergen, konnte das Hexentum erfolgreich eingedämmt werden."

Thomas hatte genug gehört. Er nahm seinen Becher, ließ ihn von Martin erneut mit Wein füllen und trank ihn in einem Zug aus, so als wolle er sich Stärkung aus dem Rebensaft holen. Dann begann er mit leiser Stimme die ganze Wahrheit über seine Mutter zu erzählen, wie ihr von Luitpold mehrmals Gewalt angetan wurde, wie sie sich rächen wollte und welche Rolle die Heilige Inquisition spielte. Martin war sprachlos und lauschte mit offenem Mund dem Bericht. Als die Rede auf die Inquisition kam, machte er schnell das Kreuzzeichen und schloss die Augen. So saß er am Tisch und es schien, als schlafe er, bis Thomas geendet hatte mit seinem Bericht über die Beerdigung seiner Mutter unter jener gewaltigen Buche im nahe gelegenen Waldstück. Das Ende Luitpolds verschwieg er.

„Es tut mir leid, ich wusste das alles nicht, du hast davon noch niemals erzählt. Jetzt wird mir allerdings vieles klarer. Ich hatte bislang selbst keinen Kontakt zur Heiligen Inquisition, allein die Erzählungen meines Vaters passen nicht zusammen mit dem Bild, das du über unsere Kirchenhüter ausbreitest. Kann es denn wirklich sein, dass einem Menschen allein ein derartiges Unrecht widerfährt? Oder war es vielleicht so, dass sich all dies in deiner damalig jugendlichen Auffassung so darstellte? Versteh mich nicht falsch, ich möchte in keinster Weise die Wahrheit deiner Worte anzweifeln…"

„Daran gibt es auch nichts zu zweifeln!". Thomas begann sich über Martins Haltung erneut zu ärgern. Gleichzeitig bemerkte er seinen Fehler, sein Leben das erste Mal vor einem Menschen so ausgebreitet zu haben, ihm Dinge erzählt zu haben, die er bisher nur Anna erzählt hatte.
„Es war eine schlimme Zeit, ich bin froh, dass die vorbei ist." Insgeheim hegte er die Hoffnung, das Gespräch auf etwas anderes lenken zu können, aber das Ausgesprochene hatte seine Wirkung bei seinem Freund nicht verfehlt. In gewisser Weise hatte er sogar dessen Lebenseinstellung dadurch in Frage gestellt. Denn für Martin war die Kirche neben der Familie der feste Punkt, um den sich alles drehte. Mit Thomas Angriffen auf die Heilige Inquisition und deren Vorgehensweise, griff er auch ihn persönlich an.
„Ohne dir zu nahe treten zu wollen, Thomas, aber es muss doch einen Sinn gemacht haben, dass die von der Heiligen Mutter Kirche zur damaligen Untersuchung Bestimmten den Leichnam deiner Mutter genauestens prüften. Mag sein, dass sie einem Schwindel auflagen, dass sie von, wie hieß der Gutsherr?"
„Luitpold."
„…Luitpold und dessen Frau hinters Licht geführt wurden. Unter normalen Umständen hätte diese Untersuchung am toten Körper deiner Frau Mutter wahrscheinlich nicht stattgefunden."
„Das hat sie nun aber und das Schreckliche an der Sache ist ja, dass man auch diese vermeintlichen Hexenmale gefunden hat!"
„Eben das verwundert mich, das hätte eigentlich nicht sein dürfen. Sie hätten nichts finden dürfen. Wenn nicht…"
„Martin! Sprich nicht in diese Richtung weiter! Du redest hier von meiner Mutter! Wenn dir auch nur annähernd in den Sinn kommt, dass es sich wirklich um eine wahrhaftige Hexe handelte, wenn es denn die wirklich gibt, dann…"
„Du zweifelst doch nicht etwa an der Existenz des allmächtigen Gegenspielers unseres Heilands, Thomas?"
„Wenn meine Mutter eine Hexe gewesen ist, muss dir klar sein, wer vor dir sitzt: Ich bin ihr Sohn!" Leiser fügte er hinzu, denn er hatte sich in Rage geredet: "Und ich bin stolz darauf."

Zwischen den beiden Streithähnen war im Laufe ihres Gespräches eine beinahe greifbare Spannung entstanden, Martin sah ein, dass es Thomas mit seiner Erzählung und seiner Meinung über die Inquisition todernst war. Wie wohlwollend er auch mit dieser Meinung umzugehen bereit war, die unterschiedlichen Standpunkte waren geklärt. Martin wollte es mit einer Einigung versuchen:
„Vielleicht haben sie sich auch geirrt und durch die … post mortem unterzogene Überprüfung … haben sie die Haut deiner Mutter irgendwo verletzt und dies fälschlicherweise als Hexenmal gedeutet? Das würde alles erklären. Und da sie sich auf dem falschen Weg befanden, sich aber dessen nicht bewusst waren, mussten sie alles für die Verbrennung vorbereiten. Ist das nicht möglich?"
"Das bezweifle ich, denn das Mal wurde an einer normalerweise nicht sichtbaren Stelle gefunden – bedenke, ich habe den nackten Körper meiner Mutter gesehen, ich kann mir vorstellen was sie alles mit ihr angestellt haben."
„Wie `nicht sichtbare Stelle`? Wie meinst du das?"
„Es gibt Stellen an Jedermanns Körper, ins besondere des weiblichen, die selbst die Ehemänner niemals zu Gesicht bekommen. Von Gott der Scham halber mit Haaren bedeckt, welche die Schergen der Kirche aber abflammten, nachdem sie offensichtlich auf der Suche nach dem Hexenmal bis dahin auf nichts Verwertbares gestoßen sind. Ich bin froh, dass meine Mutter zu diesem Zeitpunkt längst tot war und diese Schändung allein ihren Leib betraf, die Seele war längst bei Gott. Nicht vorstellbar, was jene Frauen und Männer erleiden müssen, die noch bei Bewusstsein sind. Und dein Vater war Beisitzer dieser Vorgehensweise bei anderen Prozessen! Kannst du dir vorstellen, weshalb er euch niemals was erzählt hat?"
„Die Arbeit meines Vaters war rechtmäßig. Er hat im Dienste der Kirche gehandelt, damit im Dienste Gottes!"
„Mein Martin. Wie blind bist du bislang durchs Leben gelaufen. Ich bedauere zutiefst dir all das erzählt zu haben. Es hätte mir selbst bei dir klar sein müssen, auf wie wenig Verständnis ich hoffen darf."

Ohne ein weiteres Wort an Martin zu richten, stand Thomas auf, zog sich seine von Anna gefertigte derbe Jacke über und verließ ohne weitere Verabschiedung, das Haus seines Freundes.
Es war spät geworden und Thomas ärgerte sich insgeheim über sich selbst. Einmal mehr hatte er den Fehler gemacht, der Wirkung des Weines erlegen zu sein. Es endete immer gleich: Im Nachhinein bereute er seine Worte, oder gar Handlungen. Ein derartiges Wortgefecht, aus dem es keinen Ausweg zu geben schien, hatte er mit Martin bisher noch nicht gehabt. So sehr er diese Situation jetzt bereute, an seinen Worten blieb kein Zweifel – er hatte die Wahrheit gesprochen und in diesem Punkt ließ er keinerlei Widerspruch zu: Bei seiner Mutter handelte es sich um die beste Frau, die er in seinem Leben kennen gelernt hatte - neben Anna. Kein Mensch durfte auch nur das kleinste Jota eines Zweifels an ihrer Person aufkommen lassen, ohne dass er sie verteidigen würde. Wie konnte Martin nur so blind durchs Leben gehen und allem vertrauen?
Der Weg, den Thomas nach Hause zurücklegen musste, ließ ihm genügend Zeit über all dies nachzudenken, aber je öfter er den Disput rekapitulierte, desto stärker wurde seine Wut. Hatte er sich denn so in Martin geirrt? Oder lag es daran, dass er mit seinen Worten, als er Marie verteidigte, gleichermaßen den Vater seines Freundes angriff? Das wiederum würde die übersteigerte Reaktion Martins erklären. Wenn er doch nur selbst auch soviel über seinen Vater wüsste, aber alles was er bisher herausgefunden hatte, waren Bruchstücke: Entweder man erzählte ihm von Wundertaten seines Vaters, oder aber man hatte ihn bereits als Aufwiegler verurteilt, der, Gott sei's gedankt, seiner gerechten Strafe zugeführt worden war.
Plötzlich kam ihm sein Bruder wieder in den Sinn. Vielleicht hätte er damals doch nicht sofort die Beziehung abbrechen sollen. Vielleicht steckte doch noch mehr in Hans, als er dachte, schließlich war er vom selben Blut durchdrungen wie Thomas. Hatte er die Seuche überhaupt überlebt, oder war er ihr auch zum Opfer gefallen?
Thomas blieb an einer Abzweigung stehen, die hinauf zum Kloster führte und dachte nach. Es war schon spät und Anna wartete auf

ihn. Seine Anna, die sich inzwischen wieder gefangen hatte, auch wenn sie dann und wann erneut in Schwermut verfiel und weinend vor Immanuels Nische saß. Aber sie hatten es nunmehr geschafft ein einigermaßen harmonisches Eheleben zu führen und auf weitere Kinder zu hoffen. Anna wartete auf ihn, aber irgendetwas in Thomas Inneren lenkte seine Schritte den Berg hinauf in Richtung des Klosters. Er würde noch einmal versuchen ein Gespräch mit seinem Bruder zu führen, irgendeine Gemeinsamkeit musste doch zwischen ihnen beiden zu finden sein.
Er ging den Aufstieg langsam an, denn er wollte nicht die selbe Erfahrung machen wie letztes Mal und auch das zuvor geführte Gespräch mit Martin hatte ihm noch einmal verdeutlicht, wie wertvoll sorgfältig gewählte Worte sein konnten. Von weitem betrachtet hatte das Kloster etwas Bedrohliches, nichts Einladendes für einen Pilger beispielsweise. Aber er war nicht als Bittsteller zu den Mönchen unterwegs, sondern als Besucher des Mannes, der denselben Vater hatte wie er.
Um bei sich selbst keine weiteren Erinnerungen zu erwecken mied er dieses Mal die Felsen hinter denen er sich bei seinem letzten Besuch versteckt hatte und ging festen Schrittes über den kleinen Vorplatz auf die Hütte seines Bruders zu. Wie letztes Mal brannten in einigen Fenstern der Abtei flackernden Lichter, wahrscheinlich Talglichter, oder Öllampen. Er konnte sich nicht vorstellen, dass es sich dabei um echte Kerzen handelte, denn diese waren zu teuer und wenn vorhanden, dann dem Gottesdienst vorbehalten. In der Hütte seines Bruders brannte kein Licht. Entweder er schlief bereits, oder aber er würde ihn überhaupt nicht mehr antreffen. Hätte er seinen Besuch geplant, sicherlich hätte er einige Leute in Allstedt fragen können, ob es den wunderlichen Gärtner dort oben beim Kloster noch gab, zumindest der Wirt der Schankstube hätte dies sicherlich gewusst. Aber noch wenige Stunden zuvor hatte er ja selbst nicht gewusst, dass er sich noch in dieser Nacht zu Hans aufmachen würde. Was würde ihn wohl erwarten?
Als er den Hof überquert hatte ging er direkt auf die Eingangstür zu, einen Blick durch das Fenster verkniff er sich, da er nicht wie ein Dieb in der Nacht auftauchen wollte. Sein Klopfen wurde nicht

beantwortet, es dauerte einige Zeit und erst nach etlichen Versuchen und der Verstärkung des Klopfens hörte er schlurfende Schritte von innen näher kommen. Kein Wunder, sicherlich war es schon weit nach Mitternacht.
„Wer da?"
Eine Frauenstimme! An diese Möglichkeit hatte Thomas nicht gedacht. Dass er seinen Bruder nicht mehr antreffen würde, oder dass er ihn wie letztes Mal nicht gerade freundlich empfangen würde, darauf war er gefasst gewesen, aber nicht darauf, dass er nun mit einer Frau konfrontiert werden würde.
„Ich suche Hans, der noch vor einem guten Jahr hier gelebt hat. Ist er hier?"
„Nein, verschwinde!"
„Ich muss ihn aber dringend sprechen."
„Hau ab, hier ist kein Hans!"
„Ich bin sein Bruder und was ich zu sagen habe ist äußerst wichtig!"
Thomas hatte zwar keine Ahnung, was er eigentlich seinem Bruder sagen wollte, denn in Wirklichkeit wollte er ja Informationen von ihm, aber ihm war in diesem Moment nichts Besseres eingefallen. Insgeheim wollte er nicht daran glauben, dass Hans nicht in der Hütte war, er vermutete ihn schlafend im hinteren Teil und der Frau war es unrecht einen Fremden ins Haus zu lassen. Stille breitete sich aus, es kam keine Antwort mehr. Erneut klopfte Thomas an die Tür.
„Hans! Mach die Tür auf, ich hab mit dir zu reden! Oder soll ich ein solches Spektakel machen, dass das ganze Kloster aufwacht?"
Von innen wurde ein Riegel zurück geschoben und die Tür geöffnet. Es dauerte einen Moment, bis sich seine Augen an die Dunkelheit im Inneren gewöhnt hatten, doch dann erkannte er die typischen Einrichtungsgegenstände einer Bauernhütte: Truhen, ein Bett, eine Feuerstelle auf der die letzte Glut vor sich hin knisterte, der Kessel an einer Kette darüber und das Kreuz im Winkel an der Wand. Das Mädchen das ihm geöffnet hatte saß auf einer der Truhe, blickte ihm neugierig entgegen und entzündete eben ein kleines Talglicht. Der düstere Schein erhellte den kleinen Raum zumindest

ein wenig und nun erkannte Thomas auch seinen Bruder, der halb aufgerichtet in seiner Bettstatt lag und ihn aus schlaftrunkenen Augen anblickte. Thomas erkannte in dem Mädchen eines jener bekannten Wesen, die ohne eigenen Wohnsitz gegen diverse Dienste mal hier, mal dort wohnten. Meistens bei allein lebenden Männern, die ihre Familien verloren hatten, oder nie welche besaßen. Man reichte diese Frauenzimmer herum, sie hatten ihren Lebensunterhalt, solange sie jung und einigermaßen ansehnlich waren, doch manch eine von ihnen war auch plötzlich verschwunden, niemand wusste wohin und niemand interessierte das wirklich.

Das Schlimmste, was ihnen passieren konnte neben der immerwährenden Möglichkeit, dass sie irgendwie zu Tode kamen war, dass sie ein Kind bekamen, denn dieses konnten sie nicht selbst versorgen und außerdem hinderte es sie an der Möglichkeit, weiter ihr Auskommen zu haben. So wie sie Thomas anblickte, schien sie bereits mit dem Gedanken zu spielen, irgendwann auch Thomas als Gesellschafterin zur Verfügung stehen zu können. Für das unstete Leben, welches sie führte, sah sie noch recht ansehnlich aus, in diesem Punkt konnte er seinen Bruder durchaus verstehen, dennoch musste er sich sehr wundern, denn er hatte seinen Bruder nicht so eingeschätzt, dass er Verbindungen zu Frauen aufbauen könnte.

„Was treibt denn dich schon wieder hier hoch?" empfing ihn sein Bruder nicht gerade freundlich, der sich inzwischen aufgesetzt hatte und ein Hemd locker über seinen Oberkörper warf.

„Es war doch so vor einem Jahr? Oder etwas länger gar? Dann hat dich die Pest also auch nicht dahingerafft, wir haben es auch gut überstanden hier oben. Aber über uns hängt ja der Segen des Allmächtigen" mit einer kreisenden Handbewegung über seinem Kopf war er zu dem Mädchen auf der Truhe gegangen und legte seinen Arm um ihre zarten Schultern.

„Oder hat es etwa doch einen aus deiner Familie erwischt? Och, das täte mit aber unendlich leid, mein Lieber! Ich habe keine Familie und das ist gut so. Wer braucht das schon, wenn man sich Blumen kaufen kann?" Mit einer obszönen Geste zog er das Mädchen an sich und küsste sie direkt auf den Mund. Eine Ungeheuerlichkeit und ein Affront gegen jeglichen guten Geschmack. In Thomas begann langsam die Erkenntnis zu reifen, dass es vielleicht doch keine so gute Idee gewesen war, zu so später Stunde, oder vielleicht überhaupt, den Berg erklommen zu haben, um sich noch einmal mit seinem Bruder zu treffen. Noch hatte er sich nicht offenbart, noch wusste Hans nichts von ihren gemeinsamen Wurzeln. Und inzwischen war er sich auch nicht sicher, wie weit er mit seinen Enthüllungen tatsächlich gehen wollte, das Verhalten von Hans verärgerte ihn zunehmend.

„Meine Freunde die Mönche, haben einen solch guten Kontakt zum lieben Gott da oben, dass uns die Pest nichts anhaben konnte. Wie sind dem Himmel zu nah."

„Das hab ich letztes Mal gesehen, wie nahe du dem Himmel warst…"

„Ich wäre mit den zwei Schurken durchaus allein fertig geworden, keiner hat dich gerufen!"

Glaubte er denn wirklich an das, was er sagte, oder wollte er ihn nur, warum auch immer, provozieren?

„So wie Gott mich vor allem beschützt, schickt er mir auch dann und wann einen Engel vorbei, nicht wahr mein Täubchen?"

Erneut diese Ekel erregende Inbesitznahme des Mädchens. Thomas musste sich zusammenreißen, um endlich zum Punkt seines Besuches zu kommen. Er entschloss sich zum Angriff überzugehen.

„Du weißt ganz genau, dass ich dir damals das Leben rettete. Der eigentliche Grund aber meines Besuches dieses Mal ist ein ganz anderer: Dein Vater ist Thomas Müntzer, hat man mir unten in Allstedt erzählt."

„Ja… das war wohl auch der Grund, weshalb ich diese Schwierigkeiten hatte – und das war nicht das erste Mal, denn schon ein paar Mal hat man mich für Dinge verantwortlich gemacht, mit denen ich absolut nichts zu tun habe, wahrscheinlich nicht einmal mein Vater. Aber was hat all das mit dir zu tun? Weshalb interessierst du dich dafür? Mit den Schergen scheinst du ja nicht unter einer Decke zu stecken, sonst hättest du sie ja nicht totgeschlagen."

„Sie waren nicht tot, ich habe den einen außer Gefecht gesetzt, er war bewusstlos, währen du den anderen mit dem Messer traktiertest. Aber tot waren sie nicht."
„Jetzt sind sie`s jedenfalls…"
Thomas wurde bleich.
„Du hast…Das glaub ich nicht, du hast sie wirklich ermordet?"
„Meinst du vielleicht, ich lasse zu, dass sie den Auftraggebern von mir berichten? Und dann irgendwann vielleicht auch noch mit Verstärkung bei mir aufkreuzen? Nein, das wird nicht passieren, nicht wahr mein Täubchen?" Mit diesen Worten hatte er das Mädchen an den Haaren gepackt und zerrte sie von der Truhe zu seinem Bett. Sie folgte ihm wimmernd und mit schmerzverzerrtem Gesicht. Als er am Bett angekommen war warf er sie wie einen Einrichtungsgegenstand auf die zerwühlten Decken und wandte sich erneut, dieses Mal mit äußerstem Nachdruck an Thomas:
„Was willst du hier? Wenn du auf Geld hoffst als Belohnung für deinen `Verdienst` damals – vergiss es! Ich habe nicht viel und das Wenige werde ich dir auf keinen Fall geben. Wenn du sonst nichts zu sagen hast, verschwinde, ich habe hier noch was zu erledigen."
Mit diesen Worten riss er dem Mädchen das Oberteil herunter, sodass ihre Brüste zum Vorschein kamen, die sie unbeholfen versuchte zu verdecken. Hans lachte und sah Thomas triumphierend an.
Es war ein Fehler gewesen hierher zu kommen, was hatte er sich nur dabei gedacht? Von diesem Menschen konnte er nichts Gutes erwarten, geschweige denn eine verlässliche Information über das Leben seines Vaters. Er drehte den beiden den Rücken zu und als er die Hütte verließ, hörte er noch das verächtliche Lachen seines Bruders – und den Teil eines Satzes, der ihn innehalten ließ.
„Was hast du eben gesagt?" fragte er Hans, der sich wieder ganz der Beschäftigung mit dem Mädchen zugewandt hatte. „Was war das?"
„Was hab ich denn gesagt? Ach, das mit deinem Sohn?"
„Woher weißt du das? Was weißt du?"
„Spricht sich halt so rum. Aber was soll`s – mach halt noch ein paar Bälger, offensichtlich steht dir ja eine Schlampe zur Verfügung, die

dich drauflässt. Und bewiesen hast du`s ja, dass du weißt wies geht. Soll ich es dir noch mal zeigen?"
Beinahe nackt lag das Mädchen vor ihm, die löchrigen Socken hatte sie noch an. Ihre Augen spiegelten Angst wieder, ihr Körper war ausgemergelt und ungepflegt. Wie hypnotisiert lag sie da, wahrscheinlich kannte sie dieses Geschäft schon und wusste, wie sie am Besten damit umzugehen hatte. Hans zog mit einem triumphierenden Lachen seine Hosen in die Kniekehlen und richtete in schamlosester Haltung sein erigiertes Glied in Thomas Richtung, der dem Treiben fassungslos zusah.
Hans wandte sich dem auf dem Bett liegenden Mädchen zu, die ihre Augen geschlossen hatte, in stiller Vorbereitung auf all jene Dinge, die nun erneut über sie hereinbrechen würden. Von hinten betrachtet sah Hans aus, als wäre er im Moment dabei zu urinieren und diese Szene hatte auch etwas von einer körperlichen Entledigung, nichts von einem Liebespaar. Thomas hatte genug gesehen. Dieses Schwein sollte also sein Bruder sein! Diesen schrecklichen Menschen hatte er das Leben gerettet, damit er nun dem Mädchen auf übelste Weise Gewalt antun konnte? Es geschah etwas in seinem Innersten: Er sah wieder Luitpold vor sich, sah, wie er das Schälmesser aus dem Ärmel zog und erinnerte sich an das Gefühl der Befriedigung und endlichen Befreiung, als er ihm das Messer in den Hals stieß. Jene Faszination, die er fühlte, als er das rote Rinnsal über die Fensterbank die Hauswand hinunterlaufen sah, hatte ihn wieder gepackt. Er hatte seine Mutter gerächt, das war richtig. Aber hatte die Lust zu Töten damit wirklich nichts zu tun?
Das Mädchen schrie auf und sah Thomas mit vor Entsetzen geweiteten Augen an. Ihr Gesicht war von Blut bespritzt, ihr Mund war geöffnet und sie schrie und schrie immer mehr. Was um Gottes Willen war geschehen? Thomas gewahrte den Schürhaken in seiner Hand, blutverschmiert und den leblosen Körper seines Bruders zusammengesunken auf dem Mädchen – mit eingeschlagenem Schädel.
„Sei doch ruhig um Gottes Willen! Hör auf zu schreien!"
Keine Reaktion, der grelle Ton ihrer Stimme hallte durch den Raum.

„Sei ruhig, man wir dich hören. Wenn denn nun die Mönche kommen?"
„Tu mir nichts! Nimm Hans Geld und verschwinde, aber bitte tu mir nichts. Wenn du mich willst, dann nimm mich, aber bitte tu mir nichts!" schrie das Mädchen hysterisch.
„Du dummes Ding, ich tu dir doch nichts! Wie kommst du denn auf diese Idee? Ich wollte dir helfen." War das wirklich so? „Aber hör auf zu schreien, sonst…"
„Nicht schlagen, bitte, ich tu alles was du willst."
Von außen hämmerte es gegen die Tür.
„Heda! Da drin! Was ist denn da los? Aufmachen! Vergiss nicht, dass du dich in einem Klosterhof befindest, Gärtner!"
„Alles in Ordnung, kleine Meinungsverschiedenheit" gab Thomas zur Antwort in der Hoffnung, dass seine Stimme zumindest annähernd so ähnlich klang wie die von Hans. Vielleicht wäre sein Trick auch aufgegangen, hätte das Mädchen nicht erneut angefangen zu brüllen.
„Helft mir, er ist hier drin! Er hat Hans umgebracht! Holt mich hier raus!"
Die Schläge gegen die Tür wurden fordernder und die Anklopfenden ließen keine Zweifel daran, dass sie sich nun nicht so leicht abwimmeln lassen würden.
„Du dummes Weib! Du hast überhaupt nichts kapiert!" zischte Thomas noch, zwängte sich durch die hintere kleine Luke der Stube und fiel hinaus in die dunkle Nacht. Er hatte Glück, offensichtlich waren keine Wachen hier hinten aufgestellt worden, sodass er ungehindert in geduckter Körperhaltung von der Hütte entfliehen konnte. Eines der letzten Geräusche die er bewusst wahrnahm, war das Brechen des Türriegels von Hans Hütte und die lauter werdenden Schreie des Mädchens, die wegen der offenen Tür nun besser zu hören waren. Thomas verschwand in der Dunkelheit – er hatte einen Fehler gemacht. Er hatte einen sehr großen Fehler gemacht. Denn nun war es ihm beinahe unmöglich sein bisheriges Leben weiterzuführen, denn sie würden ihn suchen, würden die Verbindung zu Anna heraus bekommen, würden ihn bestrafen und sie wahrscheinlich auch.

Wie sollte er als Zugezogener, der nicht in Allstedt geboren worden war, einem hiesigen Gericht erklären, wie es zu der Tat kam? Sie hatten ein vollkommen verstörtes und nacktes Mädchen in einer Hütte gefunden, einen Mann mit eingeschlagenem Schädel, teilweise auch nackt und daneben lag der blutverschmierte Schürhaken. Es konnte unmöglich die Tat des Mädchens gewesen sein, dies würden alle auch bezeugen. Es traf die Schuld an diesem Mord einen Fremden, den nur das Mädchen kannte. Thomas selbst konnte sich nicht erklären, was denn nun wirklich vorgefallen war, aber er spürte, dass er erneut an einem Punkt angekommen war, wo er schleunigst verschwinden musste.

Atemlos saß er unter einem Baum und dachte über seine verworrene Situation nach. Was war mit seinem Leben geschehen? War er nicht ursprünglich vom Gutshof geflohen mit einem eindeutigen Ziel vor Augen? Wollte er nicht in die Fußstapfen seines Vaters treten und ergründen, was tatsächlich von ihm zurückgeblieben war?

Und dann seine Zeit mit den Spielleuten, die ihm eine neue Welt offenbarten und die Liebe zu Anna. Ja, Anna, sie war sein Dreh- und Angelpunkt in dieser zerstörten Welt. Wie schön hätte sein Leben sein können wenn nicht der Teufel ihm seinen Sohn genommen hätte. War es denn der Teufel, oder war es vielmehr Gott selbst, der ihn einer Prüfung unterzog, die nicht einmal Hiob überstehen musste. Wieso hatte der Allmächtige ihn nicht gerettet, wie jenen? Die Welt begann sich um ihn zu drehen, als er erschöpft dahindämmerte und schließlich einschlief, seinen Blick fest auf das Blätterdach über sich geheftet.

Anna verstand nicht mehr, was eigentlich um sie vorging. In ihre immer noch vorhandene Trauer um Immanuel hatte sich eine furchtbare Angst gemischt. Thomas war von einem Treffen mit Martin, bei dem sie sich nach Aussage des Freundes gestritten hatten, nicht wieder aufgetaucht. Martin hatte ihr aber erzählt, dass keine Rede davon war, dass Thomas irgendetwas plante, dass er irgendwohin reisen wollte. Außerdem hatte er sich zwar verändert, aber er würde doch nie eine Reise machen ohne sie davon in

Kenntnis zu setzen. Als er einige Tage erst weggeblieben war, vermutete sie im Grunde ihres Herzens einen Überfall, dass sich Räuber seiner bemächtigt haben könnten. Aber es wurde kein Toter gefunden, auf den ihre Beschreibung gepasst hätte. All ihre Nachforschungen blieben ohne greifbaren Erfolg: Ihr Mann war wie vom Erdboden verschwunden, niemand konnte ihr Auskunft geben, der Letzte der ihn zu Gesicht bekommen hatte, war Martin gewesen in jener Nacht.

Ihre Freunde kümmerten sich rührend um sie und versuchten sie im Alltagsleben zu unterstützen, soweit dies irgend möglich war. Martin bot ihr schließlich sogar an, dass sie zu seiner kleinen Familie auf den Hof ziehen könne. Arbeit gab es dort genug, so könnte sie frei ihren eigenen Lebensunterhalt bestreiten und wäre sicher vor etwaigen Übergriffen, denn als Frau ohne Mann, war sie allem schutzlos ausgeliefert.

Als drei Wochen ohne ein Lebenszeichen von Thomas vorüber waren, besuchte Anna Isabella, Martins Frau, um mit ihr noch einmal ihre Lage zu besprechen. Aufs Herzlichste wurde sie empfangen und in die gute Stube des geräumigen Hofes gebeten.

Seufzend setzte sich Anna auf den ihr angebotenen Stuhl.

„Liebste Isabella, lass uns offen reden!"

„Ich habe gehofft, dass du irgendwann den Schritt machst und uns besuchst, ich denke du brauchst die Hilfe von Freunden", mit einem Lächeln fügte Isabella hinzu: „und wir könnten eine Freundin mit deinen Fähigkeiten auf dem Hof gebrauchen."

„Es ehrt mich natürlich, dass ihr so hilfsbereit seid und mir das Angebot gemacht habt, obwohl ich euch mit meiner Schwermut nur eine Last sein kann."

„Red doch kein Zeug, liebste Freundin! Seit ihr Beide in Allstedt wohnt und wir euch kennen gelernt haben, hat sich auch unser Leben verändert. Allein eure Erzählungen aus der Spielmanns-Zeit haben uns in vielen Dingen die Augen geöffnet, dass das Leben nicht nur aus Allstedt und unserer kleinen Welt besteht. Wie waren wir froh, als ihr euch seinerzeit endlich entschlossen habt zu bleiben und nicht weiter zu ziehen.

Unser Angebot gilt, Anna, du bist bei uns herzlichst willkommen – es steht dir eine Kammer zur Verfügung, Arbeit ist auch genügend da. Hast du es dir endlich überlegt und sagst zu?"
„Wenn es doch nur so einfach wäre. Ich glaube mir bleibt keine andere Wahl, denn ich weiß nicht wohin ich gehen soll."
Sie begann leise zu weinen, Isabella rückte an sie heran und nahm sie zärtlich in die Arme.
„Anna, du bist hier bei Freunden, du musst dich nicht verstecken. Was willst du denn allein `da draußen`? Wir werden dir helfen wieder mit beiden Beinen auf den Boden zu kommen. Beinahe wage ich es nicht auszusprechen, aber sollte Thomas wiederkommen – hat er auch die Möglichkeit dich bei uns zu finden, denn wo wird er zuerst suchen? Sicherlich bei seinen Freunden!" Martin ging hinaus vors Haus um ein wenig frische Luft zu atmen.
Annas Schluchzen wurde lauter, aus ihrem Innern brachen sich Gefühle Bahn, die sie sich in den letzten Wochen verboten hatte.
„Er wird nie wiederkommen, Isabella, ich fühle das. Mein Mann! Was ist nur passiert? Weshalb hat er mich so im Stich gelassen?"
Gemeinsam weinten die Frauen still, denn auch Isabella konnte nun ihre Tränen nicht mehr zurückhalten, obwohl sie der Freundin eine Stütze sein wollte. Irgendwann stand sie auf und schenkte Anna und sich selbst aus einem Krug kühlendes Wasser ein, das sie vor die Freundin hinstellte. Selbst einen großen Schluck nehmend ergriff sie wieder das Wort.
„Lass gut sein! Ich sehe du hast erkannt, dass es das Beste ist, wenn du zu uns kommst. Ich suche ein paar Knechte, die dein Hab und Gut zu uns schaffen sollen, damit du dich gleich heimischer fühlen kannst. Dann lass dir Zeit, irgendwann…"
Anna hielt ihren Becher in der Hand, nahm einen Schluck und unterbrach Isabella: "Ich erwarte ein Kind von Thomas."
Eine bedrückende Stille breitete sich zwischen den Beiden aus. Isabella wusste wie schwer Anna diese Worte über die Lippen gekommen waren, verlor aber ihre eigene Beherrschtheit zu keinem Augenblick. Anna sagte kein Wort mehr, sondern sah nun Isabella direkt in die Augen.

Nach ein paar Augenblicken lächelte ihre Freundin sie an und erwiderte: "Ein Grund mehr zu uns zu kommen. Ich freue mich schon auf frisches junges Blut auf unserem Hof. Dann hat unser Kleiner auch einen Spielkameraden. Jetzt sei es beschlossen: Du kannst auf keinen Fall allein bleiben. Ich dulde keinerlei Aufschub mehr für eine Antwort. Noch heute werden die Knechte deine Sachen zusammenpacken – und in deinem neuen Zuhause alles vorbereiten."
Während sie entschlossen aufstand und sich der Tür zuwandte, als säße Anna nicht hier, schossen ihrer Freundin erneut die Tränen in die Augen ob solcher Hilfsbereitschaft. So sei es, dachte sie bei sich. Ich will das Beste daraus machen. Wenn es nicht für immer sein soll, Thomas Sohn oder Tochter hat es verdient in einer sicheren Umgebung auf zu wachsen. Die Zeit wird es weisen, ob wir bleiben, oder vielleicht doch irgendwann einmal wieder ein eigenes Zuhause in einer anderen Stadt aufbauen. Sie sah Isabella nach, die eifrig aus der Stube geeilt war und noch vor dem Zimmer nach ihrem obersten Knecht rief.

Samuel kam zweimal im Jahr mit seinem Maulesel den Berg herauf, um die St. Trudperter Mönche mit den notwendigsten Utensilien aus dem Schneiderhandwerk zu versorgen. Es war nicht immer ein gutes Geschäft, denn das Kloster war kein reicher Stift, der dortige Abt war ein knauseriger alter Mann, der eigentlich keinen Besuch wollte. Sie waren auf die Lieferungen angewiesen, schließlich versorgte sie der Händler mit all den Dingen, die sie nicht selbst herstellen konnten. Jeder Besuch brachte aber auch wieder Unruhe in das ansonsten ausschließlich als Scriptorey tätige Kloster und der Abt wusste, dass trotz des Gelübdes die Mönche nach Abwechslung lechzten. Mit den Waren kamen Informationen in die heiligen Mauern, die ihnen zumindest das Gefühl gaben was sich außerhalb abspielte.
Er hatte sich vor Jahren durchgerungen, Platz für einen Menschen zu schaffen, der ihnen bei der Gartenarbeit behilflich war und dieses Geschäft wirklich verstand wie kein anderer. Er genoss gewisse Freiheiten, da er kein wirkliches Mitglied des Konvents war, man

hatte ihm gar zugetragen, dass beizeiten Frauenzimmer in dessen ärmlicher Hütte nächtigten. Anfangs war er darüber entsetzt gewesen, da ihm das andere Geschlecht schon immer ein Gräuel war, mit dem er nichts anzufangen wusste, doch Hans Geschicklichkeit im Hegen und Pflegen hatte ihnen solch gute Erträge gebracht, dass er darüber hinwegsehen musste. Sollte dieser doch sein Seelenheil verlieren, die Brüder konnten sich auf die Pflege der Heilpflanzen konzentrieren und mit ihren Schriften beschäftigen. Sie hatten unendlich viel Arbeit zu bewerkstelligen mit all den Aufträgen, die man ihnen überbrachte.

Samuel bog noch einmal tief Luft holend auf das Plateau ein, denn wie jedes Mal erwartete er wieder die üblich stürmische Begrüßung von Matthias, der ihn schon von Weitem aus dem Fenster des Scriptoriums gesehen hatte. Er war immer der Erste, der auf ihn zugesprungen kam, auch wenn er ganz genau wusste, dass er anschließend eine handfeste Standpauke vom Abt des Konvents erhalten würde, die je nach Laune des Vorstehers mit Einsperren in den Keller für ein paar Tage ohne Nahrung, nur mit Wasser enden konnte. Dennoch schien es eine unausgesprochene Abmachung innerhalb der Mönche zu geben, denn alle – bis auf den Abt – profitierten von Matthias Wissen aus seinen Gesprächen mit dem Händler. Insgeheim verstanden es dann auch die Mitbrüder sich bei Matthias dankbar zu zeigen und ihm verbotenermaßen Nahrung in seine Zelle zu reichen. Nur erwischen lassen durfte sich niemand dabei.

Doch dieses Mal kam ihm niemand entgegen, dabei hatte sich doch Samuel extra die wichtigsten Neuigkeiten aus Allstedt und den umliegenden Dörfern auf eine Wachstafel notiert, damit er auch ja nichts vergaß. Er wusste auf welche Art Neuigkeiten die Mönche ins besondere scharf waren: Etwa dass der Fleischhauer von Allstedt schon wieder ein Kind neben raus gemacht hatte, oder dass es irgendwo fürchterliche Geistererscheinungen gegeben habe. Dieses Mal hatte er sich sogar eine ganz besondere Geschichte ausgedacht, die zwar nicht der Wahrheit entsprach, aber je besser er auftrat, desto höher die Wahrscheinlichkeit seine Waren los zu werden.

Er wollte ihnen von der jungen Auguste erzählen, die in geistiger Umnachtung im Nachthemd vom elterlichen Hof geflohen sei in der Nacht vor ihrer Hochzeit und die sich auf dem Marktplatz das wenige Stückchen Stoff, das sie noch verhüllte vom Leib gerissen habe, ständig deklamierend, sie wolle den Teufel nicht heiraten. Samuel hatte in diese kurze Geschichte alles gepackt damit der Bericht nur ein Erfolg werden konnte: Angst vor dem Teufel, unerklärliche Phänomene und natürlich die schockierende Sache, dass alle Welt eine nackte Frau zu Gesicht bekam. Je nach Reaktion und Entsetzen der Mönche war er auch bereit mehr in die Details zu gehen, entweder was den Teufel anging, oder aber die körperliche Beschreibung des Mädchens, oder beides, wenn verlangt. An Detailwissen über letzteres fehlte es ihm im Gegensatz zu den Mönchen nicht.
Aber er stand allein auf dem weitläufigen Platz vor dem Kloster, keine Menschenseele rührte sich, was dem Szenario etwas Unheimliches verlieh.
Er band seinen Maulesel an einen kleinen Baum am Rande des Hofes und setzte sich, noch immer Luft schnappend vom anstrengenden Aufstieg, auf einen kleinen Stein daneben. Kein Licht brannte in den Fenstern des Stiftes, keine Bewegung war zu sehen. Sein Blick fiel auf die Hütte des Gärtners, den er nicht leiden konnte, auch wenn er ab und an was von ihm erwarb, aber Geld zu machen war mit dem nicht. Immer mürrisch kaufte er nur das Nötigste und feilschte selbst da noch gnadenlos um den Preis. Wahrscheinlich lag das daran, dass er doch ab und an Besuch aus Allstedt bekam, der ihn mit dem Notwendigsten versorgte. Die Tür der Hütte stand offen, der Gärtner Hans hingegen war nirgendwo zu sehen. Das gesamte Areal kam Samuel wie ausgestorben vor, zu seiner Neugier mischte sich nun ein Gefühl der Beklommenheit, denn irgendetwas stimmte hier nicht. Ein Blick auf seinen Maulesel, der ruhig grasend angeleint war und ihn mit treuen Augen anblickte, beruhigte ihn ein wenig, dennoch schlich er eher als dass er normal ging, zur Hütte des Gärtners. Bei der Tür angekommen gewahrte er einen der Brüder der Länge nach ausgestreckt direkt im Eingang liegen. Der Gestank der von ihm ausging machte Sa-

muel mit einer nicht von der Hand zu weisenden Macht deutlich, dass er zum einen nicht mehr am Leben war und zum anderen dass er schon länger liegen musste, denn diverse Insekten hatten sich bereits seines Körpers bemächtigt. Der Körper schien auf den ersten Blick keine eindeutigen Verletzungen aufzuweisen, dann jedoch sah Samuel die längst eingetrocknete Blutlache, die sich unter dem Gesicht des Mönches befand und in der er gelegen haben musste. Er versuchte den größten Bogen um die Leiche zu machen, der ihm möglich war, als er die Hütte betrat. Wegen des Gestankes hatte er sein Schnupftuch vor Mund und Nase gehalten und betrat so die Stube des Gärtners.
Ein kehliges Stöhnen entwich ihm, als er die sich ihm bietende Szene sah: Hans lag mit eingeschlagenem Schädel vor seinem eigenen Bett, seine Haut hatte eine bereits unmenschliche Färbung angenommen, die Augen waren nicht mehr vorhanden. Auf seinem Bett lag in obszöner Haltung ein wahrscheinlich junges Mädchen mit entblößten Brüsten das den Besucher mit offenem Mund anzustarren schien – hätten ihr nicht auch bereits die Augen gefehlt. Weiteres konnte Samuel nicht sehen, denn er rannte zur Tür hinaus, wobei er über den am Boden Liegenden stolperte, und übergab sich wenige Schritte davor. Das war zuviel für ihn, damit hatte er nicht einmal in seinen schlimmsten Alpträumen gerechnet. Was war hier nur geschehen? Welcher Mensch, oder welcher Dämon wäre zu solchen Gräueln fähig?

Nachdem er sich ein wenig beruhigt hatte, dämmerte ihm ein schrecklicher Verdacht: Wenn hier vor längerer Zeit ein Dämon gewütet hatte – was war mit all den anderen Brüdern geschehen? Da sich bislang noch nicht einmal Matthias bei ihm gemeldet hatte, um die neuesten Schlüpfrigkeiten aus den umliegenden Dörfern und Städten zu erfahren und er keinerlei Hinweis auf ein Lebenszeichen im Stift sah… Er könnte selbst nachschauen gehen und dann in Allstedt Bericht erstatten, es könnte aber auch sein, dass sich der Mörder noch immer irgendwo aufhielt und dann würde es ihm sicherlich schlecht ergehen. Allein diese Erkenntnis beschleunigte Samuels Entscheidung seinen Maulesel wieder loszubinden und die Rückreise ins Tal Richtung Allstedt anzutreten. Er hatte viel zu berichten. Ein Glück für ihn war, dass sich die Toten bereits in einem Zustand der Verwesung befanden, so konnte zumindest niemand in Allstedt auf die Idee kommen, dass er selbst der Mörder war.

Der Bericht Samuels rief sofort die Stadtwache und zwei Dutzend Freiwillige auf den Plan die sich auf den Weg Richtung Kloster machten. Sie verbrachten nicht einmal einen halben Tag auf St. Trudpert.

Was sie an Informationen mitbrachten, breitete sich in Allstedt wie ein Lauffeuer aus, denn der Zustand des Gärtners und seiner Mätresse war nichts gegen die Qualen die offensichtlich die Mönche erleiden mussten. Den Spuren nach zu urteilen hatten nur zwei der Mönche versucht sich zu verteidigen, alle anderen hatte man hingeschlachtet wie Vieh und nicht nur das: Der oder die Mörder hatten sich dabei richtig Zeit gelassen, so mussten die Gottesmänner noch lange Zeit elende Qualen über sich ergehen lassen, bis beinahe alle acht Brüder auf dieselbe Art ermordet wurden: Durch einen fein säuberlich ausgeführten Schnitt mit einem Messer oder ähnlichem in den Hals – als handle es sich um Schafe, die man langsam ausbluten lassen wollte. Vom Mörder fehlte jede Spur, auch wenn Samuel einige misstrauische Blicke erntete, Jeder der ihn kannte wusste, dass er zu einem solchen Verbrechen nicht in der Lage sein würde.

Der Rat der Stadt tagte am folgenden Tag und am übernächsten was zu tun sei. Man hätte einerseits immer die Möglichkeit die Fürsten zu Hilfe zu rufen, allerdings läge dann die Entscheidung über die weitere Vorgehensweise ausschließlich in deren Hand, was niemand in der Stadt wollte. Andererseits machte mit zunehmender Geschwindigkeit das Gerücht die Runde, dass es sich um einen wirklichen Dämon handle, der Allstedt bestrafen wolle. Die Stadtobersten erkannten, dass sie vor allem gegen letzteres unbedingt etwas unternehmen mussten, denn das Klima der Angst, das um sich griff war nicht gut für das Zusammenleben der Allstedter. So sah der Beschluss des Rates folgendes vor: Man wollte eine Gruppe, bestehend aus einem halben Dutzend Männer, mit allem ausstatten, was dafür notwendig war und diese auf die Suche nach dem Übeltäter schicken. Sie sollten zwar die Konfrontation nicht scheuen, sich aber selbst nicht allzu sehr in Gefahr bringen. Es war schließlich auch eine Frage mit wem sie es zu tun hatten: Ein einzelner Mörder wäre sicherlich dingfest zu machen und den Allstedtern zu überbringen, hätten sie es dagegen mit einer Räuberbande zu tun, würden sie sich eher damit zufrieden geben möglichst viele Informationen zu sammeln und die Truppen des Fürsten damit zu versorgen. Dennoch war es kein leichtes Unternehmen, das wussten alle und jeder der sechs Beteiligten war sich der Gefahr bewusst, deshalb hatten sich ausschließlich junge, kräftige, abenteuerlustige Burschen gemeldet, die noch keine eigene Familie hatten. Für eine erfolgreiche Aufklärung der Geschehnisse wurde ihnen ein beträchtlicher Lohn in Aussicht gestellt.

Der Tag an dem sie unter Jubel die Stadt verließen war ein Sonntag, der Dorfgeistliche segnete ihre Mission und bat den Allmächtigen um seinen Beistand. Während die jungen Mädchen hingebungsvoll die ernannten Helden anhimmelten, sah man in den Gesichtern mancher Mütter tiefe Sorgenfalten. Der Tag war eben angebrochen, als die Truppe auf Pferden Allstedt verließ, sie hatten einen der Männer zu ihrem Anführer gemacht, er war ein wenig älter als die anderen und besaß die erforderliche Umsicht für ein solches Unternehmen.

Den Allstedtern war der Aufbruch der sechs jungen Männern sehr entschlossen erschienen, offensichtlich wussten die Verfolger wie sie vorgehen sollten, oder waren vom Rat der Stadt dementsprechend instruiert worden. Alle sechs waren mit Elan aus den Toren der Stadt in Richtung des Waldes geritten unter lauten Gebrüll und Gejauchze. Als sie den Waldrand nach rasendem Galopp erreicht hatten zügelte Peter, der Anführer, seinen Braunen und hieß seine Mitstreiter an, ebenfalls abzusitzen.

„Haltet ein! Lasst uns Rast machen und überlegen, wie wir vorgehen wollen!"

„Wir verlieren kostbare Zeit wenn wir jetzt schon rasten. Man hat uns ausgeschickt um einen Mörder zu fangen und das sollten wir

tun", gab eifrig einer zu bedenken, dem gleich von den meisten zugestimmt wurde. Alle redeten durcheinander, aber aus dem Gesagten ging nur hervor, dass man ein gemeinsames Ziel hatte, wie sie das erreichen wollten, kam nicht zur Sprache.
„Ihr habt ja recht", sagte Peter, „wir sollten uns jedoch einen Plan zurecht legen, wie wir die Jagd beginnen wollen. Einen Eber im Weinberg jagd man auch nicht ohne Plan." Zustimmendes Nicken machte die Runde. Der zweiundzwanzigjährige Peter war nicht ohne Grund als Anführer ausgesucht worden, denn man hörte auf ihn und akzeptierte neben seinen Kampferfahrungen, die er bereits in mehreren Auseinandersetzungen gesammelt hatte, auch seine Autorität.
„Merwes, versetze dich einmal in die Situation des Mörders, der ein solches Schlachtfest veranstaltet hat." Allgemeines Gemurmel und die ein oder andere Zote wurde gerissen, „wohin würdest du gehen, um möglichen Verfolgern zu entgehen?"
Merwes dachte nach und sagte schließlich:
„Es gibt zwei Möglichkeiten: Entweder ich würde mich direkt in das Dickicht der Wälder zurückziehen und versuchen möglichst bald in ein dichter besiedeltes Gebiet zu kommen, oder aber..."
„Das ist schon einmal eine gute Idee, das würde ich auch machen", sagte Bartelt, ein Bruder eines der Mönche, die ermordet wurden und sich eher aus persönlichen Motiven an der Suche beteiligte.
„Oder aber ich würde überhaupt nicht fliehen, sondern mich im Schutze Allstedts am täglichen Leben beteiligen."
„Letztere Möglichkeit müssen wir in der Tat auch in Betracht ziehen, wobei ich nicht denke, dass der Mörder aus unseren eigenen Reihen stammt. Ich kann mir das nicht denken und ich will es auch nicht hoffen", sagte Peter.
„Gehen wir von der ersten Möglichkeit aus: Die Wälder. Da wir nur zwei hauptsächliche Richtungen einschlagen können, bliebe die Frage welche wohl die Bessere sei: Richtung Mühlhausen, oder Richtung Süden?"
„Wieso nicht Fulda?"
„Eine Domstadt die vor Kirchenleuten nur so wimmelt, die alle über diese Mordserie hier informiert sind? Wohl kaum!"

„Süden macht durchaus Sinn, aber auch Mühlhausen… Letztendlich fischen wir in einem großen Teich, wir sind sowieso auf Gottes Hilfe angewiesen und auf eine gehörige Portion Glück." Peter schwang sich wieder auf sein Pferd. „Wer hat was gegen die Richtung Mühlhausen einzuwenden?"
Allgemeines Kopfschütteln war die Antwort und alle bestiegen wieder ihre Pferde und so ritten sie in Richtung des Waldes, darauf hoffend irgendwo eine Bestätigung für ihre Mutmaßung zu finden. Die Stimmung war weniger euphorisch, als noch beim Verlassen Allstedts.

Anna hatte sich inzwischen mit ihrer neuen Situation angefreundet und es akzeptiert, dass sie nunmehr ein Leben am Hofe ihrer Freunde einrichten musste. Vielleicht war es ein Glück, dass sie das Kind von Thomas erwartete, denn damit hatte sie noch einen lebenden Beweis, dass es ihren Mann wirklich einmal gegeben hatte. Insgeheim erhoffte sie sich einen Sohn, den sie Thomas nennen wollte und der das Blut seines Vaters weiter tragen sollte.
Martin und Isabella kümmerten sich rührend um sie und banden sie in ihr eigenes Familienleben ein und auch wenn diese Freundschaft irgendwann einmal von der alltäglichen Routine ergriffen wurde, war Anna doch immer wieder dankbar mit den Freunden manche Abende verbringen zu dürfen. Dennoch gab es unendlich viele Nächte, in denen sie verzagt in ihre Decken weinte, trauernd um das so wunderbar begonnene Leben mit Thomas.

Zu Beginn des Herbstes brachte sie ein gesundes Mädchen zur Welt, dem sie den Namen Adelheid gab, was soviel bedeuten sollte, dass die Kleine „von vornehmer Herkunft" sei, auch wenn ihre Eltern keine Adligen waren – ihre Liebe zueinander war durchaus von allerhöchster Herkunft, wie Anna dies empfand.
Der Suchtrupp war seit mehreren Monaten unterwegs, drei der Verfolger hatten inzwischen die Suche nach dem Mörder aufgegeben und waren zurückgekehrt. Allein Peter, Merwes und Bartelt hielten an ihrem Auftrag fest und durchkämmten die Umgebung in Richtung Mühlhausen. Ab und an erhielt der Rat der Stadt

Nachricht in welchen Teilen des Landes sie sich aufgehalten hatten und was ihnen widerfahren war. Doch immer mehr Allstedter hatten jene Ereignisse um das Kloster inzwischen verdrängt und waren wieder zu ihren Alltagsgeschäften übergegangen. Das Grauen von St. Trudpert verblasste, die Toten waren beigesetzt, nur die Mütter der drei Verfolger hielten fest am Wachhalten der Ereignisse.

Die Stadt war in den letzten Jahrzehnten stetig gewachsen und nicht zu vergleichen mit der Größe Allstedts. Seit die Aufstände der Bauernhaufen einige Jahrzehnte zuvor niedergeschlagen worden waren, war Ruhe eingekehrt. Beinahe nichts erinnerte mehr an jene kämpferische Zeit, doch in wie vielen Köpfen sich Müntzers aufrührerische Ideen festgesetzt hatten, war nicht zu sagen. Thomas war am Ende seiner Wanderschaft angelangt, aber er hatte sich sehr verändert. Seit jener Nacht spielte nichts Vorheriges mehr eine Rolle.
Die Liebe zu Anna? Sie hielt ihn nur von seiner eigentlichen Bestimmung ab.
Um auch äußerlich seiner Umwandlung Rechnung tragen zu können hatte er sich entschlossen, in die Kluft eines Mönches zu steigen. Er hatte nur Vorteile davon: In den Wäldern hielten die Räuberbuben Abstand von ihm, da sie der Meinung waren, dass sowieso nichts bei ihm zu holen sei, was auch der Wahrheit entsprach. Kam er mit Reisenden in Kontakt, hatte er sogar die Möglichkeit sie anzubetteln, bekam er Geld oder was zu essen, murmelte er rudimentäre lateinische Floskeln vor sich hin und sprach einen ungewissen Segen über die Spender. Insgeheim musste er im Stillen darüber lachen, wie fromm die meisten ihre Köpfe senkten, hätten sie gewusst, was er mit dem Mönch angestellt hatte, dem ursprünglich die Kutte gehörte, die er nun zum eigenen Schutz trug, es wäre ihm sicherlich nicht gut ergangen. Sein Ziel war eindeutig: Er wollte zur Richtstätte seines Vaters kommen, um dort Zwiesprache mit dessen Geist zu halten in der Hoffnung einen klaren Weg zu erkennen, wie das Erbe wahrhaftig anzutreten sei. Ein Anfang war bereits gemacht.

Es hatte länger gedauert als er ursprünglich dachte, endlich nach Mühlhausen zu kommen, die Wälder bargen so ihre Tücken, aber all das war Vergangenheit. Viel Geld stand ihm nicht zur Verfügung, aber es würde wohl ausreichen, ihn zumindest über Wasser zu halten, ab und an ein Becher Wein war wohl auch drin. Jetzt galt es zuerst tatsächlich den heiligen Boden aufzusuchen, auf dem sein Vater seinen letzten Atemzug gemacht hatte, Thomas war in seinem tiefsten Inneren davon überzeugt, an diesem Ort die Kraft zu bekommen, die er für seinen Kampf im Sinne seines Vaters brauchen würde. Er suchte ein kleines Wirtshaus auf und nahm sich dort eines der Zimmer, nachdem er sich in der Schankstube mit Wein versorgt hatte. Hier also war sein Vater damals angekommen, hier hatte er seine Pläne zu Ende führen wollen, die leider nicht von Erfolg gekrönt worden waren. Aber jetzt war er da, sein Sohn, der die Arbeit vollenden würde.
Thomas beobachtete die Zecher, die sich nicht unterschieden von den anderen Weintrinkern, die er im Laufe der Zeit kennen gelernt hatte. Konnte er mit diesen Gesellen das vollenden, was sein Vater begonnen hatte? Sicherlich nicht, wenn er dieselben Fehler wie sein Vater machen würde: Es war keine Lösung, auf die Haufen zu vertrauen. Einmal davon abgesehen, dass er nicht das Redetalent seines Vaters besaß, der in der Lage war die Massen zu begeistern und zu Handlungen zu treiben, auf die sie allein niemals gekommen wären. Die Erfahrung hatte gelehrt, dass es nicht unbedingt die Menge der Aufständischen ausmachte, wenn sie Erfolg haben wollten. Eine leichter zu führende und von der Sache an sich überzeugte kleine Truppe wäre eher in der Lage Dinge zu verändern, Nadelstiche zu setzen, die sich dann zu einem Flächenbrand ausweiten könnten. Und genau das hatte er vor: Er musste eine kleine Truppe eng Vertrauter um sich scharen, die seine Ideen nachvollziehen könnten, damit wäre ihnen eine Möglichkeit an die Hand gegeben loszuschlagen. Die Kirchen und Klöster waren sein erklärtes erstes Ziel. Er hatte den Anfang gemacht und ein ganzes Nest von der Erde gewischt mit einem Handstreich, weitere würden folgen und irgendwann würde das Schule machen und den erhofften Flächenbrand entfachen. Wären erst einmal die Kirchen und

Klöster in Brand gesteckt, dann wäre es nur noch eine Frage der Zeit, bis die Fürstentümer fielen.
Ob sie in Allstedt bereits auf der Suche nach ihm waren? Würde es ihnen überhaupt gelingen sein Verschwinden, das Verschwinden des braven Bürgers Thomas, in Verbindung zu bringen mit den abscheulichen Morden im Kloster? Das gälte es abzuwarten, bis dahin war äußerste Vorsicht geboten, er durfte nicht über seine Pläne sprechen, da er damit rechnen musste, dass man auf der Suche nach ihm war.
In etwas beschwingter Stimmung verließ der Mönch den Gastraum und zog sich in sein Zimmer zurück. In einer Ecke der Kaschemme saß der Holzwärter Michael, der ihn seit längerem unbemerkt beobachtet hatte.
`Eines ist sicher`, dachte dieser bei sich `ein Mönch ist das nicht. Ich habe weiß Gott schon viele Mönche saufen sehen, aber keiner war wie dieser`. Er dachte noch lange nach, der Mönch war längst verschwunden, irgendetwas kam ihm bei dem jungen Mann bekannt vor. Es war nicht die Art wie er sich gab, sein eher gehetzter Blick, oder seine Kutte, irgendetwas an seinem Aussehen machte Michael nachdenklich. War es die Nase, der Ansatz seines Kinnes – oder erinnerte ihn diese verhuschte still vor sich hinlächelnde Gestalt an irgendjemanden?
Als Michael das Wirtshaus gegen Mitternacht verließ, fiel ihm mit einem Mal etwas zu der Ähnlichkeit ein, jetzt erinnerte er sich wieder, als sei es gestern gewesen: Der fremde Mönch hatte zweifelsohne Ähnlichkeiten mit Thomas Müntzer, jenem aufwieglerischen Mönch etliche Jahre zuvor, dem es gelungen war durch seine Reden und Schriften die Haufen der Bauern zusammen zu rufen. Wenigen wäre diese Ähnlichkeit aufgefallen, vor allem weil inzwischen viele Dinge geschahen, einige harte Winter zu überstehen gewesen waren, aber damals hatte er mit diesem Mönch sehr eng zusammen gearbeitet. Er scheute sich nicht davor, sich selbst als Müntzers Vertrauten zu bezeichnen und es war reines Glück gewesen, dass ihn die Büttel der Fürsten nach der Niederschlagung nicht auch festgenommen hatten. Freunde hatten ihn lange versteckt und so war es gelungen den Häschern entfliehen zu können,

wahrscheinlich auch deshalb, weil er im Verhältnis zu all den anderen, die sich an den Aufständen beteiligt hatten damals noch sehr jung war. Inzwischen lebte er das Leben eines Holzwärters, fernab des Alltagslebens und noch immer war er vorsichtig und umgab sich seltenst mit anderen Menschen. Sollte jetzt der Widerstand erneut entfacht werden? Hatte Müntzer seinen Sohn als Engel geschickt, sie alle zu befreien? Michael nahm sich vor, den Mönch weiter zu beobachten, bevor er das Wagnis einging ihn anzusprechen, musste er sich vollkommen sicher sein. Jedenfalls war er bereit.

Die Stimmung bei Peter und seinen beiden Gefährten war seit mehreren Tagen sehr gedrückt, denn Merwes hatte klar gesagt, dass er noch genau eine Woche mitreiten wolle, stießen sie innerhalb dieser Frist nicht auf einen wirklich verwertbaren Hinweis, dann wollte auch er die Heimreise antreten. Er hatte inzwischen das Pferd getauscht gegen ein besseres, doch ohne eine eindeutige Spur, die sie zum Mörder führen konnte, brachte auch dieses Gut keinerlei Erleichterung. Bartels war seit langem schon am Schimpfen, allein Peter schien zumindest äußerlich noch den Elan zu haben, mit dem sie aus Allstedt abgeritten waren.
Gegen Abend schlugen sie wieder einmal, wie so oft zuvor, ihr Lager mitten im Wald auf und bereiteten alles auf die kommende Nacht vor. Es war schon empfindlich kalt und absolut notwendig, dass sie ihre Decken zum Schlafen benutzten. Das kleine Feuer, das sie entfacht hatten, bot zumindest ein wenig Wärme, aber noch einmal ein Stück von demselben trockenen Hasenfleisch verzehren zu müssen, war nicht geeignet die Stimmung merklich zu heben.
Eben waren sie am Hinüberdämmern ins Land der Träume, als Merwes aufschreckte und die beiden anderen weckte.
„Pst! Ich habe ein Geräusch gehört. Seid leise."
Peter löschte das Feuer und angespannt starrten sie in die Dunkelheit des Waldes. Tatsächlich! Leise zwar, doch nicht zu verleugnen, hörten die drei Schritte näher kommen, leichte Schritte, wie die eines Kindes, oder einer Frau. Umso erstaunter waren sie, als vollkommen unerschrocken ein junger Jäger vor sie trat. Sein Kommen

hatten sie bemerkt, aber nicht die Tatsache, dass er bereits viel näher war, als sie dachten. Zu Tode erschrocken blickten sie von ihrer Lagerstätte hoch zu ihm. Hätte er ihnen Übles gewollt, sie hätten keinerlei Möglichkeit gehabt sich auch nur annähernd zu verteidigen. Aber er hielt zur Erleichterung Aller keine Waffe in der Hand, allein der Bogen auf seinem Rücken deutet darauf hin, was er zu dieser Stunde hier im Wald trieb.
„Gott zum Gruße meine Herren Wanderer! Ihr hättet das Feuer nicht löschen müssen, Argwohn tut niemandem gut. Dennoch kann ich es verstehen, ich hätte auch ein übler Räuberbursch sein können, der euch ans Leder will, aber keine Angst."
Peter und die beiden anderen hatten sich aufgesetzt und legten nun die viel zu spät ergriffenen Waffen fast beschämt wieder neben sich. Doch die Behändigkeit des Besuchers hinterließ Spuren in ihren Gesichtern, denn das hätte unweigerlich ihr Ende bedeutet können. Sie mussten in Zukunft vorsichtiger sein.
„Du jagst im Wald? Für wen?" fragte Bartels den Jäger misstrauisch, denn mit einem Wilderer wollten sie nichts zu tun haben. Wenn ihnen auch der Sinn während der letzten Monate nicht nur einmal nach frischen Wildbret gestanden hatte, hielten sie sich bis auf ganz wenige Ausnahmen an die allgemein gültigen Vorschriften und diese besagten, dass das Wild im Wald nun Mal kein Allgemeingut, sondern Eigentum der Klöster oder Fürstentümer war.
„Ich bin in offiziellem Auftrag des Klosters St. Emmeran zur Jagd autorisiert. Greife aber ausschließlich auf die übliche Jagdmethode zurück, wir stellen keine Fallen, denn das von unserem Herrgott in die Wälder gesetzte Wild soll sich angemessen zur Wehr setzen können – oder zumindest die Möglichkeit zur Flucht bekommen."
„So kennt ihr diesen Abschnitt des Waldes vermutlich wie kein Zweiter" sagte Peter, der sofort wieder an ihren Auftrag denken musste.
„Das will ich meinen. Wenngleich ich euch drei Brüder noch niemals zuvor begegnet bin. In diesen Teil des klösterlichen Waldes verirrt sich selten ein Reisender, eher habe ich es da mit Räubern und Dieben zu tun, die mir das Leben schwer machen." Jetzt folgte eine kurze Pause in der er den Dreien etwas zu lange in die Augen

sah, als wolle er ergründen, was ihr wirkliches Vorhaben im Klosterwald war.

„Seid unbesorgt, Herr Jäger, bei uns handelt es sich nicht um solche Burschen. Im Gegenteil, wir sind in einer wahrlich ehrbaren Mission unterwegs: Wir sind auf der Suche nach einem oder mehreren Männern, die sich gegen unsere Heimatstadt aufs Schwerste versündigt haben."

Nachdenklich blickte sie der Jäger an, offensichtlich darauf wartend, dass Peter weiter ausführte.

„Ihr habt doch sicherlich von der Ermordung der Brüder des Stifts St. Trudpert gehört, wie ich denke. Das sollte sich doch vor allem in klösterlichen Kreisen herum gesprochen haben wie ein Lauffeuer, oder nicht?" fragte Merwes.

„Ihr erinnert euch sicherlich, es war letztes Frühjahr in der unmittelbaren Nähe zu Allstedt" fiel nun wiederum Peter ein, während Bartels den jungen Burschen noch immer misstrauisch beobachtete. „Als man die Körper der Mönche fand, mussten bereits etliche Tage vergangen sein, denn die Verwesung hatte inzwischen eingesetzt und die Ratten hatten sich an den Körpern bereits vergriffen…"

„Einigen fehlten gar die Augen und Nasen…"

„Allen war die Kehle auf dieselbe Art durchgeschnitten worden. Offensichtlich hatte der Mörder sogar noch Freude daran den Tod nicht sofort herbei zu führen, wenn du verstehst was ich meine."

Entsetzt blickte der Jäger Peter an und setzte sich zu den Dreien.

„Wer könnte denn so etwas tun? Lag der Abt des Klosters im Streit mir Irgendjemandem? War St. Trudpert nicht eines der Stifte, die sich als reines Scriptorium betätigen?"

„Genau, die dortigen Mönche beteiligten sich an keinerlei Händel, zumindest nicht, dass uns etwas bekannt wäre. Auf dem Gelände lebt nur noch der Gärtner des Klostergartens, den man allerdings in einer äußerst eindeutigen Pose neben seiner ebenfalls toten Mätresse fand. Ihn traf aber keine Schuld, denn er war von hinten erschlagen worden. Sicherlich hatte dieser Mensch ein unkeusches Leben geführt, mit den Morden scheint er jedoch nichts zu tun zu haben."

Nun meldete sich Bartels zu Wort: "Wie auch immer – fragen können wir ihn jetzt nicht mehr, er wäre der erste Mensch, den ich kenne, der mit eingeschlagenem Schädel noch Ausführungen über sein Leben machen könnte... Diese Gräuel scheinen nicht bis zu euch gedrungen zu sein, dabei hättet doch gerade ihr in eurem Kloster davon erfahren müssen, schließlich könnte es euch auch jederzeit so ähnlich ergehen."
„Da möge Gott vor sein!" erwiderte der Jäger, „Ich verstehe langsam: Ihr seid seitdem auf der Suche nach dem Mörder, oder vielleicht einer ganzen Gruppe. Aber seid ihr für eine solche Jagd nicht zu wenige Leute? Vorstellbar ist doch sicherlich auch, dass die Morde durch eine ganze Bande gemacht wurden und dann hättet ihr keine Chance, mit Verlaub, als solch kleiner Haufen wie ihr seid."
„Wir waren einmal mehr, aber unsere Suche zieht sich, ich muss das leider sagen, erfolglos seit mehreren Monaten hin. Selbst bei uns ist inzwischen eine Grenze erreicht, dass wir ernsthaft mit dem Gedanken spielen wieder nach Allstedt zurück zu gehen."
„Nun wollt ihr von mir, da ich den Wald so gut zu kennen vorgebe, wissen, ob ich nicht eurem Mörder oder Räuber begegnet sein könnte?"
„Ist dir denn ein Fremder begegnet in der letzten Zeit, ein paar Monate zurück gehend?"
„Ich enttäusche euch nur ungern, aber ich befürchte Nein. Wie ich bereits sagte, es begegnet mir in diesem Wald so gut wie Niemand und den Halunken gehe ich aus dem Weg wo immer mir das möglich ist…
An welche Begegnungen kann ich mich denn noch gut erinnern? Da waren mehrere Händler, ein sehr zwiespältiger Mensch in fürstlichem Gewand, ein Mönch, der offensichtlich ein Gelübde abgelegt hatte nicht zu sprechen, zwei Kinder die ausgerissen waren und die ich ihren Eltern zurückbringen musste…."
Peter horchte auf. „Was war das für ein Mönch, den ihr eben erwähntet, konntet ihr ihn einem bestimmten Orden zuordnen?"

„Mein Herr, da ich selbst ständigen Umgang mit den Brüdern pflege ist mir die Kluft der Karmeliter natürlich bekannt, wobei, jetzt wo ihr das ansprecht, ein wenig seltsam erschien er mir schon."
Nun war auch Merwes Aufmerksamkeit ganz auf den jungen Jäger gerichtet. „Was hat euch denn an ihm nicht so gefallen? Klärt uns doch bitte auf, aber bedenkt, dass wir im Mönchstum nicht so bewandert sind, wie ihr das seid."
„Das kann man wohl laut sagen", knurrte Bartels in seinen Bart, wurde aber von Merwes sofort durch einen derben Rippenstoß am Weiterreden gehindert.
„Hm, das Merkwürdige ... lasst mich kurz nachdenken, schließlich ist es bereits etliche Wochen her ... das Merkwürdige war, dass er seine Kutte nicht auf die übliche Art gebunden hatte, sondern sie war einfach verknotet, dass sie nicht aufklaffte."
Bartels war nun seinerseits nicht mehr zu bremsen. „Ihr meint, das Merkwürdige war ein ... `Knoten`? Ihr seid ja nicht ganz richtig im Kopf, wenn ich anfinge euch zu erzählen, was es wirklich Merkwürdiges in der Welt gibt, ihr wäret ja entsetzt."
Nicht minder spitz, Bartels spitze Herausforderung annehmend, antwortete der Jäger: "Das glaub ich euch gern, dass euer eigenes Leben ausschließlich aus `Merkwürdigkeiten` besteht. In der Welt in der ihr lebt, wird es daran wohl kaum mangeln!" Dabei betonte er dieses Wort in dem Maße, dass es beinahe etwas Obszönes hatte.
Doch ehe die Beiden in ein handfestes Wortgefecht verstrickt wurden, ergriff Peter die Gelegenheit in der kurz eingetretenen Pause darauf hinzuweisen, dass es sich doch sicherlich nicht um einen einfachen Knoten handelte.
„Doch, in der Tat, eben das war das Merkwürdige: Die Karmeliter die mir bekannt sind achten peinlichst genau darauf, dass es sich eben um einen einfachen Knoten handelte, der Mönch dem ich allerdings beggnet bin, hatte sich eines Knotens bedient, den ich nur bei Fuhrleuten bisher gesehen habe, die damit die Pferde sicherer anbinden wollen. Außerdem trug er noch ein längliches Täschchen an jenem Seil, das die Kutte hielt."
„Was für ein Täschchen?" "Normalerweise hängt an jenen Stricken nichts, nur die Mönche auf Reisen haben manches Mal einen Beutel

dort angebunden, doch mir erschien diese kleine Tasche beinahe wie ein Etui für eine Waffe…" „Ein Messer??"
„Das könnte sein, aber eigentlich wundere ich mich jetzt doch sehr darüber, denn das wird in der Tat äußerst ungewöhnlich für einen Karmeliter. Ich habe mir darüber damals nur keine Gedanken gemacht, vielleicht auch deshalb weil ich ein wenig unter Zeitdruck stand, die Vorratsräume waren leer und einige meiner Mönche wurden bereits ungeduldig, da sie nichts Vernünftiges mehr zu essen bekamen." Deshalb glaube ich kaum, dass es ein Messer war. Peter und Merwes sahen sich an, das eben Gehörte war keine richtige Spur, aber zumindest einer der besten Hinweise dem sie nachgehen könnten.
„Seid ihr ins Gespräch gekommen? Hat er euch gesagt, wohin er gehen wollte?"
„Wir haben uns unterhalten, was auf Grund seines Sprachfehlers ein wenig schwierig war. Am Anfang dachte ich noch, er habe ein Gelübde oder dergleichen abgelegt, weil er kein Wort sprach, als er aber ein paar Worte sagte, verstand ich den Grund seiner Zurückhaltung: Er stotterte ungemein und schämte sich wahrscheinlich. Aber nachdem ich ihm ein wenig Wegzehrung von meinem Proviant abgegeben hatte, kamen wir ins Gespräch. Er meinte er sei auf dem Weg nach Mühlhausen und wolle dort seinen Vater besuchen, welcher schon sehr alt sei und wahrscheinlich nicht mehr lange zu leben habe. Er arbeite dort als Prediger. Als ich ihn nach dem Namen seines Vaters fragte, da ich sehr viele der Prediger kenne, die durch das Land fahren und das Wort Gottes verkündigen, antwortete er ausweichend und nannte mir keinen. Er befahl mich Gott und ging dann wieder seiner Wege.
Grund Gütiger! Ihr seid doch hoffentlich nicht der Meinung, dass dieser, zugegeben seltsame, Mensch etwas mit den von euch gejagten Mördern zu tun haben könnte?"
Ernst gab Peter zur Antwort: "Ich glaube nicht, dass dieser `Mönch` etwas mit den Mördern zu tun hat, ich denke eher, dass es sich bei dem von dir Beschriebenen um einen der Mörder in persona handelt!"

Entsetzen spiegelte sich auf dem Gesicht des Jägers wieder, er konnte nicht glauben, was ihm eben erzählt wurde. Mit offenem Mund hörte er Peters weitere Worte.
„Weswegen trägt ein Mönch sonst – mit falscher Kutte und widersprüchlich verknotet, wie ihr das selbst sagtet, ein Messer am Gürtel? Zwar gibt es noch immer Zweifel, aber dieser seltsame Kauz ist es wert, dass man ihn einmal etwas genauer unter die Lupe nimmt. Ich habe noch eine Bitte an dich: Kannst du so schnell dir das möglich ist eine Nachricht aufsetzen lassen durch deine Brüder, die ihr schnell nach Allstedt zum Rat der Stadt bringen lasse solltet. Sie sollte ungefähr folgendermaßen lauten: `Verehrter Rat der Stadt Allstedt. Wir sind dem Mörder auf der Spur – haben eine Fährte gefunden – der Gottlose ist unterwegs zu seinem Vater nach Mühlhausen, wo dieser allem Anschein nach als Prediger arbeitet. – Wir geben Nachricht wenn wir ihn dingfest gemacht haben!`"
Gezeichnet Peter, Sohn des Käthners Seilitz.
„Ich werde diese Meldung weitergeben, ach wäre ich nur des Schreibens mächtig… wie mache ich das nur? Ein Bruder, ich muss schnell zu einem Bruder!"
Der junge Jäger war vollkommen durcheinander, doch ehe er sich einen Plan zu Recht gelegt hatte, wie er was welchem Mönch anvertrauen wollte, hatte Merwes längst ein Stück Papier aus seinem Beutel gezogen und die Nachricht notiert. Jetzt kam es ihm doch zupass, dass er zumindest Grundkenntnisse im Schreiben erlernt hatte. Er legte dem Jäger die Hand auf die Schulter, um ihn ein wenig zu beruhigen, wiederholte dann erneut leise Peters eindringliche Bitte und nahm erst nach diesen Worten wieder seine Hand weg. Mit gemischten Gefühlen schauten sie dem eiligst davoneilenden Jäger nach, der die Nachricht wild wedelnd in der Hand trug, seinen Bogen dagegen hatte er vergessen.
„Auf nach Mühlhausen, vielleicht hat uns der Herrgott ja noch nicht verlassen!"

Nun stand Thomas vor den Toren der Stadt Mühlhausen, jenem Ort, den er seit seiner Jugend gesucht hatte. Noch immer trug er die Kutte des Mönchs, er hatte die Kapuze abgenommen, der Wind fuhr ihm durch seine inzwischen mehr als schulterlangen Haare und verlieh ihm so ein skurriles Aussehen. Er stand da, eingehüllt in den derben Stoff, den Blick abwesend in die Ferne gerichtet, während neben ihm verschiedene Utensilien die man im Allgemeinen an einer Richtstätte antraf, dem Unwetter anheim gegeben waren. Man machte sich nicht die Mühe die Pranger, Räder und Galgen nach den Hinrichtungen weg zu räumen, ebenso wenig wie man die Toten selbst beseitigte. Das mochte bei seinem Vater seinerzeit anders gewesen sein, als das Schwert ihm den Kopf vom Leibe trennte, denn das Volk war aufgebracht damals. Etliche Dutzend Soldaten des Fürsten waren nötig gewesen, die die Menge fern hielten, denn man hatte schlechte Erfahrung mit dem unkontrollierbaren Mob gemacht. Eher tot als lebendig hatte man Müntzer zur Richtstätte geschleppt, nach all den Folterungen die er überstehen musste war er nicht mehr fähig zu gehen, die Hinrichtung durch das Schwert war nur noch eine Routineübung.

Jetzt befand sich sein Sohn auf jenem kleinen Hügel, leicht einsehbar von jemandem, der auf demselben Wege von der Stadt kommend unterwegs war. Aber bei diesem Wetter zogen es die Menschen vor in ihren Häusern zu bleiben, es sei denn, irgendwelche Arbeiten mussten getan werden. Seine Haare wirbelten um seinen Kopf, er schloss die Augen und nahm tief die frische Luft in sich auf, instinktiv darauf hoffend, den Geist seines Vaters selbst erfahren zu können, der ihm sagen würde, wie es nun in seinem Leben weiter ginge.

„Als sie ihm den Kopf abschlugen war das, als würde man eine Schlange enthaupten."

Thomas fuhr herum und sah den um etliche Jahre älteren Mann an, der wie aus dem Nichts neben ihm stand. Dieser hatte wie zuvor der junge Müntzer seinen Blick in die Ferne gerichtet und fuhr fort: „Sein Kopf fiel und man zeigte ihn der entsetzten Menge. All jene die an seine Unsterblichkeit geglaubt hatten, wurden durch die starren Augen eines Besseren belehrt. Der Traum war aus. So viele hatten den Tod gefunden und wofür? Was hatten all die Kämpfe gebracht, wenn nun erneut die Mächtigen triumphierten? Ich selbst habe nicht an jenen Schlachten teilgenommen, mein Vater und sei-

ne Brüder waren dabei umgekommen, ich hatte die Vorbereitungen erlebt und ich habe die Toten gesehen – so viele Tote.
Aber ich habe auch jenen Mann getroffen, von dem ich eben erzählte. Jenen Mann, dessen Antlitz ich niemals vergessen werde und dem ich in meinem jugendlichen Eifer am Tage seiner Hinrichtung noch stumm einen Eid schwor, für das weiter zu kämpfen wofür er mit seinem ganzen Leben stand und wofür er starb."
Thomas blickte Michael erstaunt an – sollten sich tatsächlich seine Hoffnungen hier, auf der Schädelstätte seines Vaters erfüllen? Dann wäre doch alles eine schicksalhafte Fügung und der Wille eines Allmächtigen?
„Und jetzt sehe ich ihn vor mir stehen, als sei es gestern gewesen, dasselbe Antlitz, dasselbe scharf geschnittene Gesicht, dasselbe Funkeln in den Augen. Bist du es wirklich Thomas, oder hat dich der Teufel geschickt, um mir einen Streich zu spielen? Oder kommst du direkt aus den Himmelswolken um mich heim zu holen?" Der Mann war mittleren Alters, von eher kleiner Statur, aber seine Augen schauten Thomas hellwach und gewitzt an. Hätte ihn Thomas während seiner Zeit bei den Spielleuten kennen gelernt, er hätte ihn vertrauensvoll zum essen eingeladen.
„Ich bin es, Thomas, der Sohn jenes Mannes, dessen Tod ihr mit eigenen Augen gesehen habt. Ich bin gekommen all jene zu rächen, deren Blut auf den Schlachtfeldern der Ungerechtigkeit vergossen wurde. Wer bist du, Freund? Kann ich dir vertrauen?" Wenn ihn die Augen nicht betrogen, kannte er die Antwort bereits.
„So hatte ich also doch Recht mit meiner Vermutung! Du also bist Müntzers Sohn – man hat es sich erzählt, dass der große Prediger verheiratet war mit einer gewissen Ottilie, die ihm einen Sohn gebar..."
„Ottilie..."
„Aber man hat niemals etwas von dir gehört, obwohl du in gewissen Kreisen beinahe wie ein Messias erwartet wirst."
„Ein Messias, ha! Ich der Sohn einer Ottilie? Nein, mein Lieber – wie ist dein Name?"
„Michael, ich bin Holzwärter hier in Mühlhausen..."

„Also, hör mir gut zu, Michael: Ich bin Müntzers Sohn. Ich werde sein Erbe antreten, bist du bereit mit mir diesen Weg zu beschreiten?"

„Ich habe mein Leben darauf gewartet, egal was du für richtig findest – ich folge!"

„Wir werden sehen, wir werden sehen. Aber ich bin nicht Ottilies Sohn, ich bin der Sohn der besten Frau der Welt, die ebenfalls…" Thomas stockten die Worte, als er so intensiv seit langer Zeit wieder an seine Mutter denken musste, „…im Kampf gegen die Ungerechtigkeit ihr Leben verlor. Jene Ottilie kenne ich nicht, wohl aber ihren Sohn."

Michaels Augen leuchteten auf. „Du hast noch einen Bruder? Können wir in Kürze auch mit seinem Erscheinen hier rechnen? Werden wir uns mit ihm verbünden?"

„Das denke ich kaum, er wird nicht kommen, die gerechte Strafe hat ihn längst ereilt, vergiss ihn, ehe du beginnst weiter über ihn nach zu denken, er war zu schwach." Vor seinem inneren Auge spielte sich noch einmal die Szene im Kloster ab, die mit der Ermordung seines Bruders begonnen hatte. Noch einmal fühlte er den schweren Schürhaken zwischen seinen Fingern, spürte den kurzen Widerstand, als der Stab den Hinterkopf des Gärtners traf, wie erstaunlich schnell das Leben aus ihm wich. Erneut hörte er die gellenden Schreie seiner Mätresse die noch schneller ihr Leben aushauchte als jener Mann, der eben im Begriff war ihr Gewalt anzutun. Nicht wichtig. Keine Hilfe im Kampf gegen das Böse, das es zu bekämpfen galt. Hätte sie sich ein wenig anders verhalten, hätte sie sich unmissverständlich auf Thomas Seite gestellt, wahrscheinlich würde sie jetzt noch leben! In Jener Nacht hatte Thomas den Fehler seines Vaters erkannt: Man konnte die Welt nicht durch Reden und Predigten verändern, man musst ausrotten was nicht dazu gehörte – ohne Ansehen der Person.

„Komm mit, Michael, ich werde dir unseren Weg erklären! Später kannst du mir dann erzählen, was sich noch alles damals zugetragen hat, alles will ich hören was du weißt über meinen Vater."

Barsch griff er die Kutte des Holzwärters und zog ihn mit sich fort, wieder zurück Richtung Mühlhausen.

Inzwischen hatte das Unwetter an Intensität zugenommen, der Wind blies ihnen kalte Regentropfen ins Gesicht, Thomas hatte seine Kapuze erneut tief ins Gesicht gezogen, während der Holzwärter versuchte, soweit ihm das möglich war, sein Gesicht durch das Wams zu schützen, das er nach oben ins Gesicht zog. Die Beiden sahen aus wie Strauchdiebe, die auf ein Schnäppchen aus waren. Da eine weitere Unterhaltung sowieso nicht möglich war, dachte Michael während ihres gemeinsamen Weges Richtung Mühlhausen über Thomas nach, denn so sehr er sich einerseits freute, durch den Sohn wieder Verbindung zu Müntzers Ideen zu bekommen, so sehr verunsicherte ihn andererseits der junge Thomas mit dem was er sagte und mit dem wie er sich gab.
Sie passierten das Stadttor, ohne dass die Wache weiter auf sie aufmerksam geworden wäre. Zu dieser Zeit war selten mit Ankommenden zu rechnen, wahrscheinlich vertrieben sie sich mit Würfelspielen die abendlichen Stunden. Der junge Müntzer war sich im Klaren darüber was zu tun war, wie er unter seinen möglichen Anhängern die Spreu vom Weizen trennen konnte. Eine diebische Freude breitete sich in ihm aus und erfüllte ihn mit einer Kraft, die er dem Geiste seines Vaters zuschrieb.
Einige Gebäude hinter dem östlichen Stadttor durch welches sie gekommen waren, stand die alte Kirche Mühlhausens, die Jakobikirche, dahin wollte Thomas gehen, immer bemüht Michael mit sich zu ziehen. Der Plan war erst in ihm gereift, als er auf jenem Platz auf dem sein Vater hingerichtet wurde, in die Ferne schaute. Eine Vision hatte sich seiner bemächtigt, die ihn anfangs erschreckte, dann aber mehr und mehr Gestalt annahm: Er sah das Land, sah Städte und Dörfer und die Menschen darin, wie sie schreiend vor den Flammen flohen, die ihre Häuser und Kirchen ergriffen hatten. Die Fürstentümer waren geschleift, die hohen Herren ermordet und zerfetzt. Es gab für all jene, die sich weiterhin auf die Seite der Mächtigen stellten, kein Entrinnen, auch die Wälder boten keinen Schutz mehr, das Land war ein vollkommenes Flammenmeer. Darüber thronten die Truppen der Gerechtigkeit, die den Menschen nur eine Alternative ließen: Kämpfe mit uns, oder du bist des Todes! Anfänglich verstreut und im Kleinen und Verborgenen

kämpfend, verbündeten sich Jene am Ende zu einer schlagkräftigen Armee, die über das Land fegte und alles nieder rannte, was nicht für sie war. Aus dieser Zeit, in der das Heulen und Zähneklappern das Einzige war, das man zu hören bekam, entstand am Ende aus der absoluten Zerstörung langsam eine neue Pflanze, ein neues Zusammenleben der Menschen. Thomas sah, dass er selbst zur Vorhut gehören sollte, die jene Schlacht anführte, was ihn stolz machte, wie noch nie etwas in seinem Leben. Er sah seine immer größer werdende Anhängerschaft und er erkannte in seiner Vision die Notwendigkeit auf Nichts Rücksicht nehmen zu dürfen: Weder auf sich selbst, noch auf seine Leute.

Das Gotteshaus war geöffnet, zu dieser Stunde hielt sich kein Besucher in dem kleinen Kirchenschiff auf, allein einige wenige Kerzen brannten zum Lobpreis Gottes. Vor dem erstaunlich prunkvollen Altar kniete der Geistliche in stillem Gebet und schenkte den späten Besuchern keine Beachtung. Thomas neigte seine Lippen zum Ohr Michaels und flüsterte:

"Hat nicht auch mein Vater damals gelehrt, dass die Liebe allein den Menschen ausmacht? Hat er nicht gesagt, dass die Liebe Gottes nicht zu kaufen sei und dass es wichtiger sei den Armen Brot und Kleidung zu geben, als vom Abgepressten Zehnt die `Gotteshäuser` auszuschmücken?"

In seinem Innern traten ihm erneut die Bilder seiner Apokalypse vor Augen, er war auf einer Mission in das Land der Ungläubigen.

„Das hat er wohl", flüsterte Michael zurück, der nicht begriff was ihm Thomas zu verstehen geben wollte.

„Ich zeige dir nun, was mein Vater gemeint hat. Sage du mir nachher, ob du bei mir bleibst."

Mit diesen Worten ging Thomas mit großen Schritten nach vorne in Richtung des Altars. Er trat von hinten an den auf einem Hocker knienden Geistlichen, als dieser erstaunt den Kopf hob um zu sehen, wer da so nahe bei ihm stand, zog Thomas sein Messer aus dem Ärmel und schnitt mit einer Bewegung blitzschnell die Kehle des Priesters durch.

Der Gottesmann ließ noch ein leises Röcheln von sich, ehe er in sich zusammensackte. Das Blut das aus der Wunde pulsierte, spritzte

gegen den Altar und bildete innerhalb kürzester Zeit eine große Lache auf dem Steinfußboden. Thomas putzte sein Messer am Gewand des Priesters ab, würdigte ihn keines weiteren Blickes und ging ein paar Schritte nach vorne auf den Altar zu. Mit wenigen Handgriffen hatte er die Marienstatue vom hölzernen Sockel gerissen und schleuderte sie auf den Körper des Geistlichen, der in unmenschlich verkrümmter Haltung auf dem Boden lag. Seine Beine zuckten und zeugten vom letzten Aufbäumen des Körpers.
Thomas riss das Tuch, welches den Altar bedeckte herunter, dabei fielen die Altarkerzen um und erschloschen, was der Szene einen noch unheimlicheren Ausdruck verlieh. Das Tuch hinter sich herschleifend ging er zurück zu Michael, eine blutige Spur hinter sich herziehend. Als er an ihm vorbei schritt sagte er, ohne seinen Blick auf ihn zu richten:
„Die Armen können sich nun holen, was das Ihre ist. Wenn du nun verstanden hast, was der eigentliche Weg der Bauern ist, komm mit. Wenn nicht, bete, dass du mir nie wieder begegnest."
Mit diesen Worten ging er durch das Tor wieder hinaus in den Regen – einen vollkommen verunsicherten und ungläubig starrenden Michael zurücklassend – das blutverschmierte Altartuch hängte er an die Christusfigur die das Eingangsportal schmückte, sodass es so aussah, als habe der Heiland selbst sein Blut hier vergossen.
Als Thomas gegangen war, blickte sich der Holzwärter unruhig in der Kirche um, nur um sich noch einmal zu vergewissern, dass sie sich auch wirklich allein in der Kirche befunden hatten, aber daran gab es keinen Zweifel. Langsam ging er nach vorne zu der zusammengesunkenen Gestalt des Priesters auf dessen Körper die Mutter Gottes mit ihrem seligen Lächeln lag, als wolle sie ihn trösten. Seine Augen waren geöffnet und blickten den Heranschleichenden an, als könnten sie in Michaels Seele sehen. Entsetzt starrte der Holzwärter auf den Toten und die Mutter Gottes, die klaffende Wunde an seinem Hals verlieh dem Körper was beinahe Obszönes – hier in diesem Raum. Schnell bekreuzigte er sich, obgleich er diese Geste schon lange nicht mehr gemacht hatte und schloss daraufhin dem Priester die Augen. Weiß Gott, er hatte nicht den Sohn jenes Thomas Müntzer getroffen, sondern den Leibhaftigen selbst! Noch

einmal bekreuzigte er sich wie aus innerem Antrieb heraus und verließ dann schleunigst die Kirche, tunlichst darauf bedacht am Eingangsportal nicht mit dem Tuch in Berührung zu kommen. Wenige Seitenblicke reichten aus, um ihm zu versichern, dass noch immer Niemand auf den Straßen unterwegs war, der ihn hätte sehen können. So schnell ihm das möglich war, trat er seinen Heimweg an. Zwar hatte er Thomas unverblümte Drohung vernommen, aber mit diesem Satan wollte er nichts zu tun haben!

Seine Angespanntheit hielt an, bis er Zuhause angekommen war, er zog sich aus und legte sich zu seiner Frau ins Bett. Sie war es gewohnt, dass er erst oft spät nachts von der Arbeit nach Hause kam und quittierte seine Anwesenheit nur mit einem kurzen Knurren, dann drehte sie ihm den Rücken zu und schlief weiter. Michael lag noch lange wach, denn so etwas hatte er in seinem bisherigen Leben noch nicht erlebt. Was hatte dieser Thomas vor? Mit wem sollte er darüber reden? Seine Loyalität zur Obrigkeit hielt sich in Grenzen, es war aus diesem Grunde ausgeschlossen den Mord irgendeinem Kirchenoberen oder gar Fürsten zu offenbaren. Er hatte schon einmal den Fehler gemacht und Informationen weiter gegeben, von denen er dachte, dass sie wert waren, direkt beim Fürsten Gehör zu finden und die denkbar schlechtesten Erfahrungen damit gemacht.
Damals hatte er einen begründeten Verdacht wer hinter den zu jener Zeit häufig auftretenden Vergewaltigungen junger Frauen stand – man hatte ihn wohl angehört, doch erst nachdem man ihn selbst wegen dieser Verbrechen eingesperrt hatte. Freunde hatten für ihn ausgesagt, dass er frei kam. Als es sich herausstellte, dass der Vergewaltiger aus adligem Hause kam, verfolgte Niemand mehr diese Verbrechen. Allerdings ließen jene Verbrechen mit einem Male nach – wahrscheinlich war der Vergewaltiger aber nur vorsichtig geworden und sorgte dafür, dass es nunmehr keine Zeugen gab.
Aber was würde wohl passieren, wenn er mit den Informationen über diesen Mord beim Fürsten vorsprach? Sicherlich würden sie ihn nun erst recht der Mittäterschaft bezichtigen und ob seine

Freunde noch einmal für ihn aussagen würden in einem solch brisanten Fall, war eher zu bezweifeln.

Michael wälzte sich so lange unruhig im Bett hin und her, dass seine Frau davon erwachte. Seine Seelenpein war groß und er wusste sich nicht weiter zu helfen, dass er ihr die Geschichte erzählte. Mit einem Mal war sie hellwach und hörte ihm gespannt zu, ohne ihn zu unterbrechen, was ansonsten nur sehr selten vorkam. Sie hatte die prekäre Situation, in der er sich befand, sofort erfasst und konfrontierte ihn auch mit einer Tatsache, die er in seinen Überlegungen bislang unterschlagen hatte: Es bestand auch berechtigte Gefahr für sein und damit ihr Leben, sollte er sich gegen Thomas stellen. Die Art und Weise wie er den Geistlichen in der Kirche ermordet hatte, zeigte eindeutig, dass der junge Müntzer auch seiner unverblümten Drohung gegen Michael Taten folgen lassen konnte. Und wenn es Michael treffen sollte, war auch abzusehen, dass der Todesengel nicht vor dessen Frau Halt machen würde.

Dennoch war ihre Vertrautheit zu groß, als dass er Helena nicht von allen Geschehnissen vergangener Nacht erzählt hätte. Schweigend hörte ihm seine Frau weiter zu, er ließ keine Details aus, erzählte vom ersten Treffen bei dem er Thomas kennen gelernt hatte und welche Faszination von ihm ausging, bis zum Ende des Geistlichen und Thomas unverblümter Drohung. Als er endete, trat Stille zwischen Ihn und Helena, bis sie schließlich das Wort ergriff.

„Du hast dich da ganz schön in was reingeritten, mein Lieber!", gab ihm seine Frau zu verstehen. „Wie willst du denn da wieder rauskommen? Sicherlich dauert es nicht lange, bis ganz Mühlhausen erfahren hat, auf welch bestialische Weise der dortige Geistliche beim Beten umgebracht wurde."

„Du hast ja Recht, aber ich war wie geblendet. Du müsstest ihn Mal sehen – er ist das genaue Ebenbild seines Vaters!"

„Das genaue Ebenbild wird er kaum sein, denn mir haben meine Eltern auch von Thomas Predigten erzählt und dem Feuer das von ihnen ausging. Mein Vater war selbst bei den Haufen dabei und Mutter hat sie versorgt, was Beide mit dem Leben bezahlen mussten, dennoch kann ich mir nicht vorstellen, dass sie derartige

Schlächtereien wie von seinem Sohn ausgeführt für gut befunden hätten!"

„Bedenke, auch unsere Haufen haben Kirchen geplündert, Fürsten erschlagen, heilige Stätten entweiht…"

Aufgebracht fiel ihm Helena ins Wort: „Natürlich haben sie das gemacht! Aber euch blieb doch keine Wahl! Es standen doch Hunderte hinter euch und Tausende gegen euch. Ihr wolltet eine neue Gesellschaft, eine neue Kirche, was aber dein Thomas hier versucht ist: Seine eigene Meinung, seine Vorstellung, seine Vision, die weiß Gott wie aussieht, in die Tat umzusetzen. Er stellt das Schwert in den Vordergrund, er handhabt das Schwert nicht als Mittel um eine bessere Gesellschaft zu erschaffen, sondern ihm geht es um die Auslöschung!" Mit funkelnden Augen hatte sie sich in Rage geredet und ließ keinen Zweifel daran, wie sehr ihr Thomas Handeln missfiel.

Etwas ruhiger fügte sie hinzu: „Ich habe Angst um dich, denn der junge Thomas scheint vielmehr von Hass beseelt zu sein, der ihn treibt. Ihm scheint es allein darauf anzukommen, einen Kirchenmann zu töten, unabhängig davon, um was für einen Menschen es sich handelt – allein die Zugehörigkeit besiegelte bereits dessen Schicksal." Leise wie zu sich selbst: „Wahrscheinlich hätte er seinen eigenen Vater getötet, weil auch er ein Mann des Glaubens war."

Michael saß nachdenklich im Bett und dachte über die Worte seiner Frau nach. Im Herzen wusste er, weshalb er mit ihr verheiratet war. Damals hatten ihn viele seiner Bekannten gewarnt, dass Helena eine scharfe Zunge habe, aber in Momenten wie diesen musste er sich in seinem Innersten dafür gratulieren, gegen alle Vorbehalte diese Entscheidung für sie getroffen zu haben. Seufzend schmiegte er sich an den warmen Körper seiner Frau und schlief endlich ein. Zwar wusste er noch immer nicht, wie er sich in dieser Sache verhalten sollte, aber er erkannte, dass er nicht allein war.

Helena lag wach und schaute in die Dunkelheit die sie umgab.

Die Reise Richtung Mühlhausen dauerte seine Zeit. Anfänglich frisch motiviert, ritten Peter und seine beiden Gefährten Richtung Norden um der Spur zu folgen, die ihnen der junge Jäger aufgezeigt hatte. Sie sprachen kein Wort miteinander sondern trieben ihre Pferde zu Höchstleistungen an, denn sie wussten, je länger sie benötigten, desto schneller war die Spur wieder verwischt. Insgeheim hoffte Peter, dass ihre Nachricht in Allstedt dementsprechend wohlwollend aufgenommen wurde, denn das letzte was er wollte, war mit leeren Händen wieder nach Hause zu kommen. Welch ein Triumph würde das werden, wenn sie mit dem Mörder in Allstedt einmarschieren könnten. Im schlimmsten Falle wäre er bereits tot, aber noch schlimmer, vor allem für ihn, als dem erwählten Anführer der Truppe, wäre mit leeren Händen zurück zu kehren. Diese Spur musste einfach die richtige sein! Aber je länger sie unterwegs waren, desto mehr verschwand ihre Euphorie, wirklich auf eine Spur gestoßen zu sein. Bei ihrer abendlichen Rast begann erneut Merwes laut mit dem Gedanken zu spielen, dass er es trotz all der Neuigkeiten vielleicht besser fände nach Allstedt zurück zu kehren. Seine Worte wurden ohne Kommentar von Bartels zur Kenntnis genommen und Peter erkannte, dass es nicht mehr lange dauern würde, bis er allein auf der Suche war.
Genau so sollte es auch kommen:
Am nächsten Morgen eröffneten ihm Merwes und Bartels, dass sie nach der vergangenen Nacht, die sie weniger zum Schlafen, als vielmehr zum Besprechen ihrer momentanen Situation benutzt hatten, zu dem Entschluss gekommen waren, dass sie sich auf einer falschen Fährte befanden. Dies bedeutete im Umkehrschluss natürlich: Dass sie erneut mit leeren Händen dastanden und das war ausschlaggebend für ihre Entscheidung, den Heimweg anzutreten.
Michael hörte ihren Argumenten still zu ohne sie zu unterbrechen. Dann gab er ihnen leise zu verstehen:
„Vielleicht habt ihr ja Recht und wir haben die letzten Monate umsonst in den hiesigen Wäldern verbracht. Wenn aber nicht, werde ich allein in ein paar Tagen mit diesem Mörder zusammentreffen, dem wohl wichtigsten Moment meines bisherigen Lebens. Wenn er ein solcher Mensch ist wie ich denke, wird mir das einige Mühe

bereiten. Aber ich kann euch verstehen, auch wenn ihr beide keine Familie habt, so doch Freunde. Man hat uns in Allstedt ausgesucht um den Gräuel auf die Spur zu kommen und ich denke, wir sind dem so nahe wie niemals zuvor, ich werde nicht aufgeben und allein die Jagd fortsetzen. Überdenkt noch einmal eure Entscheidung, solltet ihr dabei bleiben, dann lasst uns in Frieden von einander gehen. Aber eine Bitte habe ich noch an euch."
„Was immer du von uns willst, wenn es in unserer Macht steht, werden wir ihr nachkommen", antwortete Merwes.
„Außerdem versprechen wir dir, dass wir nur Gutes über dich und unsere Suche zu berichten haben werden. Es ist nicht deine Schuld, dass alles wahrscheinlich umsonst war" fügte Bartels noch an.
„Ich danke euch, meine Freunde, bitte überbringt noch folgende Botschaft an den Rat der Stadt:
Ich, Peter, Sohn des Käthners Seilitz, gelobe hiermit in eurer Anwesenheit, dass ich erst dann wieder einen Fuß nach Allstedt setzen werde, wenn es mir gelungen ist, den Mörder unserer Brüder gefunden und zur Strecke gebracht zu haben. Ich will nicht eher ruhen, bis ich dieses Gelübde erfüllt habe. Wenn es mir möglich ist, werde ich euch eine Nachricht zukommen lassen, erst der Tod oder der Erfolg meiner Mission möge mich von diesem Gelübde befreien, so wahr mein Name Peter ist. So wahr mir Gott helfe."
Merwes und Bartelt begannen sich merklich unwohl zu fühlen, doch ehe sie sich ihre Entscheidung die Suche abzubrechen noch einmal wirklich überlegen konnten, schwang sich Peter auf sein Pferd, zog seinen Beutel mit seinen Habseligkeiten hinauf, grüßte von oben herab und ritt davon. Er hatte wirklich nur das Allernotwendigste mitgenommen, offenbar davon ausgehend, dass sich seine beiden Gesellen um den Rest kümmern würden. Still packten diese auch alles zusammen, verstauten es sorgfältig auf den Pferden und traten den Heimweg an. Einerseits bewunderten sie Peter, dass er noch weiter an der Jagd festhielt, wo sie doch keine Aussicht auf Erfolg zu haben schien, andererseits konnten sie seine wahren Gründe nicht ahnen, die ihn zu diesem Schritt getrieben hatten. Peter stand zeit seines Lebens im Wettstreit mit seinem älteren Bruder, der vom Vater immer bevorzugt wurde. Er sah nun

eine einmalige Möglichkeit, in der Ergreifung des gesuchten Mörders, etwas wirklich Großes zustande zu bringen, etwas, worauf sein Vater stolz sein könnte. Wenn alles klappte, wie er sich das vorstellte, wäre er endlich in der Familie, und vor allem in seines Vaters Augen, gleich gestellt.

Helena und Michael saßen am nächsten Morgen gemeinsam an ihrem kargen Tisch, den sie sich erst von einem Freund zimmern hatten lassen. Der Verdienst als Holzwärter reichte kaum zum Überleben, aber Helenas Geschicklichkeit im Nähen hatte ihnen ein gutes Zubrot beschert, sodass sie nicht klagen konnten. Nichts in der Welt wünschten sich die beiden mehr, als dass ihr Wunsch nach eigenem Nachwuchs endlich erfüllt würde. Sie waren im besten Alter dafür und an nächtlichen Gelegenheiten mangelte es nicht, dennoch war ihnen bislang kein Kind vergönnt. Helena hatte sich gar kundig gemacht bei einer weisen Frau, welche Kräutertees ihnen vielleicht helfen könnten, um den Kinderwunsch zu erfüllen.

Der Morgen war ganz und gar nicht Michaels Zeit, deshalb zogen es in der Regel Beide vor, schweigend ihre kleine Mahlzeit zu sich zu nehmen, aber an diesem Morgen war es ausgerechnet der Holzwärter, der als Erster das Schweigen brach.

„Was du gestern Nacht gesagt hast ... über Thomas..."

Helena blickte ihn erstaunt an, es musste sich tatsächlich um eine äußerst wichtige Sache handeln, sonst käme ihr Mann niemals auf den Gedanken morgens mit ihr zu sprechen zu wollen.

„Ja?"

„Du kennst ihn doch gar nicht, wie kannst du dir so sicher sein mit deiner Meinung über ihn?"

„Was du mir erzählt hast gestern Nacht war genug, Michael. Ich habe Angst um dich, denn dieser Weg, der hier beschritten wurde, kann nur schlimm enden. Während vor Jahren noch ein hehres Ziel im Mittelpunkt stand, das die Menschen zu ihren Kämpfen angetrieben hat, jetzt scheint das eher einer Messias-Vorstellung gleichzukommen:

Was Thomas sagt, ist Gesetz und wer sich gegen ihn stellt hat damit sein eigenes Ende besiegelt. Ist es denn das, was du willst?"
„Nein, natürlich nicht, aber Teile der Dinge, die er erwähnte, stecken auch voll Wahrheit."
"Das mag sein, aber das Schwert bringt niemals die Wahrheit, nicht auf diese Art und Weise, ohne Ansehen der Person. Wenn nicht das Schwert selbst der Grund ist, weshalb alles schief geht…"
Michael war inzwischen aufgestanden und lief unruhig in der Stube auf und ab.
„Was soll ich denn jetzt machen? Ganz ehrlich, Weib, befürchte ich das Schlimmste für unser beider Leben, wenn ich nicht tu was er von mir erwartet. Irgendwann steht er hinter mir, oder dir, und wir hauchen unser Leben aus wie der Geistliche in der Kirche."
Helena war auch aufgestanden und sah ihn aus klaren braunen Augen an: „Lass ihn kommen!" Mit einem Grinsen fügte sie hinzu: „Das wäre der erste Mann, der es mit mir aufnehmen kann." Mit diesen Worten trat sie hinaus in die Morgensonne, reckte ihre Arme gen Himmel und begrüßte den Tag. Michael blickte ihr bewundernd nach, für Helena schien die Sache damit erledigt, doch so sicher war er sich da nicht.

Die Nachricht des Jägers sorgte in Allstedt für tumultartige Zustände. Inzwischen war die Hälfte der Verfolger klammheimlich wieder in der Stadt angekommen und ging längst wieder einer geregelten Arbeit nach und Niemand dachte noch an die Suche nach den Mördern der Brüder. Als wie aus heiterem Himmel der Brief von einem Boten überbracht wurde, dass sich die drei Verbliebenen auf die heiße Spur gesetzt hatten, brach beinahe ein solcher Jubel im Rat der Stadt aus, als habe man die Mörder bereits dingfest gemacht. In Windeseile verbreitete sich die Nachricht in ganz Allstedt und an allen Ecken sprachen die Menschen über die nun wirklich greifbar scheinende Möglichkeit den Unhold tatsächlich noch dingfest machen zu können.
Anna interessierte sich nicht für die Gerüchte Allstedts, sie hatte sich ihr Leben zusammen mit ihrer kleinen Tochter bei den Freunden eingerichtet, beteiligte sich aber an der Gesellschaft nur in ei-

nem sehr begrenzten Rahmen. Was ihre Freunde auch versuchten, es wollte ihnen nicht gelingen sie aus ihrer zutiefst empfundenen Trauer zu reißen. Zwar beteiligte sich die junge Mutter an den Festen und Ausflügen, zu denen man sie einlud, doch blieb in ihr immer eine Resignation und Trauer zurück, die niemand zu heilen in der Lage war.

Die Nachricht von dem Brief wurde irgendwann auch in ihrer Umgebung besprochen, für die Mägde des Hofes, mit denen sie sich immer gemeinsam um die anfallende Wäsche kümmerte, war es die Nachricht des Tages, während sie ihre Arbeit machten. Sie stellten sich vor, was für ein schrecklicher Mensch jener Mörder wohl sei und wie er sich durch die Wälder bis nach Mühlhausen geschlagen habe, dass er vielleicht von irgendwo her auch Unterstützung bekommen habe, oder gar noch Schlimmeres.

„Man hat mir erzählt, das war die Helene vom Wirtsgut, dass eine Freundin von ihr gehört habe, dass man im Kloster auch Spuren gefunden habe. Spuren von Hufen!" meinte die Eine.

„Er war wahrscheinlich zu Pferd unterwegs, kam von weiter weg" antwortete eine andere.

„Nein! Es handelte sich immer nur um einen Huf und um einen menschlichen Abdruck!"

„Du meinst ... Gott bewahre uns!" Schnell bekreuzigten die die anderen, Anna wusch etwas abseits davon und konnte nur das Gesicht verziehen ob eines solchen Aberglaubens.

`Was für Gänse`, dachte sie insgeheim, `als ob der Leibhaftige es nötig hätte Spuren zu hinterlassen! Jetzt haben sie wieder etwas mit dem sie sich gegenseitig einen Schrecken einjagen können`.

„Und nach Mühlhausen reitet unser Peter und seine beiden Helfer! Was für ein Mann, welcher Mut! Der Rat hat doch den Richtigen für diese Mission ausgewählt!"

„Wahrscheinlich soll er nach seiner Rückkehr dich als Frau nehmen, oder?" neckte eine Dritte, was ihr einen Schwung Wasser vor die Füße bescherte.

„Bloß weil du einen Hässlichen abbekommen hast?!" war die Antwort der Geneckten.

„Anscheinend will er zu seinem Vater, der dort lebt, zumindest stand das in dem Brief…"
„Hat der Satan denn einen Vater? Ich glaube ja noch immer, dass es sich um herumreisendes Volk handelte, die im Blutrausch auf St. Trudpert…"
Das Weitere vernahm Anna nicht mehr, denn die Worte `Mühlhausen` und `Suche nach dem Vater` hatten sie hellhörig werden lassen und plötzlich erinnerte sie sich wieder an Thomas Erzählungen über sein Leben vor den Spielleuten und dass er ihr nicht nur einmal berichtet hatte, dass sein eigentliches Herzensziel war, die Wirkungsstätte seines Vaters aufzusuchen. Aber sein Vater war doch Thomas Müntzer, jener aufrührerische Prediger, den sie enthauptet hatten, dann machte es doch überhaupt keinen Sinn ihn mit jenem Gesuchten in Verbindung zu bringen.
`Enthauptet in Mühlheim!` schoss es ihr durch den Kopf. Konnte dies möglich sein? War ganz Allstedt doch auf der Suche nach ihrem geliebten Mann? Aber dies würde auch bedeuten, dass er jene schrecklichen Morde begangen hätte und diese Tat konnte nichts mit dem Thomas zu tun haben, den sie kennen und lieben gelernt hatte. Sicherlich war irgendwas mit ihm geschehen, vielleicht war er nicht mehr Herr seiner Sinne... Er musste nicht mehr Herr seiner Sinne sein, denn seine Liebe zu ihr hatte er nicht gespielt, dessen war sie sich sicher und er hätte sie niemals so im Stich gelassen und sich nicht mehr bei ihr gemeldet. Je mehr sie darüber nachdachte, desto unwahrscheinlicher fand sie wieder die Möglichkeit, dass Thomas der Mörder der Brüder auf St. Trudpert sein könnte.
`Was war eigentlich damals geschehen` fragte sie sich.
Damals hatte sie zuviel mit sich selbst und ihrer eigenen Lage zu tun gehabt, als dass sie sich an den allgemeinen Spekulationen beteiligt hätte.
Anna fasste den Entschluss, alle Informationen über St. Trudpert herauszufinden, um in der Gewissheit weiter leben zu können, dass ihr vermisster Geliebter mit der Sache nichts zu tun hatte. Die beste Möglichkeit wäre wohl Magdalena, die Kräuterfrau von Allstedt, bei der sie sich zu Anfang jeder Woche mit den frischen Kräutern versorgte, die sie zum Kochen benötigte.

`Bei der Alten kaufen so viele Leute aus Allstedt ein, sie ist ansonsten ja auch immer bestens über alles informiert, sicherlich kann sie mir auch die Vorkommnisse seinerzeit aus St. Trudpert erklären` dachte sie. Übermorgen wäre es bereits wieder soweit ihr einen Besuch abzustatten, sie könnte ihren Einkauf einen Tag vorziehen und morgen in der Frühe bereits dort sein. Dann würde sich sicher alles zum Besten wenden.
Guten Mutes packte Anna ihre Wäsche zusammen und verließ mit einem freundlichen Gruß die Mägde des Hofes, die sich eifrig weiter ihren Gerüchten hingaben.
Dass sie diese Gedanken in dem Maße beschäftigen würden, hätte Anna nie gedacht, sie hatte beinahe kein Auge zugetan und war bereits sehr früh auf den Beinen. Eine der jüngeren Mägde, Sophia, vertraute sie Adelheid an, da sie wusste, dass diese sehr lieb und immerzu fürsorglich mit der Kleinen umging und es bisher nie zu Problemen gekommen war. Sophia wollte selbst Kinder und war seit einem Jahr mit einem Knecht vom Nachbarhof befreundet. Die Hochzeit stand noch aus, aber Jeder der die Beiden kannte rechnete fest damit, dass dieses Fest nicht mehr lange auf sich warten lassen würde.
Anna hatte einen kleinen Beutel geschnürt für die Kräuter die sie kaufen wollte und machte sich auf den Weg zu Magdalena. Doch auch wenn die Alte gerne erzählte, musste Anna sich geschickt anstellen, denn sie wollte auf keinen Fall durch ihre Neugier Anlass geben für die Entstehung neuer Gerüchte. Niemand außer ihr kannte Thomas Vergangenheit, selbst seinen besten Freunden hatte er soweit sie davon wusste zumindest, nicht erzählt, unter welchen Umständen er zu den Spielleuten gestoßen war und welch furchtbares Schicksal ihn zu seiner Flucht gezwungen hatten. Von seiner familiären Herkunft wusste erst Recht niemand etwas, was auch besser war.

Auf dem Weg durch das noch verschlafene Dorf legte sie sich eine Strategie zurecht, wie sie über St. Trudpert mit Magdalena ins Gespräch kommen könnte. Nach einer halben Stunde Fußmarsch an das andere Ende des Dorfes, hatte sie die recht geräumige Hütte der Kräuterfrau erreicht.

Schon von außen war zu erkennen, womit die Alte Handel trieb, denn die unterschidlichten Kräuter hingen an Schnüren zum Trocknen vor und hinter dem Haus, Gewürzkränze verschiedenster Größe ragten aus kleinen Kisten heraus. Dass sich niemand an den doch teilweise sehr kostbaren Kräutern vergriff, ohne Rücksprache mit Magdalena, hing sicherlich auch damit zusammen, dass in Allstedt das Gerücht umging, dass die Alte zwischen die einzelnen Büschel die sie zum Trocknen aufgehängt hatte, öfter andere Pflanzenteile versteckte, die nur ihr bekannt waren. Benutzte man die Heilpflanzen ohne Anleitung konnte das sehr unangenehme Folgen für die Nutzer haben und das wiederum wollte Niemand riskieren. Das Ansehen Magdalenas litt ein wenig unter solchen Gerüchten, auf der anderen Seite traute man ihr in der Heilkunde mehr zu, als jedem fahrenden Medicus, die dann und wann durch Allstedt zogen und ihre Kunst anpriesen. Die Alte selbst war sich der Gefahr jedoch bewusst, dass ihre Kenntnisse auch sehr schnell den Geruch des Bösen, bekommen konnten und dass für sie unweigerlich eine Anklage wegen Hexerei bedeuten würde.

Magdalena saß zu Annas Erstaunen bereits gut gelaunt mit verschiedenen Pflanzen hantierend hinter ihrer Hütte auf einer Bank in der Sonne und summte ein Lied vor sich hin, was bei ihrem zahnlosen Mund beizeiten den ein oder anderen falschen Ton zur Folge hatte. Dennoch strahlte sie eine gewisse Ruhe aus, die es Anna erleichterte, leicht in ein Gespräch mit ihr einzusteigen.

„Mütterchen, ich grüße dich, schon eifrig bei der Arbeit wie ich sehe?" begann Anna die Unterhaltung.

„Oh, so früher Besuch, früh am Tage und einen Tag früher als sonst, wenn ich mich recht erinnere. Was in meinem Alter kein Wunder wäre, wenn ich mich da Mal vertue."

Anna war erstaunt über die Alte. So verwirrt sie manchmal erschien, so fix schien sie trotz alledem noch im Geiste zu sein. Bislang hatte sie mit Magdalena nur ein paar Sätze über das Wetter gewechselt, denn einen Anlass für eine Unterhaltung hatten sie

Beide nie gehabt, und so hatte sich in Annas Kopf festgesetzt, dass es sich um eine alte Frau handelte, die sich um Kräuter kümmerte und ansonsten recht einfältig, wenn auch neugierig war.
„Du bist doch die Anna vom Martin-Hof, nicht wahr? Was treibt dich so früh hierher? Lässt dich deine Kleine nicht schlafen? Wie ich sehe hast du sie ja nicht dabei, na wirst schon ein ordentlich Fleckchen für sie gefunden haben."
„Ja Mütterchen, Adelheid ist gut untergebracht, es ist einfach zu früh für sie im Moment." Anna verwunderte es nicht, dass Magdalena so gut über alles Bescheid wusste – wenn sie sogar sie selbst innerhalb kürzester Zeit mit so vielen Fragen bestürmen konnte, wie viele Informationen würden dann auch von all den anderen Frauen des Dorfes bei ihr zusammen kommen.
„Sie ist eine süße Kleine, pass gut auf sie auf, Kinder sind das Gut unseres Lebens... Komm her Kindchen, setz dich ein wenig zu mir in die Sonne und versüße mir den Tag. In der Zwischenzeit kann ich ja deine Kräuter richten, oder bist du sehr in Eile?"
"Nein, nein", beeilte sich vielleicht ein wenig zu schnell Anna zu versichern. Um die Alte nicht misstrauisch zu machen, begann sie mehr von Adelheid zu erzählen und welch Freude es bereite zuzusehen, wie sich der kleine Mensch entwickle.
„Ja, ja, es ist eine Freude zuzusehen, wie ein Mensch daraus wird", meinte Magdalena. „Ich selbst hatte leider nie das Glück eine Tochter oder einen Sohn haben zu dürfen."
„Warst du immer schon allein? Ich meine nicht wie ich jetzt..."
„Nein. Allerdings ist das alles schon sehr lange her... er ging fort auf Wanderschaft, es waren jene Hungerjahre im Winter, mein Mann wollte versuchen Arbeit zu finden – und kam nie wieder."
Tief seufzend schien Magdalena jene fürchterliche Zeit noch einmal zu durchleben.
„Hast du denn irgendwann erfahren was mit ihm geschah?"
„Leider nein, ich wünschte ich hätte. Ebenso wünschte ich mir, dass wir nicht nur in unseren jungen Herzen verheiratet gewesen wären, sondern dass er wirklich mein Mann hätte sein können."
„Wie alt warst du damals?"

Die Alte lachte laut auf und zeigte dabei ihren zahnlosen Mund.
„So alt, dass ich kurz zuvor erst entdeckte, dass ich eine Frau wurde. Übrigens gebe ich dir noch ein ganz besonderes Kraut mit, bereite daraus einen Tee zu wenn du deine monatlichen Schmerzen bekommst, er lindert die Krämpfe. Vergiss die alte Zeit, du siehst, ich habe mich eingerichtet, wenn ich auch bis heute niemals die Hoffnung aufgegeben habe, ihn irgendwann noch einmal zu Gesicht zu bekommen. Aber du bist doch auch allein, mein Kind, oder nicht? Was ist eigentlich passiert? Wohin kann dein Thomas denn verschwunden sein??"
„Das ist die Frage die mich täglich umtreibt. Auch ich habe mich zwar eingerichtet, aber das plötzliche Verschwinden von Thomas kann ich einfach nicht verstehen. Wir haben uns überaus gut verstanden…"
„Du weißt wohl, dass Männer unter `Verstehen` etwas anderes meinen, als wir Frauen, nicht wahr?"
Anna wusste, sofort worauf Magdalena hinaus wollte.
„Da sei unbesorgt, Mütterchen, darf ich offen sprechen?"
„Sicherlich, mit mir doch immer!"
Anna wusste dass sie vorsichtig sein musste, vielleicht würde es ihr ja gelingen wenn sie die Alte mit ein paar intimeren Informationen versorgte, dass diese ihr dann auch mehr über die Sache mit St. Trudpert offenbarte. Die Kunst bestand nun darin nur solche Dinge preis zu geben, bei denen es nicht so fürchterlich schlimm wäre, wenn Magdalena diese auch weiter im Dorf herumtratschen würde, denn diese Gefahr bestand bei der Alten immer. Also entschloss sie sich zu Aussagen, die sowieso schon in vieler Munde waren.
„Ich habe seit Thomas Verschwinden keinem Manne mehr beigewohnt…"
„Das denke ich mir, sicherlich achtest du sehr auf deinen Ruf – und damit auch auf den Ruf deiner Freunde, die dir Obdach gewährten."
„Aber als wir noch zusammen waren, ließen wir sicherlich nichts aus."

Magdalena legte das Kräuterbündel auf ihre Röcke und sah Anna neugierig an.

„Kaum waren wir verheiratet …, aber ich bitte euch, Mütterlein, das darf niemals an andere Ohren gelangen, versprecht ihr mir das?"

„Ja ja, was habt ihr `getan`?"

„Thomas liebte es… sich … tot zu stellen. Du weißt schon was ich meine, oder? Er lag einfach nur da."

„Und du? Du hast dich doch sicherlich nicht tot gestellt, oder?"

Fragend blickte sie Magdalena an, doch plötzlich erhellten sich ihre Augen. „Du willst mir zu verstehen geben, dass er alle `Arbeit` dir überließ??"

„Genau das wollte ich sagen und das Allerbeste…" und dabei beugte sie sich verschwörerisch zu Magdalena hin: "Das Allerbeste war: Ich habe das auch genossen!"

Die Beiden begannen zu kichern, als wären sie zwei alberne Mädchen, die sich das erste Mal unanständige Dinge gesagt hatten, dabei waren sie erwachsene Frauen, die Eine auf dem Höhepunkt ihres Lebens, die Andere bereits in einer Zeit, in der man öfter über den Tod und das Leben danach sinnierte. Ihr Glucksen schwoll zu lautem Lachen an, das länger anhielt, als die Aussage Grund dazu hätte geben können.

„Wunderbar, liebe Anna", sagte Magdalena mit Tränen in den Augen, „das ist eine solch wunderbare Geschichte, die kann ich sowieso niemandem erzählen, keine Angst. Ich habe schon lange nicht mehr so gelacht." Und nach einer kleinen Pause: „Auch wenn deine heutige Lage natürlich sehr viel schwieriger ist, ich kann mir vorstellen, wie dir auch das fehlt, aber die Zeiten sind unsicher, vielleicht waren sie das aber schon immer, wer weiß…"

Nun schien die Gelegenheit günstig zu sein.

„Gab es denn früher auch schon solche schrecklichen Morde wie vor ein paar Monaten auf St. Trudpert? Was da wohl passiert ist? Ich bekomme so schrecklich wenig mit von der Geschichte auf dem Martin-Hof."

„Das ist eine gute Frage, ich glaube, sie sind dem Mörder auf der Spur, wie man sich erzählt."

„Das habe ich auch gehört, aber was mich interessiert ist auch: Was hat sich eigentlich dort oben zugetragen? Alle erzählen immer nur, dass die Mönche auf bestialische Art ermordet wurden."
„Das scheint tatsächlich so zu sein", sagte Magdalena, die noch nicht bemerkt hatte, dass Anna begann sie auszufragen. „Die Mönche kamen fast alle durch dieselbe Art und Weise ums Leben: Man hat sie geschlachtet. Wie Vieh. Direkt ausgeblutet sind sie."
„Das ist ja unvorstellbar, wer kann denn so was nur machen? Gibt es denn keine Hinweise?"
„Mir zumindest sind keine bekannt, aber offensichtlich haben die Mörder keine gute Meinung über die Männer Gottes. Nicht einmal vor dem Gärtner haben sie Halt gemacht!"
„Was denn für ein Gärtner?" Anna wurde hellhörig.
„Oben beim Kloster gab es einen Gärtner? Ich dachte die Brüder hätten alles in Eigenarbeit geleistet – auch die Gärtnerarbeiten?"
„Haben sie auch, aber wie du weißt, war St. Trudpert ein Scriptorium. Weil Hans sich dort um die Gärtnerarbeiten gekümmert hat, hatten sie für jene Tätigkeit mehr Zeit. Das Einzige was sie machen mussten war, ihm etwas abseits eine karge Hütte hinstellen, in der er hauste und die Augen zu verschließen, wenn ab und an ein Mädchen des Dorfes ihn besuchte."
„Komisch, ich habe niemals von diesem `Hans` gehört, war er öfter auch unten im Dorf?"
„Eigentlich nicht. Die Dinge die er benötigte, wurden ihm von einem jener fahrenden Händler nach Oben gebracht, wie den Mönchen auch, einer von denen hat ja auch die Toten gefunden. Die Mädchen kamen allein zu ihm, was sie dahin zog, ist mir allerdings ein Rätsel, denn er war unhöflich, hatte kein Geld, konnte sie also auch nicht bezahlen. Aber vielleicht `stellte er sich ja auch tot`??" Erneut begann Magdalena zu glucksen.
„Wer war er denn? Er wurde auch ermordet?"
„Er und seine Dirne! Außerdem fand man in seiner Hütte auch noch den nicht mehr so frischen Körper eines weiteren Mönches. Bei Hans hat das alles ja Niemanden so sehr verwundert, da man nicht genau wusste was er so trieb – außer natürlich die Gartenarbeiten des Klosters zu bewerkstelligen. Die meisten hier in Allstedt

hielten ihn für einen komischen Kauz, so ganz anders als sein Vater, von dem hast du vielleicht schon einmal gehört: Thomas Müntzer, der Prediger. Hans ist, ich meine war sein Sohn, den er mit jener Bürgersfrau Ottilie gemacht hat. Die hat sich, so sagt man zumindest, auch an den Wirren gegen die Heilige Katholische Kirche beteiligte."
Anna hörte nur noch mit halbem Ohr zu, denn die Verbindung zu Thomas war hiermit eindeutig geschlagen. Thomas hatte einen Bruder in Allstedt gehabt. Hatte er das gewusst? Wenn Ja, weshalb hatten sie niemals darüber geredet, wo sie doch die einzige war, die seine ganze Lebensgeschichte kannte und der er vertrauen konnte? Waren sie vielleicht in Streit geraten und es war zu einem Unfall gekommen? Das wäre vielleicht möglich, aber was war mit den Mönchen dann passiert? Thomas wäre niemals in der Lage gewesen, so viele Menschen zu ermorden, die er noch nicht einmal kannte. Wer auch immer der Mörder war, er konnte nichts mit ihrem Mann zu tun haben, das war doch ausgeschlossen.
„Hans hat man von hinten erschlagen, offensichtlich kniete er gerade zwischen den Beinen des Mädchens und auch sie wurde ein Opfer des Schürhakens, den man neben dem Bett gefunden hatte. Der Mönch, der noch in der Hütte war, kam durch dieselbe Art um wie seine Brüder: Man hatte ihn geschlachtet und ausbluten lassen, als handele es sich um ein Schlachtfest. Erzählt haben sie sich noch, dass das Mädchen beinahe unbekleidet war, es musste ein fürchterlicher Anblick gewesen sein und eine Kette hing um den Hals, die so gar nicht zu ihr passen wollte – wahrscheinlich ein Geschenk ihres Liebhabers: Ein Ring aus Bronze mit dem man irgendwie den Sonnenstand betrachten konnte."
Anna, die während des Gespräches aufgestanden war, um sich ein wenig die Beine zu vertreten schien es, als weiche auf einen Schlag sämtliche Kraft aus ihr. Der Ring! Jetzt gab es wirklich keinen Zweifel mehr: Das war jener Ring von dem ihr Thomas erzählt und den sie auch einmal gesehen hatte. Jener Ring, den er noch auf Luitpolds Hof von der Köchin zum Abschied bekommen hatte! Kein Zweifel war mehr möglich. Zu selten war jenes Schmuckstück. Entweder Thomas hatte die Dirne gekannt und ihr den Ring

irgendwann zum Geschenk gemacht, oder aber er war tatsächlich einer der Mörder von St. Trudpert und hinterließ diesen Ring gewissermaßen als Abschiedsgeschenk an sein Vorleben. Insgeheim betete Anna dafür, dass es sich nur um eine Bekanntschaft mit einer Dirne gehandelt haben möge.

Sie setze sich neben Magdalena und Tränen liefen ihr die Wangen hinunter.

„Was ist mit dir, Kindchen, hat dich das Schicksal des Gärtners und seiner Dirne jetzt so gerührt? Lass dir sagen, er war ein Lump, ein Tunichtgut. Zwar hat Niemand ein solches Ende verdient, aber die Mönche haben eher ein Leben nach Gottes Willen geführt, weine um die, nicht um die Bösen!"

„Ach Mütterchen, ich weine um alle", log Anna und begann die vorbereiteten Kräuter in ihren Beutel zu legen. „Was schulde ich dir?"

Lange sah sie Magdalena nachdenklich an. „Du bist ein erstaunliches Mädchen! Wir haben nicht viele in Allstedt, die dir das Wasser reichen können. Willst du nicht einen guten Mann suchen und neu anfangen? Was immer Thomas geschehen sein mag, ich bin mir im Grunde meines Herzens sicher, dass er dich nicht mit Absicht sitzen ließ. Sicherlich gab es irgendeinen Unfall, er hätte sich ansonsten längst gemeldet. Lass dein Geld stecken, mach mir die Freude und komme des Öfteren etwas früher vorbei, wie du dies heute getan hast, das soll Lohn genug für mich alte Frau sein."

Anna war mit ihren Gedanken längst nicht mehr bei Magdalena, wie im Traum steckte sie lächelnd das Geld wieder ein, nahm ihre Kräuter in die Hand und wandte sich zum Gehen.

„Danke Mütterchen, das ist eine gute Idee, ich schau demnächst wieder einmal bei dir vorbei."

Sie ließ der Alten keine Möglichkeit sich noch einmal zu äußern und trat aus dem schattigen Plätzchen hinaus in den Sonnenschein. Ein wunderbarer Tag erwartete sie vor der Tür der Kate. Die Sonne hatte an Kraft zugenommen.

Auf dem Weg zurück nach Hause gingen ihr die unterschiedlichsten Dinge durch den Kopf. Sie hatte mehr erreicht, als sie sich erhofft hatte, dennoch konnte sie mit all den Neuigkeiten nicht umgehen. Irgendetwas stimmte nicht: Entweder es handelte sich um einen furchtbaren Irrtum und Thomas hatte nichts mit den Morden zu tun, oder aber all die Erzählungen um das Ende der Mönche von St. Trudpert hatte anders stattgefunden und es wurde von Seiten der Kirche bewusst an einer konstruierten Geschichte gearbeitet, weil man seiner habhaft werden wollte. Eines war jedoch ganz klar und dessen war sie sich sicher: Sie hatte sich in ihrem Mann nicht so irren können, dass er ihr die ganze Zeit etwas vorgespielt hätte können.

In Gedanken versunken lief sie auf kürzestem Wege zurück zu ihrer Tochter. Als sie das Tor zum Hof durchschritt, hatte sie einen Entschluss gefasst: Sie wollte eine gute Bleibe für Adelheid suchen und sich dann selbst auf den Weg in Richtung Mühlhausen machen. Vielleicht würde sie Martin und seine Frau überzeugen können, dass sie ihr ein Pferd zur Verfügung stellten, sie würde einfach eine entfernte Verwandte oder Bekannte erfinden, die dort lebte und die so schnell wie möglich Hilfe bräuchte. Ja, das war es, sie würde Martin erzählen, dass einer der Spielleute nun in Mühlhausen angekommen sei und ihr zu Ohren gekommen wäre, dass ihre Hilfe, nicht für lange, dort nötig sei.

Annas Plan ging auf, Martin war sofort bereit ihr ein Pferd zu geben, sichtlich betroffen was denn mit dem vermeintlichen Freund passiert sei. Als sie sich noch am selben Nachmittag auf den Weg machte, hatte sie ein schlechtes Gewissen ihren Freunden gegenüber, die sie so schamlos belogen hatte und die sich nun auch noch für einige Zeit um Adelheid kümmern mussten. Inbrünstig hoffte sie, die gesamte Geschichte irgendwann einmal aufklären zu können, durch die Tatsache, dass Thomas nichts mit den Vorfällen auf St. Trudpert zu tun gehabt hatte.

Sie war nicht an so langes Sitzen auf einem Pferd gewöhnt, das bemerkte sie bereits nach ein paar Stunden, die sie im Galopp zurückgelegt hatte. Aber ein Gefühl hatte sie zu dieser Eile gedrängt, irgendwie setzte sich die fixe Idee in ihr fest, dass Thomas nicht nur in Mühlhausen zu finden sei, sondern dass er auch ihre

Hilfe dringend benötige. Seltsamerweise verschwendete sie keine Gedanken daran, die Ursachen für sein Verschwinden genauer ergründen zu wollen. Allein das Zusammentreffen mit ihm stand im Vordergrund.

Als sie jedoch mehr als drei Stunden unterwegs war, beschloss sie eine Pause einzulegen, vielleicht würde es ihr gelingen sich soweit zu erholen, dass sie anschließend wieder erfrischt und gekräftigt auf den Weg machen konnte. Sie befand sich noch immer in den unendlichen Wäldern, in die sie unter normalen Umständen nichts hätte treiben können, doch nun gab es nur diese eine Möglichkeit. Als sie eine kleine Lichtung erreichte, in die die Mittagssonne schräg hereinfiel, erschien ihr der gras- und moosbedeckte Boden so einladend, dass sie dieses Plätzchen für eine Rast wählte. Etwas steif glitt sie vom Rücken ihres Pferdes, welches sich sogleich über das willkommene Grün hermachte und erst jetzt gewahrte Anna mit leichtem Erschrecken, dass sie sich bislang keine Gedanken um das Wohlergehen des Tieres gemacht hatte. Schmunzelnd betrachtete sie die Stute und vertrat sich auf der Suche nach ein paar Beeren die Beine. Und auch hierbei hatte sie Glück, denn ganz in der Nähe des Rastplatzes fanden sich Brombeerbüsche, mit denen sie ihren stärksten Hunger stillen konnte. Herrlich wohlschmeckende Süße erfüllte ihren Magen und nach kurzer Zeit kehrte sie bereits wieder gesättigt zu ihrem Pferd zurück, welches noch immer dem Gras zugetan war und ihre Rückkehr nur mit einem leichten Wedeln seiner Ohren registrierte.

Sie band die Stute an einen der herabhängenden Äste und setzte sich in Reichweite in die Sonne, angelehnt an die größte Buche die an der Lichtung stand, die Wärme der Sonnenstrahlen genießend. Sie begann sich hier wohl zu fühlen und eine Schläfrigkeit überkam sie, in die sie sich ungeachtet ihrer eigentlichen Reise, treiben ließ.

Aus der Dunkelheit schlugen Flammen, erst mit der Zeit trat aus dem Nichts das Kirchenschiff hervor. Es musste eine jener älteren Kirchen sein, die es in den Städten gab. Sie hatte zwei stattliche Türme und ein rot eingedecktes Dach, es war ein imposantes Gebäude und mit nichts zu vergleichen was sie zuvor gesehen hatte. Sie stand auf der anderen Seite des Kirchenschiffes und sah zu dem großen Bogenfenster hinauf und durch die steinernen Aussparungen ins Innere hinein. Die Dunkelheit wich immer mehr einer teuflischen Helligkeit, die nur von sehr hohen Flammen stammen konnte.

Anna stand allein vor dem Gebäude und sah mit Entsetzen, dass irgendetwas Unheimliches vor sich ging. Sie war gekleidet wie üblich, als sei sie hastig irgendwo aufgebrochen und durch Zufall an diesen Ort geraten. Sie hatte Schweißperlen auf der Stirn und eine unmenschliche Angst und Sorge bemächtigte sich ihrer.

Immer wieder verschwand das Bild der Kirche vor ihren Augen und wurde, immer nur für ganz kurze Zeit, für den Bruchteil eines Augenblicks durch ein andere Stätten vertauscht, von denen Anna wusste, dass es sich um die heiligen Städten anderer Völker handelte. Niemals zuvor hatte sie Derartiges in der Wirklichkeit gesehen, doch instinktiv erkannte sie, dass sie sich auf heiligem Boden befand. Wo jetzt die brennende Kirche stand, ragten früher andere Bauwerke zum Lobe der Götter gen Himmel.

Immer höher leckten die Flammen im Innern nach oben, nun waren bereits deren Spitzen durch das Fenster zu sehen, doch kein Laut drang an Annas Ohr, alles war still. Plötzlich schien sie doch ein Geräusch aus dem Inneren der Flammenhölle zu vernehmen und sie brauchte nicht lange um diese Töne eindeutig zuzuordnen: Im Inneren des Kirchenschiffes weinte aufs Kläglichste ein kleines Mädchen, zu klein um sprechen zu können. Es war entsetzlich, denn der Hilfeschrei griff nicht nur ihr Mutterherz an, sondern sie erkannte in ihm auch eindeutig Adelheids Stimme. Ihre Tochter rief nach ihr und schrie um ihr Überleben. Natürlich wollte sie nicht lange zögern, aber irgendwas hielt sie in seinem Bann fest, es gelang ihr nicht sich zu regen und der Kleinen zu Hilfe zu eilen. Ihre Schweißperlen vermischten sich mit Tränen, die in Strömen aus ihren Augen liefen, ob der Ohnmacht die sie empfand.

„Du lieber Gott! Mein Kind stirbt vor meinen Augen und ich stehe hier und kann nichts tun. Es schreit nach mir und braucht meine

Hilfe und ich bin dazu verdammt in Untätigkeit der Hölle nur zusehen zu können", dachte sie bei sich. Sie hätte ihr eigenes Leben aufs Spiel gesetzt, wenn sie dadurch das Leben ihrer Tochter hätte retten können, doch es war ihr nicht vergönnt. Tatenlos musste sie zusehen, wie die Flammen die Oberherrschaft über die Kirche gewannen und schließlich gar aus dem Dachstuhl schlugen. Erneut trat dieses unheimliche Schweigen ein, diese trostlose Stille, auch die Schreie des kleinen Mädchens waren nun nicht mehr zu vernehmen. Anna wollte zusammenbrechen, doch ihre Beine standen steif und fest an ein und demselben Ort und schienen überhaupt nicht zum Rest ihres Körpers zu gehören. Sie wollte nicht mehr leben, ihr Einziges, ihr Liebstes war nicht mehr, daran konnte es keinen Zweifel mehr geben.
Unvermittelt stand der biblische Jakob, neben ihr. Es war nicht der junge Jakob, der seinem Bruder Esau das Erstgeborenenrecht genommen hatte - für eine Mahlzeit, die er diesem erst verwehrte, sondern es war der ältere, reifere Jakob. Er war längst von seiner Mutter Rebekka weggeschickt worden, um sich des Zorns entziehen zu können der ihm von Esau drohte. Jakob erzählt von seinem Traum den er hatte während seiner Flucht:
„In derselben Nacht lagerte ich im Freien. Ein Stein diente mir als Kopfkissen, da sprach der Allmächtige zu mir. Ich sah eine Treppe, die bis in den Himmel führt. Auf ihr steigen Engel auf und nieder. Und ich vernehme die Stimme des Herrn die mir verspricht, aus mir und meinen Nachfahren ein großes Volk zu machen."
Maria, die Mutter des Heilands, hatte seinen Worten gelauscht, sie verstand nicht recht, was dies alles bedeuten sollte – und noch immer steckte die tiefe Sorge um das Leben Adelheids in ihr, deren Schreie sie eben noch aus dem Flammenmeer der Kirche vernommen hatte, oder hatte sie sich dies nur eingebildet?
Jakob hielt plötzlich ein Bündel in der Hand und sprach:
„Siehe, das ist dein Kind, meine Tochter. Sei ihr eine gute Mutter, führe sie stets auf rechtem Wege, verlasse sie nie. Ich gebe sie dir zurück, der Herr hat Erbarmen mit dir. Der Stein, auf dem du dein Haupt bettest ist jedoch härter als du annimmst. Wenn du dich geborgen fühlst wird ein Sturm über dich hereinbrechen, erst dann

wirst du jenen Stein erkennen, dessen Schmerzen dir dein Kind zurückgegeben hat."
Anna wollte etwas entgegnen, war aber auch des Sprechens nicht mächtig, aber das Bündel, welches er ihr in die Arme legte, war zweifelsohne ihr Kind – unversehrt und tief und fest schlafend.
„Sie ist durch die Flammen gegangen, nunmehr kann ihr kein weltliches Leid mehr etwas anhaben, gib Acht auf sie, mehr als auf dich." Jakob blickte sie an und seine Augen waren so strahlend, dass sie ihren Blick abwenden musste und sich umso fester an das Bündel zu klammern. Er legte seine Linke auf Annas Kopf und die Rechte auf Adelheids Stirn und sprach:
„Adelheid ist ihres Vaters Tochter, sein Weg ist ihr Weg. Es ist an dir, Anna, die Steine zu überwinden, die euch noch von der Erkenntnis trennen – versöhne dich, wie auch ich dies mit Esau, meinem Bruder tat", und laut auflachend zeigte er auf die nunmehr in einem Flammenmeer verschwundene Kirche und schritt selbst in jene Hölle.
Schweißgebadet erwachte Anna. Die Stute gab sich noch immer ihrer Mahlzeit hin und die Lichtung war erfüllt von den fröhlichsten Sonnenstrahlen dieses Spätsommers. `Nur ein Traum`, dachte sie bei sich, `Gott sei's gedankt – nur ein Traum!´
Seufzend setzte sie sich auf. Sollte das ein Hinweis, ein göttlicher Fingerzeig sein, dass sie sich umgehend auf den Weg machen musste zurück zu ihrer Tochter, um sie mit zum Vater zu führen? Vielleicht würde sie Adelheid als aussagekräftigsten Beweis benötigen, um Thomas dazu bewegen zu können mit ihr in die neue Heimat zurück zu kehren und in Allstedt noch einmal von neuem anzufangen. Aber hatte sie nach drei Stunden hartem Ritt nicht auch bereits eine erstaunliche Strecke zurückgelegt, die sie ungern aufgeben wollte?
Jakob hatte etwas von einem `steinigen Weg` erzählt, was sollte dies bedeuten? Eine Prüfung die ihr noch unmittelbar bevor stand? Nachdenklich vor sich hingrübelnd, saß sie noch immer mit dem Rücken an den kräftigen Baum gelehnt und genoss es, dessen Rinde durch ihr leichtes Wams zu spüren. In der Tat war sie für eine solch lange Reise nicht richtig ausgestattet, das bemerkte sie jetzt.

Sie hatte die falsche Kleidung an, keinen vernünftigen Proviant dabei, hatte sich bisher einfach nur auf die Stute und deren Kraft verlassen. Sicherlich könnte sie eine Rückkehr auch dazu nutzen sich gut auf dieses Unternehmen vorzubereiten und sollte sie tatsächlich Adelheid mitnehmen, wäre vielleicht eine weitere Vorrichtung notwendig, denn allein mit einem Kleinkind auf einem Pferd unterwegs zu sein, würde die gesamte Reise wenn nicht gefährden, so doch aber komplizieren.

Ein Schatten schob sich plötzlich über Anna und mit einem fürchterlichen Schreck gewahrte sie, dass sie ihrer Umgebung lange Zeit überhaupt keine Beachtung geschenkt hatte. Allerdings hätte sie auch nicht damit gerechnet fernab der Wege auf andere Menschen zu treffen.

„Sieh an, sieh an! Was haben wir denn da für ein Täubchen gefunden? So allein unterwegs hier im dunklen Walde? Hast wohl gar keine Angst vor bösen Buben, was?"

Anna hoffte inbrünstig, dass der Sprecher nicht einer jener bösen Buben selbst war, die er eben angesprochen hatte. Sie begriff, dass ihr die Gefahr, in der sie die ganze Zeit über geschwebt hatte, überhaupt nicht bewusst gewesen war. Aber der Kerl vor ihr sah überhaupt nicht aus wie ein Räuber, ganz im Gegenteil: Er trug die albern bunten Hosen der Adligen, hatte einen viel zu großen Mantel an, der wohl mit seiner Pelzbesetzung und Perlenstickerei den Betrachtern zu verstehen geben sollte, dass er ein wohlhabender Mann sei. Sein Wams unter dem Mantel war ebenso bunt bestickt und wäre er ein wenig dünner gewesen und hätte er anstelle seiner gierigen Augen spöttische gehabt, so hätte er zumindest im Entferntesten an einen Spielmann erinnern können. Abgesehen von dem albernen Hut und seiner gesamten gestelzten Gestalt. Eine Hakennase verlieh ihm etwas von einem Greifvogel und Anna fühlte sich in diesem Moment auch wie eine kleine graue Maus vor der der Jäger gelandet war und sich nun überlegte ob er zuschlagen sollte. Es war ein Mann mittleren Alters, doch während sein gesamtes Auftreten seinen Stand vertrat, wollten seine Augen nicht dazu passen. Er erforschte geradezu unverschämt Annas Körper,

die, als sie dies bemerkte, ihre Jacke wieder über ihr Wams ziehen wollte.
„Lass nur, schönes Fräulein, habt keine Angst!"
Seine Augen straften ihn sofort lügen, Anna ließ sich nicht beirren und zog schleunigst ihre Jacke an und band sie vor ihrem Oberkörper zu.
„Ich fand euch schlafend, mein Kind. Mein schönes Kind, was führt euch hierher – in meinen Wald?"
„Ich bin auf der Suche nach ..." Sofort bemerkte sie ihren Irrtum.
„Ich folge meinem Mann nach, der als Händler in Mühlhausen tätig ist".
„In Mühlhausen, da wollt ihr ihn also suchen. Das ist noch ein weiter Weg und ihr habt vor allem nicht gefragt, ob ihr durch meine Ländereien reisen dürft, wenn ich einer so hübschen Braut selbstverständlich keine Bitte abschlagen könnte."
Anna fühlte sich elendig. Mit einem Seitenblick auf ihre Stute gewahrte sie ein weiteres Pferd, das sich zu ihr gesellt hatte, offensichtlich das Pferd des Mannes vor ihr.
„Entschuldigt bitte das Versehen, aber ich wollte so schnell wie möglich nach Mühlhausen kommen und da die Straße nicht der direkteste Weg ist, wollte ich durch den Wald abkürzen."
"So so, dann muss ich dir allerdings auch sagen, dass ein Wegezoll fällig wird, denn schließlich kann ich nicht jedem erlauben unerlaubt meine Besitztümer zu durchstreifen. Wer weiß, vielleicht kommst du gar noch auf die Idee zu jagen und mir mein Jagdrecht streitig zu machen."
„Ich habe keine Waffen dabei, ich könnte gar nicht jagen, werter Herr! Außerdem steht mir wahrlich nur der Sinn danach meinen Mann wieder zu treffen."
`Dumm, richtig dumm`, dachte sie bei sich, `jetzt weiß er auch noch, dass ich keine Waffe bei mir habe`!
„Keine Waffen – in der Tat. Bleibt dennoch deine Zahlung wegen des Durchreitens!" Ein böses Grinsen entblößte eine Reihe gut gepflegter Zähne die Anna nichts Gutes erwarten ließen.
„Was hast du mir denn anzubieten?"

„Herr, sehe ich so aus, als sei ich eine wohlhabende Dame? Ich habe kein Geld dabei, weil ich davon ausgehen kann, dass mich mein Mann im Mühlhausen versorgen wird, wie das schon immer der Fall war."

Inständig hoffte sie durch die erneute Feststellung der Tatsache, dass sie verheiratet war, den Bedränger von Schlimmerem abhalten zu können, doch das schien wenig zu fruchten. Außerdem hatte sie nicht vor das wenige Ersparte, das sie bei sich in einem versteckten Beutel unter ihrem Wams trug sich kampflos nehmen zu lassen.

„Wer möchte sich schon mit Geld zufrieden geben, wenn eine solch dralle Jungfer vor einem liegt? Schnöder Mammon! Er verdirbt nur den Charakter. Egal ob du Geld hast, oder nicht, du kannst sowieso niemals soviel bezahlen, wie das was es kostet ungefragt meinen Besitz zu verunstalten! Da müssen wir uns schon etwas anderes einfallen lassen."

Erschrocken sah Anna zu dem Mann hoch und glaubte ihren Augen nicht zu trauen, als er seinen Mantel nach hinten abstreifte und den Jagddolch ablegte. Als er den breiten Ledergürtel öffnete, an dem die Waffe hing, war in ihr jeglicher Zweifel gestorben, dass es sich vielleicht doch nur um einen unhöflichen Menschen handeln könnte. War es bereits zu spät für eine Flucht? Körperlich hatte sie diesem schrecklichen Menschen der da vor ihr stand nichts entgegen zu setzen. Ein Blick auf ihre Stute verriet ihr jedoch, dass auch die Möglichkeit zur Flucht keine große Chance war, denn der Kerl stand genau zwischen ihnen. Und eine schnelle Flucht in den Wald? Sicherlich, sie würde wahrscheinlich das Pferd verlieren, denn dieser Pfau wäre wahrscheinlich so wütend darüber, dass sie ihm das Recht der Adligen auf jegliche Bauersfrau vereitelt hatte, dass er zumindest die Stute mitnehmen würde. Und wie sollte sie nach Mühlhausen kommen ohne Pferd? Dennoch schien das der letzte Ausweg zu sein.

Der Adlige schritt indes immer weiter damit fort sich vor ihren Augen seiner Kleidung zu entledigen und hatte dabei immer seine gierigen Augen auf ihren Körper geheftet. Es bedurfte keiner großen Vorstellungskraft zu erahnen, was in seinem Kopf vorging.

`Ich muss warten, bis er bei seinen Beinkleidern angelangt ist, dann hat er keine Möglichkeit mehr mir schnell nachzusetzen`, dieser Gedanke war ihr gekommen und so schwer es ihr auch fiel, saß sie noch immer da und starrte das ungehörige Schauspiel, das sich vor ihren Augen abspielte an.

„Gefällt die was du siehst? Du wirst gleich was erleben, meine dralle Schöne!"

Anna hätte schreien können – was für ein Ekel erregender Mensch war das nur? Inzwischen hatte er bereits seinen fetten Oberkörper der grauenhaft behaart war vor ihr entblößt und eben schickte er sich an seine Überhosen nach unten gleiten zu lassen. Gleich war der Moment gekommen, den sie insgeheim erwartete. Wenn sie sehr schnell war und versuchen wollte sie dies auf jeden Fall, könnte sie an ihm vorbei springen zu ihrer Stute und sich auf und davon machen. Er musste schon ein guter Reiter sein, um ihr so schnell folgen zu können. Außerdem musste er als Mann von Stand sicherlich zuerst seine Kleidung zumindest wieder überwerfen, schließlich konnten sie nach einiger Zeit der Verfolgung auch auf andere Menschen stoßen, und da würde es keinen guten Eindruck machen, wenn er halbnackt einem Bauernmädchen hinterher ritt. Vielleicht war er gar so langsam, dass sie seinem Pferd einen Klapps zu versetzen vermochte, dann hätte sich eine Verfolgung sowieso erledigt.

Ihr gesamter Körper spannte sich wie eine Feder, bereit zum rettenden Sprung, zu ihrem Glück schien sich der Geck vor ihr mehr um das Aufbinden seiner Kleidung zu kümmern, als um die Möglichkeit, dass sein Opfer sich aus dem Staub machen könnte. Fluchend begann er an den Lederbändern seiner Hose zu ziehen, die offensichtlich nicht so schnell aufgehen wollten wie er sich das vorstellte. Zwischen seinen Beinen zeichnete sich bereits jenes Ding ab, welches Anna auf keinen Fall zu Gesicht bekommen wollte.

„Himmel, Maria, Josef und alle Geister noch Mal! Tewes! Komm sofort hierher, du Dummkopf! Du hast mir diese vermaledeite Ding zugeschnürt, jetzt öffne es auch wieder, ich kann es doch nicht mit dem Messer entzweischneiden!"

„Wollt ihr wirklich, dass ich zu euch komme, Herr?"

Anna vermochte sich nur an wenige Dinge in ihrem Leben zu erinnern, die ihr einen solchen Schrecken einzujagen verstanden, wie jene Stimme, die plötzlich so unmittelbar hinter ihr erklungen war. Sie reagierte ohne darüber nachzudenken und wollte aufspringen, sich zur Seite rollen, zur Stute hin und ab Richtung finsterster Waldecke, die sie zu finden in der Läge sein würde.

Doch nichts geschah.

Die beiden Hände hinter ihr hatten urplötzlich zugegriffen und ihr die Arme so schmerzhaft auf den Rücken gebogen, dass ihr ein ängstliches Stöhnen entfuhr, kurzfristig wurde ihr Schwarz vor Augen und dieser Schmerz verdeutlichte ihr mit einem Mal ihre ausweglose Situation. Heftig wurde sie erneut nach hinten gedrückt, wobei sie den Übeltäter der sie festhielt als stecke sie bei einem Hufschmied im Stock, kein einziges Mal zu Gesicht bekam. Er hatte ihre Handgelenke auf solche Weise verdreht, dass eine kleine weitere Bewegung in diese Richtung dazu führte, dass sie schmerzhaft zusammenzuckte.

„Haha, sie Mal an, in die kleine Hexe ist Leben eingekehrt. Übertreib es nicht, Tewes, sie soll nicht stöhnen weil du ihr den Arm brichst, das darfst du später machen, sondern weil ich sie … genieße.

Sieh an, sieh an, das Band ist gelöst!"

Ein leichter Druck von hinten zwang sie aufzusehen und was sich ihr präsentierte war im Grunde so grotesk, dass sie eigentlich hätte laut loslachen müssen, wäre die Situation nicht so ausweglos für sie gewesen: Den albernen Hut noch immer vor dem Kopf stand der Pfau in all seiner männlichen Pracht vor ihr und seine inzwischen zu voller Größe erwachte Männlichkeit schien genau auf sie zu deuten wie ein Pfeil mit eigenem Leben, der ihr zu sagen schien: `Wir werden uns gleich kennen lernen!` Der Dicke schritt nun ohne weiter Federlesen zu machen zu ihr und bediente sich an ihrem Körper, als handle es sich nicht um einen Menschen, sondern um ein Stück leblosen Fleisches an dem er seine Triebe ausließ.

Genau so fühlte sich Anna.

Anfänglich hatte sie noch versucht sich zu wehren, aber der Zweite hinter ihr hatte ihr jedes Mal durch ein weiteres Eindrehen ihrer

Gelenke zu verstehen gegeben, dass es wohl besser sei, das zu tun was von ihr erwartet wurde.
Wie lange hatte all dies gedauert? Anna wusste es nicht, irgendwann senkte sich allumfassende Dunkelheit über sie, sie spürte keinen Schmerz mehr und begann sich wie im Traume an Adelheid zu wenden:
`Leb wohl mein Kind. Es war ein Fehler, dass ich mich auf die Suche nach deinem Vater gemacht habe. Verzeih mir. Erinnere dich in späten Jahren an mich und behalte mich in festem Herzen`!
Dunkelheit schlug über ihr zusammen, selige Finsternis, die sie von dieser Welt enthob.
Ihr war unendlich kalt, als sie die Augen aufschlug. Halbnackt, den Unterleib entblößt, lag sie noch immer vor jenem Baum, an dem sie am Nachmittag eingeschlafen war. Von den beiden Übeltätern war nichts mehr zu sehen. Tränen begannen ihr über die Wangen zu laufen, ihr wäre es lieber gewesen tot zu sein, als mit dieser Schmach weiter leben zu müssen. Sie wusste nicht, welche Stelle an ihrem Körper mehr schmerzte, die beiden mussten während sie ohnmächtig gewesen war nicht von ihr abgelassen haben, nicht einmal dann. Den Schmerzen nach zu urteilen die sie hatte, konnten jedenfalls nicht allein durch das schmächtige Gemächt des Dicken entstanden sein. Anna raffte ihre Kleider zusammen, die verstreut um sie lagen und begann sich wieder anzuziehen. Aus dem Gebüsch wieherte es, zuerst wollte sie wieder zu Tode erschrecken, da sie dachte die Täter wären noch einmal zurückgekehrt, aber es war ihre eigene Stute, die aus dem Dickicht auf die Lichtung trabte. Als habe sie ihren gesuchten Mann bereits wieder gefunden schlang sie ihre Arme um den Hals des Pferdes und weinte stille Tränen in das weiche Fell. Sie war selbst schuld. Weshalb hatte sie sich dazu hinreißen lassen, nur um Zeit zu sparen, die üblichen Wege zu verlassen? Aber wahrscheinlich hätte ihr dasselbe auch dort passieren können, denn gegen eine solche Gewalt hatte sie als Frau, zumindest wenn sie allein unterwegs war, nichts entgegenzusetzen. Was ihre Schmach noch erhöhte, war auch die Tatsache, dass es sich bei den beiden Tätern nicht etwa um Räubergesellen, sondern um Männer von Stande gehandelt hatte, die es als ihr

Recht ansahen, sich zu nehmen was sie wollten. Wäre sie selbst von Adel gewesen, hätten sie sich das niemals getraut.

Irgendwie gelang es ihr sich auf den Rücken des Pferdes zu ziehen, wo sie erneut in sich zusammensank und es der treuen Stute überließ, sich den richtigen Weg auszusuchen.

Als sie ein leichtes Wiehern weckte starrte sie auf einen kleinen Teich, welcher genau zu ihren Füßen lag. Noch immer war sie allein mit ihrem Pferd, keine Menschenseele war zu sehen. Instinktiv musste das Pferd gespürt haben, was Anna nun am dringendsten benötigte. Sie ließ sich vom Rücken gleiten und stieg wie sie war in das von der Nachmittagssonne aufgewärmte Wasser. Es war egal, wenn ihre Kleidung dadurch vollständig durchnässt wurde, viel wichtiger erschien ihr, dass die reinigende Kraft des Wassers sowohl an alle Stellen ihres Körpers kam, als auch der Schmutz von ihrem Wams und den Beinkleidern weggewaschen wurde. Wie wohltuend und heilend Wasser doch sein konnte! Niemals wieder würde sie diese Bilder vom heutigen Tag aus ihrer Erinnerung löschen können. Wieso nur taten Menschen anderen Menschen so Böses an?

Anna erinnerte sich an viele Gespräche mit Thomas, in denen er eben diesen Standpunkt vertreten hatte und worüber sie Beide regelmäßig in Streit gerieten. Denn bis zum heutigen Tag war sie immer der Meinung gewesen, dass es keine wirklich logische Grundlage für Thomas Hass gegen die Kirche und die hohen Herren gebe. Durch das Erlebte und die eigene Erkenntnis, wie schnell der Hass in ihr reifte gegen den Dicken und seinen Helfer, vielleicht damit auch gegen alle hohe Herren, begann sie zu begreifen welche Macht und Wut Thomas die ganze Zeit umgetrieben hatte. Und mit einem Male erinnerte sie sich wieder an ihren Traum und Jakobs Worte und sie begriff was der Alte mit dem „Stein" auf dem sie geschlafen hatte meinte. Sie nahm sich nicht die Zeit dafür ergründen zu wollen, weshalb sie von solchen Träumen heimgesucht wurde, allein das zutiefst empfundene Gefühl breitete sich in ihr aus, dass das eben Erlebte ihr persönliches Opfer war, um ihre Tochter zu erretten. Dessen war sich Anna so sicher, dass sie sich

unvermittelt aufmachte den Teich zu verlassen. Nun stand es fest: Adelheid war wieder in Sicherheit, sie musste nicht zurückkehren, sie brauchte sich keine Sorgen mehr um ihr Mädchen machen, denn es blieb nicht mehr allzu lang Zeit um Thomas zu finden, das wusste sie.
Schnell zog sie die restliche Kleidung an, die noch trocken war, band ihr Bündel zusammen und rief ihre Stute. Sie würde sich weiter auf nach Mühlhausen machen. Sie würde ihren Thomas finden und sie würde zurückkehren zu Adelheid als anderer Mensch. Und sie würde wie Jakob Zeit für Wiedergutmachung finden, das Gesicht des Dicken hatte sich unauslöschlich in ihre Gedanken gebrannt, er würde seinem gerechten Lohn nicht entrinnen können.

Peter war enttäuscht von seinen Mitstreitern, wenn ihn auch der Rückzug Merwes und Bartelts überrascht hatte. Wieso hatten sie sich zurückgezogen von der Jagd auf den Mörder? Sicherlich war es für sie leichter nach Allstedt mit leeren Händen zurück zu kehren, als für ihn. Man hatte solch große Erwartungen in sie gesetzt – ins Besondere in ihn. Das war zumindest ein Grund für ihn, weshalb er nun seine letzten Reserven in seinen Ritt nach Mühlhausen gesteckt hatte, er wollte auf keinen Fall mit leeren Händen wieder nach Hause kommen. Er war inzwischen seit letztem Frühjahr unterwegs und die Strapazen machten sich in seinem Körper bemerkbar, nicht nur weil er einen Großteil seiner Körperfülle verloren hatte, man sah es ihm in erster Linie in seinem Gesicht an.
Als er von einer Anhöhe nun endlich die hohen Türme Mühlhausens entdeckte, die zu den Kirchen gehörten, war es ihm, als sei er endlich am Ende seiner Reise angekommen. Er konnte sich dieses plötzlich in ihm entstehende Glücksgefühl nicht erklären, aber er war sich im Grunde seines Herzens sicher, dass etwas Entscheidendes in Mühlhausen geschehen würde, inbrünstig hoffte er, dass er den Mörder endlich zu fassen bekäme.
Die Stadttore waren nicht bewacht. Langsam ritt er auf seinem erschöpften Pferd in Richtung Dorfplatz. Er hatte sich vorgenommen zuerst einen Schlafplatz in einer Herberge zu suchen – dazu würde sein Geld gerade noch ausreichen, Merwes hatte ihm auch noch ein

wenig mitgegeben, sodass er sich zumindest für eine kurze Zeit diesen Luxus erlauben konnte.

Als er in die Schankstube trat in der Hoffnung, dass man ihm hier auch ein Zimmer anbieten könnte, wurde er von allen Seiten argwöhnisch beobachtet. Ins Besondere der Wirt behandelte ihn, als sei er ein übler Räubergeselle, mit dem man nichts zu tun haben wolle. `Ausgerechnet der Wirt, jene Spezies, die für einen harten Taler wahrscheinlich ihre eigene Mutter verkaufen würde`, dachte er bei sich. Er bestellte etwas zu Essen, das ihm jedoch ebenso unfreundlich gereicht wurde, wie man ihm ansonsten entgegentrat, dennoch machte er sich heißhungrig darüber her. Während des Essens beobachtete er unauffällig die anderen Gäste der Kaschemme, die immer Mal wieder einen verstohlenen Blick auf ihn warfen, sich schließlich aber wieder ihren eigenen Geschäften zuwandten. Irgendwann hatten sie das Interesse an ihm ganz verloren und er fühlte sich nicht mehr so beobachtet. Der Krug Wein, den er sich gewissermaßen als Belohnung erlaubt hatte, sorgte dafür, dass er die nötige Bettschwere bekam, vielleicht ein bisschen zuviel davon, aber es gelang ihm noch in sein Zimmer zu kommen und halb erschlagen auf seinem Bett zusammen zu sinken.

Das Erwachen hatte er sich jedoch anders vorgestellt: Ein Schwung kaltes Wasser holte ihn innerhalb kürzester Zeit wieder in die Wirklichkeit zurück. Draußen war es noch immer stockdunkel, so lange konnte er also nicht geschlafen haben, dachte er. Vor ihm standen drei wahre Hünen, die ihn finster anblickten und die Uniform der Stadtwachen trugen.

„Heda! Mach dass du aufstehst und uns folgst! Uns wurde zugetragen, dass sich übles Gesindel hier herumtreibt!"

„Was soll denn das? Ich bin im Auftrag Allstedts hier!"

„Das kannst du alles dem Rat der Stadt vortragen, Bube, verschone uns mit Ausflüchten", fuhr in der andere an, der noch einen Kopf größer war als der Erste und Peter unmissverständlich klar machte, dass es wohl besser sei der Aufforderung Folge zu leisten. Ankleiden musste er sich nicht wieder, da er mit allen Kleidern eingeschlafen war. Beim Hinaustreten begann er mit einer Plötzlichkeit den Wein in Bauch und Kopf zu spüren, was ihn dazu veranlasste,

sich kurzerhand auf die Seite zu drehen und in hohem Bogen zu erbrechen, was dem Wirt mehr als ein Dorn im Auge gewesen sein dürfte, denn in dessen Schankstube geschah das. Angewidert drehten sich die Drei von der Stadtwache weg, nahmen ihn schließlich unter den Armen und schleppten ihn hinaus ins Freie. Die kühle Nachtluft vertrieb zumindest ein wenig das flaue Gefühl in seiner Magengegend. Obwohl er innerlich sehr verzagt war, versuchte er sich dazu zu zwingen, zumindest äußerlich die Ruhe zu bewahren.
Die Stadtwache brachte Peter in eines ihrer Quartiere, wo er dem Diensthabenden vorgeführt wurde. Entgegen der landläufigen Meinung über die Stadtwache handelte es sich jedoch nicht um einen kräftigen Mann, der allein durch seine Erscheinung den ihm Vorgeführten Respekt abverlangte, sondern er war eher von kleinerem Wuchs, hatte bereits schütteres Haar. Auch sein gesamtes Auftreten strahlte mehr Lebenserfahrung in geistigen Dingen aus, denn in Kampferfahrung. Peter war erstaunt und er wollte sofort das Wort an ihn richten, dass es sich bei seiner Festnahme nur um ein Missverständnis handeln konnte, doch ein Seitenhieb verhieß ihm zu Schweigen. Der Vorgesetzte der Wachmänner stand nach einigen Augenblicken, nachdem er Peter eindringlich gemustert hatte von seinem Hocker auf und schritt geraden Weges auf den Gefangenen zu.
„Du weißt, weshalb ich dich herbringen habe lassen?"
Da er nun offensichtlich dazu aufgefordert war, antwortete Peter, immer jedoch darauf bedacht nichts Falsches zu sagen, oder zu forsch aufzutreten, mit leiser Stimme: "Nicht wirklich, Herr". Ihm stand zwar der Sinn nach mehr Worten, es wollte aus ihm heraussprudeln, doch er verbiss sich seine Rede, abwartend, was wohl kommen möge.
„Mein Name ist David, ich bin der Anführer der hiesigen Stadtwache. Mir ist zu Ohren gekommen, dass sich Fremde in der Stadt aufhalten, die ohne Kontrolle nach Mühlhausen eingereist sind."
„Die Wache war nicht besetzt, als ich…" Mit einer ärgerlichen Handbewegung schnitt ihm David das Wort mitten im Satz ab und drehte sich wieder von ihm weg, dabei verschränkte er seine Fin-

ger auf dem Rücken in einer sehr nachdenklich erscheinenden Pose. So schritt er vor Peter auf und ab.
„Wer bist du? Woher kommst du? Was willst du hier?"
„Ich bin auf der Suche…"
„Wer bist du? Was willst du in Mühlhausen? In diesem Aufzug?"
Erst jetzt gewahrte der Allstedter, dass sein äußerliches Erscheinungsbild zwangsläufig zu dem Schluss führen musste, dass er seinen Lebensunterhalt mutmaßlich nicht mit ehrlicher Hände Arbeit verdiente. Die Monate auf der Jagd nach dem Mörder hatten Spuren hinterlassen, sie hatten sehr wenig Gelegenheit gehabt zu Baden, geschweige denn die Kleider zu wechseln. Jetzt erkannte er auch, dass es zwar eine verständliche, aber sicher keine gute Entscheidung gewesen war, sich am Abend zuvor zuerst einmal den Freuden des Weines hinzugeben und den Entschluss sich einer Reinigung zu unterziehen und neue Kleider zu besorgen vorerst zu verschieben.
„Lasst mich erklären", er würde es mit der schonungslosen Wahrheit versuchen, dieser Vorsteher machte auf ihn den Eindruck, als wäre er ehrlichen Argumenten durchaus aufgeschlossen.
„Ich wurde zusammen mit einigen jungen Männern vom Allstedter Rat ausgesandt, einen Mörder ausfindig zu machen. Wir hatten nicht viele Hinweise, aber vor kurzem trafen wir nicht sehr weit von hier im Wald auf einen Jäger, der uns die Hoffnung wieder gab, doch noch, nach so langer Zeit, auf die richtige Fährte zu kommen: Er hat uns nach Mühlhausen gewiesen." "Du bist aber allein!"
„Ja, ich war es bis vor wenigen Tagen jedoch nicht. Wir hatten uns bereits nach einem Monat getrennt, mir verblieben noch zwei Gesellen, doch auch die zogen es kurz nach unserem Treffen mit dem Jäger vor, zurück nach Allstedt zu reisen."
"Scheinbar war dann der neue `Hinweis` auf Mühlhausen doch nicht so aussagekräftig. Wieso bist allein du dabei geblieben?"
David war daran gewöhnt tief gehende Fragen zu stellen, die Dinge zu hinterfragen, die man ihm erzählte, das erkannte Peter, deshalb entschloss er sich auf jeden Fall alles ehrlich zu berichten.

„Ich wurde ausgewählt als Anführer der Verfolger und mit dem Mörder zurück zu kommen, ich werde nicht mit leeren Händen nach Allstedt reiten und mich selbst zum Gespött der Leute machen. Eher setze ich keinen Fuß mehr in meine geliebte Heimatstadt, als dass mir das passierte, da sei Gott vor!"
„Lass den Allmächtigen aus dem Spiel!" Die Ohrfeige kam so plötzlich aus dem Handgelenk Davids und war mit einer solchen Wucht ausgeführt, dass Peter entsetzt einen Schritt rückwärts machte und dabei mit einem der Hünen der Stadtwache zusammenstieß, der ihm seinerseits sofort wieder einen Schlag nach vorne versetzte. Peter hielt sich die schmerzende Wange und schaute zu Boden. So groß sein Erschrecken noch Augenblicke zuvor war, so ärgerlich wurde er und es kostete ihn unglaubliche Überwindung, sich unter Kontrolle zu halten. Der Vorsteher hatte dies bemerkt und stand herausfordernd vor seinem Gefangenen, wäre es allein um Körpergröße, oder Kraft gegangen, David hätte keine Chance gegen den durchtrainierten Kämpfer Peter gehabt, aber dieser ließ sich auf die Provokation nicht ein.
„Da haben wir also einen `Anführer` vor uns. Einer der einen `Mörder` jagt, das ist unglaublich!" David sprach die Worte mit einer solch hämischen Betonung aus, dass Peter dieser verbale Angriff mehr traf als die Ohrfeige zuvor.
„Es war auf St. Trudpert, jenem bekannten Scriptorium, das euch sicherlich bekannt ist." Ohne eine Reaktion abzuwarten fuhr er fort:" Die Brüder lebten in Abgeschiedenheit und nur sehr selten kamen sie von ihrem Berg herunter um sich mit dem Lebensnotwendigsten zu versorgen, denn in regelmäßigen Abständen wurden sie von fahrenden Händlern besucht, die ihnen alles direkt in ihr Kloster brachten.
Einer jener Händler war es auch, der eines Tages, es mag etliche Monate bereits her sein, nach Allstedt herunter kam und die Nachricht überbrachte, dass alle Mönche ermordet worden waren."
„Wo ist das Problem", mischte sich Einer der Hünen ein, „der Händler hat die umgebracht, sich deren Eigentum angeeignet und wollte den Verdacht auf jemand anderen lenken…"

Am Gesicht Davids erkannte Peter, dass er diese Überlegung auf keinen Fall teilte, aber er ergriff nicht das Wort.
„Das war auch unsere erste Idee, aber es machte keinen Sinn, dann wäre es leichter gewesen, sich schnell aus dem Staub zu machen, außerdem waren die Mönche, als wir alle zum Kloster gingen, mussten wir dies erkennen, bereits seit mehreren Tagen tot. Der Händler konnte es also nicht gewesen sein." Er ließ seine Worte in der Runde wirken und glaubte beim Vorsteher so etwas wie erwartungsvolle Neugier in den Augen aufblitzen sehen zu können.
„Zu jenem Zeitpunkt hatte wir keinerlei Anhaltspunkte, weder wer das Verbrechen hätte begehen können, noch wohin er gegangen war. Dennoch entschloss sich der Rat der Stadt, eine kleine Truppe zusammen zu stellen, die es sich zur Aufgabe machen sollte, den Mörder zu finden. Es mangelte nicht an Freiwilligen, doch die Wahl fiel auf ein Dutzend Männer, alle ohne Familie, damit ungebunden und freier in ihrem Tun. Mir übertrug man die Anführerschaft, da ich innerhalb der Truppe der Erfahrenste bin.
Dennoch sind wir mehr oder weniger planlos durch die Wälder geirrt und ich kann es keinem meiner Kameraden verdenken, dass sie im Laufe der Zeit aufgaben und zurück nach Allstedt gingen. Ich jedoch werde das auf keinen Fall machen, zu hoch sind die Erwartungen die in mich gesetzt werden!"
Eine angespannte Stille entstand im Raum, während der Vorsteher immer wieder mit den Händen auf dem Rücken verschränkt vor Peter auf und ab lief. Wären seine Hände nicht gebunden gewesen, er hätte sie sicherlich vor seinem Körper verschränkt, einer nochmaligen Ohrfeige könnte er somit besser ausweichen, dachte er so bei sich. Doch nichts in dieser Art geschah, dennoch sagte David plötzlich ein vollkommen anderes Thema aufgreifend:
„Wie stehst du zur Heiligen Kirche?"
Peter brachte diese Frage vollkommen aus der Fassung, offensichtlich wollte dieser Mensch nicht auf seine Mission eingehen, oder was beabsichtigte er mit seinem Verhalten. Zögerlich antwortete er:
„Die Heilige Kirche…"
Offensichtlich jedoch zu zögerlich, denn ein Schlag in die Magengegend ließ ihn sich nach vorne zusammenkrümmen und erst als

er einige Zeit auf seinen Knien verbracht hatte, konnte er wieder ein wenig Luft holen.
„Entschuldigt vielmals, ich bin ein treuer Gefolgsmann der großen Heiligen Katholischen Kirche", ihm kamen diese Worte sehr schwer über die Lippen, nicht sein Bekenntnis zur Kirche etwa, sondern vielmehr die Entschuldigung an sich.
„Ich verabscheue aus tiefstem Herzen alle Bestrebungen sich gegen den von Gott gewollten Weg zu stellen." Was sollte er auch sagen? Wie sollte er erkennen können auf welcher Seite seine Häscher standen? Sicherlich war es wahrscheinlicher, dass sie nicht zu den Reformierten gehörten, zumal in Mühlhausen, das landauf landab im Rufe stand die härteste Linie gegen die Aufständischen seinerzeit eingeschlagen zu haben.
„Ich sehe, du bist vorsichtig geworden. Aber ich frage dich dies nicht um herauszufinden, ob du einer der verabscheuungswürdigen Anhänger der Reformierten bist."
Peter hatte also doch Recht gehabt sich für die alte bestehende Ordnung auszusprechen.
„Mir geht es um eine schreckliche Bluttat die vor nur wenigen Tagen innerhalb unserer Mauern stattfand. Wo warst du bevor wir dich aus der Spelunke zogen? Dein Aussehen zeigt, dass du nicht der sein kannst für den du dich ausgegeben hast. Nicht nur in der Gaststätte hast du die Aufmerksamkeit der braven Menschen erregt, der Wirt selbst fühlte sich allein durch deine Anwesenheit in dem Maße bedroht, dass er uns zu Hilfe holte."
Peter begriff nun seinen Fehler. Er war so froh darüber gewesen endlich am Ziel angekommen zu sein, das ihm Aussicht auf einen Erfolg geben könnte, dass er all das nicht bedacht hatte. Ihre Mission stand unter höchstem Allstedter Schutz, aber was wussten die Mühlhausener schon von dem einige Tagesritte entfernten viel kleineren Allstedt?
„Das habe ich euch doch bereits versucht zu sagen", antwortete er kleinlaut, insgeheim hoffend, dass sich nun endlich Licht in die Dunkelheit bringen ließe.
„Wir waren in den Wäldern unterwegs und dies seit Monaten, deshalb auch dieses Auftreten, welches ich sträflicherweise nicht

bedacht habe. Natürlich musste ich in der Gaststätte erscheinen als sei ich eben den sieben Höllen entsprungen. Also was immer sich auch in den letzten Tagen hier zugetragen hat, ich habe damit nichts zu tun, da ich nicht hier war."
„Steht dir Jemand zur Verfügung, der das bestätigen kann? Deine Kumpane sind ja nach eigenen Aussagen nicht mehr auffindbar und ich nehme kaum an, dass du hier in unserem Mühlhausen einen verlässlichen Leumund auftreiben kannst, der sich für deine Geschichte verbürgt, oder etwa doch?"
Durchdringend sah ihn der Vorsteher David an. Seine ganze Körperhaltung verriet jedoch, dass ihm nicht sonderlich viel daran lag, die Wahrheit von Peter zu erfahren, schließlich ging es ihm eher darum endlich den Mörder des Priesters der Jakobikirche zu finden. Seine Vorgesetzten und der gesamte Stadtrat setzten ihn nämlich dahingehend gehörig unter Druck. Er musste ihnen innerhalb der nächsten Wochen den Schuldigen präsentieren, sonst könnte es auch sehr schnell sein, dass man ihn des Postens enthob und damit wären seine Pläne zunichte gemacht, noch weiter in der Hierarchie der Stadtwachen zu steigen und er hätte nie die Möglichkeit sich um einen Posten im Rat der Stadt zu bewerben. Wenn er es sich jedoch genau überlegte, wollte der vor Schmutz starrende Kerl, der vor ihm stand, nur zum Teil in das Bild des Gesuchten passen.
Er wandte sich von Peter wieder ab und trat an das Fenster, das hinaus auf den Hof führte, auf dem es inzwischen sehr geschäftig zuging. Neue Rekruten der Wache hatten heute ihren ersten Tag der Einweisung und standen nun mit stolz geschwellter Brust in Reih und Glied und hörten sich die ersten Anordnungen und Befehle an. Wie lange war das schon her, als er selbst als junger Mann seinen Dienst angetreten hatte? Obwohl er aus einer Familie stammte in der alle Männer für Mühlhausen gedient hatten, musste er jenen Rekrutendienst leisten und wurde bei keinem der üblen Scherze ausgenommen, die die älteren Soldaten der Wache mit ihnen anstellten. Dennoch war es nicht zu verleugnen, dass ihm seine Herkunft bei seinem schnellen beruflichen Aufstieg half und diesen an mancher Stelle gar beschleunigen konnte. Er musste die

Sache anders anfangen. Ohne sich umzudrehen, sagte er zu den beiden anwesenden Wachposten, die neben Peter standen:
„Lasst uns allein." Er verzichtete auf eine Erklärung, der Gefangene war gebunden und stellte somit keine Gefahr für ihn dar.
„Aber, ihr könnt doch nicht…", getraute sich einer der beiden Einsprüche zu erheben, doch er schwieg sofort und drehte sich auf der Stelle Richtung Tür um, als ihn David streng in die Augen blickte. Erst als sie allein waren, nahm er sich einen Stuhl und setzte sich genau gegenüber von Peter. Er nahm einen kräftigen Schluck aus einem Becher der neben ihm am Fenster stand.
„Vor ein paar Tagen wurde in der Jakobikirche eine schreckliche Tat vollführt. Wisst ihr was da passiert ist?"
„Nein, Herr, ich weiß es nicht, ich sagte bereits…" antwortete Peter, doch David fuhr ihm über den Mund.
„Antwortet auf meine Fragen und spart euch eure Geschichten für euer Weib Zuhause!"
„Entschuldigt. Ich weiß nicht was sich hier zugetragen hat."
„Ein schrecklicher Mord hat sich zugetragen. In der Kirche, direkt vor dem Altar wurde – von wem auch immer – auf bestialischste Art und Weise unseren Pater Johannes umgebracht."
„Das ist sicherlich furchtbar für euch und ganz Mühlhausen. Jetzt sucht ihr natürlich nach dem oder den Mördern, die so etwas machen. Aber um wie viel mehr müsstet ihr dann mich verstehen können? Denn ich bin auch auf der Suche nach einem schrecklichen Mörder, allerdings hat dieser nicht einen Bruder, sondern derer gleich in großer Stückzahl umgebracht."
David sah ihn an.
„Was ist wirklich passiert?"
„St. Trudpert, in der Nähe Allstedts… Wir wurden informiert von einem fahrenden Händler, der das Kloster regelmäßig beliefert, dass keine Menschenseele mehr am Leben sei. Allen Mönchen wurde auf dieselbe Art und Weise die Kehle durchgeschnitten. Hätte es sich um Schweine gehandelt, man hätte den Fleischer wahrscheinlich sogar bewundert, so präzise gearbeitet zu haben, aber in diesem Fall…"

„Die Kehle durchgeschnitten? Das ist jedoch nicht so unüblich, wenn es sich um Mord handelt."
„Die meisten wurden erst durch einen sehr präzisen Stich in den Hals außer Gefecht gesetzt, so wie man es an vielen Orten mit Schweinen macht, um nicht deren Geschrei die ganze Zeit hören zu müssen. Einige erschlug man auch von hinten."
David wurde sich immer sicherer, dass Peter nicht der Gesuchte war, ein anderer Verdacht drängte sich ihm auf, der mit jedem von Peters Worten weiter Gestalt annahm. Er überlegte sich, wie offen er zu dem Fremden sein konnte, konnte er ihn ins Vertrauen ziehen? Was wäre wenn er sich irrte?
„Bruder Johannes kam auf eben diese Weise um."
Hätten sie Peter nicht gebunden, er wäre nun sicherlich aufgesprungen, doch die dicken Stricke hielten ihn davon ab.
„Ja seht ihr denn nicht, was hier klar vor Augen liegt? Der von mir Gesuchte ist – warum auch immer – tatsächlich nach Mühlhausen gekommen und setzt nun hier sein schreckliches Werk fort. Ich kann euch nicht sagen, Herr, was ihn antreibt, ob es der Hass auf die Kirche ist, oder welche Beweggründe er in seinem tiefsten Inneren hat, aber allein die Art der Tat von der ihr mir eben erzählt deutet doch genau darauf hin, oder irre ich mich? Euer Gesuchter ist der Mörder der St. Trudperter Mönche.
`Natürlich irrt er sich nicht, dennoch habe ich noch immer das Problem keinen Mörder dem Rat der Stadt präsentieren zu können. Wie einfach wäre es jetzt, diesen Verwahrlosten der Folter zu unterziehen, ein Geständnis zu erpressen und ihn hinzurichten`, dachte der Vorsteher. Was wäre, wenn selbst nach einer Verurteilung dieses Mannes weitere Morde in Mühlhausen stattfanden? Dann wäre er nicht nur als unfähiger Vorsteher der Stadtwache gebrandmarkt, sondern der Täter würde weiter frei sein Unwesen treiben können. Die Geschichte wurde immer verzwickter und er wusste immer weniger was er machen sollte.
Peter witterte eine Möglichkeit dem Vorsteher einen Vorschlag unterbreiten zu können.
„Gebt mich frei, ihr selbst könnt euch innerhalb Mühlhausens nicht unerkannt auf die Suche nach dem Mörder machen, ich jedoch

kann dies. Ich verspreche euch, mich innerhalb der Stadtmauern aufzuhalten und mich jeden Abend bei Einbruch der Dunkelheit wieder hier zu melden. Selbst wenn mir eine Flucht gelingen sollte, habt ihr mich schnell eingeholt, wenn ihr alle Wachen an den Ausgängen über meine Person informiert, dürfte das kein Problem für euch sein, denke ich. Was meint ihr?"

David hatte längst erkannt, dass das Auffinden des Fremden in der Gaststätte nicht den gewünschten Erfolg bringen könnte, wie er sich das zu Anfang ausgedacht hatte. Im Grunde war dieser Mensch für ihn nichts mehr wert – außer dass er an ihm seine Wut würde auslassen können. `Was habe ich schon zu verlieren?` dachte er bei sich und ging schweren Herzens auf Peters Vorschlag ein. Als er die beiden Wachen wieder hereinrief, staunten diese nicht schlecht den Gefangenen frei vorzufinden. Außerdem gab er Anweisungen ihm eine bessere Unterkunft zur Verfügung zu stellen und neue Kleidung. Peter wurde entlassen mit der Auflage, sich noch am selben Abend im Quartier des Vorstehers zu melden, um alles Weitere besprechen zu können.

Die Ermordung des Predigers verlieh dem jungen Müntzer eine innere Kraft, die noch gestärkt wurde von der aufkeimenden Angst die in Mühlhausen um sich griff ob der Unverfrorenheit auf jene grauenvolle Art und Weise die heiligste aller heiligen Stätten zu schänden. Mancherorts sprachen die Menschen gar von Hexerei und dem Teufel selbst, der in Menschengestalt sein Unwesen treibe. An allen Ecken und Enden Mühlhausens suchte man nach Beweisen und wahrscheinlich wanderten viele an dieser Tat Unschuldige hinter Gitter. Er hatte gefunden wonach er gesucht hatte: Die Wirkungsstätte seines Vaters. Er hatte seinen Geist gespürt. Aber je mehr er die Menschen beobachtete, wie sie lebten, was sie taten, welche Überzeugung für sie galt, desto weniger hatten sie mit seiner Vorstellung gemein, die er sich im Laufe der Zeit zurecht gelegt hatte. War denn bereits so viel Zeit vergangen, dass die Worte seines Vaters überhaupt nichts mehr galten? Oder war die Zeit einfach noch nicht reif gewesen für einen Prediger seiner Art?

Wenn letzteres zutraf, mussten Tatsachen geschaffen werden, die den Menschen die Augen öffneten.
Er, Thomas Müntzer, der Sohn des berühmten Predigers, war dazu auserwählt, jenen Stein ins Rollen zu bringen, der die Lawine auslösen und den Dreck von der Erdoberfläche fegen sollte. Er war Gottes Werkzeug.

`Aber wenn ich Gottes Werkzeug bin, dann mache ich einerseits keine Fehler und andererseits kann mir nichts und niemand etwas anhaben, wie die Hinrichtung in der Kirche auch bewies. Kein Verrat folgte von jenem schwächlichen Holzwärter und die Stadtwache tappt noch immer im Dunkeln, was auch kein Wunder ist, denn die schützende Hand Gottes liegt über mir`, dachte er bei sich und konnte sich ein Grinsen nicht verkneifen.
`Wohlan`, schienen seine Lippen zu formen, als er sich aus dem Dickicht schälte, das einen Teil des alten Friedhofs überwuchert hatte, `die Zeit ist reif für die Apokalypse. Ich habe keinen Grund mich zu verstecken, ich will den Feinden Gottes entgegentreten und der Herr selbst wird dafür sorgen, dass ich aus diesem Kampf siegreich hervorgehe.`
Thomas versuchte so gut ihm dies möglich war seine Kleider vom Unrat zu reinigen und machte sich auf den Weg in die Mitte Mühlhausens, sein Ziel war der Dorfplatz. Alle Menschen sollten ihn sehen und hören was er zu sagen hatte und wenn er auch nur sein kleines Messer bei sich trug, diejenigen die sich gegen ihn stellen wollten, durften dies gerne versuchen, sie würden bald merken, dass allein er auf Gottes Seite stand.

Sie war ein anderer Mensch geworden, als sie Mühlhausen nach etlichen Tagen auf dem Rücken der Stute endlich erreichte. Sicherlich hing viel mit dem Erlebten zusammen, was man ihr angetan hatte. Aber auch ihr Traum und die beinahe übermenschliche Sicherheit, dass es für die Entwicklung der Dinge um sie herum einen göttlichen Plan gab, machte sie innerlich stark. Anna hatte vor allem die Angst um ihre kleine Tochter verdrängt, alles dem Ziel unterworfen ihren Thomas in Mühlhausen ausfindig zu machen. Die Zeit drängte, das wusste sie, zwar hatte sie keinen Zweifel mehr daran, dass sie ihren Mann finden würde, aber auch darin war ihr Traum eindeutig gewesen: Es würde kein ausschließlich freudiges Wiedersehen werden. Das Gefühl, das Jakobs Auftreten in ihr hinterlassen hatte, sprach zwar insgesamt für ein *glückliches Ende* – doch hauptsächlich Adelheid betreffend, nicht Thomas. Umso wichtiger war es nun, keine Zeit zu verlieren, denn einen Hinweis wo sie ihren Thomas finden könnte, hatte sie nicht.

Ihr mitgebrachtes Geld reichte aus um sich in einem Wirtshaus einzumieten und seit langer Zeit endlich einmal wieder eine vernünftige Mahlzeit zwischen die Zähne zu bekommen. Sie hielt immerzu Augen und Ohren offen, um vielleicht einen Hinweis auf Thomas Aufenthaltsort zu bekommen. Die Menschen um sie herum waren den Allstedtern sehr ähnlich, doch man merkte ihm an, dass man ihnen anmerkte, dass sie in einer sehr viel größeren Stadt wohnten. Wäre sie in ihrem jetzigen Aufzug als Fremde in ein Gasthaus in Allstedt gegangen, hätte sie weitaus größere Aufmerksamkeit erregt als hier. Sie lauschte den Gesprächen der Menschen an den Tischen und tat so, als sei sie sinnierend in Gedanken versunken, was sie im Grunde auch war. So blieben ihr auch nicht die Berichte über den einige Zeit zuvor begangenen Mord in einer Kirche verborgen, denen sie anfänglich jedoch nur geringe Bedeutung beimaß. Erst als der Name der Kirche genannt wurde horchte sie auf: Jakobikirche. War es nicht Jakob gewesen, der ihr im Traume erschienen war und Adelheid vor den Flammen gerettet hatte? Sollte es wirklich möglich sein, dass sie in Traumgesichte solche Dinge erfahren konnte? Würde dergleichen bekannt werden, der Scheiterhaufen wäre ihr sicher.

`Ein Mord am Priester in der Jakobikirche! ´, dachte sie bei sich `sollte das auch in irgendeiner Verbindung zu Thomas stehen? `. Unruhe breitete sich in ihr aus, plötzlich mit einem Zusammentreffen konfrontiert zu sein stellte sie auch vor die Frage, wie sie sich denn verhalten sollte. Wie sollte sie ihn finden? Je länger sie darüber nachdachte, desto ärgerlicher wurde sie jedoch über sich selbst. Wie konnte sie nur auf die Idee kommen, ihm dieselben Dinge zur Last zu legen wie der Rat Allstedts? Man war bereits auf der Suche nach den Mördern der St. Trudperter Mönche und des Gärtners und nun war man auch hier in Mühlhausen auf der Suche nach dem Mörder eines Priesters, aber das konnte doch eigentlich gar nichts mit Thomas zu tun haben. Sie weigerte sich, an diesem Gedanken fest zu halten.

Still saß Anna bei ihrem Becher Wein am Tisch, wie sehr sie es auch zu drehen und wenden vermochte, ihr Herz verneinte ganz eindeutig die Verbindung von Thomas zu den begangenen Morden, die Logik jedoch konnte nicht ausschließen, dass es da eine Verbindung geben konnte. Sie drehte sich im Kreis. Das Essen hatte ihr gut geschmeckt, war ein wenig anders zubereitet als sie das gewohnt war. Nach einigen Schlucken Wein stellte sich nun auch eine tiefe Müdigkeit ein, ihr Körper forderte seinen Tribut.

Sie hatte sich dafür entschieden in diesem Wirtshaus, das einen guten Eindruck auf sie machte, eine kleine Kammer zu nehmen, die eigentlich für mindestens drei Personen gedacht war, aber sie hatte das Glück, allein dort sein zu können, auch wenn sie der Wirt darauf aufmerksam gemacht hatte, dass es im Notfall durchaus sein könnte, dass zu später Stunde noch ein weiterer Gast in ihr Zimmer kommen könnte. Aber es war inzwischen bereits so spät geworden, dass sie nicht mehr damit rechnete. Augenzwinkernd hatte ihr der Wirt noch zugesichert, dass er die in Frage kommenden Besucher dementsprechend auswählen würde und persönlich dafür Sorge tragen wolle, dass keine Strauchdiebe sich mit ihr ein Zimmer oder gar das Bett teilten. Er machte einen ehrlichen Eindruck und hatte sie sehr bevorzugt behandelt, deshalb vertraute sie ihm, noch einmal solch ein Erlebnis wie wenige Tage zuvor im Wald geschehen würde sie nicht verkraften können.

Als sie ihr Zimmer erreichte schloss sie die Tür hinter sich und widmete sich ausgiebigst der längst überfälligen Körperpflege. Noch immer hatte sie das Gefühl, den Geruch des Teiches an sich zu haben in den sie noch im Wald gestiegen war. Es stand ihr zwar nicht viel, jedoch ausreichend Wasser zum Waschen zur Verfügung, sodass sie sich anschließend endlich wieder frisch fühlend in das Bett legen konnte. Es dauerte nicht lange bis sie eingeschlafen war.

Mitten in der Nacht erschrak sie zu Tode. Es dauerte eine Zeitlang, bis sie sich wieder in Erinnerung rief, wo sie sich befand und weshalb sie in Mühlhausen war. Die Tür zu ihrem Zimmer war geöffnet worden und in dem Rahmen stand der Schatten eines Mannes. Anna war mit einem Mal hellwach, sie tastete nach dem kleinen Hirschfänger, den sie zur Vorsicht erworben und unter ihre Decke gelegt hatte. Das Gefühl des Holzgriffes gab ihr zumindest ein Stückweit Sicherheit. Aus der Schankstube waren noch immer das Gegröle und die Lieder der letzten Gäste zu hören, was sie zumindest beruhigte. Wer würde es schon wagen unter Zeugen sich einer Frau zu nähern, die dem Wirt noch erzählt hatte, dass sie aus gutem Hause komme und auf der Suche nach ihrem Mann sei. Zumindest die Möglichkeit war gegeben, dass sie durch Schreie auf sich aufmerksam machte.

Der Schatten verharrte noch immer regungslos im Türrahmen, das Gesicht des hoch gewachsenen Mannes war nicht zu sehen, das spärliche Licht das von hinten in die Kammer fiel, zeichnete scharf seine Konturen nach. Sollte es sich nur um einen weiteren Gast handeln, den der Wirt zu ihr aufs Zimmer geschickt hatte?

Die Gestalt schloss die Tür hinter sich und Dunkelheit breitete sich wieder in der Kammer aus. Anna war bis zum Zerreißen gespannt, den Dolch in der Hand, wartete sie nur darauf, ob sich der Eindringling ihr in irgendeiner Weise nähern wollte.

„Anna!" flüsterte es durch die Dunkelheit.

Ein fürchterlicher Schreck durchzuckte sie. Niemand kannte ihren Namen hier in Mühlhausen, sie war das erste Mal in dieser großen Stadt und sie war sich dessen sicher, dass sie auch dem Wirt zwar einiges erzählt hatte, aber mit Sicherheit hatte sie ihren Namen nicht genannt.

„Ich habe dich beobachtet, von meiner dunklen Ecke, in der ich saß. Du hast mich offensichtlich nicht gesehen."

„Thomas?? Bist du das?"

Jetzt trat die Gestalt aus der Dunkelheit vor ihr Bett und sein Gesicht wurde von dem spärlichen Mondlicht erhellt, das von außen ins Zimmer fiel.

Anna erschrak dennoch, als sie in das einst so vertraute Gesicht blickte. Thomas Wangenknochen traten auf Grund seines unsteten Lebenswandels hart hervor, wie er auch seine gesamten weichen Züge beinahe vollständig verloren hatte. Er war in einen langen Mantel gehüllt, was sich darunter verbarg, mochte nicht besser aussehen.

Dennoch konnte Anna nicht an sich halten, Tränen liefen ihr wie von selbst über ihre Wangen, niemals hätte sie wirklich damit gerechnet ihren geliebten Mann so schnell wieder zu sehen. Ihr brannten so viele Worte auf den Lippen, so viele Fragen wollten geklärt sein, doch sie sprach nicht, sondern schlug nur ihre Decke zurück und lud ihn ein in ihr Bett zu kommen.

Thomas schien es ähnlich zu gehen, auch er hatte eigentlich vorgehabt, als er den Aufenthalt seiner Frau durch einen Zufall erfuhr, alles zu erklären, wollte sie auf seiner Seite haben, doch all dies schien in diesem Moment keine Rolle zu spielen. Schnell entledigte er sich seiner Kleidung, warf den Mantel ab, legte sein Wams dazu und legte sich dann neben Anna. Kein Wort wurde gesprochen, es schien als bestünden die Beiden nur aus Körpern, die endlich einforderten, was ihnen so lange verwehrt worden war. Heißhungrig verschmolzen sie in einem Tanz der Sinne, der sie ihre Umgebung vollkommen vergessen ließ.

Sie liebten sich bis zum Morgengrauen und taten kein Auge zu, lagen sich noch lange in den Armen, ein jeder die Wärme des anderen genießend, als langsam die Sonne begann, den Nebel zu vertreiben.

„Ich habe mich verändert, meine Anna, ich bin ein neuer Mensch geworden. Als ich dich am Abend in der Schankstube sah und mir vorstellte, dass du wahrscheinlich meinetwegen nach Mühlhausen gekommen bist, wollte ich sofort zu dir eilen und dir alles erklären. Sicherlich ist es nicht so, dass ich dich nicht mehr liebe, du bedeutest mir noch immer sehr viel."

„Thomas…"

„Nein, still", sagte er und küsste sie auf ihre Lippen, um sie zu versiegeln.

„Aber ich habe erkannt, dass ich mich von meinem von Gott selbst gegebenen Weg zu sehr entfernt hatte, ich hatte mein Ziel aus den Augen verloren. Ich habe meine Bestimmung, dem schönen Leben mit dir, verleugnet. Das war ein Fehler."
Anna konnte nicht mehr an sich halten, so sehr brannten auch ihr all die unausgesprochenen Dinge auf den Lippen.
„Nicht nur ich habe dich schmerzlich vermisst, sondern auch deiner Tochter fehlst du!"
Thomas sah sie an, in seinen Augen spiegelte sich Freude einerseits, aber Anna meinte auch Entsetzen und Trauer andererseits darin sehen zu können. Er benötigte eine Zeitlang um wieder das Wort ergreifen zu können.
„Ich…wusste nicht, dass wir eine Tochter haben." Erneut trat Stille zwischen sie, aber ehe Anna wieder etwas zu sagen vermochte, fuhr er fort:
„Als ich diese Kammer betrat war ich noch davon überzeugt dich auf meine Seite ziehen zu können, dir erklären zu können was mich umtreibt. Jetzt aber habe ich vielmehr erkannt, dass diese Möglichkeit nicht besteht. Ich habe mich für einen Weg entschieden, den du nicht mehr beschreiten kannst, wenn ihn überhaupt jemand zusammen mit mir beschreiten kann, aber es führt nun kein Weg mehr zurück. Ich habe Dinge getan, die kein Mensch rückgängig machen kann und das Einzige das ich jetzt bereue ist, dass ich meine Tochter wahrscheinlich niemals zu Gesicht bekommen werde. Liebe Anna, halte dich fern von mir, ich reiße dich ins Unglück. Deiner Tochter zu Liebe, bleibe fort und kehre zurück nach Allstedt, sonst stehst auch du in Gefahr in den Sog des Verderbens hinab geführt zu werden. Ich befinde mich in einem Kampf gegen das Böse aus dem ich niemals als Gewinner hervorgehen kann, erst die Zukunft wird zeigen, ob ich Recht hatte."
Eine lange Pause trat ein, Anna sah ihren Thomas nur an, wusste nicht was seine Worte bedeuten sollten. Sie hatte ihm doch noch so viel zu sagen.
Er stand auf und kleidete sich ohne ein weiteres Wort an. Erst als er sich seinen weiten Mantel wie einen weiten Umhang über die Schultern warf, drehte er noch einmal sein Gesicht zu Anna. Sein

Gesicht war ein anderes geworden und hatte wieder alles Weiche, Nachsichtige verloren. Ein Fremder stand vor ihr.

„Thomas ist tot, der alte Thomas lebt nicht mehr, Weib. Bleibe fern von mir, ich bringe Tod und Verderben. Mein Weg ist nicht dein Weg."

Mit diesen Worten öffnete er die Tür und verschwand in Richtung Schankstube.

Anna schien es, als sei ihr in dieser Nacht ein Geist erschienen, aber noch fühlte sie Thomas Wärme auf ihrem Körper, seine Küsse, seine Umarmungen. Sie hatte ihren Mann gefunden und in derselben Nacht bereits wieder verloren. Thomas Worte waren eindeutig gewesen, er wollte keinen Kontakt mehr zu ihr haben, oder seine kleine Tochter kennen lernen und seinen Andeutungen nach zu schließen führte er ein Leben außerhalb jeglicher Norm, die Anna kannte. Es fröstelte sie, denn wenn sie diesen Gedanken weiterspann, war es nun auch nicht mehr auszuschließen, dass Thomas sowohl mit St. Trudpert, als auch mit dem Mord in der Jakobikirche zu tun hatte. Er war der gesuchte Übeltäter und grausame Mörder! Er hatte Recht damit gehabt zu behaupten, dass der alte Thomas bereits tot sei, denn all diese Schrecklichkeiten hatten nichts mit ihrem Mann zu tun, so wie er früher einmal war.

Wie ein Säugling kauerte sie sich auf ihrer Bettstatt unter der Decke zusammen und begann zu weinen. Sie hatte bei ihrem Aufbruch keine Vorstellung davon gehabt, was sie in Mühlhausen erwarten würde, aber darauf war sie nicht vorbereitet. Was sollte nun werden? Was sollte sie später einmal Adelheid erzählen, wenn sie beginnen würde nach ihrem Vater zu fragen? Welch seltsame Gemeinsamkeiten ihr plötzlich wieder in den Sinn kamen mit Marie, Thomas Mutter, von der er ihr so oft erzählt hatte. Thomas war aufgewachsen ohne zu wissen, wer sein Vater wirklich war – Adelheid sollte dasselbe jedoch nicht erleben müssen.

Der Vormittag war bereits zur Hälfte vorüber, als Anna ihre Kammer verließ und sich auf den Weg in Richtung Stadtzentrum machte. Den Wirt hatte sie informiert, dass sie die wenigen Habseligkeiten noch einige Zeit gerne bei ihm unterstellen würde, was kein Problem war, da der Wirt sich unter anderem davon versprach, sie weiterhin als Gast begrüßen zu dürfen. Anna hatte noch keine Pläne gemacht. Zu durcheinander waren die Gedanken in ihrem Kopf, dementsprechend ziellos irrte sie durch die Mühlhausener Gassen. An vielen Stellen war bereits geschäftiges Treiben zu bemerken, Händler boten ihre Waren an, kleine Märkte zogen die Menschen an, die ihre Besorgungen erledigen mussten. Die Mühlhausener genossen das schöne Wetter und Anna empfand es als eine tiefe Ungerechtigkeit, dass die Menschen um sie herum sich freuen, lachen, schimpfen, einfach ihrem normalen Leben hingeben konnten, wo sie selbst doch innerlich zerrissen war. Aber was wussten die Menschen schon von ihr und ihrem Schicksal? Sie kannten sie ja nicht einmal. Andererseits: Konnte sie denn mit Sicherheit sagen wie es den Menschen um sie herum in tiefsten Inneren ging? Waren unter den heute lachenden Frauen nicht vielleicht auch welche, die solch fürchterliche Erfahrungen machen mussten wie sie vor ein paar Tagen in den Wäldern vor Mühlhausen? Wer konnte das schon wissen? Sie setzte sich in der Nähe des Dorfbrunnens in den Schatten und hing ihren Gedanken nach. Wie sollte es nur weiter gehen?

Jammern war aber noch nie ihre Sache gewesen. Schließlich fasste sie den Entschluss, noch einige Tage in Mühlhausen zu bleiben, sie wollte mit dem Wirt reden, für wie lange ihr Geld noch dafür ausreiche. Wenn alles gut ging hätte sie dann vielleicht auch die Möglichkeit mit einem Händler auf dessen Wagen nach Allstedt zurück zu fahren, damit stände sie unter einem gewissen Schutz, denn eine Erfahrung wie letztes Mal wollte sie unter allen Umständen vermeiden. Gestärkt mit einem Stück Brot, das sie als letztes noch von ihrem mitgenommenen Proviant in ihrem Beutel hatte, machte sie sich weiter auf den Weg.

Thomas war sich seiner Sache so sicher gewesen – bis zu dem unerwarteten Zusammentreffen mit Anna. Die Nacht, die sie zusammen verbracht hatten, erinnerte ihn an ihre schöne gemeinsame Zeit, hatte all die Erlebnisse mit den Spielleuten wieder an

die Oberfläche gezerrt. Wie sie ihn aufgenommen hatten, was er alles mit ihnen zusammen erleben durfte, wie er Anna kennen und lieben gelernt hatte. Ohne diese Freunde wäre er als Jugendlicher wahrscheinlich in der Gosse irgendeiner großen Stadt gelandet, dessen war er sich nun sicherer denn je. Aber er hatte sich einen Weg gewählt, aus tiefster Überzeugung – zumindest glaubte er daran bis zu seinem Treffen mit Anna, nun schien es kein Zurück mehr zu geben. Aber er konnte sich nichts vormachen: Er war nicht der, der er vorgab zu sein, auch der harte Abschied von seiner geliebten Frau war aus reinem Selbstschutz geschehen und weil er sie aus seinen Schwierigkeiten heraus halten wollte. Auf keinen Fall sollte sie sehen, wie er zu Grunde ging. Was war nun zu tun?
Thomas saß gedankenverloren am Rande des Kirchplatzes und sah einer Handvoll spielender Kinder zu, die sich aus verschiedenen Hölzern etwas bastelten. Es ging sehr laut unter ihnen zu und man konnte als Außenstehender sofort erkennen, wer das Regiment anführte.
Thomas musste grinsen, zu sehr erinnerte ihn das an seine eigene Kindheit, gleichzeitig wurde ihm schmerzhaft bewusst, dass er seine eigene Tochter noch kein einziges Mal gesehen hatte.
Hatte Anna ihm erzählt, dass man auf der Suche nach ihm war, oder bildete er sich das ein? Sicherlich, sie selbst hatte keine Gefahr gescheut, ihn ausfindig zu machen, aber waren da noch weitere? Aber hatte er denn so unrecht gehandelt, als er die korrupten Mönche St. Trudperts erstach? Sie waren doch durch und durch verdorben, sein Bruder war der schrecklichste Mensch, vom alten Luitpold einmal abgesehen, der ihm im Laufe seines Lebens begegnet war, nein, sie hatten dieses Ende verdient. Ebenso wie der Priester in der Jakobikirche. Zwar wollte er dort ein Exempel vor den Augen Michaels statuieren, aber dieser Schritt war notwendig gewesen und sicherlich hatte es keinen Falschen getroffen, auch wenn er den Gottesmann überhaupt nicht kannte.
`Ich drehe mich im Kreis`, dachte er bei sich und stand laut seufzend auf, ziellos seinen Weg durch die Stadt fortsetzend.
Ohne dass er darüber nachgedacht hätte, war er einmal mehr am östlichen Stadttor angekommen, den Weg den er einige Tage zuvor

bereits in der Nacht mit Michael beschritten hatte. In der Ferne sah er die Galgenhügel aufragen, offensichtlich hatte es in der Zwischenzeit eine Hinrichtung gegeben, von der er nichts mitbekommen hatte, denn an dem einen Galgen hing der leblose Körper eines Hingerichteten.
Langsam setzte er seinen Weg zu dieser grauenhaften Stelle fort und nach einer halben Stunde hatte er den einen der beiden Hügel erreicht. Die Raben hatten ihr Werk begonnen, dem Toten fehlten bereits die Augen. Leere Höhlen starrten ihn an, während sich der Körper leicht vom Wind bewegen ließ. Keine Menschenseele war zu sehen, was nicht weiter verwunderte, die Menge fand sich in der Regel nur zu den Hinrichtungen selbst an diesen Richtstätten, um ja kein Spektakel zu verpassen. Waren die Verurteilten jedoch vom Leben zum Tod befördert, mieden die Mensche diesen schrecklichen Ort. Die ganz Verzweifelten und jene die meinten mit dem Teufel im Bunde zu stehen, suchten am Fuße der Toten nach den berühmt berüchtigten Alraunen, da sie glaubten ihren Zauber damit unterstützen zu können und dann und wann traf man auch verzweifelte Familienmitglieder, die sich nicht mehr um die Meinung der Anderen scherten und einfach noch die Nähe ihrer Lieben suchten, egal wofür sie hingerichtet worden waren.
An dieser Stelle also, viele Jahre zuvor, hatte man seinen Vater hingerichtet, nachdem er der schrecklichen Folter unterzogen worden war, damit er seine Schriften widerriefe, was er wahrscheinlich auch getan hatte. Denn wer konnte diesen Qualen Stand halten?
Thomas empfand in diesem Moment eine tiefe innere Liebe und Zuneigung zu dem Mann, den er nie kennen lernen durfte, von dem ihm nur seine Mutter erzählt hatte und der dennoch irgendwie zu einem Mittelpunkt seines eigenen Lebens geworden war. Seine Mutter, auch sie vermisste er in diesem Augenblick schmerzlicher als in all den Jahren zuvor, wie hatte sich nur sein Leben entwickelt, welche Wege hatte er nur beschritten?
Angelehnt an den Galgen schloss er die Augen und war kurze Zeit später eingeschlafen.
Wilde Träume beherrschen seine Gedanken. Irrgärten versperrten ihm den Weg zu seiner geliebten Frau und Adelheid, seiner Toch-

ter. Er musste mit Teufeln in Priestergewändern kämpfen, konnte aber gegen deren Übermacht nicht wirklich etwas ausrichten. Immer wenn er dachte einen kleinen Erfolg errungen zu haben, musste er anschließend wieder erkennen, dass dieser freigekämpfte Weg erneut eine Sackgasse war, die nirgendwo hin führte. Weit weg winkten ihm immer wieder Anna und Adelheid zu, riefen ihn, dass er zu ihnen zurückkommen solle, aber jeglicher Versuch den er unternahm war zum Scheitern verurteilt.

Der Stiefeltritt presste auf einen Schlag alle Luft aus seinem Körper. Er hatte die Männer nicht kommen hören, sie ließen ihm auch keine Möglichkeit sich zu äußern. Als er die Augen öffnete wollte, lag er bereits auf der Seite und krümmte sich vor Schmerzen. Die Hand die er abwehrend nach oben, dem Schläger entgegenstreckte wurde ihm sofort schmerzhaft auf den Rücken verdreht und ehe er sich versah war er gebunden und man hatte ihn auf einen Karren geworfen, der langsam zurück Richtung Mühlhausen rollte. Der Esel, welcher das Gefährt zog hatte es nicht allzu eilig und wurde nur ab und an durch ein paar eher halbherzig gemeinte Schläge auf die Flanke ein wenig angetrieben. Nur langsam konnte er durch den blutigen Schleier, der sich über sein Gesicht zog einen Teil der Männer sehen. Er erkannte Michael, der neben dem Wagen lief und ein schuldbewusstes Gesicht machte.
„Micha...", ein erneuter gezielter Schlag auf seinen Kopf erstickte seine Worte in einem Schwall Blut, der sich in seinem Mund sammelte. Die Männer um ihn schienen sich im Urteil über ihn einig zu sein, denn sie stachelten sich eher gegenseitig zu weiteren Grausamkeiten gegen ihn an, als dass sie Irgendeinem Einhalt geboten.
„Das ist der Mann, Thomas nennt er sich, ich bin sicher, dass er den Priester ermordet hat, daran gibt es überhaupt keinen Zweifel. Da bin ich mir ganz sicher. Glaubt mir!"
Auch wenn Thomas seine Augen nun nicht mehr öffnen konnte, er erkannte an der zittrigen Stimme Michaels dessen Nervosität und Unsicherheit. So hatte er ihn also doch verraten, aber eigentlich konnte der junge Müntzer ihn verstehen, vielleicht bewunderte er ihn sogar, denn er musste sich gegen eine fürchterliche Angst ge-

stellt haben, denn Thomas hatte ihm bei ihrem letzten Treffen unverblümt gedroht, sollte er sich gegen ihn stellen. Niemals hätte er ihn für so mutig gehalten, aber das hatte nun alles keine Bedeutung mehr. In gewisser Weise war er sogar dankbar dafür, dass es nun bald ein Ende mit ihm haben würde. Und daran gab es keinen Zweifel.
Als sie das Stadttor durchquerten sammelten sich sogleich etliche Menschen um den grob gezimmerten Wagen und die ersten Steine und faules Gemüse prasselten auf ihn ein.
Als sie die Tore zu den Gebäuden der Stadtwache passierten war er zumindest wieder in der Lage ein Auge zu öffnen und dankbar dem Spott der Menge entkommen zu sein, auch wenn er nicht wusste, was nun auf ihn zukommen würde. Seine Begleiter kannte er nicht, außer Michael, der etwas abseits stand und die Szene eher als Außenstehender beobachtete. Grob zogen ihn die Männer, nachdem der Karren zum Halten gekommen war von der Pritsche und ließen ihn wie einen Sack Brennholz auf den Boden fallen. Er fiel dabei so schmerzhaft auf die linke Schulter dass ihm ein Stöhnen entfuhr, was einige seiner Peiniger sogleich zum Anlass nahmen ihn mit Fußtritten zu traktieren, die er mit Müh und Not abzuwehren versuchte, was ihm leidlich misslang. Doch plötzlich ließen sie ab von ihm und traten wie von Geisterhand gezogen zurück. Thomas meinte einen stattlichen Mann zu erkennen, der gemessenen Schrittes, die Arme auf dem Rücken verschränkt, langsam auf ihn zukam, flankiert von einem anderen, der aber offensichtlich nicht zu den Stadtwachen zu gehören schien, sondern die übliche Kleidung eines Jägers trug.
„Ist das der Mann, von dem ihr berichtet habt?" fragte offensichtlich der Anführer der Stadtwache Michael, der noch immer abseits stand und nicht wusste wohin er mit seinen Händen sollte. Eine Verbeugung andeutend nickte er, offensichtlich unfähig mehr als ein kurzes „Ja" hervor zu bringen. Er fühlte sich allem Anschein nach sehr unwohl in seiner Haut, wenn es nach ihm gegangen wäre, wäre er nicht in diese Lage gekommen, aber Helena war in den Tagen nach dem Mord an dem Priester so sehr in ihn gedrungen, dass er schließlich klein beigab und zur Stadtwache ging, auch

wenn er die Nacht zuvor kein Auge zugemacht hatte. Die Wachen hatten keinen Moment gezögert, als er ihnen sein Erlebnis schilderte, ihn aber dazu genötigt sie zu begleiten. Eigentlich hatte Niemand damit gerechnet Thomas tatsächlich auf dem Galgenberg anzutreffen, umso zufriedener waren sie nun ob der Tatsache, ihn sogar schlafend vorgefunden zu haben. Der Rest würde eine reine Formsache werden.

Neben dem Vorsteher der Stadtwache stand ein Mann, der Thomas irgendwie bekannt vorkam, aber er konnte ihn nirgendwo zuordnen, aber im Grunde war es ihm auch egal, denn es würde nichts mehr ändern. Es war Peter, der auch davon überzeugt war, nun den Mörder der Mönche von St. Trudpert gefunden zu haben, er war am Ende seiner Suche angelangt. Sie hatten noch kein Geständnis, aber sicherlich wäre auch dies nur eine Frage der Zeit.

Dieser an sich unscheinbare Mann hatte also mit unbeschreiblicher Grausamkeit die Mönche regelrecht hingerichtet? Was hatte ihn nur zu einer solch schrecklichen Tat getrieben? Peter hoffte bei den Verhören und der wohl notwendigen peinlichen Befragung zugegen sein zu können um den Allstedtern dementsprechend Mitteilung machen zu können, erst dann wäre sein Auftrag auch erfüllt. Beinahe ein ganzes Jahr war er auf der Suche nach diesem schrecklichen Menschen gewesen und nun stieß er beinahe durch Zufall auf ihn! Wie sie die Nachricht wohl in seiner Heimat aufnehmen würden? Es wäre ihm zwar lieber gewesen, wenn er Thomas als Gefangenen zurück hätte führen können, aber daraus würde sicherlich nichts werden, denn ihm wurde in Mühlhausen in erster Linie der Mord an dem Priester der Jakobikirche zur Last gelegt. Er hatte zwar mit dem Vorsteher der Stadtwache darüber verhandelt, dass man doch einen Boten nach Allstedt schicken solle, der nach seiner Rückkehr die Wahrheit von Peters Aussage bestätigen könnte, aber ob David auf diesen Vorschlag eingehen wollte, wusste Peter noch nicht. Zumal es jetzt durch die unerwartete Aussage des Holzwärters eigentlich keine Veranlassung mehr dafür gab, denn die Beweise gegen Thomas lagen klar auf der Hand und damit die Unschuld Peters.

Der Vorsteher nickte in Richtung seiner Männer, man hakte Thomas unter und schleifte ihn mehr, als dass er ging, vom staubigen Hof in die Gebäude der Stadtwache.
Thomas hatte sich bereits aufgegeben und mit seinem Leben abgeschlossen, auch wenn er fürchterliche Angst vor der peinlichen Befragung hatte und den Schmerzen die damit auf ihn zukommen würden. Als er in dem finsteren Kerkerloch saß und über seine Situation nachdachte, begann er sich in den schrecklichsten Farben auszumalen, wie ihm die Messer die Haut zerschnitten, wie man ihm die Knochen brach, ihn streckte und verbrannte. Hätte er die Möglichkeit dazu gehabt seinem Leben ein Ende zu setzen, wahrscheinlich hätte er versucht sich dadurch dieser Prozedur zu entziehen. Aber seine Hände waren noch immer gebunden, die einzige Freiheit die sein Körper hatte war, dass er zu entscheiden in der Lage war, ob er sitzen, stehen, oder liegen wollte. Sicherlich hatte es auch seinen Grund, weshalb man sich Zeit ließ, ihn aus diesem Loch zu holen, denn er wäre nicht der Erste, der sofort bereit wäre alles Verlangte zu gestehen, wenn er dadurch der Folter entgehen könnte. Die Zeit wurde ihm unendlich lange.

Nach zwei Tagen ohne Sonnenlicht, nur mit einer einmaligen Mahlzeit die aus einer dünnen Brotsuppe und Wasser bestand, führte man ihn in jenen berüchtigten Raum um die peinliche Befragung an ihm zu vollziehen.
An einem großen Tisch saßen fünf ausgewählte Mitglieder des Mühlhausener Rates, Peter war anwesend, sowie der Vorsteher der Stadtwache und der Henker mit einem Gehilfen.
Man verlas die Anklageschrift, die zu Peters Verärgerung kein Wort über St. Trudpert enthielt und ehe man ihm die Möglichkeit gab darauf zu antworten, oder sich irgendwie zu äußern, begann bereits der Henker zusammen mit seinem Gehilfen vor seinen Augen die Folterinstrumente für die peinliche Befragung auszubreiten. In einem beinahe plaudernden Ton erklärten die beiden die Wirkungsweisen der metallenen Messer und Haken, der Brandeisen und Thomas schien es als seien sie beinahe enttäuscht, als er sie

unterbrach und sich mit lauter, fester Stimme an die Ratsmitglieder wandte:

„Hohe Herren, es ist nicht nötig mich einer peinlichen Befragung zu unterziehen, dafür gibt es keinen Grund. Nicht dass ich die Schmerzen fürchten würde, mit Sicherheit habe ich die verdient, aber ich gestehe freien Mutes die Ermordung des Priesters der Jakobikirche."

Die Ratsherren wurden merklich unruhig, innerlich hatten sie sich bereits damit abgefunden bei der peinlichen Befragung anwesend sein zu müssen und manch einer von ihnen war nun froh darüber sie möglicherweise nicht anwenden zu müssen.

„Wieso hast du das getan? Wer bist du, dass du nach Mühlhausen kommst und einen unserer ehrbarsten Priester meuchelst? Kanntest du ihn?"

„Mein Name ist Thomas Müntzer. Ja, ich habe den Priester ermordet." Unruhig rutschten die Ratsmitglieder auf ihren Stühlen hin und her, der Einzige der sich ein Grinsen nicht verkneifen konnte war der Gehilfe des Henkers.

„Müntzer? Hast du irgendetwas mit jenem vermaledeiten Müntzer, dem Rädelsführer zu tun?" fragte ihn nun ein weiteres Mitglied des Rates.

„Er ist mein Vater!"

Unruhe entstand im Rat und nervös begannen die Herren sich untereinander zu unterhalten. Dies ging eine ganze Weile so, offensichtlich berieten sie diese veränderte Situation, bis man sich wieder an ihn wandte.

„Dann führst du also das verabscheuungswürdige Tagwerk deines Vaters fort? Du weißt, wie er endete? Sei sicher, dass man dich kaum mit dem Schwert hinrichten wird. Oder hast du auch so viele Gönner, die für einen schnellen Tod eintreten?"

Thomas lagen so viele Dinge auf der Zunge, die er gerne loswerden wollte, aber es war in diesem Kreis nicht angebracht Widerspruch zu zeigen. Man hatte seinen Vater schwer gefoltert, konnte da die Rede von `schnellem Tod` sein? Sicherlich nicht. Außerdem fühlte er sich inzwischen längst nicht mehr als ein würdiger Nachfolger seines Vaters, denn er war wirklich zu einem Mordbrenner

verkommen, auch wenn sein ursprüngliches Ziel ein hehres war. Sein Vater war sich wahrscheinlich bis ans Ende seiner Tage selbst treu geblieben, während er selbst nun vor einem Scherbenhaufen stand.
`Ach Anna, wärst du nur hier bei mir`, dachte er bei sich. Wie schmerzhaft vermisste er sie nun, wie hatte er das erfüllte Leben an ihrer Seite nur so wegwerfen können? Und Adelheid, seine Tochter? Nach wem würde sie wohl schlagen, wie würde sich ihr Leben entwickeln? Inbrünstig hoffte er darauf, dass sie eher nach Anna als nach ihm kam, Gott sei's gedankt, dass sie noch nicht das Alter erreicht hatte, um nun sein wohl baldiges Ende miterleben zu müssen.
Thomas war nun bereit, die Konsequenzen dafür zu tragen.
„Ich bin meines Vaters Sohn, aber nicht würdig, in seine Fußstapfen zu treten. Ich bin bereit für meine Taten zur Rechenschaft gezogen zu werden."
Erneut tuschelten die Ratsherren miteinander, so erfreut sie darüber waren den Mörder innerhalb doch recht kurzer Zeit der Öffentlichkeit präsentieren zu können, so gab ihnen dieser Mann nunmehr auch die Möglichkeit ein Exempel zu statuieren.
Thomas verwunderte das Zögern ein wenig, wenn sein Fall doch so klar vor Augen stand und er gestanden hatte, weshalb fällten sie nicht einfach ein Urteil und knüpften ihn zum nächstmöglichen Zeitpunkt am Galgen auf? Er hatte eine schreckliche Furcht vor einer peinlichen Befragung und musste in dieser Situation auch an seine Mutter und die Kindheit auf dem Gutshof denken. Die Ratsherren erhoben sich von ihren Plätzen, Thomas fühlte, dass nun ein Urteil über ihn gesprochen werden sollte.
„In Anbetracht deines Geständnisses, Pater Johannes ermordet zu haben…" sprach der in der Mitte der Gruppe Stehende.
Wie im Traum durchlief Thomas noch einmal die Zeit bei den Spielleuten. Wie Jakob sich für ihn stark gemacht hatte, dass er bleiben konnte. All die Erlebnisse bei den Spektakeln, die sie aufführten und auch die Geschichte Bibianas fiel ihm mit einem Male wieder ein und wie sie sich den Aberglauben des Volkes zunutze gemacht hatten. Ohne die Spielleute hätte er niemals die Liebe sei-

nes Lebens, Anna, kennen gelernt – niemals seinen Sohn in den Armen halten können. Sein Sohn, auch er war nicht mehr. Die Spielleute waren in alle Himmelsrichtungen zerstreut, die Liebe zu Anna in der eigenen Wut verloren.

„… können wir nicht für einen Gnadentod durch das Schwert plädieren, sondern verurteilen dich zum Tode durch das Rad!"

Thomas holten diese Worte wieder in die Wirklichkeit zurück, o mein Gott! Niemals hatte er selbst gesehen wie Verbrecher durch das Rad zu Tode geschlagen wurden, man hatte ihm nur davon erzählt und es musste sich um eine der schrecklichsten und schmerzhaftesten Todesarten handeln, die man sich vorstellen konnte. Hatte man Glück und vielleicht reiche Verwandte, so konnte der Henker bestochen werden und mit einem gnadenvollen Schlag dem Leben bereits ein Ende setzen, ehe alle Knochen brachen, aber mit dieser Möglichkeit konnte er nicht rechnen. Er war allein. Anna hatte er zurück nach Allstedt geschickt und dieser Peter würde jeden Schmerzensschrei von ihm genießen. Je mehr Thomas litt, desto mehr konnte er dem Allstedter Rat berichten.

Der Henker grinste breit als sich die Ratsherren wieder auf den Weg nach draußen machten, ihren schnellen Schritten war anzumerken, dass sie möglicht zügig diesen dunklen Ort verlassen wollten und wahrscheinlich froh waren, wieder unter freiem Himmel zu stehen.

Thomas blieb mit dem Henker und seinem Gesellen zurück, hoffend, dass man ihm nicht allzu lang Zeit zum Grübeln ließ. Der Geselle packte die Folterwerkzeuge wieder zurück in die dafür vorgesehenen Truhen und Behälter und behandelte die Instrumente beinahe liebevoll, als handle es sich um die filigranen Werkzeuge eines Baders, die Heilung brachten – und nicht Schmerzen und Tod. Der Henker führte ihn in eine kleine Zelle neben dem Verhandlungsraum, der vergleichsweise sauber war. Dort löste er ihm die Fesseln, ohne während der ganzen Zeit auch nur einmal das Wort an ihn zu richten. Beim Hinausgehen stellte er ihm noch eine kleine Mahlzeit bereit, Eintopf mit Brot, und verschloss dann hinter sich die mit schweren Beschlägen befestigte Eichentür. Thomas war allein, auch der Henker und sein Geselle verließen das Verlies.

Kein menschliches Wort, kein Ton drang mehr an sein Ohr, selbst die Geräusche, die vom Marktplatz draußen versuchten einzudringen, waren nicht mehr zu vernehmen.
Mit der Zeit verlor er jegliches Gefühl dafür ob es Tag oder Nacht war, einmal am Tag kam der Geselle vorbei und brachte ihm immer dasselbe Essen und ging wieder wortlos davon. Und er hatte genügend Zeit zu grübeln, so viel Zeit, dass er irgendwann an einen Punkt kam und sich wünschte doch der peinlichen Befragung unterzogen worden zu sein, denn dabei bestand zumindest die Möglichkeit, dass er starb, dann hätte er bereits alles hinter sich.
An irgendeinem Tag, es konnten nach Thomas Empfinden bereits Wochen vergangen sein, kam der Geselle nicht allein in sein Verlies, sondern er brachte den Henker mit. Mit seinen groben Fingern band er erneut Thomas Hände zusammen und begann ihm den Kopf zu scheren.

`Jetzt kann es nicht mehr lange gehen. Gott seis gedankt! `dachte Thomas und er sollte damit Recht behalten. Zwar warf man ihn noch einmal zurück in die Dunkelheit, aber nur kurze Zeit darauf stand ein Priester neben dem Henker um ihm die letzte Ölung anzubieten. Eigentlich wollte er auf dieses Angebot eingehen, doch er wollte sich diese Blöße nicht geben, denn längst hatte er seinen Frieden mit Gott gemacht, aber auf die Pfaffen war er noch längst nicht gut zu sprechen, deshalb schickte er ihn auch wieder weg. Beinahe tat ihm der junge Priester leid, dem er damit wahrscheinlich Unrecht tat und der sich mit gesenktem Kopf wieder dem Ausgang zuwandte.
Der Henker zog ihm sein Wams und seine Hose aus, sodass er nackt war, selbst sein Geschlecht war für alle offensichtlich sichtbar. Aber auch sein Schamgefühl war längst von Thomas gewichen. Sein Kopf war leer, er war bereit seine letzte Reise anzutreten.
Als sie den Kerker der Stadtwache verließen, erwartete sie neben den sechs Ratsmitgliedern noch weitere hohe Herren der Mühlhausener Stadtversammlung, sowie eine große Menge Volks. Thomas blinzelte gegen die Sonne, die ihm kurzfristig die Sicht nahm,

zu lange war er offensichtlich in seinem dunklen Verlies gesessen. Mit tiefen Atemzügen sog er die frische Luft in sich auf, die nicht wie in seinem Kerker nach Unrat und Urin, sondern sommerlich warm roch. Sie war es auch, die seine Lebensgeister wieder weckte, nach einigen Augenblicken hatte er sich gefangen und in der Umgebung orientiert. Vor ihm stand ein großer Wagen mit einem Holzgitter, das offensichtlich als eine Art Käfig diente. Der Henker stieß ihn unsanft von hinten auf dieses Gefährt zu und deutete an, dass er darauf steigen sollte, er hatte sich zur Feier des Tages in seine schönste Kluft geschwungen und schien den Rummel sehr zu genießen. Wenn man ihn ansonsten mied, wie der Teufel das Weihwasser, an Hinrichtungstagen schlug ihm aus der Menge oft sogar Bewunderung entgegen. Deshalb war er auch bemüht sich ebenso zu verhalten, wie man das von ihm erwartete, schließlich war er in den nächsten Stunden die wichtigste Person am Platz.

Als er Thomas in dem Käfig auf dem Wagen festgebunden hatte, setzte sich das Gefährt in Richtung Osttor in Bewegung, gefolgt von einer großen Menge Volkes, die dieses Schauspiel als willkommene Abwechslung in ihrem tristen Alltag ansahen. So sehr sich Thomas auch den Kopf verrenkte, er erblickte in der großen Menge keine bekannten Gesichter, außer Peter war niemand da.
`Dann hat Anna wohl doch meinen Rat befolgt und ist zurück nach Allstedt, welch ein Glück! `, dachte er bei sich, so sehr er sich auch gewünscht hätte, sie noch ein letztes Mal zu sehen. Da flogen die ersten Steine und faules Obst in seine Richtung und als sei dies das Aufbruchsignal eines absurden Wettkampfes gewesen, beteiligten sich an diesen auch gerufenen Schmähungen immer mehr Menschen. Erst als sie das Osttor Mühlhausens erreicht hatten, ebbte dieser Regen wieder ab und er konnte wieder auf die Beine kommen und erhobenen Hauptes ein letztes Mal zurück auf die Stadt blicken.
Da stand sie: Die Jakobikirche, in der er sein eigenes Schicksal besiegelt hatte. Er war bereit.
Der Zug setzte sich nunmehr stiller fort in Richtung des Galgenhügels.

Der Henker steht über dem Gefolterten, der an Händen und Füßen gebunden vor ihm liegt und ihn mir schmerzerfüllten und ängstlichen Augen anblickt. Sein entkleideter Körper ist über und über mit Malen bedeckt, die Haut gibt Zeugnis von den Steinen, mit denen man ihn beworfen hat, als er durch die Stadt geführt wurde. Man hat ihn zum Richtplatz am Galgenberg geschleppt, da er auf eigenen Beinen nicht mehr gehen konnte und auch die Helfer des Henkers gehen ohne Rücksicht gegen den geschundenen Körper vor. Als man ihn bindet, wird ihm wie beiläufig das linke Handgelenk gebrochen, was dem Verurteilten ein neueres Stöhnen entweichen lässt.

Breitbeinig steht der Henker mit einem schweren Rad in seinen Händen über dem Gebundenen, sucht bewusst den Augenkontakt um sicher gehen zu können, wie stark er die Schläge ausführen darf, ohne dem Opfer die Sinne vollkommen zu rauben und genießt seine Macht, die er in diesem Moment auf die Menge hat. Viel Volk ist zusammen gekommen, beinahe herrscht eine Stimmung wie zum Maireigen auf dem Richtplatz. Frauen, Männer, Kinder, sie alle wollen sehen, was mit dem Verabscheuungswürdigen geschehen wird. So oft haben sie keine Gelegenheit zu beobachten, wie ein böser Mensch langsam zu Tode kommt, dass man sich so viel Mühe gibt, eine Hinrichtung in dieser Art und Weise beinahe zu zelebrieren.

Das Rad wird gedreht und ein Raunen geht durch das Volk in Erwartung dessen, was da kommen möge. Selbst Jene sind erstaunt, die einem derartigen Spektakel schon einmal beiwohnten. Der Henker steht noch im Mittelpunkt, auf ihn sind alle Augen gerichtet. Keiner denkt mehr daran, dass man mit diesem Stand nie etwas zu tun haben will, denn im Moment bewundern ihn alle für sein Tun. Das Rad fällt das erste Mal nach unten und zertrümmert den linken Unterschenkel des Delinquenten, sein herzzerreißender Schrei zeugt von den unmenschlichen Schmerzen, die er zu ertragen hat. Aber er ist bei Bewusstsein. Noch einmal fährt das Rad hinunter und zerschlägt dasselbe Bein ein Stück oberhalb des Knies. Die Schreie des Verurteilten ebben nicht ab, auch nicht als das Rad immer und immer wieder auf ihn nieder gestoßen wird und ihm nach den Beinen auch die Arme an mehreren Stellen bricht.

Als der rechte Arm an der Reihe ist, verliert der Verurteilte das Bewusstsein, so bekommt er die letzten Schläge nicht mehr mit, auch die leichter ausgeführten, welche nur dazu gedacht sind seine Rippen einzudrücken, ohne ihn jedoch zu töten. Sein Bewusstsein ist verschwunden, der Atem geht flach, Speichel und Blut rinnt ihm aus dem Mund.

Die Henkershelfer binden den geschundenen Körper los und beginnen ihn in das Rad zu flechten. Unwirklich grotesk wirkt dieses Schauspiel auf das Volk, von denen sich immer mehr nun doch mit Grausen abwenden, da man wider Erwarten Mitleid bekommt mit dem Geschundenen, auch wenn es sich um einen rechtlich verurteilten Mörder handelt. Die Helfer vollenden ihre Arbeit, der Körper gibt allen Bewegungen wie eine Puppe nach, am Ende werden die Hand- und Fußgelenke wieder an die Speichen des Rades gebunden.

Man stellt das Rad mit dem Bewusstlosen auf, der Henker selbst führt den Stab in die Nabe, mit vereinten Kräften wird der Körper aufgerichtet und bietet den verbliebenen Schaulustigen ein groteskes Bild mit seinen bizarr verdrehten Gliedern. Sein Kopf kommt auf einer Seite zum Liegen und fällt nun in einer ruckartigen Bewegung nach hinten. Dieser plötzliche Ruck bringt erneut eine leichte Bewegung in den Körper, der seine Augen aufschlägt und irr in die unter ihm zusammenlaufende Menge starrt. Ein Raunen bemächtigt sich des Volkes, es ist nicht unüblich, dass die Geräderten noch am Leben sind, wenn das Rad aufgerichtet wird, aber selten blicken die Augen noch so fest in die Menge. Sie weichen seinem Blick aus, Keiner kann dieses Starren ertragen.

Niemand hat den Henker bestochen, dass er dem Mörder ein schnelles Ende bereitet, vielmehr war es der ausdrückliche Wunsch der Kirche gewesen, dass der Bruder-Mörder eines langsamen Todes sterben solle, damit er dadurch Gelegenheit bekäme, über seine gemachten Sünden nachzudenken – ins Besondere die gegen die Heilige Mutter Kirche begangenen.

Die Augen des nackten Mannes scheinen in der Menge eine Gestalt ausgemacht zu haben, als habe er eine Erscheinung gesehen, die ihm den Irrsinn aus dem Schädel treiben könnte. Sein Kiefer ist gebrochen. Seine Zunge hängt ihm aus dem Mund. Ihm ist ein Sprechen unmöglich, selbst das Stammeln, das seinen Lippen entweicht, kommt nur mit Verzagtheit und unter allergrößter Kraftanstrengung zu Stande. Lange heftet der Mann seinen Blick auf dieselbe Stelle in der Menge, einige Menschen bekreuzigen sich in aller Eile, da sie befürchten vom bösen Blick getroffen zu werden.
Der Mann reißt seinen Blick irgendwann los von der Menge und dreht sein Gesicht unter Aufbietung aller Kräfte ein letztes Mal gen Himmel. Auf den nahe gelegenen Bäumen sitzen bereits die Raben, darauf wartend, sich auf das wehrlose Opfer stürzen zu können. Sie sind geduldig und beobachten aus halb geschlossenen Augen, wie sich die Menge langsam zerstreut. Eine seltsame Stimmung herrscht unter den Menschen – einerseits sind sie froh, einen Übeltäter seiner gerechten Strafe zugeführt zu haben, andererseits bleibt der Zweifel, ob denn nun der Gerechtigkeit Genüge getan wurde. Der Mord an dem Priester scheint gesühnt.

Mühlhausen im Jahr 1559.
Blitzartig hatte es zu regnen begonnen. Ohne Vorwarnung hatten sich die Schleusen des Himmels geöffnet und Wasser schoss wie aus Sturzbächen herunter. Fluchtartig trieb es die Menschen von der Hinrichtungsstätte weg zurück in die Stadt. Da sahen die Ersten was inzwischen mit der Jakobikirche geschehen war: Ein Blitz hatte seine verheerende Kraft an ihr ausgetobt und den Dachstuhl in Brand gesetzt. Trotz der großen Wassermassen die sich aus allen Himmeln ergossen, war das trockene alte Holz des Gestühls ein gefundenes Fressen für die auflodernden Flammen. Obwohl sich innerhalb dieses Infernos kein Mensch mehr aufhalten konnte, läutete eine der Jakobi-Glocken in ihrem allseits bekannten Rhythmus. Die zurück geeilten Menschen und jene, die sich noch in der Stadt aufgehalten hatten, bildeten eine Kette und versorgten sich mit Wassereimern, um gegen den Brand anzukämpfen, doch alle Versuche waren vergebens, gegen diese Flammen war nichts aus-

zurichten. Schon glaubten einige darin ein Zeichen Gottes zu sehen, die Menschen begannen sich zu bekreuzigen, etliche verließen den Kirchhof und gingen nach Hause, weil sie nicht in den Widerstreit zwischen Gott und den Teufel geraten wollten. Und gerade die hexengläubigsten unter ihnen, die als die Frommsten galten, waren die Ersten, die zu Amuletten griffen und Heilsprüche murmelten um das Böse abzuwenden.
Die Jakobikirche brannte die ganze Nacht. Wie eine Fackel erhellte sie gespenstisch Mühlhausen. Erst als sie ganz ausgebrannt war und nur noch die beiden Türme, sowie das Skelett des Schiffes standen, kamen die Flammen zum Erliegen. Manch Alter, der die Zeit der großen Aufstände noch selbst erlebt hatte, erzählte erneut die Geschichte der einen Jakobi-Glocken, die auch 1525 zum Sturm geläutet hatte. Wieder bekreuzigten sich die Menschen, niemand wagte es laut dieses Zeichens zu deuten.
Der Galgenberg lag verlassen, der heftige Regen hatte selbst die Raben vertrieben. Auf dem aufgestellten Rad hing ein Mann mit gebrochenen Gliedern, die Augen starr und leer gen Himmel gerichtet.
Unter dem Rad stand eine Frau, sie musste ungefähr im selben Alter sein wie der Hingerichtete. Sie blickte nach oben, versuchte noch einen Blick zu erhaschen aus den toten Augen, konnte aber das Gesicht nicht sehen. Sie war bis auf die Haut durchnässt, was sie nicht zu bemerken schien, ihr Gesicht drückte weniger Trauer, als vielmehr eine zutiefst verinnerlichte Entschlossenheit aus. Zwar schien es, als weine sie, doch es mochte wohl der Regen sein, der ihr die Wangen hinunterlief.

„Das sag ich euch, wollt ihr nit um Gottes Willen leiden, so müßt ihr des Teufels Marterer sein. Darum huet euch, seid nit also verzagt, nachlässig, schmeichelt nit langer den verkehrten Fantasten, den gottlosen Bösewichtern, fanget an und streitet den Streit des Herren!" murmelte sie vor sich hin.
„Das, lieber Thomas sind die Worte deines Vaters, die dir nie vergönnt waren. Ich werde deiner Tochter eine Mutter sein. Niemand wird mich ihr nehmen können. Ich werde sie vorbereiten auf das

was kommt. Wir brauchen unsere Kinder, wer, wenn nicht sie, können das erschaffen woran wir scheiterten.
Sie drehte sich weg von dem Rad ohne noch einmal einen Blick auf die schreckliche Stätte zu werfen und ging ruhigen Schrittes davon. Hinter ihr in Mühlhausen brannte noch immer die Jakobikirche. Der helle Schein der lodernden Flammen wies ihr den Weg – zurück in ihre Heimat, zurück zu ihrer Tochter.

Sie würde ihr viel zu erzählen haben, wenn sie einmal älter wäre.

„Dran, dran, dieweil das Feuer heiß ist. Lasset euer Schwert nit kalt werden, lasset nit verlähmen! Schmiedet pinke-panke auf den Anbossen Nimrods, werfet ihnen den Turm zu Boden ! Es ist nit möglich, weil sie leben, daß ihr der menschlichen Furcht solltet leer werden. Man kann euch von Gotte nit sagen, dieweil sie über euch regieren. Dran, dran, weil ihr Tag habt. Gott gehet euch vor, folget, folget!"

Mühlhausen im Jahre 1525.
Thomas Müntzer, ein Knecht Gottes wider die Gottlosen.
An die Allerstedter. Manifest an die Mansfeldischen Bergknappen.

Zu den verwendeten Quellen:

- „**Exsurge Domine**" – Bannandrohungsbulle von Leo X. ge
- gen Martin Luther, 15. Juni 1520
- **An den christlichen Adel deutscher Nation**, Martin Luther 1524
- Ein Sendbrief von dem harten Büchlein wider die Bauern, Martin Luther 1525
- **Hochverursachte Schutzrede**, Thomas Müntzer 1524
- An die Allerstedter. Manifest an die Mansfeldischen Bergknappen, Thomas Müntzer 1525
- **Ausgedrückte Entblößung des falschen Glaubens**, Thomas Müntzer 1525
- **Sendebrief zur Bekehrung Bruder Ernstes zu Helderungen**, Thomas Müntzer 1525

tredition

www.tredition.de

Über tredition

Der tredition Verlag wurde 2007 in Hamburg gegründet und ermöglicht Autoren das Publizieren von e-Books, audio-Books und print-Books. Autoren veröffentlichen ihre Bücher selbständig oder auf Wunsch mit der Unterstützung von tredition. print-Books sind in allen Buchhandlungen sowie bei Online-Händlern gedruckter Bücher erhältlich. e-Books und audio-Books können auf Wunsch der Autoren neben dem tredition Web-Shop auch bei weiteren führenden Online-Portalen zum Verkauf angeboten werden.

Auf www.tredition.de veröffentlichen Autoren in wenigen leichten Schritten ihr Buch. Zusätzlich bieten zahlreiche Literatur-Partner (das sind Lektoren, Übersetzer, Hörbuchsprecher und Illustratoren) ihre Dienstleistung an, um Manuskripte zu verbessern oder die Vielfalt zu erhöhen. Autoren können dieses Angebot nutzen und vereinbaren unabhängig von tredition mit Literatur-Partnern ihre Zusammenarbeit und partizipieren gemeinsam am Erfolg des Buches.